Os oito vestidos Dior

Os oito vestidos Dior

Jade Beer

Tradução
Cássia Zanon

Copyright © 2023 by Jade Beer Publishing Ltd.

TÍTULO ORIGINAL
The Last Dress from Paris

COPIDESQUE
Isadora Prospero

REVISÃO
Bruna Neves
Iuri Pavan

DIAGRAMAÇÃO
Victor Gerhardt | CALLIOPE

CIP-BRASIL. CATALOGAÇÃO NA PUBLICAÇÃO
SINDICATO NACIONAL DOS EDITORES DE LIVROS, RJ

B362o

    Beer, Jade
      Os oito vestidos Dior / Jade Beer ; tradução Cássia Zanon. - 1. ed. - Rio de Janeiro : Intrínseca, 2023.

    Tradução de: The last dress from Paris
    ISBN 978-65-5560-845-8

    1. Ficção inglesa. I. Zanon, Cássia. II. Título.

22-81430   CDD: 823
                             CDU: 82-3(410)

Gabriela Faray Ferreira Lopes - Bibliotecária - CRB-7/6643

[2023]
Todos os direitos desta edição reservados à
EDITORA INTRÍNSECA LTDA.
Av. das Américas, 500, bloco 12, sala 303
22640-904 – Barra da Tijuca
Rio de Janeiro – RJ
Tel./Fax: (21) 3206-7400
www.intrinseca.com.br

Para Della Irene Rainbow Morgan Garrett

Com um nome assim, você tinha que
ser uma mãe muito especial

No mundo atual, a alta-costura é um dos últimos repositórios do sublime, e os costureiros, os últimos possuidores da varinha da fada madrinha da Cinderela.
— Christian Dior

Prólogo

Christian Dior, avenida Montaigne

Setembro de 1952

Alice abaixa um pouco a janela do banco traseiro do Chrysler. Ela espera que a lufada de ar frio a acorde, distraindo-a de si mesma e fazendo-a perceber o quanto é sortuda. Sabe que muitas mulheres dariam tudo por convites como esse.

As inúmeras conversas sobre a lista de convidados da Dior em sua sala de estar só confirmaram isso.

— Infelizmente, talvez a senhora precise caminhar um pouco, madame Ainsley. — Alice se sobressalta ao ouvir seu novo título. — Algum problema? São tantos carros que não consigo chegar mais perto.

— Não, não é um problema.

Alice salta do Chrysler, se despede do motorista — uma das vantagens oferecidas à esposa do embaixador britânico na França — e começa a percorrer a calçada até a casa de Dior.

Em alguns instantes, ela estará cercada por dezenas de mulheres ricas e bem relacionadas. Já consegue vê-las em grupinhos do lado de fora como insetos atormentados, fumando, cumprimentando umas às outras, fechando-se na comunidade restrita da qual esperam que ela faça parte. Mas, conforme Alice se aproxima, tudo o que sente é a espiral competitiva de mulheres que querem mais de tudo. Nada que não seja o melhor.

Ela atravessa as portas duplas pretas e polidas e levanta o nariz. Tinta fresca. As paredes do salão devem ter sido decoradas durante a noite, em preparação para o desfile de hoje. Faz uma pausa no saguão e passa as mãos pelo casaco de lã azul-marinho. Há uma energia nervosa pulsando ao seu redor. A nova coleção será muito comentada, e Alice sente seus nervos se agitarem. Por que ela está tão ansiosa? Ela se vira e olha para um dos espelhos pendurados na parede, imenso e imaculado, e tenta responder à própria pergunta, apenas para se questionar novamente. Como uma garota que sempre se contentou com galochas velhas e um casaco de lona enlameado estava agora na Dior, em Paris, vestindo uma das peças do próprio estilista? Ela examina o impecável cabelo escuro bem cortado. O sutil tom nude do batom em sua boca. As pérolas clássicas.

Alice é conduzida a uma estreita cadeira dourada na primeira fila e sente que todos ao redor a estão observando. Devem estar avaliando, sem dúvida, se ela escolheu os acessórios certos para complementar o visual de Dior como deveria. Ela até consegue sentir um ar de inveja envenenando o ambiente, emanado por todas as mulheres que pensam que Alice conseguiu aquele assento na mesa da primeira fileira com muita facilidade. O que elas sabem? Alice se senta rapidamente, aliviada após concluir seu próprio desfile pelo salão. Ela abre um sorriso, esperando que pareça genuíno. As cadeiras ao seu lado ainda não foram ocupadas, então ela começa a folhear o programa do desfile, levantando a cabeça a cada poucos minutos, na esperança de ter um raro vislumbre das famosas modelos Dior nos macacões brancos que usam nos bastidores antes de pisar na faixa do sofisticado tapete cor de creme à sua frente — o palco delas naquela manhã.

Ela se pergunta qual dos croquis no programa será o primeiro a sentar-se à sua mesa de jantar. Desvia os olhos do brilho dos holofotes e do lustre acima. O calor crescente sobe por seu pescoço a cada minuto que passa, e, ainda assim, o desfile não começa. As cadeiras começam a ser ocupadas, e corpos se amontoam ao redor da sala, perto das janelas, onde há espaço apenas para pessoas de pé. Alice sente a densa fumaça de cigarro arranhando o fundo da garganta e precisa se concentrar nas lindas nuvens de rosas e cravos marfim para manter a calma. Tira as luvas, sentindo o calor na palma das mãos, e, ao perceber que não pode mais sair, começa a entrar em pânico — o caminho está bloqueado por mulheres que ainda estão entrando. Alguém lhe entrega um leque de papel — que ela abre, desesperada por algum alívio nas bochechas — e um pequeno doce de fruta. Ela nunca mais cometerá o erro de chegar no horário marcado.

— Madame Ainsley, que bom vê-la de novo. — Uma mulher alta se senta graciosamente na cadeira à esquerda. Ela planejou a própria chegada muito melhor do que Alice. — Sou Delphine Lamar. Nós nos conhecemos no evento de boas-vindas algumas semanas atrás. É seu primeiro desfile da Dior? — Ela levanta uma sobrancelha. É evidente que há algo no comportamento de Alice que denuncia o fato.

— Sim. É impressionante, não é? — Alice sente-se grata pelo lembrete do nome da mulher. Ela conheceu muitos rostos novos nas últimas semanas.

— Demora um pouco para se acostumar com o circo. Vale a pena, evidentemente, mas, no futuro, chegando cerca de quarenta minutos atrasada, você estará no horário. — A mulher lhe dá um sorriso solidário. — Diga-me, como está sua busca por uma empregada? Lembro que estava com dificuldades. Se ainda não tiver encontrado, acho que consigo ajudar.

— Obrigada. Todas as que vi são extremamente qualificadas e experientes. Tenho certeza de que poderia contratar qualquer uma delas e não me decepcionaria, mas ainda não senti uma conexão particular com ninguém. Talvez eu esteja sendo muito exigente, mas...

— Ninguém pode acusá-la disso, não na sua posição.

— Talvez. — Alice retribui o sorriso, grata por Delphine não a considerar tola por querer uma conexão emocional com a mulher com quem vai passar a maior parte do seu tempo.

— Aqui. — Ela tira um pequeno bloco de notas com capa de couro de uma bolsa não muito maior, escreve um nome e um número no papel e o entrega a Alice. — Marianne foi altamente recomendada pela esposa de outro diplomata sênior. O marido dela serviu três anos em Paris, e agora estão sendo enviados para o Oriente Médio e não poderão levar Marianne. Mas, caso se interesse, terá de ser rápida. Eles a adoram, e outros também já devem estar de olho nela. Eu mesma a contrataria se tivesse uma vaga. — Ela se inclina um pouco mais para perto de Alice. — Pensei em você imediatamente. Marianne é metade britânica e entenderá suas preferências e necessidades sem que você precise dar muitas explicações.

— Obrigada. — Alice pega o número de bom grado. — Entrarei em contato assim que possível.

Delphine se distrai com a chegada de outra convidada, e Alice volta sua atenção para as conversas ao redor sobre compras em Milão, esqui em St. Moritz e os itens essenciais do guarda-roupa para essas ocasiões. Há mulheres esticando o pescoço para enxergar acima dos chapéus à frente, pessoas se levantando e sentando novamente, e acenando para amigos que chegaram tarde, garantindo que também sejam vistas.

Cerca de trinta minutos depois, quando o locutor chama o nome e o número da primeira modelo, o silêncio felizmente se faz, e Alice sente que pode respirar com tranquilidade outra vez.

— Marianne, muito obrigada por ter vindo e em tão pouco tempo. Agradeço. — Alice faz um gesto sinalizando para que ela se sente na cadeira do lado oposto da mesa. — Posso pedir a Patrice um café para você?
— Obrigada. Mas prefiro chá, por favor. *English breakfast*, se tiver. — Ela sorri, sabendo que é óbvio que Alice o terá.
— Certamente. — Patrice assente e desaparece pela porta da biblioteca, deixando as duas mulheres sozinhas. — Delphine, madame Lamar, mencionou que você é metade inglesa?
— Sim, minha mãe conheceu meu pai em Londres quando ele estava lá a negócios, e eles se casaram pouco depois. Por isso acabei passando muito tempo nos dois lados do canal. Creio que sou a mistura perfeita de ambas as culturas. Sempre pontual, bem britânica, e sem medo de dizer não, tipicamente francesa. — Marianne se permitiu uma risadinha, para mostrar a Alice que ela não estava se levando muito a sério. — Trouxe algumas referências.
— Parece que você poderia ser de grande ajuda por aqui. — Alice observa Marianne mais atentamente enquanto ela está pegando os papéis que mencionou dentro da bolsa. A mulher está empoleirada na beira da cadeira, quase sem tocar no assento, com as costas perfeitamente eretas, os ombros relaxados, parecendo não se intimidar com facilidade. Ela parece natural e à vontade. — Que outros conselhos essenciais você pode me oferecer, Marianne, já que está anos à minha frente no que diz respeito a conciliar as peculiaridades de ambas as nacionalidades?
— Pela minha experiência, os franceses são incapazes de se autodepreciar e não vão entender isso em você. Mas eles esperam que os britânicos sejam frios e talvez um pouco distantes, então é sempre maravilhoso surpreendê-los não sendo nada disso. Da mesma forma, provavelmente é melhor não cair no preconceito comum de que os franceses têm uma moralidade questionável e são propensos à arrogância.

— Ela faz uma pausa antes de acrescentar: — Embora, para ser sincera, a maioria seja.

A porta da biblioteca se abre outra vez.

— Ah, nosso chá. — Mas não é Patrice, e sim o marido de Alice, Albert, que inesperadamente se junta a elas. — Ah, Albert, desculpe, acho que mencionei, estou no meio de uma entrevista...

Albert a ignora, atravessa o cômodo a passos largos e começa a puxar livros de uma prateleira, jogando-os um a um sobre uma mesa lateral com um baque pesado depois de uma olhada rápida.

— Ah, pelo amor de Deus — vocifera ele —, alguém pode organizar isto de uma forma que seja realmente útil?

Marianne olha para Albert com o rosto inexpressivo, depois de volta para Alice com a mesma rapidez, esperando continuar apesar da interrupção. Alice percebe como os olhos dela se voltam para o seu casaco de lã acinturado.

— Você gosta de moda, Marianne?

— Acho que seria impossível morar em Paris e não gostar. Não tenho condições de adquirir as peças, mas uma hora com a *Vogue* é uma ótima maneira de se sentir inspirada e se manter atualizada. A senhora tem um estilista favorito, madame Ainsley?

— Bem, eu nunca precisei de um antes...

— Onde está?! — grita Albert em um volume que nenhuma das duas consegue continuar a ignorar.

— Posso ajudar, Albert? — Alice tenta disfarçar a irritação na voz.

— A antologia da coleção de artes do governo, sei que está aqui em algum lugar. Estão me questionando sobre o conteúdo da minha própria casa, e seria útil se as pessoas colocassem as coisas de volta onde as encontraram.

— Terceira prateleira do fundo, senhor. O maior dos livros de capa dura. — Patrice retornou com o café e uma solução para a grosseria de Albert.

Ele localiza o livro, deixando todos os outros espalhados sobre a mesa, e sai sem dizer uma palavra de agradecimento, fazendo as bochechas de Alice esquentarem.

— Quem você sugere, Marianne? Quem deve ser meu favorito?

— Christian Dior. — A resposta vem sem um instante de hesitação. E, se a pergunta tivesse sido concebida como um teste, Marianne certamente teria passado. Alice concorda, mas, com vários estilistas competindo para tê-la como cliente, fica muito feliz com a resposta objetiva. — Naturalmente, ele é adorado pelos franceses, mas é também um anglófilo inveterado. A senhora estará em boa companhia. Nancy Mitford e Margot Fonteyn são clientes dele. E é claro que a senhora deve se recordar do vestido usado pela princesa Margaret em seu aniversário de vinte e um anos. Todo aquele tule! Se puder, dê uma olhada nas imagens do primeiro desfile dele em Londres, no ano passado, no Hotel Savoy. A *Vogue* fez a cobertura.

— Que sugestão brilhante, Marianne. — Alice olha para as referências do antigo empregador da moça, ainda intocadas na mesa à sua frente. — Quando você poderia começar?

— Quando for melhor para a senhora. — As duas mulheres se levantam instintivamente e se esticam sobre a mesa para apertar as mãos. — Mas, por favor, me chame de Anne. É como os mais próximos me chamam.

Capítulo 1

Lucille

Quinta-feira

Outubro de 2017, Londres

Eu poderia me sentir frustrada por estar aqui. Muitas mulheres da minha idade se sentiriam assim. Essa tarefa, aos olhos delas, ficaria no fim de uma lista de afazeres, logo abaixo de *pedir comida on-line* e *limpar o banheiro*. Todo o resto seria riscado com satisfação, mas esse item seria adiado para a semana seguinte, talvez até mesmo a posterior. Uma nova lista seria feita, e a tarefa continuaria no final.

Mas visitar minha avó é, honestamente, o ponto alto da minha semana, todas as semanas. Fico ansiosa por esse momento da mesma maneira que outras mulheres esperam por um coquetel ou uma hora no banho sozinhas. Eu a amo mais do que qualquer outra pessoa neste planeta. Vovó Sylvie viveu mais experiências do que se possa imaginar. Em duas horas de bate-papo, podemos pular do primeiro episódio de *The Archers* para o pouso na Lua, passando pela morte de Elvis e pela coroação da rainha da Inglaterra.

Até hoje ela me surpreende. Como naquela vez, há uns dois meses, quando sugeriu que jogássemos uma partida de xadrez. Eu sabia da existência do tabuleiro, enfiado num canto de sua sala de estar, em cima de uma elegante mesa com as pernas meio curvas, mas, para minha vergonha, sempre imaginara que fosse do meu avô e ela só não suportasse a ideia de se desfazer dele.

Ela levou cerca de doze minutos para me vencer, com a mente três jogadas à frente, enquanto eu ainda estava apenas me aquecendo. Então, ela pode parecer velha — e digo *parecer* porque certamente não acho que ela se sinta assim —, mas sua mente é afiada como uma navalha. Por mais improvável que pareça, eu preciso me preparar bem para visitar minha avó.

Fico parada, sem ser notada, examinando-a por alguns minutos e imaginando que cena estaria se passando atrás dos olhos fechados dela. Como sempre, está sentada em sua poltrona favorita, perto da lareira, cujas chamas cintilam no broche de libélula que ela nunca tira. Eu me pergunto se, em vez de olhar, não deveria correr para puxá-la para trás antes que o cobertor de crochê enrolado em seu colo se incendeie com uma brasa. As mãos delicadas, com as unhas como sempre bem cuidadas, estão segurando os braços da poltrona de madeira, mas ela está com a cabeça relaxada para trás e tem um leve sorriso pintado nos lábios. Eu me pergunto para onde seu subconsciente a levou hoje. De volta às semanas fugazes na Paris do pós-guerra, quando ela conheceu meu avô? Ou talvez àquela tarde quente de verão em que se casou com ele em uma minúscula igreja do interior da Inglaterra? Sobre a cornija da lareira, há uma fotografia em preto e branco dos dois se beijando. Eu costumava achar que era uma escolha estranha para um porta-retrato. Na foto, meu avô está de costas para a câmera, ligeiramente inclinado sobre ela. Mas ele sempre insistiu que era sua foto favorita daquele dia. Ela está com os olhos bem abertos, brilhando de alegria, e ri enquanto o beija como se não acreditasse na própria sorte.

Silenciosamente, tiro o gorro de lã e as luvas, colocando-os sobre uma pequena mesa redonda de cavalete perto da porta da sala por onde entrei. Apesar de todo o meu esforço, o barulho das chaves faz com que ela abra a pálpebra direita. É a única parte de seu corpo que se move. Parece um cão de guarda à espreita, decidindo se precisa mostrar os dentes. Sua boca relaxa em um sorriso quando ela vê que sou eu. O sorriso vai ficando mais aberto, mais carinhoso, e, quando chego ao lado dela, é como se eu estivesse olhando para o sol.

— Lucille, minha querida. Venha sentar comigo. Feliz aniversário! — Ela começa a se levantar na cadeira, e eu me aproximo para ajudar. Assim que a abraço, lembro que quase não tem mais músculos. É toda feita de camadas de roupas quentes, e sinto meu aperto diminuir enquanto meus dedos procuram por algo sólido sob a lã. Tento não pensar na única batalha que essa mulher incrível e obstinada jamais vencerá: a do seu espírito contra a força do tempo à qual seu corpo um dia, em breve, sucumbirá.

Eu me inclino e dou um beijo em sua testa lisa, que, apesar do calor do fogo, parece fria sob meus lábios, e sorrio ao ver a marca de batom que deixo ali. Ela cheira a fumaça de madeira e o perfume mais delicado de campânulas, a fragrância que usa desde que sou capaz de me lembrar.

— Como está, vovó? Está bem agasalhada? Natasha esteve aqui outra vez esta manhã? — Natasha é a senhora que ajuda vovó. O que começou com apenas uma limpeza cresceu com o passar dos anos, e agora vovó precisa da ajuda dela para tomar banho, se vestir e preparar todas as refeições do dia, antes que Natasha volte à noite para arrumá-la para dormir. Minha mãe paga a conta, mas faço questão de visitá-la pelo menos três vezes por semana.

— Ah, não se importe com isso. Meu Deus, qual é a sensação de ter trinta e dois anos? — As palavras saem trêmulas, a entonação subindo e descendo com pouco controle. Seus pequenos olhos castanhos estão lacrimejando, e ela pega um lenço de papel para enxugá-los.

Apesar do tamanho generoso da sala, vovó organizou tudo de que precisa em um raio de dois metros, reduzindo-a efetivamente ao pequeno semicírculo em torno do fogo. Há livros, copos, um pequeno prato de porcelana cheio de migalhas de biscoito reveladoras, o controle remoto da TV, o telefone, um bloco de notas e uma caneta.

— Bem, não posso dizer que me sinto muito diferente de ontem, mas... — Retiro algumas revistas de um pufe baixo e quadrado a seus pés e sento-me nele, segurando a mão dela. — Olhe, trouxe um pedaço de bolo de aniversário para você. — Mostro a ela uma fatia embrulhada em um guardanapo.

— Ela comprou um bolo de aniversário para você? — Minha avó fica tensa em antecipação à minha resposta.

— Eu fiz o bolo, vovó.

Dou um sorriso exagerado, esperando que ela se concentre em meus esforços na cozinha e não...

— Você fez seu próprio bolo de aniversário? Ela lembrou este ano? — Seu sorriso está diminuindo.

— Ela é muito ocupada, nós sabemos disso. Eu não estava esperando por nada. Sinceramente, não tem problema.

Desembrulho o bolo e o coloco no prato de biscoitos. É preciso dizer que minha mãe nunca se esqueceu de um horário no cabeleireiro. A *balayage* dela parece sempre renovada de uma semana para a outra. Ela nunca está desatualizada com as notícias da manhã. É o tipo de mulher que já traçou a estratégia do dia antes de os pés tocarem nos chinelos de pelica que ela deixa cuidadosamente posicionados ao lado da cama toda noite.

— Um cartão? — Vovó não vai desistir.

— Hmmm, não.

— Uma ligação? — Ai, essa conversa não vai dar certo.

— Ainda não — tento falar em um tom alegre. — Ela vai acabar ligando, vovó, você sabe que vai, quando tiver um momento livre.

— Ah, essa Genevieve.

Ela solta um suspiro irritado enquanto inclina a cabeça e desvia o olhar de volta para o fogo, como se o fato de que minha própria mãe, muito provavelmente, esqueceu meu aniversário pelo quinto ano consecutivo fosse culpa dela de alguma forma.

— Não tem importância mesmo, sabe. — Pareço mais otimista do que sinceramente me sinto. — Ela está viajando a trabalho de novo e nunca sabe muito bem em que fuso horário deveria estar, não é?

Ela olha para mim com o rosto carregado de decepção.

— Você merece muito mais, Lucille.

Mereço? Não consigo pensar em uma única coisa que me destaque como especial ou mais merecedora de amor e atenção do que qualquer outra pessoa. Houve um momento fugaz, bem no início do relacionamento com meu último namorado, Billy, em que me perguntei se talvez algo assim pudesse acontecer. Se eu poderia me sentir como o centro do mundo de alguém por um tempo. Se poderia acordar com a mão quente de alguém na minha coxa, uma xícara de chá recém-feita na mesa de cabeceira, um sorriso que dissesse *eu quero o que você quiser desta vida*. Mas a realidade era muito mais mundana do que isso, e decidi administrar minhas próprias expectativas diminuindo-as drasticamente. Eu não esperaria por gestos românticos. Massagearia meu próprio ego, algo que nunca soube fazer muito bem.

Sentindo que o momento pede uma injeção de ânimo, vovó bate palmas.

— O envelope. Em cima da lareira, querida. — Ela aponta para um cartão com meu nome rabiscado na frente.

— É para você. — Abro e vejo o vale-presente da livraria de que ela sabe que eu gosto.

Mas, dentro do envelope, também encontro um cartão ilustrado com a foto de um hotel elegante e, na parte inferior, o nome Hôtel Plaza Athénée. Começo a ler.

Feliz aniversário, minha querida Lucille! Você está de partida para uma aventura em Paris. Visite lugares. Faça coisas. Conheça pessoas. E traga para casa algo valioso para mim — algo que desejo ter de volta há muitos anos.

Com amor, sempre,
sua avó Sylvie

Termino de ler, e meus olhos se voltam diretamente para ela. Ela está sentada, sorrindo descaradamente para mim, como se tivesse sido mais esperta do que um agente secreto.

— O que isso quer dizer, vovó?

Eu não devo estar lendo direito. Ela não pode estar se referindo a Paris de verdade.

— Acho que quer dizer que você vai para Paris. — Ela está realmente rindo agora. — Olhe! — Ela aponta para a mesa lateral, onde há um envelope com a palavra "Eurostar" impressa na frente.

— Mas eu não posso, eu... — Pego o envelope, tiro a passagem de trem de dentro dele e imediatamente vejo a data de partida. Amanhã. Sexta-feira.

Por um momento comovente, me pergunto se ela pretende ir comigo. Mas é claro que não. Faltam poucas semanas para ela completar noventa anos, e minha avó raramente sai do triângulo seguro formado por sua cabana em Wimbledon Common, a igreja e o clube local aonde vai para participar da noite de cinema e conversar sobre livros.

— Não posso. Tenho o trabalho e... Ah, não, não quero que desperdice seu dinheiro, vovó. Verificou se pode obter um reembolso ou pelo menos alterar a data?

— Não tenho intenção de pedir reembolso. Natasha reservou para mim, e duvido que ela tenha parado para perguntar sobre isso. — Vovó faz um gesto de desdém com a mão.

Sabe que me pegou e que a vitória é dela.

— Então, quer que eu vá para Paris? Sozinha?

Talvez uma viagem solo seja exatamente o que eu preciso. Algum tempo para pensar sobre o que estou fazendo da vida e me fazer as perguntas difíceis que venho evitando. Ou talvez não? Talvez eu só precise de alguns dias sem pensar em nada.

— Essa é a ideia! Sim, eu quero! — E, ao dizer isso, ela dá um soquinho no ar.

Olho novamente para o cartão. Há trinta e dois "x" embaixo do nome dela, representando um beijo para cada ano de minha vida, o que deve ter levado algum tempo, considerando a dificuldade que ela tem de segurar uma caneta hoje em dia.

Talvez tudo isso seja um plano bem bolado dela. Levar Lucille para Paris, libertá-la de seu casulo. Não deixar que ela passe mais um aniversário pedindo comida e assistindo Netflix (como se fosse possível haver algo de errado com isso). Jogá-la nos braços de algum belo francês. Infelizmente, ela está esquecendo que não sou abençoada com os mesmos traços perfeitamente simétricos que ela ou a cintura de violão ou o tipo de confiança que parece irradiar dos retratos em preto e branco em cima da lareira.

Sentindo que não estou levando a ideia muito a sério, de repente ela aperta minha mão com mais força.

— Eu *preciso* que você vá. Tem algo que quero que faça por mim, Lucille.

Seja o que for, sei que vou dizer sim. Eu a adoro. Faria qualquer coisa para deixá-la feliz no tempo que nos resta juntas.

— Tem um vestido, o Maxim's, que foi desenhado por Dior. Eu o emprestei para uma querida amiga há muitos anos e, agora que ela faleceu, adoraria tê-lo de volta. A filha dessa amiga, Véronique, está com ele. Escrevi o endereço dela no verso do cartão. Rua Volney, 10, apartamento 6. — Quando vovó quer, sua memória pode ser bastante impressionante. — Ela está esperando por você.
— Um vestido Dior? De Christian Dior?

Vovó sempre teve um estilo incrível, mantendo cuidadosamente uma paleta sutil de preto, azul-marinho profundo, cremes e caramelos suaves, nunca usando acessórios ou maquiagem em excesso. Mas é muito difícil imaginar uma peça de alta-costura valiosa ao lado dos blazers, vestidos e malhas simples porém elegantes, que estão pendurados no seu guarda-roupa agora, um lugar onde uma peça de caxemira poderia parecer uma extravagância desnecessária.

— Sim, o próprio — ela não diz isso para ostentar, apenas para afirmar um fato, algo perfeitamente lógico.

— Mas como você conseguiu um vestido Dior? Deve custar...

— Uma enorme quantia de dinheiro, sim, mas não vamos ser indelicadas quanto a isso, Lucille. A questão é que quero tocar no vestido outra vez. É muito mais valioso para mim do que qualquer preço que você possa atribuir a ele. Agora, você tem uma reserva para ficar por duas noites, mas não me importarei nem um pouco se prolongar sua estadia. Na verdade, adoraria que fizesse isso. — O tom dela deixa claro que não há espaço para qualquer nova discussão sobre o assunto.

E, assim, sem mais nem menos, parece que vou para Paris amanhã. Meu sorriso confirma a decisão. Quão difícil pode ser? Pegar o vestido, fazer alguns breves passeios turísticos, me perder um pouco na Cidade do Amor, parecer ser muito mais aventureira nas redes sociais do que realmente sou e voltar para casa. Começo a contar mentalmente todas as férias vencidas que tenho no trabalho enquanto vejo vovó levar o bolo à boca e dar uma grande mordida cheia de satisfação, os olhos deslizando em minha direção, celebrando o sucesso calculado que acabou de alcançar.

Uma coisa é certa. Isso vai além de simplesmente pegar um vestido de volta, um vestido que ela não deve estar planejando usar de novo tantos anos depois. É apenas uma roupa, ainda que seja muito bem-feita. Essa Véronique não poderia simplesmente enviá-lo pelo correio? Vovó está tramando alguma. Disso tenho certeza.

E foi assim que acabei no vagão C do trem das três e quinze, de St. Pancras a Paris, em uma tarde de sexta-feira, comemorando meu aniversário com uma taça de espumante e uma *éclair*. Como as manchetes dos jornais estão um pouco sem graça — o príncipe Harry está fora do mercado, Kate e William têm um terceiro bebê a caminho —, relaxo em meu assento durante duas deliciosas horas sozinha com o livro *Melancia*, de Marian Keyes, antes de, com trinta e seis horas de atraso, receber a mensagem de texto da minha mãe.

> Sim, esta mensagem está atrasada, eu sei, mas por um bom motivo. Tenho pensado muito sobre o que comprar para você este ano. E, como não posso concorrer com Paris, depositei algum dinheiro em sua conta. Mais do que o normal. Compre a coisa mais chique que encontrar.

Vovó deve ter ligado para ela. Não consigo deixar de notar que ela ainda não usou as palavras "feliz aniversário".

Ela ficará decepcionada, mas não tenho certeza se vou comprar algo chique em Paris. Gosto de me vestir para as poucas viagens que faço com o conforto em mente — algo que minha mãe nunca entendeu. Ela não considera problema algum embarcar em um avião com uma saia-lápis que desafia a circulação e meia-calça com costura atrás. Eu prefiro calça de moletom, camadas soltas e ficar sem sutiã, mas com um top para manter as coisas no lugar. Duvido seriamente que minha mãe alguma vez tenha pronunciado a palavra "moletom". A simples sugestão de que ela poderia ter uma calça esportiva seria profundamente ofensiva. Lembro-me da última vez que a encontrei fora de seu escritório depois do trabalho. É claro que ela foi a última a sair, ignorando completamente o horário combinado para o nosso encontro. Quando enfim apareceu, percebi que estava usando o mesmo uniforme corporativo que todas as outras mulheres que saíram antes antes dela, só que parecia mais caro, para adequar-se à sua posição. Era tudo andrógino, um mar de mulheres desprovidas de cor e feminilidade. Tanto preto! Nem mesmo suas bolsas podiam ser bonitas: grandes caixas sérias com correntes e tachas de metal ou feitas de pele de animal grotescamente tingida. Parecem mais armas do que acessórios. Eu adoraria ver minha mãe surgir como uma borboleta entre as vespas, mas não. Para ser um deles, é preciso se parecer com eles. Que deprimente. Não pude deixar de pensar que aquelas mulheres deveriam representar sucesso, riqueza e conquistas, mas, naquele dia, eu soube que não queria fazer parte daquela conformidade. Talvez eu devesse ter me sentido esquisita, parada ali usando uma saia de chiffon creme esvoaçante que a maioria das mulheres guardaria para o dia de Natal. Mas, observando-as sair do prédio como uma fileira de formigas operárias idênticas, eu me senti apenas livre.

Dito isso, estamos em Paris, então, naturalmente, eu me esforcei mais. Coloquei uma camisa Breton recém-passada que não tem certeza se quer ser masculina ou feminina, metade para dentro e metade para fora dos jeans mais elegantes que tenho, aqueles que ficam bem acima do quadril. E me senti bem no trem. Não havia nada me incomodando ou cortando minha silhueta na cintura, mas, quando o trem para na Gare du Nord e me vejo em meio a um mar de passageiros bem-vestidos no começo da noite, seria capaz de matar por um par de óculos escuros. Não que alguém em Paris me conheça, mas preciso do manto do anonimato imediato. Apenas no caso de alguém se perguntar quem é aquela mulher levando uma mala com rodinhas surradas e duas mochilas da WHSmith pelo saguão elegante.

Como algo tão uniformemente cinza pode ser tão bonito? No início da noite, Paris está pintada pelos últimos raios de luz do dia, como se alguém tivesse diminuído a luminosidade das lâmpadas de toda a cidade. Prédios residenciais elegantes que se estendem por todo o quarteirão têm fileiras de janelas idênticas com venezianas creme, a regularidade quebrada apenas pelas imponentes portas de pé-direito duplo em vermelho forte, verde-acinzentado profundo ou preto brilhante. Tudo parece espremido com muita força. Algumas das paredes de pedra escurecidas por anos de sujeira e poluição acumuladas são vizinhas de boutiques de moda imaculadas cujas vitrines atraem os primeiros compradores de Natal. Uma delas exibe doces enormes que reproduzem pontos turísticos famosos de Paris — Notre-Dame, o Arco do Triunfo e a Torre Eiffel — e manequins em vestidos de festa.

Enquanto procuro por um táxi, as varandas de ferro torncado acima de mim dão uma ideia do dia parisiense que está chegando ao fim. Sete andares acima, vejo uma bicicleta pendurada pela roda dianteira. Ela provavelmente ficará ali até o dia seguinte, quando será arrastada de volta para baixo para o trajeto até o trabalho. Há um homem solitário, vestido todo de preto, que paira acima da cidade, fumando e olhando para o horizonte desbotado como se estivesse trabalhando em seu último poema. Uma mulher com botas pretas de cano curto e saltos altíssimos segura uma taça de vinho em uma mão e o telefone na outra — provocando o amante, imagino.

Por insistência e às custas da vovó, ficarei hospedada no hotel do cartão, o Plaza Athénée, que, segundo ela, fica "bem em frente à Dior" — não que eu planeje passar qualquer tempo por lá. Enquanto meu táxi atravessa a cidade congestionada da hora do rush, vejo que as avenidas arborizadas já estão desfolhadas e folhas bronzeadas cobrem as pedras do calçamento. Turistas lutam por espaço entre os moradores estressados, com pressa na volta do trabalho, e as construções intermináveis, que parecem estar cavando um buraco no coração da capital francesa. Grandes espaços se abrem onde ruas comerciais poderiam ter florescido, desviando-nos alguns quarteirões da rota. Enquanto estamos presos em um conjunto de semáforos temporários, fico olhando para o local onde um edifício foi eliminado, deixando apenas um arco histórico que parece agarrar-se desafiadoramente à vida enquanto tudo ao redor é demolido. Há uma colcha de retalhos de edifícios envoltos em coberturas temporárias enquanto são transformados pelos andares de baixo — como se fossem os maiores presentes de Natal do mundo, esperando pacientemente para serem desembrulhados e admirados.

Quando paramos em frente ao Athénée, lembro-me das palavras de despedida de vovó, *procure pelas persianas vermelhas*, e no instante seguinte as vejo. Cada uma das janelas que dão para a avenida Montaigne — e deve haver pelo menos cinquenta — tem uma persiana vermelha, e o efeito é tão bonito que me faz parar no meio da calçada quando saio do táxi. Em seguida, um carregador aparece e diz "Bem-vinda à avenida da moda", e eu observo com algum alívio enquanto minhas malas rasgadas e sujas são arrastadas para longe de mim.

Agora estou sentada na beira da minha suntuosa cama de dossel duplo, em um quarto cheio de cravos vermelhos, sentindo como se um milhão de possibilidades estivessem voando pelo ar do lado de fora da minha janela. Como se eu fosse capaz de colher um pouco daquela sorte para mim caso eu saísse para a varanda da minha enorme suíte. Só Deus sabe como vovó consegue bancar essa estadia. Estou bem acima da loucura das ruas parisienses, com o som das buzinas, o ruído da cidade, os carros avançando lentamente e bem próximos uns dos outros. Aqui em cima, à beira das estrelas, tudo parece leve. Eu quero me aventurar. Quero ser *aquela* mulher. Aquela mulher que joga a mala em cima da cama e vai para uma cidade estrangeira sem saber ao certo para onde está indo, mas sabendo que será emocionante.

Desta vez, e não digo isso levianamente, preciso incorporar um pouco de minha mãe. Ela estaria na recepção agora, com um mapa aberto no balcão, sem se importar com o tamanho da fila que poderia estar se formando atrás dela, exigindo uma lista do melhor que a cidade tem a oferecer. Por que não estou fazendo isso? Eu quero, quero mesmo. Talvez porque eu não saiba como. Meu mundo de repente parece surpreendentemente pequeno. Sinto-me perdida nesta cidade estrangeira.

Posso começar com as coisas fáceis. Vou ligar para o serviço de quarto e pedir um *croque monsieur*. Depois, preciso enviar uma mensagem para Véronique e verificar se ela está disponível para um encontro esta noite. Tenho que pensar na logística.

Enquanto percorro o extenso menu de jantar no quarto, algo corrói o fundo da minha mente: a expressão no rosto da vovó no dia anterior enquanto falava sobre Paris. A maneira como os olhos dela se iluminaram enquanto falava sobre o hotel, como se o conhecesse muito bem. Por que nunca me preocupei em saber mais sobre o pouco tempo que ela passou ali com meu avô? Juro que vou perguntar a ela quando voltar.

Capítulo 2

Alice

Outubro de 1953, Paris

O Cygne Noir

A noite precisa ser um sucesso. Alice passou o dia inteiro garantindo que seja. Os primeiros convidados começarão a chegar à residência em duas horas, o que dá a ela tempo suficiente para fazer uma conferência final da sala de estar e se certificar de que as flores que encomendou, rosas pálidas tradicionais, chegaram e foram colocadas nos vasos corretos, nas posições corretas. Ela estudará a lista de convidados uma última vez. Lerá novamente as notas que Eloise, sua secretária, sempre prepara habilmente para ela, resumindo quaisquer assuntos pessoais ou profissionais significativos relacionados aos convidados. Tópicos a serem evitados, motivos de cumprimentos, qualquer coisa que possa afetar o grupo de pessoas que estará presente. Quem deve ser mantido separado e quem deve ser aproximado em meio à empolgante mistura de personalidades que se reunirá nesta noite sob o retrato gigante do rei George e da rainha Mary. Líderes industriais, o ministro da Justiça, o governador do Banco da França, gestores políticos, outros embaixadores que atuam no país e um punhado de *bugigangas sociais*, como Albert chama de maneira nada lisonjeira os concorrentes mais glamorosos e menos sérios — as pessoas bonitas que garantem que os figurões marquem presença para olhar, flertar e se munir de anedotas interessantes o suficiente para levar às festas da semana seguinte.

As esposas chegarão envoltas em pele de *vison* ou coelho, cheirando a perfume caro, parecendo espantadas e prontas para julgar, apreciando o fato de que toda a pressão para agradar estará sobre Alice esta noite. Ela sabe que vão questioná-la discretamente em relação a tudo: desde o cardápio — naquela noite, uma seleção delicadamente equilibrada de canapés, que não favorece muito nem os britânicos, nem os franceses (perdiz britânica, brie francês) — até seu peso, passando por suas roupas, quantas noites por semana o marido dorme em casa, onde ela faz compras, quantas sacolas ela carrega ao sair das lojas, quanto ela bebe. Tudo estará sujeito a julgamento.

Alice gira lentamente na sala de estar. Ela fez tudo certo? Albert ficará satisfeito? A prata acabou de ser polida. A seleção de uísque e conhaque foi reabastecida. Ela pode voltar para seu quarto para se vestir com a ajuda de Anne, que já estendeu sobre a cama o vestido que as duas escolheram para Alice. Talvez Albert até se junte a ela mais tarde, em vez de passar outra noite no quarto menor no final do corredor, onde prefere ficar quando trabalha até tarde.

Um vestido de noite preto sem alças da Dior, uma luxuosa mistura de cetim de seda e veludo. Alice prendeu a respiração quando verificou o preço da peça em sua primeira prova na casa do estilista — uma quantia que eclipsava o valor que gastava em roupas de um ano inteiro antes da mudança para Paris. Mas Albert, um homem que nunca pareceu se preocupar com o custo de nada, insiste que ela deve estar vestida de maneira adequada o tempo todo e que o valor é irrelevante. Inicialmente, ela ficou ansiosa, preocupada que os outros a vissem como uma fraude. Uma mulher de vinte e cinco anos usando um vestido certamente destinado a uma senhora com muito mais experiência de vida do que ela? Alguém que pudesse preenchê-lo com um corpo que tivesse visto e feito mais coisas e, portanto, fosse mais merecedor dele?

Mas isso era subestimar totalmente o poder transformador daquele vestido.

— E nenhum de nossos convidados desta noite me viu neste vestido antes, Anne?

— Com certeza não. Verifiquei os registros, Alice. Será totalmente novo para eles.

Tudo o que Alice veste é anotado em cartões, que também referenciam a lista de convidados relevantes e, portanto, limitam as chances de gafes sociais relacionadas ao guarda-roupa. Alice sabe que não precisa perguntar, mas não consegue se conter. Anne não deu a ela um instante de preocupação ou decepção desde o dia em que entrou pela porta. Muito pelo contrário.

— Vou ajudá-la, Alice — oferece Anne, já posicionada e esperando ao lado da enorme cama de madeira escura enquanto Alice começa a tirar lentamente o vestido de lã azul-marinho mais prático que usou durante o dia. Anne o retira com facilidade sobre os ombros e o devolve a um cabide de madeira.

— O corpete primeiro, por favor.

O vestido tem duas partes: um corpete sem alças que se abre totalmente — que estava sobre a cama do lado avesso, revelando todo o delicado funcionamento interno que dará a ela a confiança de que precisa esta noite —, composto por sete barbatanas verticais finas, mantidas no lugar por uma rede delicada, que sustenta um busto levemente acolchoado, eliminando a necessidade de qualquer roupa íntima adicional. Tão bem-acabado por dentro quanto por fora. O corpete é debruado com uma bela dobra de um exuberante veludo preto, que se encaixará em sua pele e fará o cetim brilhar sob a suave luz de velas da sala de estar.

Anne o coloca contra o corpo nu de Alice, tendo o cuidado de desviar os olhos, e começa a prender a sequência de treze ganchinhos perfeitamente espaçados nas costas, cada um apertando o corpo de Alice um pouco mais. Quando ela fixa o último gancho no lugar, o corpete fica precisamente como deveria contra sua pele, terminando logo abaixo das omoplatas de Alice.

Em seguida, Alice veste a saia larga e pesada, tomando cuidado para não prender os dedos dos pés na camada rígida de crinolina. Então, Anne inicia o processo de conectar as duas peças de roupa com uma combinação complexa de mais ganchos e zíperes — ninguém jamais imaginaria que o vestido é composto de duas peças distintas. Feito isso, Anne recua para fazer os ajustes finais. Os painéis de cetim de seda e veludo que compõem a saia são encimados no quadril esquerdo de Alice por um laço gigante acolchoado para manter sua posição, fazendo com que sua cintura pareça menor do que o normal. O efeito é majestoso, e, apesar de Anne já ter executado essa tarefa antes e saber que não é seu trabalho expressar uma opinião, um largo sorriso se abre em seu rosto.

— Está linda, Alice — ela sussurra.

— Obrigada — responde Alice com uma profunda exalação, um claro indicador de seu nervosismo em relação à noite.

— Você estará brilhante, como sempre.

Anne dá um aperto rápido e forte na mão dela antes de deixá-la para dar os toques finais na maquiagem, passar os cachos curtos e perfeitos para trás das orelhas e colocar os brincos de pérola que ela usou todos os dias desde que Albert a presenteou, no dia do casamento.

Alice a observa sair da sala, sabendo que há uma centena de coisas sobre as quais gostaria de se aconselhar com ela, de mulher para mulher. Albert a informou desde o início sobre a necessidade de manter o relacionamento com a equipe estritamente profissional, de nunca ultrapassar os limites. E ela nunca os ultrapassou com ninguém além de Anne, tendo o cuidado de chamá-la de Marianne, com mais formalidade, sempre que ele está por perto.

Albert volta para a casa vinte e cinco minutos antes do horário em que são esperados os primeiros convidados, tempo suficiente para se refrescar e vestir o smoking.

— Está tudo em ordem? — Não é lá uma saudação calorosa, mas Alice não esperava nada diferente. Ele está preocupado com a noite que se aproxima e talvez encontre tempo para conversar com ela mais tarde, quando todos tiverem ido embora.

— Tudo está exatamente como você queria, Albert. Vou deixar você se trocar e te encontro lá embaixo. O chef está com tudo pronto na cozinha, e, se alguém chegar mais cedo, estarei lá para recebê-los.

— Muito bom. — Albert não levanta os olhos quando ela sai do quarto, deixando-a com a sensação de que prefere ficar sozinho.

Naqueles últimos momentos preciosos de paz antes que a sala irrompa em conversas animadas e apresentações efusivas, a mente de Alice retorna para a palestra sobre protocolos a que compareceu antes que ela e Albert fossem enviados a Paris. Longe de tranquilizá-la, a palestra apenas a deixou mais nervosa em relação à importante tarefa que tinha pela frente e com o quanto Albert estaria contando com ela. Nunca interrompa uma conversa que está fluindo, mas sempre esteja preparada para levantar outro assunto, preste atenção em pessoas sozinhas, responda no idioma com que falarem com você... e assim por diante. Ela ouviu, fez anotações, entendeu o motivo de tudo e então decidiu que a única maneira de fazer aquilo era sendo ela mesma. Aquelas orientações seriam seu guia, não sua Bíblia. Como filha única de pais socialmente ambiciosos, Alice sabe que também traz uma experiência valiosa para a função. Passou horas nos coquetéis e jantares dos pais, enchendo as taças de champanhe dos convidados e absorvendo o fluxo e o refluxo de uma boa conversa. Alice observava como a mãe orquestrava uma conversa enquanto habilmente sinalizava para o marido se alguém precisava ser resgatado do outro lado da sala. Sempre a surpreendia como uma mulher que costumava ser tão distante durante o dia ganhava vida à noite, quando havia corações a conquistar, egos a aplacar e promoção pessoal a obter. Talvez o fato de a confortável casa da família em Norfolk ficar à sombra da propriedade rural maior a que pertencia, onde o pai trabalhava como administrador, é que despertasse em seus pais o desejo de mais. A casa certamente atraía uma seleção de convidados que esperavam que tal proximidade com a riqueza pudesse abrir portas para eles também.

Não havia melhor sensação para Alice do que ver os convidados voltarem para casa e poder transmitir alguma fofoca ouvida ou informação útil que tivesse captado enquanto circulava pela sala. A mãe a cobria de raros elogios, o pai lhe dizia *bom trabalho, querida*, e ela sabia que os havia agradado. Havia conquistado seu lugar na festa e ia para a cama cansada, mas feliz.

Uma noite, foi Albert, um hóspede da propriedade principal, quem cruzou a soleira com uma braçada de rosas recém-cortadas para a mãe dela e uma garrafa de uísque escocês caro para o pai, cobrindo a ambos e à casa de elogios, quando tudo deveria parecer bastante modesto em comparação com a dele.

As credenciais de Albert circularam pela sala antes dele: formado em Eton e depois em Oxford, onde foi o melhor aluno em história e ganhou a reputação de escritor talentoso e debatedor implacável. Seguiu-se uma rápida ascensão na hierarquia do serviço diplomático e do Ministério das Relações Exteriores em Londres e uma agenda intensa de conferências e compromissos internacionais.

A entrada dele mudou completamente a dinâmica da sala de estar dos pais de Alice. Os convidados, não mais satisfeitos com suas companhias habituais, praticamente faziam fila para falar com Albert, que gentilmente os atendia. O fato de ser reservado quanto a qualquer informação pessoal além de ter uma irmã mais nova, e os dois serem filhos de ricos proprietários de terras de Gloucestershire que haviam tragicamente perdido o pai para a tuberculose quando Albert estava no início da adolescência, só os tornou ainda mais afetuosos com ele. A partir daquele momento, seus pais nunca mais convidaram mulheres solteiras para as noites em que Albert jantava com eles.

Alice havia crescido na companhia de adultos, por isso uma sala de estar cheia de rostos desconhecidos não a intimidaria nesta noite. Mas ela ainda seria capaz de agradar a Albert da forma como costumava fazer? Talvez fosse o suficiente para ele, antes de se casarem, quando as apostas eram baixas e as expectativas sobre ela, ainda menores. Será que ele a vê no salão de baile da casa deles em Paris e acredita que aquilo está além de suas capacidades?

— Uma taça de champanhe, madame Ainsley? — Patrice segura uma bandeja de prata à frente dela com uma única taça gelada no centro, sabendo muito bem que ela a aceitará. Talvez não tenha chance de pegar uma depois que todos chegarem, e seu ânimo precisa de um pequeno impulso inicial. Patrice recoloca a bandeja em um aparador e, em seguida, assume sua posição no saguão para anunciar a chegada de cada convidado. Exageradamente formal, pensa Alice, mas um lembrete bastante útil de quem é quem quando sua memória enfrenta um vazio inevitável. E, no mar de sessenta rostos desta noite, ela se sente ainda mais grata por Patrice e pelo desempenho impecável que sabe que ele terá.

— O secretário-geral do Élysée, monsieur e madame Bateaux. — Patrice faz sua primeira apresentação, e, como Albert ainda não está em lugar algum, cabe a Alice assumir o comando. Felizmente, ela já conhece o casal. Alice percorre a sala em um movimento rápido, dando um beijo afetuoso em cada lado do rosto deles.

— Minha sala de estar já está cem por cento mais elegante com você nela, Chloe! — Alice segura os braços de Chloe, formando um círculo íntimo entre elas e admirando a visão à sua frente. Um vestido longo carmim profundo, a cor do *boudoir*, salpicado com delicadas contas de pérola que fazem a peça inteira brilhar sob o lustre.

— Dior, é claro! — diz Chloe suavemente. — Quem mais? Por que você não o convidou ainda? Ah, por favor, convide-o. Apenas um pequeno almoço para alguns de nós. Ou um chá da tarde em seu Salon Vert? Você já conheceu a maravilhosa Camila na avenida Montaigne? A melhor *vendeuse* de toda a Paris, na minha opinião. Ela consegue fazer qualquer uma parecer uma dama.

— Ah, que ideia maravilhosa, assim ele pode extrair de mim mais um ano de salário — acrescenta o secretário antes que Alice tenha a chance de responder.

— E olhe para você, Alice. Se considerarem que tenho metade da sua sofisticação, ficarei feliz. — Na falta de um elogio de Albert, é exatamente o que Alice precisa ouvir.

— Venha me salvar de todas essas bobagens vertiginosas, hein, Albert? — O secretário vê Albert atravessando as portas de pé-direito duplo e se apressa em aproveitar a oportunidade para monopolizá-lo.

Em meia hora, a sala de estar está cheia, sorrisos artificiais estão começando a desaparecer conforme o dever se transforma em diversão, e Alice está circulando, tomando o cuidado de passar alguns minutos com cada convidado antes que possa retornar para a confortável companhia de Chloe. Ela não deve se distrair com os lindos vestidos. Um tem penas flutuando sobre a saia de multicamadas levíssima; laços enormes cor de blush caem em cascata na frente de outro; camadas de babados brancos são usadas pela noiva de um eminente diplomata. Há jaquetas moldadas como se tivessem acabado de ser retiradas das curvas femininas mais perfeitas e um vestido de noite com bordados elaborados e flores habilmente reinventadas nas cores mais bonitas de um jardim inglês.

Mantendo um olho no fluxo de canapés para que possa acenar para Patrice quando outro serviço puder começar, Alice se move. Ela sempre fica pasma com a quantidade de comida que se consome nessas reuniões. Passam-se três horas de petiscos constantes antes que a maioria dos convidados deixe a festa para jantar em outro lugar.

Alice decide procurar um dos professores seniores da Sorbonne, que está presente nesta noite. Tendo experimentado e adorado uma aula introdutória de literatura francesa moderna no mês anterior, está ansiosa para ouvir sobre o programa de palestras do próximo ano, na esperança de que algo desperte seu interesse e preencha algumas de suas horas entre entreter e gerenciar a equipe de empregados.

— Querida! Da última vez que nos encontramos, você estava indecisa... Será a aula de desenho de naturezas mortas ou a aula de história da arte europeia? — O professor passa os braços em volta dela sem a formalidade que tantos outros se sentem compelidos a ter uma vez que entram na residência. — As vagas estão quase esgotadas, sabe. Se esperar muito mais, ficará decepcionada.

— Talvez eu faça ambas! — Qualquer coisa será melhor, pensa Alice, do que vagar sem pensar pelos corredores da casa em busca de maneiras de se ocupar. Ainda que, no momento em que diz isso, saiba muito bem que Albert reclamará se ela passar muito tempo fora. A única função oficial que vai além de entretenimento prometida por ele não se concretizou, apesar de muitos lembretes da parte de Alice.

Alice vê então que conseguiu se colocar de costas para Albert, não que ele tenha percebido. Ele mal trocou uma palavra com ela desde que chegou em casa. Ela sente as orelhas formigarem com a menção do próprio nome e estica o pescoço, tentando sem sucesso identificar o homem idoso com quem Albert está falando. Como Patrice não está ao alcance de sua visão, não tem como ajudá-la.

— E como está madame Ainsley? Aproveitando a vida diplomática parisiense, espero? — É sempre reconfortante para Alice quando, após finalmente conseguir conversar com Albert, que não é muito acessível, alguém se dá o trabalho de perguntar por ela. Embora ela saiba que Albert vai considerar a discussão de assuntos de tão pouca importância como uma oportunidade desperdiçada.

— Perfeitamente, como esperado — Albert responde. — Alice foi feita para esse tipo de coisa, mas eu não eu não vou mentir. Ficou óbvio desde o primeiro dia que todos preferem ela a mim. — Não há alegria no tom de Albert. As palavras dele são ditas de forma fria e, se ele espera que o interlocutor o contradiga, ficará desapontado. — É ao lado de Alice que todos esperam se sentar durante o jantar.

— Bem, então você pode se considerar um homem de muita sorte, Albert. Tem uma esposa que não é apenas bonita e inteligente, mas também adorada. Seu único trabalho é lembrar de apreciá-la. — Quem quer que esteja conversando com Albert parece não compreender toda a arrogância da bravata de Albert ou o ciúme latente que ele mal se dá o trabalho de esconder.

— Não tenho certeza se a sorte tem algo a ver com isso. Eu garanti o que precisava. Ela é a pessoa mais eficiente e menos ofensiva que conheço. Não é uma façanha pequena neste ambiente, não concorda? — ele diz isso com um riso suave e pouco convincente, e Alice ouve o senhor mais velho dizer algo sobre confirmar uma reserva para o jantar e se retirar.

Ela sente o rosto ficando quente. Não foi uma conversa discreta, e ela se pergunta se o professor também ouviu. Se ouviu, está sendo muito gentil ao fingir o contrário, usando a bandeja de canapés que passa por ele como uma desculpa conveniente para desviar o olhar, dando a Alice alguns momentos para tentar entender o que escutou. O casamento deles nunca foi formalmente arranjado no sentido tradicional — ainda houve um pedido que ela poderia ter respondido com sim ou não.

Mas também não havia dúvidas sobre as expectativas de seus pais, eles aprovavam Albert com todo o coração. As esperanças de um casamento foram compartilhadas com amigos muito antes de ser apropriado fazê-lo. E os pais não iriam querer o melhor para Alice? Um marido que honrasse seus votos de casamento? Certamente Albert havia sido escolhido por sua integridade, bem como pela riqueza e ambição óbvias. Se o pai de Alice se sentia de alguma forma culpado por suas próprias deficiências como marido, não garantiria que a única filha fosse poupada da mesma dor? Ela havia confiado no endosso dos dois, sem motivos para duvidar.

Sempre estrategista, Albert expôs os termos de forma muito clara para Alice — antes e, com esmagadora praticidade, imediatamente após seu pedido de casamento. Ela levaria uma vida privilegiada, mas nunca puramente decorativa. Ele sabia que Alice era capaz de mais e a queria em sua equipe, tanto na sala de reuniões quanto na sala de jantar. Sua forma de se expressar pode ter sido inesperadamente funcional, mas não deixou de ser atraente. Era uma chance de impressionar os pais, abrir as asas, usar o cérebro e contribuir com algo significativo após a formação que os pais lhe haviam proporcionado.

Mas qualquer um que ouvisse o que Alice acabara de ouvir pensaria que ela e Albert estavam competindo um com o outro, considerando a maneira como ele parecia se opor à popularidade dela. Não era isso que ele esperava? Que ela fosse não apenas aceita, mas bem-vinda naquele mundo?

A conversa dela com o professor vacila enquanto ela tenta se recompor e aliviar o rubor em seu rosto, dando a ele tempo suficiente para chamar a atenção de uma mulher do outro lado da sala e acenar para ela se juntar a eles.

— Madame Ainsley, por favor, permita-me apresentá-la a madame Du Parcq. Ela dá aulas de literatura clássica francesa na Sorbonne. Seu marido é diretor de gestão de ativos do Banco da França. Ambos muito talentosos, obviamente.

— É um grande prazer conhecê-la, madame Ainsley, e muito obrigada por seu gentil convite esta noite. Há algum tempo que queria conhecê-la. E preciso dizer que as rosas são simplesmente perfeitas. São dos jardins da embaixada?

Alice abre a boca para responder, mas faz uma pausa quando um jovem entra no grupo ao lado de madame Du Parcq.

— Ah, por favor, conheça meu filho, Antoine. Ele está estudando política na Sorbonne e está muito interessado em seguir uma carreira no mundo diplomático, não é, querido? — A mão dela desaparece atrás das costas do filho, empurrando-o para frente em direção a Alice.

Antoine não diz nada por alguns segundos antes de responder com indiferença:

— Sim, aparentemente estou — diz ele com um arquear sutil de sobrancelhas que parece fazer em resposta à mãe e que Alice finge não perceber.

Então ele faz uma pausa, deixando os olhos percorrerem Alice, sem nenhuma pressa, não se importando nem um pouco com o fato de ter interrompido a conversa. Ele não aperta a mão dela, mas se aproxima, tão perto que ela pensa por um momento insano que ele pode tentar beijá-la, o que faz sua respiração parar. Então, muito lentamente, ele leva um dedo aos lábios dela e limpa uma migalha de canapé.

— Ah, obrigada. — Alice leva os dedos à boca e percebe como os olhos dele também pousam ali.

A mãe dele interrompe, tagarelando sobre o quanto valorizaria a opinião de Alice, e pergunta se ela teria tempo para aconselhar Antoine um pouco, se não fosse imposição demais.

— Bem, não sou uma especialista — admite Alice. — Mas, se puder ajudar, é claro que ajudarei.

Ela observa a expressão de Antoine lentamente se transformar em um pequeno e secreto sorriso. Ninguém mais reparou além dela. O que ele está tentando transmitir — e por que ela está retribuindo? A mensagem fica entre os dois. Ela sente o sangue pulsando nos ouvidos — um resquício do constrangimento causado por Albert? Ou a tensão logo abaixo da barriga seria por causa do homem intrigante parado na frente dela? O homem que fez o esforço de vestir um smoking esta noite, mas deixou o primeiro botão da camisa aberto, como se estivesse desafiando alguém com essa atitude? A gravata-borboleta não estava muito reta; o cabelo castanho como chocolate parecia despenteado. Havia um quê de arrogância na forma como ele inclinava a cabeça para o lado, admirando Alice sem disfarçar. E o que era aquela expressão? Uma tentativa deliberada de excitá-la? De desequilibrá-la um pouco? Uma determinação de não seguir as convenções sociais da noite? Ainda assim, ele está imaculadamente barbeado. As sobrancelhas são tão afiadas quanto a linha do queixo. Ele se importa com a própria aparência. Alice percebe que ele pensou com afinco em como seria visto naquela noite.

O professor e madame Du Parcq passaram a discutir cronogramas de aulas e número de alunos. Percebendo isso, Antoine dá outro meio passo na direção de Alice. Ela sente o corpo dele, sua proximidade, sua altura e a maneira como ele está inclinando a cabeça na direção dela em um ato surpreendente de intimidade, abaixando-se tanto que o cabelo dele roça em seu rosto e ela consegue sentir o ritmo de sua respiração.

— Eu já vi você antes. Na Sorbonne. Mês passado.

— Sim. Eu estava fazendo um curso de curta duração. Mas você não estava na minha sala. — Alice arqueia o pescoço para trás para criar um pouco mais de espaço entre eles.

— Não. Eu vi você do corredor. Você estava absorta. Não me notou olhando para dentro da sala. Mas eu sabia quem você era. Como todo mundo, li sobre sua chegada a Paris nos jornais. Mas sua aparição na universidade foi uma surpresa.

— Por que isso surpreendeu você? — Ela tenta abafar a leve ofensa que sente. Por que ele a consideraria deslocada na universidade?

— Você não precisa se preocupar com...

Alice sente a garganta apertar enquanto engole seu aborrecimento. Ela respira lenta e profundamente, interrompendo o olhar entre eles, e então, em vez de revelar seus verdadeiros sentimentos, relaxa a boca em um sorriso largo e deixa seu tom um pouco zombeteiro.

— E você sabe muito sobre mulheres, não é, Antoine? Alguém tão jovem já tem uma experiência muito ampla com mulheres como eu?

— Você não me deixou terminar. — Ele usa o corpo para encurtar a distância entre os dois outra vez. — Não precisava se preocupar com isso, mas pude ver que era a única pessoa na sala que parecia genuinamente absorta na aula. Perdoe-me, mas fiquei observando você por um tempo enquanto prestava atenção a cada palavra do professor. Eu vi algo diferente em você, Alice. Foi o que me manteve olhando. E me lembrei de você por causa disso. O fato de você também ser facilmente a mulher mais bonita da sala naquele dia foi algo que me ocorreu apenas mais tarde.

Alice vira a cabeça em direção a Antoine e, por um momento, fica completamente perdida nele, com o rosto inclinado para baixo, perto do seu pescoço, procurando o frescor quente ali. Uma mistura de frutas cítricas ousadas, perpassadas por algo mais terroso — couro ou tabaco, talvez ambos. Ela estaria mentindo se dissesse que não estava acostumada a ser elogiada pela aparência, a ser vista, até mesmo encarada. Se um elogio não é dirigido especificamente a ela, então se refere a algo que ela indiretamente tornou mais bonito — sua escolha de rosas para a sala de estar, a forma como a mesa está posta, a eficiência de sua equipe. Mas nunca, até onde Alice consegue lembrar, alguém a elogiou por seu intelecto ou qualquer outra coisa que ela possa desejar fazer além da hora do coquetel. Albert fingiu valorizar esse seu lado com a promessa de uma função para ela ali, mas agora tudo parece meio vazio.

Ela sente uma profunda gratidão se espalhar por ela. Uma conexão.

Talvez realmente haja algum ponto em comum? Ele também estuda na Sorbonne. Alice sente os lábios se abrirem para agradecer, mas as palavras não saem. De repente, parece muito triste se sentir grata por algo que os outros acham tão normal.

Então, madame Du Parcq está de volta ao seu lado, e o clima passa. Antoine se endireita, e Alice assume um olhar de inocência antes que a mãe o arraste sob o pretexto de mais apresentações necessárias e Alice peça licença para verificar os arranjos, o coração batendo contra as costelas, o rosto agora em um tom mais profundo de rosa.

─✿─

Por volta das onze da noite, Alice está de volta ao seu quarto. Os dedos de Anne estão refazendo o trajeto anterior com delicadeza, libertando Alice aos poucos do vestido que ela usou. Ela pode sentir o corpo ceder suavemente enquanto o espartilho é solto e, em seguida, ficar tenso outra vez de maneira instintiva quando Albert entra no quarto. Deveria ser ele me despindo, ela pensa, e se pergunta se esse pensamento estava ocorrendo a ele também. Não fica inteiramente à vontade com a ideia de que poderia estar. Ele gostaria de despir a esposa como costumava fazer? De remover as camadas de seda, com uma urgência crescente, para revelar a suavidade por baixo, o corpo que costumava responder alegremente a ele? A imparcialidade glacial da expressão de Albert sugere que ele não alimenta tais pensamentos.

— Por Deus, ela não tem uma casa para onde ir? — Ele agita a mão com desdém na direção de Anne.

Ele sequer se lembra do nome dela, observa Alice. Ela sente os dedos de Anne ganharem velocidade e sabe que a urgência repentina é para seu próprio bem, não de Anne. Ela partirá em breve, retornará ao santuário seguro de sua própria casa e não vai querer que Alice seja deixada para lidar com um Albert irritado.

— Desculpe, monsieur Ainsley, não vou demorar muito.

Albert não responde, apenas chuta os sapatos para longe, esperando que Anne os guarde, e retorna para a porta.

— Querido, adoraria ouvir tudo sobre esta noite. — Alice detesta a nota de desespero em sua voz, como se estivesse procurando por uma migalha de elogio, o que quer que ele decida jogar em sua direção. — Com quem você falou e o que todos tinham a dizer. Pareceu um sucesso, não concorda? Devo pedir para Patrice nos preparar uma bebida?

— Ele pode colocar um uísque na biblioteca para mim. Tenho pelo menos algumas horas de trabalho para pôr em dia. — A porta se fecha, e ele vai embora, deixando Alice e Anne sozinhas, esta última tentando muito parecer não estar ofendida, como se não tivesse ouvido. Mas é a curvatura ligeiramente compreensiva da boca de Anne que Alice não consegue suportar.

— Sinto muito, Anne. — Alice pede desculpas por ele outra vez.

— Você não tem nenhuma necessidade de se desculpar comigo, não pense nisso. Mas...

— Você pode deixar a lista de convidados de hoje em cima da mesa para mim, por favor? — Alice a interrompe. Está cansada demais para tratar dos erros e acertos do comportamento de Albert no momento. Além disso, sabe que precisa preparar um agradecimento pessoal escrito à mão a todos os que compareceram esta noite. — Acho que vou começar a redigir as notas de agradecimento agora.

Após se esforçar para produzir cerca de vinte cartões, Alice desiste. Está plenamente acordada, mas sem inspiração para fazer os cartões parecerem pessoais e genuínos, como precisam ser. Sua mente retorna repetidamente às palavras de Antoine no início da noite: *Eu vi algo diferente em você.* Ela se pega rabiscando-as em um dos pequenos cartões marrons que Anne usa para catalogar os vestidos.

Talvez Albert já tenha terminado o trabalho. Talvez aprecie uma interrupção, uma desculpa para desligar a luminária da mesa e conversar com ela. Ela não quer ir para a cama sozinha de novo. Desliza pelo corredor até a biblioteca. A porta está fechada, mas Alice ouve o marido ao telefone. É uma da manhã. Com quem ele pode estar falando nesse horário? Quem quer que seja, o tom casual e sussurrado sugere que não se trata de um parceiro de negócios, e seria uma má ideia interrompê-lo. Ela volta para o quarto, fechando a pesada porta de madeira. Inclina-se contra a porta, olhando ao redor do quarto enorme, pensando em quão poucas noites os dois compartilharam a mesma cama. Fazia mesmo pouco mais de um ano que os dois haviam acordado, enroscados no corpo um do outro sob os lençóis brancos e frios da suíte de lua de mel, gentilmente despertados pelo som rítmico das ondas lá fora? Desde que chegaram a Paris, Alice sente como se seu corpo intocado tivesse endurecido fisicamente. A cada noite que Albert deu uma desculpa para não dormir com ela, sua confiança foi diminuindo até sobrar todo aquele espaço entre eles. Um vazio gelado. Naquele quarto, na cama dos dois e no coração dela. E sem absolutamente nada para preenchê-lo.

Capítulo 3

Lucille

Sexta-feira

Paris

Há pernas muito compridas e muito nuas por todo o saguão do hotel nesta noite. Pernas equilibradas em saltos finíssimos. Pernas penduradas sobre os braços da mobília de veludo e curvadas sobre mesas repletas de taças de champanhe. Pernas que, sem brincadeira, têm o dobro do comprimento das minhas e estão cobertas por saias de lantejoulas que dançam em torno de traseiros mal cobertos. São pernas bronzeadas e longas, com um brilho que remete às festas noturnas em que desfilarão mais tarde. Não me lembro de ver pessoas assim na Inglaterra. Não por onde ando e certamente não perto do cinzento escritório onde trabalho. Dylan, o chefe do site de viagens em que eu estou trabalhando há dezoito meses, não ficou nem um pouco satisfeito quando enviei um e-mail na noite passada para dizer que precisava tirar uma folga hoje. Prometi que checaria os e-mails para o caso de algo urgente acontecer. E preciso voltar bem cedo na segunda-feira. Com isso, terei duas noites em Paris: tempo suficiente para pegar o vestido de vovó na casa de Véronique e estar de volta a Londres no domingo à noite.

Para piorar minha própria falta de glamour, desembarquei em Paris durante o que parece ser a semana de moda, que, pelo que entendi, está começando no hotel que vovó reservou para mim. As pessoas realmente vivem assim? Envolver-se em uma fita de seda rosa, revestida por milhares de cristais de prata, e desfilar por Paris para que todos vejam é mesmo um estilo de vida? Sim, é! Nunca vi mulheres tão bonitas — provavelmente são modelos. A perfeição delas é sobrenatural, parece que saíram dos gigantescos outdoors da Champs-Élysées para a vida real, como criaturas superpoderosas, meio humanas, meio fantasiosas, dispostas a seduzir todos nós. Não falta nada. Seus cabelos estão amarrados em rabos de cavalo tão presos que chegam a mudar as feições; a pele é perfeitamente luminosa. Os lábios são cheios e ficam entreabertos, esperando para serem beijados. Todos tocam uns aos outros. Não há limites aqui. É como se eu tivesse entrado em uma orgia gigante da moda, onde o ingresso é simplesmente ser fabuloso sem medo.

E os homens — vejo pelo menos cinco por quem poderia me apaixonar neste momento. Estão beijando pescoços, lentamente traçando coxas nuas; tão próximos das mulheres que não há chance para qualquer suposto concorrente. Vejo um homem sussurrar com vontade algo no ouvido de sua companheira, uma mulher que fica com as pernas afastadas apenas o suficiente para permitir que uma das dele se encaixe entre elas. Ele está muito perto, encostando os lábios na pele dela enquanto fala e passando um braço em volta da sua cintura fina, por cima da caixa torácica. O que quer que esteja dizendo faz a mulher se derreter um pouco mais ao encontro dele. Então, meu Deus, ela lambe em um relance os lábios dele, entrando em sua boca, e ouço o ritmo da minha própria respiração estremecer com a sensualidade da cena.

Quando saio para o ar noturno, preciso respirar fundo algumas vezes para acalmar o coração. O que *era* aquilo? Algum dia na minha vida experimentarei uma fração do que vi? Deus do céu, *por favor* permita que sim. Pode ficar com as lantejoulas e as penas, mas me deixe sentir só um pouquinho desse desejo. Não todas as noites da semana, eu não daria conta, mas talvez uma ou duas vezes por mês. É pedir muito? Estou aqui há apenas algumas horas e já permiti que Paris me seduzisse com seu brilho sexy. Eu tento parar de pensar nisso e sigo para a casa de Véronique, uma caminhada estimulante de quarenta minutos do hotel até o primeiro *arrondissement*. Acompanho o rio, indo para o leste, antes de virar à esquerda, passando por alguns jardins e chegando a uma das ruas estreitas mais calmas perto da impressionante place Vendôme.

Sinto que estou diferente; imagino que todo mundo se sinta assim quando anda pelas ruas de uma cidade estrangeira. É boa a sensação de ser notada por minha singularidade. Para começar, não estou com o uniforme de garota parisiense de folga: jeans superskinny, malha preta fina e cigarro. Estou usando um par de tênis e a mesma calça jeans com que viajei, mas troquei a camisa por uma blusa com babados e mangas franzidas que se projetam para fora na parte superior, dando um leve toque militar ao visual.

Mas é mais do que isso. Não consigo pensar em quantas vezes já fui vista, o que fez meu coração se apertar um pouco. Nunca estou entre os concorrentes quando Dylan está listando seus favoritos para as melhores dicas de viagens. Ele sempre fala sobre como os melhores textos são os pessoais, aventuras de descoberta que transcendem a simples visita a um lugar novo — algo difícil de conseguir quando ele nunca me manda para lugar algum. Mas isso não é nada comparado a não ser vista pela minha própria mãe. Sei que ela se sente culpada se não me vê uma vez por mês, mas apenas por não ter alcançado uma meta que estabeleceu para si mesma. O quanto ela realmente sabe sobre mim? O que me tira o sono (o medo de estar desperdiçando esta minha vida preciosa)? Do que ando precisando (motivos para sorrir, uma fuga da monotonia) ou não precisando (fingir que está tudo bem quando sei que não está)? Duvido que ela saiba o nome da empresa para a qual trabalho. Talvez ela precise abrir meu último e-mail para verificar meu cargo. Sou tão desconhecida para ela quanto a mulher que vai embalar sua próxima compra no supermercado.

Talvez eu não tenha muito como impressioná-la. Não possuo economias no banco, nenhum grande plano; estou vagando pela vida esperando por uma oportunidade de me encontrar, o que também não é um bom presságio para minha vida amorosa. Mas não tenho certeza se conseguiria lidar com a pressão de competir com um homem que precisa produzir algo a cada segundo do dia. Um homem que não é capaz de viver na terceira marcha, ritmo em que pareço passar a maior parte do tempo. Lembro o que isso fez com meu pai, antes que ele finalmente aceitasse a derrota e fosse embora. Como o holofote do sucesso de minha mãe foi brilhante demais para ele. Um "homem fraco", dizia ela, incapaz de acompanhar sua ascensão na hierarquia corporativa e um salário que superava em muito o dele. Eu me lembro do dia em que ele foi embora, quando me perguntei por que minha mãe escolheria o trabalho em vez de meu pai. Eu era jovem, não sabia dos detalhes, mas ainda via que ele estava lá querendo amá-la, e ela escolheu dinheiro e elogios nos negócios. Foi como se, no momento em que ele questionou a maneira como ela orquestrava a vida deles, ela tivesse deixado de respeitá-lo. Ele se tornou o problema. Acho que ela presumiu que o papel dele, seja lá qual fosse, seria absorvido por alguém melhor ou nós simplesmente seguiríamos em frente sem ninguém no lugar. Nós nos adaptaríamos. Foi o que o trabalho fez com ela: a preparou para ser implacável, sempre tirar a emoção da negociação. Minha mãe não diminuiu o passo. Que desperdício, todos aqueles anos investidos um no outro. O tempo que ela levou para tirá-lo da vida dela foi o mesmo que ele levou para retirar seus pertences da nossa casa. E então ela me entregou a chave que era dele. A proximidade que papai e eu tínhamos construído só podia se estender até certo ponto. No fim das contas, todo terceiro fim de semana em sua nova casa era longe demais.

De uma coisa eu tenho certeza: não sou uma daquelas mulheres que se dá bem sob pressão. *Não sou* minha mãe. Lanço uma promessa silenciosa para o céu noturno — preciso ser mais gentil comigo mesma — e decido que já refleti o suficiente por uma noite.

Chego à imensa porta de madeira do prédio de Véronique com um senso de propósito desconhecido. Pelo interfone, ela abre a porta para eu entrar — não no saguão que espero encontrar, mas sim em um oásis de vegetação, o jardim do pátio que o bloco de apartamentos circunda. Caminho diretamente para o outro lado, evitando meia dúzia de felinos de aparência suspeita. Então, estou de volta ao prédio e enfrento um pequeno elevador de metal com uma daquelas portas sanfonadas, espaçoso o suficiente para um adulto pequeno. É possível ver a sólida estrutura de concreto do edifício enquanto passo entre os andares, e rezo para chegar ao próximo.

Subo até o quarto andar, onde Véronique está esperando para me receber. Sei que deve ser ela antes que diga uma palavra, de tão convidativo que é seu sorriso.

— Lucille, entre, entre!

Ela logo coloca a mão em meu ombro e me conduz pela porta para um apartamento lateral surpreendentemente amplo, tudo se ramificando a partir de um corredor central de madeira. Posso ver uma varanda no fundo, coberta por um toldo listrado de verde e branco. Sinto um cheiro instantâneo de casa. Não da minha, mas o cheiro que sempre associei à noção de uma casa feliz. Uma mistura de florais suaves e limpos — há um enorme vaso de cristal com lírios brancos em uma mesa central — e algo rico e tentador que parece estar cozinhando há algum tempo.

— Você vai ficar para o jantar, não vai? — Véronique está me empurrando em direção a uma sala de visitas, onde vejo uma garrafa de vinho tinto aberta e duas grandes taças esperando para serem enchidas.

— Se não for atrapalhar, eu adoraria. — Acho que vovó ficará satisfeita se eu me esforçar para ser sociável.

— Não atrapalha em nada, e temos muito sobre o que conversar. — O tamanho da taça de vinho que ela serve a cada uma de nós certamente sugere que sim, embora eu tivesse imaginado que aquele encontro fosse se resumir a pouco mais do que algumas palavras educadas, jogar o vestido no banco de trás de um táxi e pronto.

— Vamos comer, e depois vou mostrar os vestidos. Você vai amá-los.

— Vestido, você quer dizer? — Vovó disse especificamente que havia um.

— Ah, não. Espere, você verá. — O sorriso de Véronique indica que o que me espera mais tarde será um deleite, mas só depois de saborearmos o jantar e compartilharmos o calor inebriante de uma grande garrafa de vinho juntas.

— Lamento muito pelo falecimento da sua mãe — digo.

Por mais que não queira levar aquela conversa por um caminho desconfortável para ela, não posso ignorar o fato de Véronique ter perdido a mãe recentemente.

— Obrigada. Ela era uma senhora idosa. Viveu uma vida maravilhosa, mas nunca foi totalmente ela mesma depois da morte de meu pai, alguns anos atrás. Sinto uma falta terrível dela, mas tenho minhas lembranças, e elas terão de bastar agora.

Observo o rosto dela por um minuto. Será que está apenas sendo corajosa?

— Nós éramos *muito* próximas. Este era o apartamento dela, na verdade, embora fosse muito menor antigamente. Foi ampliado desde então. Ela sempre preferiu a margem direita, que a colocava perto dos prédios do governo. Voltei a morar com ela aqui há alguns anos, quando percebi que ela precisava de ajuda. Ela era uma mulher notável. Adorava escrever cartas. E sempre arranjava tempo. Para escrever, para mim, para qualquer pessoa que ela valorizasse.

— Você também trabalha no governo? — Ela tem um ar de eficiência e organização que parece bem adequado para aquele mundo.

— Ah, meu Deus, não! De jeito nenhum. Eu trabalho no Museu de Artes Decorativas. É muito perto daqui, próximo ao Louvre, na rua de Rivoli. Cuido principalmente das cerâmicas, mas também ajudo na curadoria das coleções de vidraria e porcelana. Estou apenas em meio período agora, mas trabalho lá desde sempre. Nunca tive nenhum motivo para sair.

Véronique está quase sem maquiagem. Há apenas um toque de rímel nos olhos de aparência cansada — o único indício das noites agitadas que a morte da mãe pode ter causado — e um tom delicado de rosa nos lábios que parece levantar e iluminar todo o rosto. Há calor e compreensão nos vincos que emolduram suas feições. Enquanto conversamos, ela não exibe nenhuma das táticas de distração que sei que uso para desviar a atenção. Não há aceno de mão, nem diminuição do contato visual. Aparentemente, ela se sente confiante para relaxar e ser examinada. Usa o cabelo curto, preso atrás das orelhas, revelando dois pequenos brincos de diamante brilhantes, um acessório habilmente escolhido para a camisa branca que está vestindo naquela noite. Os cabelos são cinza-prateados e têm o tipo de volume que provavelmente vou invejar mais tarde na vida. Ela é a definição de sutileza. Imagino o que acharia de alguns dos itens mais duvidosos do meu guarda-roupa — os ponchos multicoloridos, a camisa com estampa de palmeira, a calça flare cor-de-rosa —, todos comprados para usar em lugares que ainda não conheci. Não posso deixar de sentir a dor em suas palavras também. É inevitável comparar a mãe dela com a minha, e começo a me preocupar com as possíveis perguntas sobre elas.

O jantar está delicioso. Frango nadando em um molho amanteigado com muito alho, acompanhado apenas por uma salada verde fresca. Quando terminamos, são quase dez horas.

— Devo mostrar os vestidos agora? — pergunta Véronique, com o rosto cheio de expectativa.

— Sim, por favor! — Estou forçando a empolgação por ela, porque qualquer vestido terá uma grande dificuldade de competir com o efeito restaurador de um bom vinho francês e uma refeição caseira.

Caminhamos até o quarto de Véronique, um espaço com paredes cinzas e pé-direito alto ao lado de um closet revestido dos dois lados com grandes armários. Ela deve *realmente* adorar roupas.

— Aqui estão eles! — Em um movimento rápido e fácil, Véronique abre as portas de correr para revelar uma fileira de vestidos.

Chego a dar um passo para trás. Essa não é uma coleção de vestidos qualquer. Mesmo com meus olhos totalmente destreinados, posso ver que os tecidos são pesados e exuberantes. Os botões ainda estão perfeitamente no lugar. Tudo tem uma simetria muito ordenada e deliberada. Acho que todos os detalhes foram feitos à mão, e um dos vestidos é coberto com o que devem ser milhares de lantejoulas e cristais. Tudo pertence a um mundo muito diferente. Um mundo que não sabe nada sobre a *fast fashion* de hoje, com sua confusão de cabides de arame e cópias do mercado de massa — em outras palavras, meu guarda-roupa.

Vejo o amor ali, o cuidado e a perícia em cada ponto. Sinto o tempo que deve ter sido necessário para criar e produzir algo tão lindo. Semanas, talvez até meses para cada um. Há uma abundância que alguns diriam beirar o desperdício. Por que colocar uma camada em uma saia, quando se pode ter cinco ou seis? Por que esperar que um vestido mantenha sua forma quando se pode estruturá-lo e acolchoá-lo para que não haja dúvidas de que ele permanecerá sempre assim? Vovó estava sempre elegante; era de uma geração de mulheres que se importavam com a aparência. Mas isso? Isso não é a vida ou o mundo dela. Não consigo associar o que está pendurado na minha frente com a mulher maravilhosa que acabei de deixar em casa, coberta por uma manta cheia de migalhas e assistindo TV distraída. Por que ela nunca me falou sobre esses vestidos? De repente, tudo parece errado e confuso, como se faltasse algum detalhe ou elo importante que daria sentido ao que estou vendo.

Véronique, com uma mão dramaticamente pressionada contra o peito, parece de fato à beira das lágrimas.

— Já viu algo parecido? — ela pergunta, um tanto redundantemente, eu diria.

— Não, nunca — é tudo o que consigo dizer.

— E não é nem a melhor parte. Você ainda não viu os bilhetes que os acompanham. Venha, vou mostrar.

Ela volta do quarto com uma caixinha perolada forrada com veludo vermelho. Dentro, há um maço de oito cartões marrons idênticos, não muito maiores do que um cartão de crédito, presos por um elástico.

— Cada vestido ou peça tem um cartão correspondente — explica ela. — Dê uma olhada. Quando mamãe me mostrou os vestidos pela primeira vez, ela me deu o pacote completo de cartões também.

Olho para o primeiro e vejo que foi escrito à mão com tinta que desbotou ao longo dos anos, mas não o suficiente para destruir completamente a legibilidade.

> **A&A**
> Cygne Noir
> Casa
> 3 de outubro de 1953
> *"Eu vi algo diferente em você."*

Há algo comovente em segurar este bilhete em minhas mãos, ler palavras escritas há mais de sessenta anos. E a citação é intrigante.

— Cygne Noir é o nome do vestido — explica Véronique. — A tradução é "Cisne Negro". Muito romântico, não acha? Minha *maman* nunca falou muito sobre esses vestidos, exceto para dizer que eram muito especiais. Mas eu fiz algumas pesquisas nos arquivos do trabalho uma tarde e descobri que foi desenhado por Christian Dior, no final dos anos 1940. É uma peça de alta-costura. Deve ter levado semanas para ser feito e custado uma quantia significativa na época.

— Por que alguém escreveria um bilhete desses sobre o vestido? Qual seria a necessidade disso?

— Eu fiz essa pergunta também, e parece que quem usava alta-costura naquela época, quem era esse tipo de mulher, vivendo esse tipo de vida, provavelmente mantinha um registro de quando certas peças haviam sido usadas para que fosse possível alterná-las, e assim pessoas importantes não a veriam usar a mesma coisa duas vezes. Imagine!

— Mas minha avó Sylvie não conhecia esse tipo de pessoa. Estou confusa, Véronique. — É verdade que vovó sempre foi vaga sobre o tempo que ela e meu avô passaram em Paris quando ela tinha vinte e poucos anos, mas a pessoa pode optar por ser vaga quando se tem a idade dela, e eu nunca a pressionei para saber os detalhes. Acho que sempre imaginei, e ela nunca me corrigiu, que aquele havia sido seu primeiro gostinho de liberdade longe dos pais e antes que ela e meu avô se comprometessem com uma vida de casados na Inglaterra. Já vi algumas fotos granuladas daquela época, e, se ela é bonita agora, antigamente era hipnotizante. Ainda assim, não era aquele tipo de mulher.

— Eu achava que apenas buscaria um vestido para minha avó, Véronique.

— De acordo com minha *maman*, todos os oito da coleção pertencem a ela. — Franzo a testa enquanto Véronique tenta preencher algumas das lacunas. — *Maman* recebeu muitas cartas de sua avó Sylvie de Londres ao longo dos anos. Elas pareciam estar sempre escrevendo uma à outra. Arrisco dizer que encontrarei um pacote grande de cartas por aqui quando começar a examinar tudo direito. Antes de morrer, ela me disse que havia uma boa chance de Sylvie fazer contato sobre os vestidos. Então, quando ela falou comigo, não fiquei surpresa. Mas nunca foi apenas um vestido.

— Certo, então o que ou quem são A e A?

— Agora, *esse* é o mistério. — Véronique abre delicadamente os botões perolados de uma jaqueta cinza de lã que está pendurada na frente da arara com uma saia preta densamente preguueada. — Consegue ver?

Quando ela levanta a etiqueta do estilista posicionada na parte de trás do pescoço, leio as iniciais novamente. Desta vez, costuradas na parte de baixo da etiqueta.

— Eu verifiquei, e elas foram costuradas em todas as peças, onde claramente nunca deveriam ser vistas.

— Os vestidos poderiam ter sido feitos para outra pessoa? Uma metade do A e A? E de alguma forma minha avó veio a ganhá-los? — Parece a única explicação lógica, embora não justifique a urgência de vovó para recuperá-los.

— Sim, eu cheguei à mesma conclusão — responde Véronique. — Mas isso é muito intrigante, não acha? Esta coleção é extremamente valiosa. Acho que alguém que se importou o suficiente para comprar e usar essas roupas não as teria só dado a alguém. E para a mesma pessoa? Por que faria isso? As anotações sugerem que os vestidos eram importantes para a mulher que os usou pela primeira vez. No entanto, eles estiveram todos com sua avó em algum momento. E então com minha mãe. Eu adoraria saber por quê. Você não?

— Sim, claro. — Mas não sei o que dizer. Vovó não mencionou nada disso para mim, então não tenho ideia do quanto ela própria sabe a respeito. — Alguma teoria? — Já posso sentir, pela maneira como Véronique está mudando o peso de um pé para o outro, que ela tem mais a dizer.

— Bem, não era prática da Dior rubricar suas peças para os clientes, e, embora eu tenha certeza de que poderiam fazer isso se fosse solicitado, veja a costura.

Dou um passo em direção à arara, inclinando o pescoço para a frente até que meu rosto fique pressionado contra o contorno delicado do A&A.

— Notou alguma coisa? — Agora o rosto de Véronique está voltado para o meu, as sobrancelhas arqueadas.

— Não.

— A costura! — ela anuncia triunfantemente. — Não está nem perto do padrão de qualidade do resto da roupa.

As iniciais foram adicionadas mais tarde, eu acho, provavelmente pela A que as estava usando. É como se ela estivesse secretamente marcando as peças como dela, talvez as reivindicando, não acha? Do contrário, por que se dar o trabalho de rubricar as roupas e colocar as iniciais onde não pudessem ser vistas? Tudo parece um pouco secreto demais.

Muito bem, agora eu estava intrigada.

— Mas só depois de ver todos os bilhetes juntos você tem uma noção real do que podia estar acontecendo, o relacionamento privado que os cartões parecem documentar. Olhe. — Véronique tira todos os cartões da caixa e começa a dispô-los em cima de uma penteadeira embutida lustrosa que fica entre duas seções das portas do guarda-roupa. — Aqui estão eles em ordem cronológica, começando com o Cisne Negro. Obviamente, não temos ideia de onde ficava a casa de A, mas teria que ser um lugar muito especial para justificar o uso desse vestido. Então, apenas uma semana depois, eles se veem novamente, e ela usa a jaqueta cinza e saia preta.

A&A

Jaqueta New Look
Maison Dior
10 de outubro de 1953
"Me encontre amanhã. Vou esperar o dia todo se for preciso."

— Suponho que não devemos presumir que A e A são um homem e uma mulher, certo? Não poderiam ser duas mulheres registrando algo especial ou segredos que ambas guardavam?

— Acho que é possível — responde Véronique —, mas talvez você pense diferente depois de ler todos os cartões.

Olhe, logo no dia seguinte ela usou o vestido Maxim's. — Ela aponta para o cartão que está em terceiro lugar em sua ordem.

> **A&A**
> Maxim's
> Igreja Saint-Germain-des-Prés
> 11 de outubro de 1953
> *"Eu preciso de você tanto quanto você precisa de mim."*

— É este! O vestido que minha avó está tão ansiosa para que eu leve de volta. — Começo a imaginar o momento furtivo em que esse bilhete foi escrito. Já seria tarde da noite quando sua dona estava sozinha, teria sido feito às pressas e imediatamente escondido? — Muito bem, e depois? O que aconteceu depois da igreja? — Estou ficando cada vez mais curiosa para saber mais sobre a história que surge.

— Se as duas iniciais representam pessoas diferentes, parece que elas se reencontraram dez dias depois, no jardim de Luxemburgo, um dos parques mais bonitos de toda a Paris. Se quiser ver um pedaço da verdadeira vida parisiense enquanto estiver aqui, Lucille, passe uma tarde lá. Passeie no carrossel, é um dos mais antigos da cidade. Veja o que foi escrito a seguir.

Ambas olhamos novamente para os cartões.

> **A&A**
> Batignolles
> Jardim de Luxemburgo
> 21 de outubro de 1953
> *"Mesmo que nunca me deixe tocar em você, isso é o suficiente."*

— É uma declaração bastante ousada, não é? — Estou começando a sentir que estamos entrando um pouco na cabeça de A, não apenas em seu guarda-roupa.

— Senti o mesmo quando li! — Véronique está energizada, como se eu tivesse acabado de confirmar que seus primeiros pensamentos podem estar corretos. — Não tenho certeza, mas algo nos cartões me fez pensar que há uma tensão crescente sob os panos. Que talvez houvesse razões para ser cauteloso, para os cartões serem só rubricados e não totalmente nomeados. — Véronique se animou de verdade com a história. Está com os olhos bem abertos, a imaginação correndo solta, e me puxa junto com ela. Acho que percebe o sorriso que não consigo esconder, porque rapidamente acrescenta: — Passei muitos anos morando sozinha, Lucille; li muitos romances, e isso aqui tem todos os ingredientes para uma ótima história! Definitivamente uma história que eu leria.

— Tem razão! Mas vai dar em alguma coisa? O que diz o próximo cartão?

Agora, nós duas estamos rindo como adolescentes que nunca foram beijadas. Véronique aponta para o cartão seguinte, e nós o lemos em voz alta.

A&A
Esther
Les Halles
6 de novembro de 1953
"Tente me amar um pouco, porque acho que eu já amo você demais."

— Então acontece! — ela dispara. — Leia o próximo. Não há aspas desta vez, mas olhe!

> **A&A**
> Debussy
> Museu Orangerie
> 14 de novembro de 1953
> *O beijo que me salvou*

— Salvou ela de quê? — eu praticamente grito. — Meu Deus, o que estava acontecendo com ela?

— Não dá para saber, não é? Mas as coisas parecem ficar mais sinistras a seguir. — O rosto de Véronique fica sério de repente. Ela está envolvida como se a cena estivesse passando na sua frente em uma tela grande. — Algo ruim aconteceu na noite em que ela usou o vestido seguinte, o vestido México.

Quase não quero olhar para baixo, mas como posso evitar? Conforme as letras minúsculas entram em foco, leio as palavras em voz alta.

> **A&A**
> México
> O jardim
> 15 de novembro de 1953
> *"Eu posso acabar com tudo isso."*

Chego a sentir as palavras presas no fundo da garganta ao pensar em A, quem quer que seja, sentada sozinha e prevendo silenciosamente o fim de algo que parecia tão potente pouco mais de um mês antes. O que deve ter acontecido? É tudo tão triste. Olho para Véronique, desejando que ela me dê respostas.

— Não parece coisa boa, não é? — Ela parece tão envergonhada quanto eu. — Mas então vem outra reviravolta, com o cartão final. Este é diferente, porque nos diz muito pouco, mas talvez revele muito. Ao contrário dos outros, não há nome de vestido ou local. Não sabemos que tipo de vestido era ou onde foi usado. E veja a caligrafia... não corresponde às demais.

> **A&A**
> Toile de Jouy
> Off-white, mangas bufantes, longo, gola alta pregueada
> 9 de janeiro de 1954
> *"Eu continuo a ter esperança."*

— Bem, isso não é muito útil, não é? — Fico emburrada. — Não nos diz nada. — Para alguém que afirma ser aspirante a jornalista, sei que eu poderia ser um pouco menos pessimista.

— Bem, na verdade, eu acho que até pode dizer. A data significa que veio depois dos outros... é o vestido final da sequência. Mas não há nenhuma peça relacionada ao cartão. É um dos dois vestidos que estão faltando. — Véronique não parece tão arrasada quanto eu esperava, agora que não temos como saber como a história vai terminar.

— Argh! Isso é tão frustrante.

— Estive pensando sobre isso e acredito que a chave será saber mais sobre o nome do tecido com que foi feito, o Toile de Jouy. — Véronique levanta o cartão e o aproxima do rosto. — A descrição nos dá uma boa noção de como era o vestido, mas o tecido usado vai definir o quanto ele era especial e o tipo de ocasião em que poderia ter sido usado. Precisamos pesquisar mais a fundo.

Concentro-me nas palavras de A, escritas novamente com uma caligrafia caprichada: *Eu continuo a ter esperança.*

— Muito bem — eu digo devagar, mais otimista. — Ela tinha esperança. Fosse o que fosse, não havia acabado. Este não é o fim da história. Mas, espere aí, você disse que *dois* vestidos estão faltando. Qual é o outro?

— Infelizmente, acho que é o Maxim's. Mamãe passou por momentos difíceis na década de 1950 e foi obrigada a vendê-lo. Sei que se arrependeu profundamente por anos e sempre se sentiu péssima por abrir mão dele. Ela me disse que chorou no dia em que o entregou. — Véronique abaixa a cabeça e suspira, e não tenho certeza se é a triste memória da mãe ou o obstáculo que acabamos de encontrar que esgotou seu entusiasmo. — Claro, eu disse à sua avó quando ela entrou em contato que o vestido Maxim's estava faltando, mas obviamente ela a mandou para pegar os outros vestidos, e você pode levar todos eles.

— Ela sabia que o Maxim's não estava aqui com você?

— Sim, eu jamais permitiria que ela reservasse uma passagem cara de trem sem saber que o vestido que ela havia mencionado não estava de fato comigo. Algum problema?

Véronique parece nervosa, como se tivesse falado algo errado ou exposto a vovó de alguma forma — que foi exatamente o que fez.

— Ela só me falou do Maxim's ontem, Véronique, sabendo muito bem que eu não o encontraria aqui. E me mandou para cá mesmo assim, porque, onde quer que esteja, não quer que eu vá embora de Paris sem ele. — Não consigo deixar de sorrir diante da sua esperteza.

— Certo, e agora?

— Eu não posso desistir, Véronique. Não posso voltar sem ele. Prometi a ela que lhe devolveria esse vestido, e não posso decepcionar nem a ela nem a mim mesma.

De repente, sinto-me oprimida pela necessidade de encontrar aquele vestido, de segurá-lo em mãos, de fechar o círculo e ter uma ideia da conexão de minha avó com ele.

Como ela acabou ficando com esses vestidos depois que A os usou? Por que ela os deu para a mãe de Véronique? Estou me sentindo compelida a descobrir. Mas quais são as chances de localizar o Maxim's depois de todo esse tempo?

— Para quem sua mãe o vendeu? Você tem ideia? — Véronique é minha melhor e única chance agora. Se ela não souber, a trilha estará morta antes mesmo de começar.

— Se foi para um comprador particular, não, não faço ideia, nem tenho certeza de por onde começar. Ele pode estar em qualquer lugar do mundo. Mas naquela época, em Paris, só havia um lugar onde ele pudesse estar. Existia uma famosa loja de roupas antigas chamada Bettina's no Quartier du Sentier, onde muitas das velhas lojas de tecidos e fábricas se localizavam. Era muito conhecida por estocar coleções de *prêt-à-porter* de alta qualidade. Mas, de vez em quando, uma peça de alta-costura passava por suas portas. Essas nunca ficavam lá por muito tempo. As mulheres que compravam na loja passavam lá regularmente, e tenho certeza de que as clientes que procuravam por itens específicos eram avisadas no instante em que eles chegavam.

— Não há chance de que ainda esteja lá, então. — Que decepção. Fico surpresa com o quanto estou arrasada, e Véronique percebe imediatamente.

— Eu verifiquei quando soube que você viria, e, Lucille, a loja ainda está lá. Fica aberta até o meio-dia no sábado, fecha no domingo e reabre na segunda-feira às onze da manhã. Não sei se funciona como antes, mas vale a pena tentar, não é? Se alguma vez esteve lá, há uma pequena chance de que eles tenham um registro do comprador.

— Sim! Você tem razão. — E eu não me importo com o quanto precise implorar a Dylan para me deixar estender um pouco minha estada, não vou voltar a Londres antes de conferir isso. E não é exatamente o tipo de história que ele sempre diz estar procurando? Uma jornada para um novo destino, explorando os cantos escondidos que apenas aqueles que vivem ali poderiam revelar? Um relato absolutamente pessoal que pode começar com uma viagem de trem para algum lugar óbvio, mas que nos atrai com a promessa de algo mais memorável? Não há uma pequena chance de meu chefe ficar de fato impressionado com a história que posso levar para casa?

Também preciso falar com vovó com urgência. Obviamente, ela sabe mais do que me disse ontem.

Capítulo 4

Alice

1953, Paris

A jaqueta New Look

Ela deveria estar examinando o elegante vestido de lã preto para o dia; é exatamente o tipo de coisa que compraria. Em vez disso, está pensando no trabalho que fez desde que chegou a Paris depois do casamento no meio do verão. Será que se esforçou o suficiente? Será que mais horas dedicadas a aperfeiçoar as coisas reconquistariam o Albert mais charmoso e atencioso, que a despertava com um beijo todos os dias durante a lua de mel paga pelos pais generosos dela, mas que parece emocionalmente distante agora que voltou a vestir seu terno de trabalho sob medida? Aquele Albert, junto com a bagagem da lua de mel, foi imediatamente guardado assim que se deparou com a seriedade de Paris e todas as suas demandas.

Ela é digna de um lugar na primeira fila do desfile da Dior, onde a lealdade ao estilista é mais valorizada do que a riqueza? Ela se considera leal? Certamente respeita compromisso, faz parte da personalidade dela, é o exemplo que sempre recebeu. Sua própria mãe não demonstrava um compromisso irredutível com um homem que nem sempre o merecia? O que quer que o pai dela ficasse fazendo até de madrugada, Alice sabia que a mãe jamais deixaria qualquer menção a isso entrar em suas vidas cotidianas, jamais reconheceria o fato. Era a reação da mãe que mantinha as rodas girando para a frente. Aos olhos jovens de Alice, a mãe tinha uma resiliência e uma força interior que ela esperava nunca ter de cultivar.

O movimento da modelo atravessando a sala, chegando perigosamente perto de derrubar um dos pilares com cinzeiros espalhados junto à primeira fila, interrompe seus pensamentos, e é quando Alice o vê.

Tudo na linguagem corporal desleixada dele sugere que Antoine está ali faz algum tempo. Seu terno de lã escura não foi passado recentemente, e a biqueira dos sapatos não brilha como a de outros homens, como se ele tentasse comunicar que não quer estar ali. Mas será que isso só vale até que a veja?

Porque, no segundo em que os olhos dos dois se conectam, ele murmura "olá", endireita-se um pouco e abre um largo sorriso relaxado. A mente de Alice se esvazia de tudo que a vinha preocupando nesta manhã. Albert é filtrado de seus pensamentos, como fumaça se dissipando com a brisa. Os desconfortos no ambiente lotado desaparecem até que ela mal se dá conta deles. Agora, o que sente é uma mistura de expectativa e prazer que a deixa surpreendentemente constrangida. Passa as mãos pela jaqueta de flanela de lã cinza, apreciando como ela é moldada no formato perfeito de ampulheta, com a gola suavemente arredondada, o busto pregueado e um botão de pérola fino em cada bolso e punho. Em seguida, suas mãos encontram a saia pregueada preta pesada, cujo caimento faz parecer que foi costurada em seu corpo nesta manhã.

Nenhum dos dois está assistindo ao desfile. Uma segunda modelo corta a linha de visão de Alice, dando-lhe a oportunidade de romper o olhar entre eles, mas ela ainda não desvia o rosto. Teria se tornado uma competição? Uma declaração de algum tipo? Os cantos da boca de Antoine se erguem maliciosamente, como se ele estivesse vendo algo nela que ele mesmo está sentindo.

Alice sente um calor se espalhando por dentro. É de se deliciar, e ela não consegue segurá-lo. Sente um aperto na barriga que a faz se remexer na cadeira. Ainda assim, os olhos dos dois permanecem conectados, embora ela perceba que a mãe dele, sentada ao lado, viu Alice e acenou. Ela retorna a saudação, mas não oferece nenhum outro reconhecimento. Enquanto o desfile prossegue, fica vagamente ciente dos movimentos ao redor — pessoas se remexendo, um nariz sendo empoado, uma mudança de peso corporal em uma cadeira ao lado. Apenas uma explosão de aplausos entusiasmados enfim força seus olhos a se desconectarem dele. Alice volta a atenção para o programa do desfile que tem no colo, grata pela oportunidade de se recompor e respirar fundo algumas vezes. O que vai acontecer quando o desfile terminar? Ela sabe que madame Du Parcq a procurará e que ela e Antoine serão obrigados a conversar e reconhecer o que quer que tenha acontecido entre eles.

Frequentadora assídua dos desfiles, ela começa a circular tudo do que gostou e que pretende encomendar: mais ternos de lã esculpidos com saias-lápis que envolvem o quadril, um vestido de coquetel de veludo e tafetá de seda branca pura de comprimento médio com um ousado decote frente única, peles longas e pelo menos três vestidos de baile totalmente bordados. Ela tenta manter os olhos voltados para baixo, mas há muitos momentos de fraqueza. Sua determinação vacila, e eles se movem contra a sua vontade na direção de Antoine, procurando-o repetidamente. Ela duvida que ele tenha visto um único conjunto do desfile. A cada vez que isso acontece, o sorriso dele vai além da diversão. Existe intenção e até admiração ali. Ela pode ver isso na escuridão por trás dos cílios dele e na confiança com que ele está tentando comunicar algo silenciosamente, sem se importar que esteja ao lado da própria mãe.

Uma hora e quase noventa olhares depois, o locutor anuncia o "Grand Mariage" enquanto um vestido de noiva multicamadas, a peça final do show, fecha o evento. A sala irrompe no caos. Alice quer mais tempo para apreciar aquele vestido — a forma como minúsculos fios metálicos destacam a silhueta com motivos de flores e folhas, a gola alta elegante e as impecáveis mangas três quartos. Mas não adianta. As cadeiras são puxadas rapidamente para trás, garçons aparecem com bandejas de champanhe, e há protestos em voz alta e veredictos de "deslumbrante", "o melhor até agora" e "magnífico" voando de todos os cantos do salão. Todos estão se beijando.

Ao pegar sua bolsa, Alice se vê subitamente confrontada pelo próprio monsieur Dior.

— O vestido de noiva é uma peça muito controversa, sabe, madame Ainsley. — Ele sustenta o olhar dela suavemente, e é muito diferente do outro que ela apreciou nesta manhã. Este, ela tem confiança de que é capaz de enfrentar.

— Certamente nada do que apresenta pode ser considerado qualquer coisa senão um sucesso absoluto, monsieur Dior — Alice observa, perfeitamente ciente do número de pessoas que se acotovelam ao redor deles, prontas para atacar e interromper no segundo em que a conversa apresentar a menor abertura.

— Não é tanto no conjunto finalizado, mas na feitura, entende. As meninas que trabalharam no vestido costuraram uma mecha de seu próprio cabelo na bainha para encontrar um marido no próximo ano.

— Que ideia romântica. — E uma maravilhosa definição de esperança, pensa Alice. Que uma mulher confie ao universo, e não à vontade dos pais ou da sociedade, a entrega de um marido maravilhoso.

— Sim, mas as modelos fingem que dá azar usar o vestido. Dizem que a garota que o usa no desfile jamais será noiva na vida real. De qualquer forma, estou muito feliz que tenha vindo e estou ansioso para vesti-la nesta nova temporada. — Ele segura a mão dela nas suas por alguns momentos e então a libera.

Antes mesmo que Alice possa agradecer, monsieur Dior é engolfado por beijos e apertos de mão e todo tipo de comportamento inadequado. É a deixa para Alice ir embora. Ela começa a caminhar pelo salão, em direção à porta e ao motorista que a está esperando, mas é interceptada por Antoine e sua mãe, como previu que seria.

— Ah, meu Deus, você já viu algo parecido? — dispara madame Du Parcq. — Como vamos decidir? Eu não usaria nada além de Dior se tivesse recursos. Ah, o que escolherá, madame Ainsley? O lindo vestido de noite sem alças? Seria perfeito para mostrar algumas de suas joias requintadas e usar uma de suas estolas de pele.

— Sabe, eu nunca decido no dia. — Alice força seus olhos a permanecerem na mãe de Antoine. — É muita pressão. Vou voltar para casa, tomar uma taça de champanhe e passar uma hora gloriosa com meu programa e minhas anotações. Então Marianne e eu voltaremos quando as decisões tiverem sido tomadas. — Alice percebe que perdeu a atenção de madame Du Parcq para monsieur Dior. Ela o observa circular pela sala, tentando avaliar rapidamente se ele passará por ela ou se ela precisa se aproximar para ter a chance de ser apresentada ao estilista.

Mas o foco de Antoine está todo em Alice.

— Além deste — diz ele com um aceno de cabeça em direção ao programa que ela ainda está segurando. Está aberto na página que apresenta um vestido coberto de lantejoulas espetacular, acinturado com a mais elegante fita de tule azul antes de plumar gloriosamente no topo do corpete, imitando a plumagem luxuosa de um pássaro. O lápis de Alice pairou sobre ele, uma peça especial dos arquivos da Dior, não da nova coleção, que causou um suspiro coletivo na plateia. Foi apenas o custo inevitavelmente alto do vestido que a impediu de se empolgar demais e deixar o bom senso de lado. Ela se contentou com um ponto de interrogação em vez de um tique. — Eu acho que deveria encomendá-lo. — Antoine sustenta o contato visual. — Não há muitas mulheres aqui dignas dele. As camadas, a complexidade, sua construção complicada. No entanto, é tão fácil de ler, sua beleza é imediatamente traduzível. Acho que ficará perfeito em você.

Alice o sente pressionando algo duro na sua palma direita — um pedaço de papel bem dobrado. Quando ela fecha os dedos em torno do papel, olha para o rosto dele e o vê levar um dedo suavemente aos próprios lábios, silenciando-a, antes que a atenção da mãe se volte para eles.

— Bem, devo ir embora — diz Alice, afastando-se do grupo. — Acho que deixei meu pobre motorista esperando o suficiente.

Ela beija madame Du Parcq, oferece seus melhores votos a Antoine — o máximo que consegue enquanto os olhos da mãe dele estão fixos nela — e sai depressa.

Enquanto se reclina pesadamente no banco traseiro do passageiro, desenrola aos poucos o papel e lê o rabisco dele.

Me encontre amanhã na Igreja de Saint-Germain-des-Prés, ao meio-dia.

Vou esperar o dia todo se for preciso.

Um lampejo de algo percorre todo o corpo de Alice. Nervosismo, medo, horror... empolgação? Ela não consegue definir. Conhece a igreja. É uma das mais antigas de Paris, do outro lado do rio Sena, na margem esquerda, e um lugar que ela vinha planejando visitar. Quando o motorista começa o caminho de volta para casa, ela tenta tomar uma decisão. Claro que não deve ir. Uma coisa é trocar alguns olhares furtivos em uma sala lotada, outra é sair sozinha e encontrar alguém a sós. Não é um pouco infantil mandar um bilhete secreto para uma pessoa na posição dela? Desrespeitoso, até? Ele sabe muito bem que ela é casada. No entanto... Por ora, ela aperta o bilhete e o esconde na bolsa.

Capítulo 5

Lucille

Sábado a segunda

Paris

Quando Véronique e eu terminamos de ceder às nossas fantasias românticas ontem à noite, era tarde demais para ligar para vovó Sylvie. Mas essa tarefa está no topo da minha lista esta manhã. Preciso descobrir o quanto ela sabe sobre a identidade de A&A. Por que me enviou aqui, sabendo muito bem que o vestido que me pediu para recuperar está perdido. Preciso que ela me diga como adquiriu aqueles vestidos incríveis e por que os deu para a mãe de Véronique, fui dormir pensando nisso e nenhuma parte dessa história faz mais sentido agora pela manhã.

Ligo para vovó e espero uma eternidade até que ela atenda, passando por alguns cenários de terror na cabeça (ela caída no fogo, morrendo de fome) antes que a ligação seja aceita. Ninguém fala, e imagino vovó tentando falar no lado errado do fone, com o bocal pressionado contra o ouvido.

— Vovó, é Lucille! — berro.

— Lucille! É você? — Todos aqueles quilômetros de distância e ainda consigo detectar a empolgação em sua voz.

— Sim! Estou ligando de Paris — falo rapidamente para não parecer petulante, o que sei que a enfurece.
— Que maravilha! Como estão as coisas? Como está o Athénée? Ainda lindo depois de todos esses anos, não é? — Ela parece melancólica e sonhadora.
— Tudo está perfeito, vovó. Estou me divertindo muito. Jantei com Véronique ontem à noite...
— Ah, meu Deus... é mesmo? — gagueja ela ao telefone.
— Sim, ela é ótima.
— Vocês duas se deram bem? Foi uma noite legal? — A voz dela fica mais clara e forte por um momento.
— Foi, sim. Ela é muito bonita. Pequena e glamorosa naquele estilo francês discreto. Adora um romance. Mas, mais do que isso, vovó, ela é gentil. Gostei muito dela e tenho certeza de que você também gostaria. Ela preparou o jantar para mim e conversamos por horas sobre o trabalho dela no museu e... os vestidos — tento conduzir a conversa até o ponto a que preciso chegar.
Quero fazê-la falar sobre os vestidos. Sei por experiência própria que conversar com vovó ao telefone pode ser muito cansativo para nós duas. Sem nenhum rosto à sua frente para ler em busca de pistas para guiar a conversa, ela frequentemente fica irritada consigo mesma e perde o foco.
— Ela me mostrou *todos* os vestidos, vovó.
Há uma pausa longa o suficiente para que eu considere repetir o que disse, mas aí ela acrescenta:
— Ah, deve ter sido maravilhoso.
Eu esperava que ela ficasse mais animada com os vestidos, mas ela parece distraída e sinto que vai encerrar a ligação.
— A questão é, vovó, que ela tem outros vestidos seus, não apenas um. Você sabia isso?
— Ela ainda tem o Debussy? — Agora ela está ficando animada.

— Desculpe, o quê? — Estou tentando me lembrar do nome dos vestidos que examinamos ontem à noite, mas está difícil. Aquela garrafa de vinho tinto que bebemos não está ajudando minha memória.

Vovó não tem esse problema.

— Lantejoulas, penas, azul. *Espetacular*. — Ela fica sem fôlego.

— Tem, sim! — Desse eu me lembro.

Vovó faz um som muito estranho.

— Você está bem, vovó?

— É um vestido muito especial.

— Mas o Maxim's não está lá... e você já sabia disso, não é?

Permito que um toque de bom humor envolva minha voz. Não estou zangada com ela — como poderia estar? —, apenas perplexa com a coisa toda.

— Ah, eu sei. Mas encontrá-lo será a parte divertida.

— É por isso que estou aqui, não é? Por causa dos vestidos? Mas são oito, vovó, não apenas um. E, na verdade, dois deles estão faltando. E você sabe alguma coisa sobre os cartões que acompanham cada vestido? E sobre as iniciais A e A? Como tudo isso está conectado a você, vovó? — Eu deixo escapar tudo, com a certeza de que ela ficará tão confusa quanto eu, mas sua resposta vem com clareza.

— Por qual vestido você vai começar, Lucille?

— Começar?

— Será mais fácil se começar do início. Fará mais sentido dessa forma. Não fique tentando pular de um para outro. Atenha-se às datas.

Meu Deus, nada daquilo é uma surpresa para ela. Ela sabia exatamente o que eu iria encontrar no apartamento de Véronique ontem à noite, bem como o que estaria faltando. O que só me faz pensar no que mais ela está deixando de me contar. Que outras surpresas me aguardam?

— Você sabe tudo sobre isso, não é? — De repente, me sinto incrivelmente tensa.

— Bem, mais do que eu deixei transparecer, isso é verdade. Siga os vestidos, Lucille, deixe que eles lhe mostrem a história. Depois, traga tudo de volta para mim.

— Mas por quê? O que tudo isso tem a ver com você? Não entendo.

— Nem eu, minha querida, não tudo. Mas espero que, quando você voltar, eu consiga. Já vivi sem saber por tempo o bastante.

Eu a ouço inspirar profundamente para se acalmar e organizar os pensamentos.

— Sou uma senhora muito idosa, e já não está ao meu alcance encontrar as respostas. Mas você pode, Lucille, você pode fazer isso por mim e por você mesma. Pode recuperar a história e terminá-la, de uma vez por todas. No final, vai valer a pena, tenho certeza. Boa sorte, minha querida.

E então acho que ela realmente desliga na minha cara, porque a linha fica muda e eu não posso perguntar mais nada.

Passo a hora seguinte perdida em um turbilhão de pensamentos. Nada daquilo faz sentido. Vou para a piscina do hotel e me comprometo a nadar sua extensão cinquenta vezes. Mas estou tão distraída que continuo perdendo a conta e desisto, os pulmões gritando com o esforço inesperado. Tento me forçar a relaxar na sauna, mas ouço minha própria respiração ficando cada vez mais acelerada conforme a névoa se adensa ao meu redor. Não aguento mais do que alguns minutos antes de abrir a porta à força e inspirar ar fresco e puro.

Sempre volto às palavras de vovó. *Atenha-se às datas*, ela disse. Bem, não posso visitar o local do vestido número um, o Cygne Noir, porque era uma "casa". Não sei de quem é a casa e onde fica, mas e quanto ao número dois? A jaqueta New Look e a saia que A usou para ir à Dior, uma boutique que dá para ver da janela do meu quarto de hotel. Não tenho ideia se foi *aquela* boutique da Dior que A visitou, mas parece preguiçoso demais não ir dar uma olhada, então me seco e penso na coisa menos ofensivamente casual que pus na mala para vestir antes de ir.

A boutique, com seus seis andares, reivindica o quarteirão vorazmente, dobrando a esquina na rua François, e está envolta em uma cobertura temporária azul e dourada que parece brilhar. Tem uma aparência de conto de fadas, como se estivesse parada no tempo, intocada pela poluição ou pelo modernismo arquitetônico. O que é ótimo, com a exceção de que, de acordo com a placa, também está *fechada para reformas* e não abrirá novamente até o *próximo ano*. Eu poderia chorar. Fico olhando para o prédio, sentindo como se tivesse caído ao primeiro obstáculo, quando uma senhora elegante vestindo um terno impecável surge de dentro.

— Glorioso, não é? A fachada *trompe l'oeil* evoca toda a magia de outra época, e as cores eram as preferidas de Dior, é claro. É como ser transportado de volta no tempo até 1946, quando ele a abriu. Esta foi sua primeira boutique.

— É mesmo? Este era o edifício original? — Já que não dá para entrar, talvez eu consiga pelo menos algumas informações dela. — Minha avó morou em Paris no início dos anos cinquenta. Eu estava ansiosa para entrar e sentir como era a vida aqui naquele tempo.

— Infelizmente, não será possível por algum tempo. — Ela está começando a se afastar. — No entanto, temos a boutique temporária na Champs-Élysées. Você pode ir até lá. Há um ônibus de graça que leva os visitantes. — Ela aponta para o micro-ônibus estacionado a alguns metros de distância e lotado de turistas japoneses entusiasmados.

— Obrigada, mas não tenho certeza se seria a mesma coisa. Precisava ser esta. Eu queria conversar com alguém que conhecesse os vestidos, que fosse capaz de revivê-los para mim. — Afinal, é isso que vovó quer, que eu resolva tudo sozinha. A forma como meu rosto desabou parece despertar um pouco de simpatia, porque ela para, olha para trás em direção ao meu hotel e acrescenta: — Então vá ao Plaza Athénée. Há uma pequena livraria no segundo andar, administrada por uma senhora chamada Nancy. Ela foi uma das modelos favoritas de Dior naquela época. Sabe mais do que a maioria das pessoas.

Com isso, ela se vai, os saltos batendo nas pedras enquanto se afasta de mim. Olho para trás em direção ao hotel, sabendo que, se for para lá agora, será apenas para buscar conforto no cardápio do serviço de quarto. Olho para o relógio; falta uma hora para a Bettina's fechar. Vai exigir uma caminhada rápida e cansativa, mas, como o dia precisa de um resultado positivo, eu começo a andar. Nancy terá de esperar.

Fico do lado de fora da Bettina's, na rua Montorgueil, pensando que não deve ser o lugar certo. É minúscula e está espremida entre um café movimentado à direita e um verdureiro à esquerda, como se estivesse ocupando um beco estreito que nunca deveria ter sido construído. Lembro imediatamente de um daqueles salões de beleza antiquados da Inglaterra, do tipo em que as amigas de vovó passam metade do dia com prazer. Um lugar onde eu não ousaria entrar, nem se o retoque de minhas raízes estivesse três meses atrasado e eu tivesse uma entrevista de emprego na mesma tarde. A vitrine está entupida com o que me parece ser um monte de quinquilharias. Há pôsteres colados em todo o vidro anunciando vários eventos locais, e entre eles vejo a desordem que se espalha no interior. Se eu tivesse uma peça de alta-costura cara que pretendesse revender, eu a traria aqui? Acho que não. Tenho a impressão de que jamais daria certo.

Mas é a minha pista mais forte e, faltando dez minutos para a loja fechar, entro pela porta, fazendo soar uma campainha que alertará imediatamente o proprietário da minha chegada. A loja de fato não é mais larga do que o exterior. É pouco mais do que um corredor estreito que leva a um vestiário com cortinas, um balcão com uma caixa registradora de aparência muito antiga em cima — não que eu imagine que seja muito usada — e um banco alto. O ar é bolorento e estagnado, e minha respiração fica fraca enquanto tento não inalar mais do que o necessário. Araras de cabides percorrem cada lado da loja, com talvez três vezes mais roupas penduradas do que deveriam sustentar. Percebo que tirar qualquer coisa dali exigirá um pouco de força e provavelmente desalojará vários outros itens. Acima das araras, há estantes com pilhas altas de peças dobradas, sobretudo de malha. O vestido de vovó nunca estaria ali.

Se as roupas não remetem ao mundo da alta-costura, o homem que trabalha aqui também não parece gostar muito de *high fashion* — tampouco pela minha chegada tão perto da hora de fechar. Vejo como seus ombros caem no instante em que me vê. Na verdade, ele solta um suspiro audível, inclinando a cabeça para o lado como se estivesse se perguntando por que alguém seria indelicado o suficiente para chegar a esta hora.

— Estou quase fechando — diz ele em um inglês perfeito, identificando-me imediatamente como estrangeira. Pega um molho de chaves e apaga uma luz na sala dos fundos.

— Desculpe, pensei que fechasse ao meio-dia — respondo, tentando sorrir em meio a uma recepção tão hostil.

— Fechamos. Você tem seis minutos, esse é o tempo que levo para fechar.

Ele é muito mais jovem do que eu estava esperando e parece quase tão deslocado aqui quanto eu, com seus jeans de cintura baixa, uma camiseta dos Rolling Stones e uma câmera pendurada no pescoço. Eu pareço uma Annie Hall de calças largas creme e um blazer enorme, alguém que deveria estar na Califórnia ou Nova York, não neste canto empoeirado e esquecido de Paris.

— É um tiro no escuro, mas estou procurando por um vestido específico.

Ele está de costas para mim agora, curvando-se atrás do balcão para alcançar sua mochila. Como não responde, continuo.

— Não é para mim. É um vestido que pertencia à minha avó, e acho que pode ter sido deixado aqui, há algum tempo.

— Quanto tempo?

— Acho que nos anos cinquenta.

Ele olha para o relógio, bufa, tira a mochila do ombro e a joga no balcão.

— Meu avô, o dono desta loja, era um homem pra lá de organizado. Se o vestido entrou aqui, ele registrou. Se ainda está aqui é outra questão, mas... qual é o nome da sua avó e você pode me dizer uma data mais exata?

— É Sylvie Lord, e acho que deve ter sido no início dos anos cinquenta, mas não tenho certeza.

— Sem dúvida vou precisar de mais detalhes para ajudar. Caso contrário, ficaremos aqui o ano todo e... — Ele olha

para o relógio novamente. — O seu tempo acabou por hoje. Tem certeza de que foi sua avó quem trouxe o vestido?
— Ah, não, não foi! Foi uma amiga dela. — Só agora me dou conta de que não sei o nome da mãe de Véronique. — A filha dela é Véronique... — Abano a mão, tentando insinuar que vou lembrar o nome da mãe a qualquer momento, quando sei muito bem que isso não vai acontecer.
— Mas não foi a filha que trouxe o vestido?
— Não.
— Então, não temos nem data nem nome? — Seus olhos ultrapassam meu ombro e fitam a porta da loja, claramente desesperados para sair.

Coloco as mãos sobre o balcão, mantendo os olhos fixos nele.
— Por favor, eu não vou ficar em Paris por muito tempo e preciso encontrar esse vestido. Significa muito para minha avó, e eu prometi a ela que o levaria de volta. É um Dior, se isso ajuda?
— Dior?
— Sim. Tinha um nome, espere... — Descanso a testa na palma da mão e fecho os olhos, desejando que meu cérebro encontre essa informação vital que pode convencê-lo a ser prestativo. Isso é tudo que vou pedir dele hoje, vamos, pense, pense. — O Maxim's, era isso! — Jogo os braços no ar em triunfo, como se para provar que não inventei tudo aquilo.
— Nunca ouvi falar e preciso ir embora. Estou atrasado. Abriremos de novo na segunda-feira de manhã. Volte com algumas informações que possam realmente nos ajudar a rastreá-lo, aí talvez tentemos mais uma vez.

Dá para ver por seu semblante de desdém que ele espera não me ver nunca mais.
— Não sei se ainda estarei aqui na segunda-feira, mas, por favor, aqui está o meu telefone. — Eu o rabisco em um

recibo velho puxado do fundo da bolsa e coloco no balcão, de onde não sai, porque ele já está na porta. — Apenas para o caso de você se lembrar de algo que possa ajudar.

No momento seguinte, estou de volta à calçada e o vejo jogar uma perna por cima da motoneta, colocar o capacete e sair depressa sem sequer olhar de relance para mim.

O que vovó pensaria se pudesse me ver agora? Incapaz de prender a atenção de um homem por tempo suficiente para convencê-lo a me ajudar. Sem as informações básicas para montar aquele quebra-cabeça. Faço uma caminhada dolorosa por uma hora até o hotel à minha frente e deposito todas as esperanças em uma senhora que já foi modelo da Dior e que, com a minha sorte, provavelmente não se lembrará de nada sobre aqueles dias ou como eles podem ser relevantes para esta caça ao tesouro cada vez mais maluca.

Nancy, ao contrário do Sr. Simpatia na Bettina's, tem todo o tempo do mundo para mim. Eu a encontro sentada em uma mesa de madeira lustrosa na livraria, bebendo um cappuccino. Mas, assim que me explico, ela se levanta da cadeira a uma velocidade que desmente sua idade, tira vários livros das prateleiras e os abre diretamente em páginas que a mostram mais jovem — em uma foto, ela está deslizando por degraus de pedra com uma longa saia de lã preta evasê; em outra, seus quadris estão inclinados para a frente com uma das mãos enluvada de branco descansando sobre o cinto preto brilhante na cintura. Em seguida, ela me descreve o processo de confecção de roupas de alta-costura nos mínimos detalhes, me explicando e me confundindo na mesma medida.

— Para cada peça de uma nova coleção, era feita uma amostra com algodão branco liso para medir o corte, a linha e a forma. As costureiras primeiro prendiam o tecido em um manequim para se certificar de que a engenharia estava certa. — Ela ilustra tudo isso apontando para as fotos nos livros, ignorando completamente a fila de clientes que começou a encher a sala. — Às vezes elas faziam sessenta amostras antes de começarem a eliminar aquelas com as quais não ficaram satisfeitas. Só depois de terem certeza eu começava a andar para lá e para cá vestindo as amostras, para que o próprio Dior pudesse verificar o movimento e se as proporções estavam corretas. Ainda consigo fazer a caminhada. — Ela se levanta de novo, com as mãos fixas nos quadris, e desfila pelo chão acarpetado com uma elegância e confiança que ninguém ali estava esperando. — Então, tecidos diferentes eram colocados sobre mim. Uma vez, vi Dior pedir trinta tipos diferentes de lã preta antes de se decidir. E o tempo todo eu tinha de ficar absolutamente imóvel, o que é muito mais difícil do que parece. No dia seguinte, ele podia mudar de ideia, aí começaríamos tudo de novo.

Eu estava encantada. Tudo aquilo para fazer um vestido.

— As pessoas achavam que nós, modelos, tínhamos uma vida glamorosa. — Ela se senta outra vez, cruzando as pernas na altura do tornozelo. — Mas era um trabalho extremamente difícil. Nas semanas que antecediam um desfile, começávamos a trabalhar às dez da manhã e quase nunca terminávamos antes das oito da noite, às vezes íamos até meia-noite. Comíamos, dormíamos e fumávamos todas espremidas juntas na *cabine*, o camarim, fofocando e escrevendo nossas cartas de amor. Mas nenhuma de nós jamais reclamava, éramos as embaixadoras da moda e, nossa, tínhamos noção disso! — Ninguém, muito menos eu, poderia contradizê-la.

— Você chegou a modelar uma jaqueta New Look, Nancy? — pergunto.

Ela fecha os olhos. É a primeira vez que fica em silêncio desde que me sentei com ela.

— Com certeza. Uma peça mágica, realmente inesquecível. Sua avó teve sorte de usar uma?

— Ela teve uma, sim.

— Minha nossa. Se ficar com você, cuide muito bem dela. Ela estará carregada de memórias e segredos que permaneceram em silêncio por décadas. Espero que você consiga ouvi-los.

Sinto minha pele se arrepiar enquanto agradeço a Nancy por seu tempo.

Mato algumas horas no lindo solário fechado do hotel com meu livro, tomando um forte café francês e ouvindo "Havana", de Camila Cabello. Por que tudo precisa ser uma lembrança de todos os lugares que nunca visitei? Meus pensamentos se voltam para minha mãe. Eu adoraria um abraço agora. Algumas palavras de encorajamento. Decido ligar para ela, algo que realmente deveria fazer com mais frequência, mas não faço por medo de desperdiçar seu precioso tempo. Mas decido que vale a pena tentar, considerando que ela pode estar entre reuniões e talvez tenha alguns minutos de sobra.

Sua assistente atende o telefone, e eu preciso dar meu nome completo antes que ela perceba que é a filha da chefe ligando.

— Ah, certo. Vou ver se ela está livre.

Imagino minha mãe então, no campo de visão da assistente através da parede de vidro do escritório, balançando a cabeça ou o dedo, indicando que ela não vai atender minha ligação.

— Ela está muito ocupada, Lucille. Ela perguntou se é algum assunto específico ou pode esperar?

Quantos segundos do dia custariam a ela apenas atender a chamada e perguntar se estou bem?

— Eu espero se for preciso, mas gostaria de falar com ela, por favor.

Coloco o fone no viva-voz, prevendo que não será uma espera curta. Ela me mantém ouvindo por doze minutos a música enjoativa de espera antes de finalmente atender.

— Oi, Lucille? Infelizmente, está tudo uma loucura. Você escolheu um dia péssimo.

— Existe isso de dia bom?

— Provavelmente não. Como posso ajudar?

Consigo ouvir o estresse em sua voz. Como ela parece tensa. Imagino o sushi meio comido sobre a mesa de trabalho, abandonado em nome de prazos iminentes. Ouço outras vozes conforme pessoas entram em seu escritório e puxam cadeiras. Qualquer que seja a reunião que está prestes a começar, ela optou por não a atrasar para atender à minha ligação.

— Você vai participar, Genevieve? — A pergunta não é uma dúvida de fato, consigo atestar mesmo do outro lado da linha.

— Preciso ir. Sinto muito.

— Antes disso, mamãe, só quero dizer que você trabalha há muito tempo nessa empresa. É muito experiente e merece o mínimo de respeito, e, se sua filha liga no meio do expediente, provavelmente é por um bom motivo. Ninguém deveria questionar o seu profissionalismo por você dedicar cinco minutos a ela.

— Você tem razão — ela diz com tristeza. — Infelizmente, não funciona assim.

— Genevieve? — Soando mais irritada agora, a voz está praticamente a mandando desligar.

— Vou tentar ligar para você mais tarde — ela suspira em voz baixa, claramente evitando que sua vida privada se intrometa no mundo corporativo —, mas ficarei aqui até bem depois das nove da noite. Tchau.

~~∞~~

Termino meu café e penso se houve algum momento em que minha mãe questionou se suas escolhas de vida eram as certas — talvez depois que eu nasci, ou quando seu casamento estava desmoronando, ou conforme as promoções eram oferecidas e a carga de trabalho aumentava. Talvez a primeira vez que tenha ficado claro que sua vida familiar e sua felicidade não interessavam a seus chefes. Uma brechinha de oportunidade em que ela poderia ter alterado o curso da vida e do nosso relacionamento. Dito não. Ou, simplesmente, não mais.

Eu me pergunto por que uma mulher tão forte por fora parece tão incapaz de dizer *não* no trabalho. Por que ela nunca pôs um limite que não precisasse significar o fim da ambição profissional, apenas um novo tipo de ambição, que abrisse espaço para o amor em sua vida. Para mim.

Pego meu telefone e mando uma mensagem para Véronique.

```
Preciso da sua ajuda para resol-
ver este mistério, Véronique.
Você topa?
```

Ela responde imediatamente com uma linha de emojis com o polegar para cima.

```
Claro que sim, Lucille! Estou aqui
por você, para o que precisar!
```

Acho que já a amo.

Devo ser a única pessoa em toda a Paris que desperdiça o domingo presa a um laptop em meu quarto de hotel. Talvez eu seja mais parecida com minha mãe do que gostaria de admitir. Claro, a notícia do meu retorno tardio a Londres foi espetacularmente mal recebida por Dylan, que não demonstra nenhum interesse na minha história. Ele não está preocupado com meus prazos, apenas com sua próxima viagem de cortesia. Desta vez, serão ele, sua esposa, Serena, os dois filhos, Ben, de nove anos, e Holly, de seis, e — é claro — a babá, para que os dois possam terceirizar todos os cuidados com as crianças. Já organizei tantas viagens para ele que sei de cor cada um dos números dos passaportes. Sei exatamente do que o springer spaniel da família vai precisar no canil enquanto eles estiverem fora. Provavelmente sou capaz de repassar o briefing para a faxineira sem colar, por já ter feito a mesma coisa tantas vezes.

Em três dias, todos partem para cinco noites de esqui em Courchevel — e eu sou a otária que precisa entrar em contato com o hotel para garantir que tudo esteja organizado, minuto a minuto, sem margem para erros. Voos de volta, traslados em limusines particulares para subir e descer a montanha, suprimento maciço de remédio para enjoo, passes de teleférico, aluguel de esqui e botas, reservas de spa para Serena, sessões de aulas de esqui para as crianças, todas as reservas em restaurantes, uma excursão robusta, um passeio de patinação no gelo em grupo, e Deus nos livre se alguma parte disso não for microgerenciada e a pequena Holly não receber seu *chocolat chaud* na hora. A última vez que foram esquiar, Dylan me mandou uma mensagem do resort para relatar como era decepcionante "não haver serviço de aquecimento de botas" e lamentou que isso tornasse levar as crianças às pistas todas as manhãs "um inferno".

Tudo o que eu conseguia pensar era onde gostaria de enfiar o seu bastão de esqui.

Quando aceitei esse emprego e me tornei redatora de viagens no travelsmart.com, achei que poderia de fato viajar. Foi assim que me atraíram na entrevista, pelo menos. Mas não, parece que só organizo tudo para o chefe. Sou uma assistente pessoal gourmetizada que recebe todas as tarefas de redação menores que ninguém quer, em geral com um prazo absurdamente apertado. Mas será que isso pode mudar se, no final desta viagem, eu entregar um texto que mostre a ele do que realmente sou capaz? Talvez eu receba uma missão maior. Anseio por um itinerário complicado para algum lugar de que ninguém ouviu falar, com várias paradas, pedidos de visto e conexões de voos internos com escalas apertadas. Queria ver meu nome orgulhosamente colocado no topo do site pela primeira vez, não em um pequeno crédito de *reportagem extra por* na parte inferior, onde ninguém vê.

De qualquer forma, mesmo levando a maior parte do dia, as reservas estão feitas e agora estou pronta para atacar a cidade amanhã bem cedo.

Decido me presentear com algo astronomicamente caro do frigobar e me deito na cama com ele, no mesmo instante em que chega uma mensagem de texto de um número que não reconheço.

```
Você precisa voltar à loja. Falei
com meu avô, ele conhece o Maxim's.
Sinto muito não ter ajudado você
ontem. Venha amanhã. Abrimos às
11h. É importante. Leon
```

A ideia de ver aquele cara grosseiro de novo não me anima nem um pouco, mas ter algum progresso para relatar a vovó, sim. Tomo alguns goles de vinho tinto apimentado e deixo seu calor e as boas notícias me embalarem em um sono maravilhosamente profundo.

Na segunda-feira de manhã, presto muito mais atenção na Bettina's. É impossível não fazer isso quando o lugar está tão abarrotado de coisas que a maioria de nós teria tirado da própria casa sem nenhuma hesitação. Há uma brecha em cada um dos varões de roupas que percorrem os dois lados da loja, onde ficam duas grandes penteadeiras sem bancos. Elas transbordam com todo tipo de objetos curiosos. O que parecem esboços do estilista original com medidas de tecido anotadas na lateral estão colados na parede ao lado de cartões cheios de amostras de materiais coloridos do tamanho de um selo postal. Há uma série de nomes adicionados ao primeiro, e me pergunto se são as modelos que usaram os vestidos ou as mulheres que os fizeram. Há uma fotografia em preto e branco emoldurada de uma modelo em uma jaqueta de tweed circulando em uma pequena sala repleta de homens e mulheres imaculadamente vestidos, todos os olhos vidrados nela. Olho para além dos convites originais e vejo fotos dos desfiles da nova coleção da Dior datados de 1952 e uma pilha de edições antigas da *Vogue* francesa mais ou menos da mesma época. Uma caixa de moldes de vestidos de papel envelhecidos se derrama sobre uma mesa repleta de velhos botões descombinados, o que eu acho que são joias esmaltadas e uma foto aérea de Paris que serve como toalha de mesa. É impossível dizer se aquilo é proposital ou o resultado de anos de negligência.

— Graças a Deus você voltou — é a saudação que recebo desta vez. Leon, como agora sei que ele se chama, sai de trás do balcão e me leva para um banquinho do lado oposto. É melhor que as bolhas que agora estão cobrindo meus pés valham a pena.

— Preciso explicar um pouco sobre meu avô para que você entenda o que tenho a dizer. — Ele está interessado, bem diferente do homem que encontrei no sábado.

— Sou toda ouvidos.

Permito um pouco de petulância em minha voz, agora que minha presença parece importante para ele.

— Minha família é dona desta loja há mais de oitenta anos. Pode não parecer agora, mas, nos anos cinquenta, era um negócio próspero. A agenda de contatos do meu avô era incomparável. Seu conhecimento das diferentes casas de alta-costura, ainda mais. Todas as mulheres bem-vestidas de Paris, e as que aspiravam ser, o conheciam e frequentavam a sua loja. Acredite em mim, ouvi as histórias dele inúmeras vezes desde que era garoto, não estou exagerando.

— Ele permanece de pé, estudando meu rosto para ter certeza de que estou prestando atenção.

— Mas o que isso tem a ver especificamente com o Maxim's? Você disse que ele o conhecia.

— Desde que precisou se afastar do negócio e eu concordei em ajudá-lo temporariamente, ele falou algumas vezes sobre um vestido específico, embora eu lamente dizer que nunca prestei muita atenção. Todos na família já ouviram a história.

Ele puxa um segundo banco para perto e se senta de frente para mim, criando um nível de intimidade que parece corresponder à importância de sua história.

— Uma tarde, em meados dos anos cinquenta, uma jovem entrou na loja soluçando, agarrada a um vestido. Ela estava perturbada por precisar se desfazer dele e jurou que voltaria para pegá-lo assim que pudesse comprá-lo de volta.

Devia ser a mãe de Véronique, bem como ela me contou. Assinto com a cabeça, incentivando-o a continuar.

— Ela achou que ele o venderia para a primeira pessoa que fizesse uma oferta decente. E, segundo meu avô, ele recebeu dez ofertas só na primeira semana. Disse que aquele era o momento de Dior, a Paris do pós-guerra, quando as roupas femininas eram femininas de novo. Todo mundo queria vestir as roupas dele, segundo meu avô. A popularidade de Dior nos Estados Unidos estava mesmo decolando.

Ele se inclina para a frente, olhando diretamente em meus olhos, e abre um sorriso largo como se soubesse que uma boa notícia estava chegando.

— Mas o que eu não sabia até falar com ele ontem é que meu avô ficou tão comovido com a mulher que o vestido nunca foi colocado na loja. Ele decidiu que a peça nunca deveria ser vendida e que um dia ela voltaria para pegá-lo.

Imediatamente, sinto minhas costas se endireitarem.

— Você está dizendo que ele o guardou por todos esses anos? Mesmo? Meu Deus, quanta gentileza da parte dele. Ainda está aqui? Eu posso vê-lo? — disparo perguntas para ele agora, refletindo seu sorriso, porque isso pode ser enfim um avanço genuíno.

— Sim. Embora eu não soubesse disso. Ele me disse que está trancado em um guarda-roupa no quarto dos fundos, um armário que eu imaginava estar cheio de contas antigas e documentos que ele queria manter em segurança. Quando o vi no sábado à noite, ele disse que eu parecia estressado. Eu estava explicando que havia saído da loja um pouco atrasado e que isso atrapalhou meu dia. Quando contei a ele por que saí atrasado... por sua causa, infelizmente... ele começou a somar dois mais dois. Foi apenas quando ele mencionou o nome do vestido, o Maxim's, que eu percebi que você tinha dito o mesmo nome. — Suponho que seja reconfortante que ele tenha ouvido pelo menos uma parte do que eu disse naquele dia. — Ele insistiu que eu ajudasse você. Praticamente me ordenou.

E ele não parece infeliz com isso. *Agora* sim. Não posso deixar de erguer uma sobrancelha astuta para Leon.

— Impressionante, não é? Mas, ouça, não foi feito apenas um vestido Maxim's. Como era alta-costura, cada vestido era feito sob medida para caber precisamente na mulher que o comprava, mas muitos devem ter sido feitos. Como vamos saber com certeza que este era o vestido da *sua* avó? Tudo pode ser apenas uma estranha coincidência, não é?

Vejo em seu rosto, no modo como seus olhos estão se arregalando e seus lábios se curvando para baixo, que ele está se preparando para a decepção — e que, tanto quanto eu, ele quer que essa história termine bem, como deveria. Quer dar ao avô a notícia pela qual ele esperou por tanto tempo.

— Se você me deixar ver o vestido, consigo dizer se é ele. — Penso na minha ligação para vovó. Em seu plano de me enviar para Paris, sabendo que eu não poderia simplesmente pegar o que havia sido enviada para buscar, e em por que diabos ela sentiu a necessidade de fazer isso. Penso em Véronique dizendo que, se o vestido não estivesse ali, entraríamos em um beco sem saída ou pelo menos teríamos um trabalho de pesquisa *muito* maior, com a tarefa quase impossível de identificar um ponto de partida. E penso no quanto desejo uma vitória, que algo dê certo para mim, para que eu possa dizer a vovó que consegui, mesmo que ainda não tenha certeza de qual é o *objetivo* maior de tudo isso. Por favor, que seja o vestido. Posso ver nos olhos arregalados de Leon que ele espera que seja também.

— Vamos lá. — Ele me leva até os fundos da loja, onde há ainda menos espaço para se mover. Estamos cercados por todos os lados por pastas do chão ao teto, e vejo a tarefa difícil que teríamos enfrentado se o nome do vestido permanecesse um mistério também. Na parede dos fundos, de frente para nós, há um pequeno armário de madeira branco.

— Está aí. Eu o destranquei para você. — Como parece que ele não quer abrir a porta, dou um passo à frente e faço isso.

E aí está. Um vestido, pendurado sozinho, com a parte externa frouxamente envolta em papel pardo. Sinto a expectativa do momento subir pela garganta. Todo esse tempo, em um canto indefinido de Paris, nessa lojinha modesta onde mal há espaço para se mexer, este precioso vestido ganhou seu próprio guarda-roupa. Quanto tempo mais ele ficaria pendurado aqui se vovó nunca tivesse comprado minha passagem?

— Eu preciso tocá-lo — digo, olhando para trás por cima do ombro para onde Leon está de pé, na entrada da sala.

— Fique à vontade. — Ele assente em aprovação.

Deslizo os dedos suavemente para baixo do papel, ciente de que sou a primeira pessoa a tocar nesse vestido em décadas, e levanto o papel dos ombros da peça. O veludo preto sob meus dedos é macio como pele de bebê, e no mesmo instante sinto a emoção de ter algo tão luxuoso perto da pele. É incrivelmente glamoroso e ao mesmo tempo sutil de uma forma sublime.

— Seu avô lhe contou mais alguma coisa sobre este vestido? Como foi feito? Para que pode ter sido usado?

— Ele contou, na verdade. Deve ter pertencido a alguém com bastante dinheiro. Pela forma como é construído, é impossível vesti-lo sozinha. Talvez pelas peças separadas e pelos muitos zíperes? Basicamente, é preciso alguém para ajudar você a entrar e sair dele. Ele disse que o decote quadrado teria sido bastante ousado na época. É bem baixo, e só o laço de veludo o mantém modesto. — Se havia alguma dúvida, agora tenho certeza de que aquele vestido nunca foi feito para minha vovó Sylvie. — Ele foi batizado com o nome de um café parisiense da moda naquela época.

Levanto a saia de lã do vestido, sentindo seu peso, sabendo exatamente o que estou procurando, e começo a tatear a anágua de seda por baixo até meus dedos pousarem em uma etiqueta. Viro-a, e lá estão elas, as iniciais bordadas que espero encontrar: A&A.

— É o vestido — declaro. — É rubricado, assim como os outros em sua coleção.

Eu o ouço suspirar alto atrás de mim, mas desta vez é de alívio e não de irritação.

— Então, há *mais* vestidos?

— Sim, este é o número três. Minha avó me pediu para encontrar oito vestidos e que eu os devolvesse a ela, mas há outro que também está faltando. — No instante em que digo isso, sei que terei de encontrá-lo também. — Parece que pode haver mais coisas na minha viagem a Paris do que eu pensava inicialmente. Minha avó me enviou para buscar o Maxim's sabendo que ele não estava onde ela me disse que estaria.

— Bem, meu avô nunca mencionou quaisquer iniciais ou outros vestidos que tenham sido trazidos pela mesma mulher, mas eu poderia perguntar, caso ele saiba de mais alguma coisa, embora tenha certeza de que ele teria mencionado.

— Qualquer ajuda seria maravilhosa, obrigada. — Lanço um olhar um pouco dramático para os céus, mas só porque espero que isso faça com que ele tenha pena de mim, veja a dificuldade da minha tarefa e talvez se ofereça para ajudar. — Minha mãe está muito ocupada com o trabalho e, para ser sincera, as duas não são lá tão próximas, então muito do que minha avó precisa sobra para mim. Mas seus pedidos não são geralmente tão elaborados quanto este!

Ele sorri como se entendesse completamente minha situação. Embora eu nunca tenha pedido para ser enviada nesta missão, não posso recusá-la. Não posso decepcionar a vovó.

— Entendo. Não há muito que eu não faria por meu avô também. Posso nem sempre entender seus motivos, mas, enquanto ele precisar da minha ajuda, a terá. Você tem alguma ideia do que está procurando? — Percebo o mais leve indício de uma oferta de ajuda vindo em minha direção e a agarro.

— Na verdade, não. Mas todo vestido tem uma nota escrita à mão. O do Maxim's dizia: "Eu preciso de você tanto quanto você precisa de mim." Quem quer que fosse a dona do vestido na época o usou para se encontrar com alguém na igreja de Saint-Germain-des-Prés.

Minha tentativa funciona. Os olhos dele brilham, assim como sei que os meus brilharam na casa de Véronique na sexta-feira à noite.

— Nossa. Dá para sentir o desejo em cada palavra. — Não deixo de ficar um pouco impressionada por ele estar disposto a admitir isso para mim.

— Eu sei. E as coisas só ficam mais intensas a partir daí. Então é para lá que estou indo em seguida, a igreja. Vou começar pelo começo. O plano é visitar cada um dos locais, seguindo as datas, e esperar que tudo isso comece a fazer algum sentido. Espero que apareça uma história que eu possa levar de volta para minha avó.

Ele parece seriamente intrigado agora.

— Olha, é uma igreja muito famosa, mas é bem longe daqui, do outro lado do rio. Você sabe para onde está indo?

Eu sei, mas não vou dizer isso a ele. Era por isso que eu estava esperando. Que algum morador local — e bem bonito, no caso — me liberasse de toda a parte logística.

— Não, na verdade não. — Vasculho minha bolsa como se procurasse um mapa ou guia que sei que não está lá, enquanto ele espia para dentro da loja, talvez se lembrando de que a campainha não tocou nenhuma vez desde que entrei.

— Eu meio que estou indo naquela direção. Bem, eu estava indo para o Pompidou, onde fica meu verdadeiro trabalho. Eu trabalho como fotógrafo lá. — Certo, isso explica a alça ao redor do pescoço. — Mas posso levá-la para a igreja primeiro, se você quiser, só para ter certeza de que chegou ao local direito. Meu avô insistiu que eu ajudasse você. Se estivesse na loja hoje, ele próprio a teria acompanhado, então me sinto um pouco obrigado a isso. Além disso, será uma ótima história para contar a ele.

— Sim, por favor! — Não estou nem tentando fingir surpresa ou indiferença quanto a isso.

Ele já está vestindo o casaco quando olho nervosa para o Maxim's, me perguntando quanto pode custar hoje e como vou pagar por ele.

— Ele vai insistir que você fique com ele.

— Como é?

— Meu avô. Ele vai querer que você fique com o vestido, caso esteja preocupada com o valor. Ele sempre se recusou a vendê-lo. Além disso, os dias de negócios dele estão no passado. O velho romântico nele assumiu o controle.

— Nossa, isso é tão, mas tão generoso. Não tenho certeza se posso só... — Mas Leon não tolera mais nenhuma interjeição da minha parte.

— Vamos lá, ele vai ficar bem seguro aqui por enquanto. Mas, se vamos fazer isso, eu deveria pelo menos saber o seu nome.

— Desculpe, é Lucille. — Eu abro para ele meu maior sorriso, esperando que isso ajude de alguma forma a mostrar o quanto estou grata.

— Então vamos lá, Lucille. Vamos pôr a mão na massa.

Capítulo 6

Alice

1953, Paris

O Maxim's

Cinquenta passos. Ela conta cada um dos movimentos que a impulsionam desde a entrada da igreja sob a torre do sino, através da nave e em direção ao altar. Seus nervos ficam mais afetados a cada passo lento e constante. Ainda assim, ela não desiste. Nem mesmo olha para trás, para a entrada, a fim de avaliar com que rapidez conseguiria fugir se mudasse de ideia. Olhando para o vasto teto abobadado acima, Alice experimenta uma grande sensação de insignificância naquele lugar reflexivo de contemplação baseada em princípios. Por que estava aqui? Ela não quer responder isso, ainda não. Mas, agora, cercada por todas essas pessoas que imagina estarem tentando melhorar, poderia honestamente dizer que suas intenções são boas?

Seis minutos para o meio-dia. Ela está adiantada. Força do hábito. A igreja está reconfortantemente movimentada. Turistas, grupos escolares, moradores que foram orar, estudar e pensar entram e saem dos bancos e caminham pelos corredores laterais, desaparecendo de vista por trás de colunas altas e arcos de pedra que se estendem e se abrem para manter aquele magnífico edifício ancorado. Ela evita contato visual com cada um deles, com medo de que eles vejam em seu rosto o que ela mal consegue admitir para si mesma. Ela deseja um prazer que não lhe pertence.

Como está muito tensa para sentar, quando chega ao fim da nave, Alice vira à esquerda e atravessa um pesado portão de ferro, em direção à série menor de capelas que ficam em um semicírculo atrás dos bancos do coro. Apesar dos rostos atentos dos santos nos vitrais acima, o espaço aqui é profundamente sombreado, mais privado. Ela passa por vários confessionários de madeira, permitindo que sua mente vagueie pelos muitos segredos que eles guardam, imaginando quanto tempo levará para que ela própria volte e se sente em um deles; então vê uma estátua de mármore da Virgem segurando Jesus. Ela não consegue desviar os olhos da pureza da cena. A absoluta simplicidade de mãe e filho. Não é o significado religioso que mantém Alice no lugar, mas a maneira como o escultor captou a dualidade do toque delicado de uma mãe com sua determinação de proteger. Anjos dourados repousam aos pés da Virgem, e ela é flanqueada por candelabros altos repletos de velas brancas e finas, a fumaça adicionando um aspecto fantasmagórico à escuridão. Alice pensa em avançar um passo para o chão de ladrilhos preto e branco dentro da capela, mas, assim que seu corpo começa a se inclinar para a frente, ela é parada por uma mão gentil em seu ombro.

— Estou tão feliz que tenha vindo — ele sussurra. À luz das velas, o rosto de Antoine parece perfeito, como se ele tivesse sido esculpido em mármore. Mas então ele sorri, e cada uma de suas feições relaxa e fica mais terna. Ele parece aliviado em vê-la. Passa a mão pelo cabelo como se estivesse tentando se distrair de algo que realmente deseja fazer.

Beijá-la? Alice sente a tensão aumentar entre os dois, então se movimenta para neutralizá-la.

— Antoine, é tão bom vê-lo de novo.

Ela estende a mão para apertar a dele e observa enquanto ele a encara, sem fazer qualquer menção de segurá-la. Sua tentativa forçada de formalidade está toda errada, e ela sabe disso. Ele sorri mais profundamente, um sorriso mais tranquilizador do que zombeteiro, passa o braço pelo dela e a vira para a direita, para que possam completar a caminhada juntos. A intenção é clara. Ele não vai fingir para ninguém que se trata de uma reunião de negócios. Alice permite que ele a vire, mas solta seu braço, recusando-se a fazer contato visual ainda que continue a caminhar lentamente ao seu lado.

Por que ela está aqui? Como isso pode resultar em algo bom?

Cada movimento que ela faz parece ensaiado e estudado. A maneira como ela segura as mãos enluvadas diante da saia, o ângulo reto do queixo, o movimento deliberado dos pés, que se tornam incapazes de se mexerem naturalmente. Mas, apesar do constrangimento que sente e das dúvidas que se multiplicam dentro dela, a grandiosidade do edifício é impossível de ignorar. Seus olhos vão de um pilar para a janela, passando pelas obras de arte pintadas acima e as tumbas abaixo de seus pés.

— Eu sabia que você ia adorar — vibra Antoine. — Meu irmão também adorava esse lugar. — Ele não está prestando atenção ao fluxo de pessoas caminhando de encontro a eles. Está com o pescoço inclinado para a esquerda para poder observá-la e ver como ela reage a tudo, forçando os outros a contorná-los. — Eu me apaixonei na primeira vez que pus os pés aqui também. — Só agora seus olhos deixam o rosto de Alice. — Muitos dos grandes artistas parisienses se inspiraram nesta igreja. A maneira como a luz incide e refrata, o equilíbrio entre luz e sombra, a dependência entre as cores mais fortes acima e os tons terrosos e escuros abaixo. Só estar aqui é um lembrete do poder da criatividade... e de nossa própria insignificância no mundo.

Ela não consegue discordar. Alice sente a tensão escoar um pouco dos ombros. Antoine articulou muito bem o senso de harmonia que irradia de cada vidraça e arco de pedra cuidadosamente esculpido. Ela se sente mais tranquila aqui, na companhia dele. Respira fundo, grata pelo vestido Maxim's que Anne a ajudou a vestir nesta manhã. A cada pressão que fazia para fechar o corpete e a chemise, o suave fechar do zíper das costas e o da gola até a cintura, beliscando-a por dentro, Alice esperava que ela não perguntasse sobre seu compromisso do dia. Quando Anne indagou se ela precisava das luvas, tudo o que Alice conseguiu dizer foi um breve "sim", preocupada que qualquer outra coisa pudesse levar a mais perguntas e a uma mentira direta de sua parte. Mas o visual final está perfeito. O Maxim's pode não ser uma das peças mais novas da Dior, mas Alice tem a confiança de pedir o que ela sabe que fica melhor nela, nunca sucumbindo à pressão de encomendar o que é novo em vez do que é certo. E esse é um vestido que transmite relevância e respeito.

— Obrigada por me convidar. — Há uma pausa na conversa. Alice está um pouco perdida e não sabe mais o que dizer. — Sua mãe gostou do desfile de Dior? — É uma pergunta conveniente para quebrar a intimidade que ele está tentando criar.

— Creio que sim. Ela nunca compra demais, mas parece muito importante para ela ser vista nessas coisas. Uma perda desnecessária do nosso tempo. Eu sou arrastado porque ela não suporta ir sozinha. — Ele suspira profundamente. — Eu me pergunto: com que idade alguém para de se sentir controlado ou em dívida com os pais?

Não é como Alice se expressaria, mas ela entende perfeitamente o sentimento. As escolas que frequentou, as disciplinas que estudou, os amigos que fez, o modo como se vestia, com quem se sentava em jantares — não havia sido tudo supervisionando de perto por seus pais? Ela sempre se pergunta como eles reagiriam antes de tomar qualquer decisão.

— Seja qual for a idade, ainda não tenho certeza se estou lá — diz ela com um suspiro. — De qualquer forma, sua mãe é muito bem-vinda para me acompanhar da próxima vez, se ela quiser.

Antoine arqueia uma sobrancelha como se soubesse que isso nunca vai acontecer. Que ele não iria querer e que, muito em breve, Alice também não.

Os dois completam a jornada ao redor das capelas, com Antoine permitindo que seus dedos rocem a mão enluvada de Alice. Mais do que tudo, ela quer unir seus dedos com os dele, sentir a tensão em seu aperto, mas se segura, presa entre o papel que precisa desempenhar e aquele que gostaria de ter. Eles voltam alguns passos para dentro da igreja principal, seguindo agora pelo corredor do lado oposto.

— Você mora perto daqui, Antoine? — Alice não suporta o silêncio que se instalou entre eles, dando a ela espaço para questionar novamente o que está fazendo aqui.

— Sim, muito perto. Na rua Beaux-Arts, bem aqui em Saint-Germain. A margem direita não é para mim. Formal e oficial demais, muito fria. Prefiro os becos estreitos e os pátios escondidos deste bairro. Há uma energia e uma criatividade aqui que não existem nas largas avenidas do outro lado do rio.

— Onde eu moro, você quer dizer? — Alice se permite dar um sorriso irônico.

— Receio que sim — ele responde sem rodeios.
— Bem, talvez você tenha razão.

Eles param em frente a uma estátua, e Alice lê a inscrição. Nossa Senhora da Consolação. Não consegue fazer seus olhos lerem mais, porque sente o rosto de Antoine pousado no dela novamente, estudando-a, chegando mais perto do que provavelmente é apropriado, fazendo com que todos os músculos de seu pescoço esguio se contraiam. Ela consegue se sentir enfraquecendo.

— Sabe o que me deixa muito triste em relação a esta igreja? — ele sussurra.

— Me diga. — A confissão de tristeza dele enternece Alice. É uma emoção que Albert nunca confessaria, quer sentisse ou não.

— Como tudo é silenciado à força. Talvez por causa da posição que ocupa, da função que deve cumprir e das pessoas a quem deve servir. Eu gostaria de vê-la em seu estado original, porque, por mais bonita e impressionante que seja, não posso deixar de pensar que foi negligenciada e não apreciada o bastante... e isso não deveria acontecer.

Alice não consegue falar. É uma observação muito perspicaz e bonita, e ela se sente involuntariamente atraída por esse homem tão perceptivo — e que não tem medo de demonstrar essa característica. Talvez ela esteja lendo além do que deveria, mas não parece que os comentários dele sejam puramente direcionados à pedra que os cerca. Será que ele está tentando fazer uma comparação? Ela quer ter aquela conversa para saber se Antoine consegue ver nela o que ela mesma ainda não expressou. Nos três encontros breves mas significativos que os dois tiveram, ele já compreendeu suas camadas, suas dúvidas, sua inquietação crescente e as perguntas que ela havia começado a se fazer com frequência alarmante. Sim, ela quer ter essa conversa, mas tem medo de ver aonde ela pode levar. As conclusões que podem ser tiradas, as ações a que elas conduzirão. Mas o silêncio dela apenas torna as perguntas dele mais diretas.

— Você realmente gosta de morar naquele prédio? — Ele a contorna e fica de frente para ela, então é impossível desviar o olhar. O rosto de Antoine está cheio de preocupação, e o fato de que ele tenha pensado na felicidade dela faz algo se apertar em seu peito.

Ela quer ser honesta com ele, recompensar seu interesse com alguma franqueza da sua parte, mas a resposta ensaiada acaba ganhando.

— O Hôtel de Charost? É uma grande honra, Antoine. Uma posição de privilégio. Estamos fazendo nossa parte para entrar nos livros de história. Há valor nisso, não acha? — Mas ela apenas parece pomposa.

— Não foi isso que eu perguntei. — Ele avança em busca de outra resposta, permitindo que sua mão se acomode no ombro dela e, em seguida, acaricie seu braço. — Fale comigo como um ser humano, Alice, não como um de seus visitantes oficiais. Será que algum dia você vai se sentir em casa na rua Faubourg? Na *sua* casa? Você tem liberdade para ser a mulher que é?

Ele sabe; ele a leu perfeitamente e com imensa velocidade. Alice sente que está a apenas mais uma pergunta das lágrimas, mas se recupera e engole a emoção à força.

— Bem, estou aqui agora, não estou? Ninguém me impediu de vir encontrá-lo. — O que ela não pode dizer é que não contou a ninguém para onde estava indo ou com quem iria se encontrar. Albert estará em seu escritório e não pensará sobre o dia dela e o que ou quem pode estar fazendo a parte dele.

Ela gira sobre os calcanhares e começa a refazer seus passos pelo caminho que eles acabaram de percorrer. Pensa em sua casa, com os imponentes blocos de pedra cinzenta na parte externa. As janelas gradeadas mais baixas que dão para a Faubourg. Os pilares de pedra preta na altura da cintura que revestem a calçada do lado de fora, ligados uns aos outros por grossas correntes de metal preto. As guaritas verdes dos guardas armados. As bandeiras oficiais. A enorme porta laqueada de preto que ela nunca viu aberta. Se descrevesse o prédio para um estranho, ele poderia facilmente pensar que ela estava falando sobre uma prisão. Existem belos jardins do outro lado, mas eles são cercados por muros altos de pedra, grades com pontas afiadas e árvores altas que bloqueiam a vista. Às vezes, ela fica parada na janela de seu quarto no primeiro andar e olha para o pequeno parque verde além, onde a população local leva seus cachorrinhos para passear e os idosos se reúnem para conversar nas tardes de domingo. Além dali, fica a Champs-Élysées, com sua interminável movimentação de turistas, exploradores, amantes. Pessoas se divertindo espontaneamente. Ela sente vontade de ver onde vive Antoine, sabendo que não poderia ser mais diferente.

Quando os dois alcançam o final do corredor, os olhos de Alice estão cheios de lágrimas. Uma piscada lenta é tudo o que será preciso para fazer uma delas deslizar por sua bochecha. Antoine vê a emoção dela e suspira profundamente, direcionando-a para uma fileira de bancos voltados para dentro, em direção à nave, em frente a duas belas estátuas de anjos. Em seguida, sem nenhum aviso, segura o braço dela e desliza um dedo sob o punho de sua manga.

Ela se sobressalta.

— Seu fecho... está aberto. — Ele indica o pequeno fecho que estreita a manga, agora aberta.

— Ah, obrigada. — O calor dos dedos dele na pele delicada de seu pulso, passando por cima de suas veias, faz o corpo de Alice relaxar. O toque é muito gentil, muito íntimo, e ele mantém os dedos ali por um ou dois segundos a mais do que o necessário antes de reclinar-se sobre a madeira fria do banco. Ela percebe, com uma dor no coração, que vem sendo privada dessa ternura. Que anseia por isso. E aqui está ele, disposto a oferecer isso. Basta que ela permita.

— Quantos anos ele tem? — Antoine inclina o corpo em direção a ela, apoiando os cotovelos nos joelhos para chegar mais perto.

— Quarenta e oito.

— Quase o dobro da sua idade?

— Vinte e três anos mais velho. — Alice tenta manter o rosto impassível, sabendo muito bem o que ele está dizendo. Então, como ele se recusa a reagir, ela pergunta: — Por que você está me perguntando isso? — A atenção é maravilhosa; Alice não pode negar. Mas ela não sabe dizer se tudo aquilo é só uma diversão para Antoine, algum tipo de jogo machista para agitar as emoções dela antes que ele prossiga para seu próximo desafio.

— Por que você acha?

— Pensei que tivesse me chamado aqui hoje porque queria alguns conselhos sobre carreira. Que estava ansioso para conhecer Albert, talvez, pensando que ele pudesse ser útil para você. — É uma grande mentira, e ela se odeia por ter dito aquilo.

— Não, você não pensou isso — ele fala com paciência, não zangado ou irritado por ela não conseguir dizer o que quer.

— Antoine. Por favor, eu não posso simplesmente me sentar aqui e...

— Pode, sim. Há muitas coisas que eu poderia invejar em seu marido, Alice. Eu vi como ele é. Como os homens ambiciosos querem sua atenção. Como as mulheres bonitas desejam sua companhia. O poder e a influência que ele tem. Essas qualidades são atraentes para muitas pessoas, eu entendo isso. E, claro, ele tem você. Mas, por favor, não confunda as ambições de minha mãe por mim com as minhas próprias.

— E o que você *quer*, Antoine? O que você parece incapaz de encontrar em meu mundo que deseja para si mesmo?

O que há em seu futuro? — Ela se pergunta se ele ao menos considerou isso.

— Eu quero sentir coisas, Alice, experimentar o mundo real da forma como as pessoas além das paredes do governo parecem fazer. — Ele balança as pernas em direção a ela, com as mãos entrelaçadas quase descansando no colo de Alice. — Não porque seja considerado culto, não porque seja algo que me fará parecer inteligente e informado no próximo jantar. Não algo saído de um livro. Estamos morando em Paris em um dos momentos mais expressivos da história desta cidade, Alice, e o que estamos fazendo com nosso tempo? Recebendo dignitários estrangeiros pomposos, fingindo se importar com pessoas com quem nunca teríamos uma amizade genuína e que não gostam de nós verdadeiramente... Você quer mais vinte ou trinta anos disso?

Ela vê o fervor no rosto de Antoine e gostaria muito de estar à sua altura. A intensidade da confissão dele sugere que ela é a primeira pessoa a quem conseguiu dizer aquilo. Ela quer retribuir o favor, deixá-lo satisfeito por tê-la escolhido para compartilhar. Mas ela vai decepcioná-lo. Seu casamento significa que ela pertence exatamente ao mundo que ele parece desprezar. A lembrança do dia da cerimônia interfere na conversa. A inquietação que Alice sentiu na companhia da sogra, quando deveria estar apenas alegre. Ela muda o rumo da conversa.

— Mas com certeza você pode convencer seus pais de que há outras carreiras que valem a pena, se a política não for para você. Há muitas coisas que você pode fazer, coisas que podem não ser tão decepcionantes para eles. Você mencionou seu irmão. O relacionamento dele com seus pais também é difícil?

Ele baixa os olhos para as próprias pernas.

— Ele morreu há três anos.

— Ah, Antoine, meus pêsames.

— Obrigada. Eu ainda sinto muito a falta dele.

Alice o observa fechar os dedos com força, usando o desconforto para se distrair da tristeza de perder um irmão.

Antoine olha para o teto abobadado.

— Thomas foi o primeiro a me trazer aqui. Ele sabia que eu adoraria as cores, que as acharia inspiradoras. Mas, em resposta à sua pergunta, não, o relacionamento dele com meus pais era muito diferente do meu. Ele estava estudando para ser médico e, na metade dos estudos, deixou a garota que amava para trás e se ofereceu para se juntar ao exército. Em poucas semanas, era um dos médicos com as tropas no leste da França. Tinha apenas vinte e dois anos. Eu tinha dezesseis. Chorei quando ele partiu.

— Mas ele conseguiu voltar? Sobreviveu à guerra?

— Sim, embora às vezes eu me pergunte se não teria sido mais fácil se... — As palavras de Antoine se perdem na acústica. — Se ele era o filho de ouro antes de partir, recebeu o status de herói ao voltar. Foi como se o seu retorno simbolizasse o fim do sofrimento de todos e restaurasse o senso de esperança. Nossos pais acreditavam que todos os dias ruins haviam ficado para trás.

— E você compartilhava do otimismo deles?

— Meus pais idolatravam Thomas por todas as suas conquistas acadêmicas e bravura... mas, para mim, ele era simplesmente o melhor irmão mais velho do mundo. Ele me incentivava a desenhar, mesmo quando via o quanto isso irritava meus pais. Pagou escondido aulas particulares para mim com um professor que conheceu na universidade. Comprava novos materiais e livros de referência e me acompanhava a lugares que sabia que inspirariam meu trabalho...

— Mas? — Alice delicadamente dá continuidade ao assunto, querendo saber o máximo possível sobre Antoine e seu passado.

— Eu estraguei tudo e venho pagando por meu erro desde então, tentando viver a vida que meus pais querem que eu tenha. Tentando demais não os decepcionar. Eu implorei a eles que me deixassem seguir meu amor pela arte, que permitissem que eu me matriculasse em uma escola de arte. Eles viram meus desenhos, sabem que são bons. Mas como carreira? Não há como. Eles não veem valor nisso. É extravagante. Utópico. Não é o que um jovem como eu deveria estar fazendo com o próprio tempo. Estou tão preso quanto você.

Ela quer questioná-lo ainda mais para entender por que Antoine se sente responsável pelo rompimento com os pais, mas ele muda de posição na cadeira, nitidamente querendo mudar o assunto.

Alice sente o próprio corpo enrijecer com a conclusão que ele tirou sobre a vida dela. É isso que ela é? É isso que ele — e os outros — veem? Uma mulher que está presa? Ela se permite um olhar de relance para a esquerda e para a direita. Será que alguém está ouvindo a conversa? Um pequeno grupo de estudantes e seu guia se reuniram atrás dos bancos onde os dois estão sentados e em frente às estátuas aladas.

— Eu entendo por que você vai querer partir agora, e é claro que não vou impedi-la. Mas, por favor, me encontre novamente. Não precisa ser nada mais do que uma caminhada, Alice. É tudo o que peço. Uma chance de conversar, de nos conhecermos. — Ele segura a mão dela, e os dedos deles brevemente se entrelaçam, os dela também procurando os dele desta vez, apertando-os em um acordo secreto. — Acho que eu preciso de você tanto quanto você precisa de mim.

Ele é interrompido pela voz do guia atrás deles.

— Eles são os símbolos da piedade e da fidelidade — ele anuncia, explicando o significado das estátuas para os alunos.

Os olhos de Alice e Antoine se encontram por um instante antes que ela se levante e caminhe rapidamente em direção à saída, sem adeus e sem resposta direta à pergunta que ele fez.

Não é o rosto de Antoine que ela vê ao sair da igreja, e sim o de Albert, no dia do casamento, tensionado de pânico ao vê-la conversando atentamente com a mãe dele, Greta, e sua irmã mais nova, Rebecca. Ela se lembra da emoção que extravasou da mãe dele naquele dia, as lágrimas intermináveis, o lenço branco delicado que parecia sempre pressionado em seus olhos.

— Ela temia que esse dia nunca chegasse — explicou Rebecca. — Está muito orgulhosa por Albert não ter permitido que a tristeza em nossa família definisse o homem que ele se tornou.

Alice entendeu na hora.

— Perder o pai tão jovem para uma doença tão cruel deve ter sido terrivelmente difícil para todos vocês.

Ela estremeceu quando a conversa foi interrompida abruptamente com a resposta de Rebecca.

— Isso não é verdade! Nosso pai não estava doente.

Em seguida, sentiu a mão firme no seu braço, conduzindo-a para longe, mas não antes que a mãe acrescentasse baixinho:

— É responsabilidade de Albert corrigir quaisquer imprecisões, Rebecca. Hoje não é o dia para isso.

Alice conteve todas as suas perguntas, esperando que Albert oferecesse uma explicação, até o último dia da lua de mel, não querendo estourar a bolha de felicidade de que ambos desfrutavam.

— Nunca mais me pergunte sobre ele — ele gritou. O assunto foi encerrado, e o vínculo de sua união tranquila, quebrado.

Alice procura por seu motorista. Sente os olhos marejarem novamente, mas há um vislumbre de alguma outra coisa dentro de si. Uma curiosidade pelo mundo que Antoine descreveu e pela mulher que ela pode ser.

Capítulo 7

Lucille

Segunda-feira

Paris

Eu nunca vi uma igreja assim — não que eu tenha lá o hábito frequentar igrejas. Mas as cores! Assim que Leon e eu entramos, meus sentidos são arrebatados, o que é muito inesperado. Eu estava preparada para pensamentos tranquilos e significativos. Não sorrisos. Definitivamente, nada de conversa. Mas isto é, bem, uma celebração. Um lugar feliz que foi limpo de toda sujeira e fuligem que deve ter se acumulado nas centenas de anos em que ficou de pé. Este lugar está vivo, cantando ao som do órgão gigante que fica acima da entrada. Não há bancos, só fileiras sem-fim de cadeiras de madeira que parecem muito mais amigáveis.

Eu me preocupo que só eu esteja tendo um momento de admiração, mas então olho para Leon, que já percorreu metade do caminho até o altar e parou com as mãos nos quadris, a cabeça jogada para trás e os ombros inclinados da mesma maneira que eu para olhar o teto.

— Nossa! — ele quase grita para mim. E eu entendo. O teto arqueado acima de nós está pintado de azul real e salpicado com centenas de estrelas douradas. É ladeado por paredes pintadas no topo com cenas vívidas da Bíblia, que são tão perfeitas que parecem fotografias. Há colunas vermelho-sangue e turquesa brilhante, e detalhes dourados em toda parte. Até mesmo as velas votivas minúsculas que se pode comprar e acender em memória de um ente querido são uma mistura alegre de verde, vermelho, laranja e azul.

— Por que eu nunca estive aqui antes? — Leon se maravilha quando nós dois começamos a traçar uma rota circular ao redor do perímetro. — É simplesmente incrível.

— Não é? — Por que eu nunca estive em *qualquer lugar* antes, é o que estou me perguntando.

— Não é exatamente um local óbvio para um encontro, mas não é fascinante pensar que A e A tenham se encontrado ali há tantos anos? Que podemos estar seguindo os primeiros passos hesitantes de algum caso de amor desconhecido? — Assim que pronuncio essas palavras, percebo que Leon provavelmente vai pensar que eu sou uma romântica melosa, mas, se pensa, sua expressão não o denuncia. Ele está ocupado demais olhando boquiaberto para tudo ao redor, tocando nas pinturas, farejando o ar, tirando fotos com sua grande câmera. É bem engraçado de observar.

— Preciso trazer meu avô aqui para ele ver onde o Maxim's foi usado. Ele vai amar, é como se a história tivesse ganhado vida.

Passando por uma parte mais escura da igreja, acelero o passo e aperto o casaco de lã contra o peito. Está frio e úmido, e a sensação aqui é muito diferente, até sombria, em comparação com o corpo principal da igreja.

— Você acha que era muito diferente nos anos cinquenta? — pergunto a Leon quando voltamos para o espaço mais claro perto do altar, sob os holofotes irradiando de três vitrais acima de nós.

— De acordo com isto aqui — ele lê um pequeno folheto rosa que pegou em algum lugar ao longo do caminho —, há um grande projeto de restauração em andamento desde 2015, então eu diria que sim. Para começar, isto não estaria aqui. Foi descoberto em 1999.

Ambos paramos em frente a uma estátua inacabada da Virgem Maria com o menino Jesus. É muito estranha. O rosto dela parece distorcido; nunca sentiu os toques finais refinados da mão de seu criador. O braço dobrado está sem mão, e o bebê que ela segura não é nada mais do que um esboço humano tosco do que permaneceu preso na imaginação de outra pessoa. Do tronco para baixo, ela não é nada; desaparece quando a pedra é cortada subitamente. É muito triste ver este objeto de beleza que nunca pôde chegar à sua gloriosa conclusão. Uma história que ficará para sempre inacabada. Não posso deixar de me perguntar o que fez o escultor parar no meio do caminho. Ter chegado tão longe e depois sentir que não podia ou não devia continuar.

Me distraio com o som de Leon esfregando as mãos para se aquecer, e percebo que a ponta dos meus próprios dedos e do nariz está gelada.

— Precisamos de chocolate quente — sugere Leon com um sorriso. — Eu conheço o lugar perfeito. Vamos lá.

Disparamos pelos ladrilhos lisos verdes e creme e nos sentamos na última mesa livre nos fundos da Brasserie Lipp, que fica do outro lado da praça no boulevard Saint-Germain. Os garçons, todos homens mais velhos, vestem elegantes roupas de pinguim, com aventais brancos grossos amarrados firmemente na cintura; o corte curto das jaquetas pretas enfatiza barrigas deixadas por sua própria conta anos atrás. Estamos sentados em um canto onde a banqueta de couro marrom que percorre todo o lado esquerdo do restaurante se curva embaixo da escada. O local perfeito para fazer planos e conspirações. Será que A&A estiveram aqui também? O local parece existir há muito tempo. O teto pictórico com seus pesados lustres de ferro preto e os bonitos azulejos florais que revestem as paredes ao redor de espelhos gigantes parecem remeter a uma época diferente. Quase sou capaz de ouvir o rangido dos painéis de madeira escura sob a tensão de todas as suas memórias — todas as festas glamorosas que devem ter testemunhado. Quem poderia ter dançado ao redor dessas mesas de café, se esticado sobre o corrimão liso e curvo ou se aventurado nos fundos do restaurante até o vestiário para roubar um beijo de alguém que não deveria? As toalhas de mesa brancas sem vincos apenas tornam o ambiente ainda mais especial, então pego o menu impresso inteiramente em francês, exceto por cinco palavras em inglês no topo, e leio: "Não servimos salada como refeição."

Às vezes, os franceses acertam muito.

Leon pede o chocolate quente, e, de repente, percebo que estou sentada em um café chique em Paris com um homem que mal conheço. Vovó ficaria orgulhosa! Estou determinada a não ficar constrangida com isso, especialmente porque ele tem o comportamento descontraído de alguém que acabou de acordar.

— Estou me sentindo mal por ter ocupado tanto do seu tempo hoje, Leon. Tem certeza de que não fará falta na loja?

— O que você acha? — Seu sorriso largo está de volta, então tenho certeza de que ele não está apenas sendo educado. Sentamos lado a lado, então tenho a chance de observá-lo atentamente. Ele tem o cabelo loiro escuro penteado para trás e manchado com a lembrança do sol do verão passado. Imagino como ele passou esse verão. Nos braços de quem. A pele dele não tem nada daquela palidez inglesa que beira o cinza nesta época do ano. Ele tem sardas no nariz e está ligeiramente bronzeado, o bastante para fazer seus olhos verdes brilharem um pouco sob a luz suave. Também tem pelos faciais suficientes para parecer intrigante, mas não desleixado.

— Só lamento não termos descoberto nada para eu compartilhar com meu avô. E você com a sua avó, é claro. — Ele curva o lado da boca para baixo em solidariedade.

— Bem, suponho que as respostas jamais cairiam convenientemente no meu colo, certo? Mas acho que a localização do encontro deles, se podemos chamar assim, nos diz algo sobre A e A, não?

— Que eles não deveriam ter se encontrado? Senão, por que a igreja? É um ótimo pretexto se eles tivessem sido vistos por alguém que conheciam. Muito mais fácil de explicar do que serem flagrados, só os dois, curvados sobre uma mesa aconchegante de restaurante.

Visto que nós mesmos estamos fazendo isso, Leon me faz pensar brevemente na minha solteirice — mas a chegada do nosso chocolate quente é tudo de que preciso para que essa centelha de tristeza evapore.

Nosso garçom está de volta com uma pequena jarra de porcelana branca cheia de chocolate fumegante, da espessura de uma sopa. Sem frescuras. Sem marshmallows, definitivamente sem aquele creme sintético de que costumo encher o meu em casa. Leon serve uma xícara para cada um e, em seguida, acena para que eu experimente. E, claro, é o paraíso. Liso como seda, preenche minha boca e cobre minha língua, a doçura e o calor nadando luxuosamente pela minha garganta, e tudo que posso pensar é como quero mais. E não apenas disso, mas de Paris também.

Apenas um pouco mais de aventura.

Percebo a expressão de reconhecimento no rosto de Leon, como se ele estivesse se lembrando da primeira vez que pediu chocolate quente na Brasserie Lipp. Quando leva a própria xícara aos lábios carnudos e rosados, meus olhos permanecem ali mais tempo do que o apropriado.

— Obrigada — eu digo quando ele abaixa a xícara e lambe o lábio superior sem qualquer embaraço.

— Pelo quê?

— Pelo seu tempo, por fechar a loja e vir comigo. Você ia apenas me deixar lá, não precisava fazer o tour completo — eu o lembro.

— Não precisa agradecer. Eu fiz isso pelo meu avô, na verdade. Ele vai ficar vidrado em cada palavra quando eu contar tudo isso a ele mais tarde. E acho que você me fez um favor. Sempre dizem que a gente nunca vê os lugares bonitos da nossa própria cidade, e hoje, graças a você, consegui ver um deles. Meu acordo com o Pompidou é bastante casual, vou mandar uma mensagem avisando que recuperarei o horário outro dia.

— E não estou mantendo você afastado de *mais ninguém*? — falo mexendo a colher, tentando fazer a pergunta parecer supercasual. Parece-me que alguém obviamente bonito como Leon teria alguém, e não quero ficar animada com a possibilidade de roubar um pouco mais de seu tempo se isso estiver fora de questão.

— Rá! Não, nenhuma namorada furiosa vai invadir o café exigindo saber quem você é, não se preocupe.

— Está bem, bom saber. — Estou me esforçando para não corar nesse momento.

— E você? Tem alguém te esperando na Inglaterra?

Não sei por que hesito em responder. Deveria ser uma resposta direta e fácil — não tenho namorado —, mas de alguma forma sai como:

— Bem, não, não exatamente. Tem alguém que está enrolando e não deveria, mas a culpa é tanto minha quanto dele.

Em seguida, esvazio o resto do meu chocolate quente para dar à minha boca algo para fazer além de tagarelar, eu acho.

— Você é engraçada! — Leon ri por algum motivo. — Deixe eu enviar a mensagem antes que eu me esqueça.

Enquanto ele digita no telefone, noto uma mulher sentada sozinha no lado oposto do restaurante. Ela é um pouco mais velha do que eu, mas não muito. Usa uma saia preta elegante e uma jaqueta. Está comendo um *crème brûlée*, que não é muito menor do que um prato normal. E saboreia cada colherada que leva à boca. Não está olhando o celular, lendo um jornal ou mexendo na bolsa. Não está concentrada em nada além de comer sua sobremesa, apenas sentada consigo mesma. Não exibe nenhum sinal de constrangimento. Parece muito à vontade com a própria companhia. Ela me lembra por que sempre tive vontade de viajar: para abrir aquela janela, por menor que seja, para uma vida estrangeira que não é a nossa, mas que entendemos e desejamos. Talvez para perceber que as pessoas não são tão diferentes.

Ela também me faz pensar nos Natais depois que meu pai foi embora, quando minha mãe e eu viajávamos durante as festas, apenas nós duas. Não era nada parecido com isso. Nunca era a experiência autêntica que agora percebo que eu desejava. A casa era sempre a melhor de qualquer cidade ou vila que ela escolhesse. Mas todo ano meu coração afundava quando, no primeiro dia, o chef que ela contratara chegava e eu sabia que aquele seria mais um lugar cujos restaurantes locais nunca exploraríamos. Um motorista garantia que nunca nos perdêssemos nas ruelas e nunca descobríssemos uma praia escondida ou um pedaço de sol sem turistas que pudesse ser apenas nosso durante a tarde. Eu queria aventura e realidade. Minha mãe queria facilidade e conveniência, e uma visão diferente da janela enquanto trabalhava, como sempre fazia, perdendo tudo o que era novo e interessante

— perdendo mais uma chance de me conhecer, porque os prazos não podiam ser perdidos e as metas precisavam ser batidas.

No começo, eu ficava com raiva. Qual era o sentido de viajarmos juntas se não íamos ficar juntas? Então, à medida que fui crescendo, percebi como era triste a situação dela — ganhando todo aquele dinheiro, mas nunca tendo a liberdade de aproveitá-lo. Qual o prazer em vê-lo se acumular em uma conta bancária, sabendo que tudo o que ela comprasse com ele viria com uma segunda etiqueta de preço que nunca poderia ser totalmente reembolsada aos patrões, que jamais ficariam satisfeitos? Acho que ela enxergava o dinheiro como uma forma de aliviar sua culpa. Se eu não podia ficar com *ela*, então podia ao menos ter férias melhores do que qualquer outra pessoa da minha turma da escola.

Há algo na confiança daquela mulher em particular que me faz querer ficar aqui mesmo em Paris, agora que percebo que, ao contrário daquela época com minha mãe, posso fazer isso. Posso fazer as coisas do meu jeito, seguir o rastro de todos os vestidos e talvez descobrir como a história de A&A termina, exatamente como vovó me pediu para fazer. Olho de volta para Leon. Poderia ser a *nossa* história agora? Minha e de Leon? Será que ele gostaria de compartilhar essa jornada comigo e desvendar por que a mãe de Véronique ficou tão chateada pelo vestido e por que o avô dele tomou a decisão certa ao nunca vendê-lo? Ele sem dúvida parece interessado o suficiente até agora.

— Então, além do vestido que ainda está faltando e o Maxim's que você encontrou, há mais seis, certo? — Ele joga o telefone em cima da mesa e presta atenção em mim novamente.

— Sim, mais seis. Estão todos no meu quarto de hotel agora, com as anotações que os acompanham. Alguns dos locais onde os vestidos foram usados eu reconheço, como o Museu Orangerie, mas outros não significam nada para mim, como Les Halles. Mas o que é mais intrigante é o que as notas dizem. Em uma, ela simplesmente escreveu: "O beijo que me salvou."

Ele se endireita no lugar por um momento, absorvendo minhas palavras e talvez sentindo a ingenuidade de tentar resolver o mistério com tão pouca informação. Se ao menos vovó tivesse me enviado aqui enquanto a mãe de Véronique ainda estava viva. Ela poderia ter nos dado muito mais detalhes e informações, fatos que vovó está escondendo para que eu mesma descubra.

— Ah, quem são eles, Leon? Como vou descobrir e conectar isso à minha avó? — Estou torcendo para que diga que ele vai ajudar. Sei que tenho Véronique, mas, juntos, nós três podemos resolver o mistério, tenho certeza disso.

— Você vai precisar de um guia. E de mais tempo em Paris. Posso resolver a primeira questão, mas você precisará dar um jeito na outra.

— O quê?

— Onde é o próximo local? Qual vestido vem depois do Maxim's e onde A o usou?

— É o vestido número quatro e, se bem me lembro, é chamado Batignolles. Ela o usou no Jardim de Luxemburgo.

Ele olha para o relógio, joga alguns euros sobre a mesa e, em seguida, enfia os braços para dentro da jaqueta.

— Muito bem, eu tenho um pouco de trabalho atrasado para fazer hoje, mas que tal nos encontrarmos amanhã, no final da manhã?

— Mesmo? Você faria isso? Tem tempo? — Caramba, isso é incrível.

— Para ser honesto, não, na verdade, não tenho, mas venho pensando em filmar partes da cidade há meses, e assim vou ser obrigado a fazer isso. — Ele faz uma pausa antes de acrescentar: — E algo está me dizendo que há mais coisa nessa história, e a única maneira de descobrir se estou certo é me juntar a você em sua louca perseguição romântica por Paris, Lucille. — Lá está o sorriso magnético novamente.

E preciso ser honesta: não tenho certeza do que está me deixando mais feliz neste momento, ficar em Paris ou — mesmo que ele só esteja fazendo isso pela história — ter a companhia de Leon.

Capítulo 8

Alice

1953, Paris

O Batignolles

O lado da cama de Albert está vazio de novo quando Alice acorda esta manhã. Os lençóis estão lisos e sem rugas, obviamente intocados pelo corpo dele enquanto ela dormia. Ela não tem ideia se ele passou mais uma noite trabalhando em seu escritório... ou na cama de outra pessoa. Seu peito sobe e desce profundamente de cansaço ao pensar na resposta.

Ela deixa a mente relembrar os meses desde que chegaram em Paris. Sabia que a mudança seria difícil. Que o trabalho de Albert apresentaria desafios — novas pessoas para impressionar, deixar uma marca onde outros estavam determinados a vê-la fracassar. Ela só não tinha imaginado que faria tudo sozinha. Será que isso é culpa de sua própria ingenuidade ou foi uma manipulação cruel da parte de Albert? Nos dias em que ainda não tinha certeza se a havia conquistado, ele pintou o quadro de uma parceria, os dois planejando um futuro de sucesso juntos. Ela viu naqueles meses um Albert mais leve, cujos olhos a estudavam, cujo alívio ela podia sentir quando entrava em uma sala para ocupar seu lugar ao lado dele. Ele ficava visivelmente relaxado na presença dela. Mas agora, em Paris, é como se o ego dele tivesse ordenado que aquela versão de si mesmo ficasse escondida. Como se ele tivesse vergonha do Albert que já deixou os dedos percorrerem frivolamente a barriga aquecida pelo sol dela enquanto os dois riam juntos sobre os bebês gordinhos que amariam em breve.

O pequeno relógio na mesa de cabeceira marca 8h15. Não demorará muito para Anne chegar com o café da manhã de Alice. Então, quando estiver vestida, ela encontrará Albert no andar de baixo. Ele pediu para repassar os detalhes de vários eventos sociais que os dois organizarão, incluindo as celebrações do aniversário da rainha em abril do próximo ano. Com uma lista de convidados de trezentas pessoas, mais o Natal a apenas alguns meses de distância, há pouco tempo a perder. Depois de tomadas as decisões, caberá a Alice mobilizar a equipe e garantir que tudo seja realizado com perfeição.

Ela ouve Anne bater suavemente na porta antes de entrar na sala carregando uma pequena bandeja de prata com o prato de Alice — bacon e ovos — e um bule de porcelana com chá inglês.

— Bom dia, madame Ainsley — ela quase sussurra, provavelmente imaginando que Alice está sonolenta. Como o quarto ainda está na penumbra, coloca a bandeja na ponta da cama e, em seguida, caminha em direção às janelas de pé-direito duplo e puxa as cortinas pesadas, inundando o quarto com uma luz fria. Alice percebe como os olhos de Anne se voltam para o lado vazio de Albert na cama e como ela finge não notar. Alice se pergunta se a empregada sabe de coisas que ela não sabe. Será que Anne vê e ouve o que acontece pela casa quando está se movimentando pelos corredores tarde da noite? Será que se questioná-la rapidamente, na privacidade de seu quarto e com Albert ocupado em outro lugar, ela descobriria se seu marido é fiel ou não? A incerteza parece mais perturbadora do que as próprias respostas.

Alice tentou abordar o assunto com a mãe uma vez. Não estava buscando a opinião dela sobre Albert em si, mas sobre seu papel como esposa de um diplomata de alto escalão. É inocente da parte dela esperar lealdade dele? Ela deveria questioná-lo e confrontá-lo gentilmente sobre aonde ele vai e o que faz? Não suporta sentir-se tão insegura — de si mesma, de seu casamento, do homem a quem amava o suficiente para se casar. Não amava? Ainda ama? Será que os sentimentos dela por ele diminuíram ou ela está recuando para se proteger porque se sente rejeitada, oprimida pelo peso da ambição dele? Ela sente falta do que eles tinham, por mais fugaz que tenha sido. De como ele se importava em perguntar como ela estava e como se interessava pela resposta; quando distraidamente tomava a mão dela do outro lado da mesa do café da manhã, olhando para ela como se Alice fosse tudo o que sempre quis. Por que tudo acabou assim que eles desfizeram as malas para viverem juntos em Paris? Ela fez algo errado? Qualquer que seja a verdade, a dúvida parece estar crescendo dentro dela, ficando mais forte a cada dia.

Sua mãe falou sobre *o fardo que uma mulher deve carregar* e como *nós fazemos o que fazemos por amor aos nossos maridos*. Foi ingenuidade de Alice perguntar, ela pensou depois. Ela viu os sacrifícios que a mãe fez para garantir que seu próprio casamento fosse inabalável. Por que aconselharia uma abordagem mais aberta para Alice agora? Ela havia aprendido a arte da obediência desde cedo. Sua infância não foi cheia de abraços e beijos. Ela era recompensada por sua obediência e sua capacidade de se divertir com mais uma boneca empertigada de olhos penetrantes e rosto brilhante ou com uma ida à praia com a babá para comer outro sorvete que ela não queria.

Enquanto observa Anne se preparando para o dia que começa, lembra do quanto ela e Albert riram na Itália. A memória ainda a faz sorrir. Qualquer coisinha parecia fazer com que eles explodissem. Um erro de pronúncia bobo no mercado de alimentos que gerou grande confusão. Um garçom intrometido. Eles se divertiram. *Ele* se divertiu. Como Albert se tornou o homem que bate à porta da própria casa para que os funcionários o deixem entrar? Parece que algo se apagou dentro dele. Como se tivesse riscado o romance em sua lista de afazeres na lua de mel e agora houvesse coisas melhores e mais importantes para focar que não a envolvem. Eles foram engolidos pela grande besta burocrática que é o governo britânico no exterior. A alternativa é quase chocante demais para contemplar: que o comportamento dele antes do pedido de casamento e na lua de mel era atuação e o verdadeiro Albert é o homem com quem ela agora se encontra casada.

Mas por que mostrar a ela aquele homem se ele nunca teve a intenção de permanecer se comportando daquela maneira? No começo, ela achava que o Albert que via em Paris era o impostor. Um recém-chegado que fazia questão de carimbar sua autoridade no novo cargo, respondendo aos veteranos que haviam deixado explícita a necessidade de uma hierarquia rígida entre sua vida pessoal e a profissional. Agora, ela se pergunta se aquele lado dele que ela conheceu na Itália era, na verdade, só atuação: as primeiras cenas se desenrolando na sala de estar dos pais dela, quando Albert precisava que ela acreditasse que ele era capaz de ser gentil, leal e apaixonado. A estranha troca no dia do casamento com a mãe e a irmã, que permanece inexplicada. O seu ato final, a promessa dos bebês que ele sabe que ela anseia, teria sido interpretado no momento em que o coração de Alice estava cheio de emoção e a cabeça girava com o fluxo de Bellinis que apareciam magicamente na mesa durante a lua de mel? Assim como a função que Albert jurou encontrar para ela, a promessa dos filhos desaparecera, se tornando algo que o futuro pode reservar quando os negócios importantes do dia tiverem sido resolvidos.

Anne levanta e afofa os travesseiros atrás da cabeça de Alice e a ajuda a se endireitar antes de colocar a bandeja sobre seu colo.

— Há algo específico que precise que eu faça por você hoje, Alice? — Anne se senta na beira da cama, esperando instruções, com o bloco de notas pautado e o lápis de sempre nas mãos.

— Só preciso que o motorista me leve ao Jardim de Luxemburgo às três da tarde, por favor. Não há necessidade de incomodar Albert com isso. Ele tem um almoço a partir de uma hora, depois só o veremos à noite.

— Claro, Alice. E sabe o que gostaria de vestir hoje ou posso sugerir algo?

— O Batignolles, por favor, com minhas luvas de pele de raposa e um chapéu. Talvez você possa escolher qual combina mais?

Anne se ilumina com a oportunidade de mostrar suas habilidades de estilista, saboreando a confiança que Alice está demonstrando nela. E isso só faz Alice querer fazer mais para agradá-la.

— Por que não escolhe algo para você também, enquanto está lá? — Ela sorri, balançando a cabeça e tentando transmitir que é uma sugestão séria.

— Como? — Anne olha para trás por cima do ombro, confusa. — O que disse, Alice?

— Por que não pega algo emprestado? O que você quiser, não me importo. Surpreenda Sébastien e vista algo especial para o jantar esta noite. Nosso tamanho não é muito diferente, há muita coisa aqui que servirá em você. Sério, o que quiser. E não tenha pressa para devolver.

— Eu não posso, Alice, não seria certo. É muito gentil da sua parte, mas, honestamente...

— Se você não escolher algo, eu escolherei, então vá em frente. Fique à vontade.

E é como se Alice tivesse dado a largada. Anne se lança no provador e fica parada ali, olhando de uma ponta a outra da arara com as mãos estendidas, sem saber no que tocar primeiro.

— Vamos lá! — incentiva Alice. — Não me decepcione, Anne!

Quando ela finalmente começa a separar uma série de jaquetas de tweed em vários tons de preto, move-as com muito cuidado, os olhos estudando cada botão e detalhe aplicado, produzindo uma variedade de ruídos apreciativos que fazem Alice rir baixinho consigo mesma. Ela teria feito a sugestão muito antes se tivesse percebido quanta alegria traria à amiga.

— Pode ser isso? — Anne está segurando uma pequena echarpe de seda com manchas pretas e brancas.

— Ah, pelo amor de Deus, Anne. — Alice está gargalhando agora. — Uma sala inteira cheia da mais requintada alta-costura que Paris tem a oferecer e você escolhe isso? — Ela está exagerando, é claro. O lenço em questão é de Chanel, um presente desnecessariamente extravagante da esposa de um político na esperança de ganhar favores.

— Sinto muito. — Anne também está rindo agora. — Não quis ser muito presunçosa.

— Bem, sua punição por escolher tão mal é que deve ficar com o lenço, nunca mais quero vê-lo de novo, mas você também deve levar o terno de tweed verde-lavanda que às vezes uso com ele. — Alice começa a procurar pelo terno entre os cabides enquanto Anne balança a cabeça. — Nem pense em argumentar contra a minha decisão. — Ela sabe muito bem o quanto Anne adora aquele terno. Da última vez que Alice o usou, Anne chegou a se sentar para admirá-la nele, apesar de ambas saberem que Albert estava esperando lá embaixo. — Espero que Sébastien goste dele tanto quanto você e eu. — Ah. — Alice para abruptamente. — O Maxim's já está de volta... — Ela se dá conta tarde demais.

— Sim, eu o mandei à lavanderia. Espero que não seja um problema?

— Claro que não, desculpe, eu só não esperava vê-lo de volta tão rapidamente. — Alice não está falando coisa com coisa. Anne sempre manda limpar seus itens imediatamente, nunca dando motivos para Alice questionar o seu trabalho.

— Preciso atualizar os cartões... — Anne faz uma pausa enquanto Alice dá as costas para ela e volta para o quarto principal.

— Sim, gostaria que os atualizasse, por favor. — Alice consegue ouvir o ligeiro nervosismo na própria voz. Quer contar a Anne sobre Antoine desde que ele compareceu ao coquetel, e, agora que os dois se encontraram a sós, parece mais... legítimo, como se houvesse mais a dizer sobre o assunto. Contar a ela tornará tudo real, incontestável, o que parece necessário depois de tudo o que foi dito na igreja. Existem também aspectos práticos a serem considerados. Se ela pretende ver Antoine novamente, precisará da ajuda de Anne, e a única coisa que não pode fazer é mentir para a amiga, mesmo que seja apenas para improvisar alguns detalhes sobre seu paradeiro.

Anne a segue, dirigindo-se à mesa e à pequena caixa preta onde os cartões são guardados.

— Vou pegar o que for relevante. Então a data teria sido...?

— Não é a data que é importante desta vez, Anne, mas com quem eu estava. Por favor, sente-se ao meu lado.

Não há ninguém mais qualificada para o trabalho de confidente compreensiva. Alice só espera que seu julgamento esteja certo e Anne não perca a consideração por ela. Será incapaz de esconder seus verdadeiros sentimentos se a amiga fizer isso.

— Eu me encontrei com Antoine du Parcq lá. Você deve lembrar que ele foi convidado para um drinque na embaixada no início deste mês com os pais, certo? Na noite em que usei o Cygne Noir pela última vez.

— Sim, eu me lembro. — Anne já parece preocupada, sem saber o que a conversa vai revelar.

— Bem, nós conversamos brevemente naquela noite. Mas fiquei fascinada por ele. Acho que ele sentiu o mesmo. — Ela está falando devagar, tentando escolher as palavras com cuidado. — Ele disse que viu algo diferente em mim, Anne. Sabe como foi maravilhoso ouvir isso? — Os olhos de Alice se voltam para a caixa de cartões. — Então, de repente, nos encontramos no desfile da Dior. Foi quando ele me pediu para encontrá-lo novamente. Apenas nós dois. Ele sugeriu a igreja em Saint-Germain e disse que esperaria o dia todo se fosse necessário. — O rosto de Alice se ilumina com a lembrança. — E então eu fui. Foi onde usei o Maxim's.

— E o que aconteceu?

As duas mulheres estão sentadas uma ao lado da outra na pequena espreguiçadeira ao pé da cama. Alice é a única sorrindo.

— Ele disse muitas coisas que eu precisava ouvir. Foi dolorosamente honesto, não se importando em me ofender. Mas não estava me julgando, Anne... "Eu preciso de você tanto quanto você precisa de mim." Foi o que ele disse. Eu não consigo parar de pensar nisso.

— Alice...

— Ele parece entender muitos dos meus sentimentos sem que eu nunca tenha compartilhado com ele, com ninguém, nem mesmo com você, Anne. Mais do que isso, ele também confia os sentimentos dele a mim.

— Eu não estive cega quanto a isso, mas não queria bisbilhotar. Você não precisava me contar. Se o assunto surgisse, teria de vir de você primeiro, espero que entenda isso.

Alice assente, notando como Anne mantém contato visual, encorajando-a a continuar.

Ela respira fundo.

— Para usar a palavra de Antoine, porque é a mais precisa, eu me sinto... presa. Enganada. — Ela já avançou demais na confissão para parar agora. — Albert não é o homem com quem pensei que estava me casando. Eu *não teria* me casado com este Albert. Ele não se importa comigo e há muito pouco que posso fazer a respeito.

Anne sorri gentilmente, como se isso não fosse nenhuma surpresa, como se ela tivesse passado o ano todo intimamente questionando as escolhas de Alice.

— E você tentou falar com ele? Para explicar como se sente?

Alice deixa a pergunta pairar entre as duas por alguns momentos.

— Acho que você já viu o suficiente de Albert para entender que isso é inútil. Mas, sim, eu tentei, muitas vezes.

Ela sente a mão de Anne apertar a dela.

— Eu preciso perguntar, Alice... você acha que isso é sensato? Não deveria tentar resolver seus problemas com Albert antes de complicar a situação, permitindo que outra pessoa se aproxime de você? — Alice sente o alerta nos olhos da amiga, mas não com força suficiente.

— Eu passei os últimos dias dizendo exatamente isso a mim mesma. Mas já se passou mais de um ano, Anne. Seja sincera, você acha que vai melhorar? Que ele se tornará um marido melhor? Para eu ser feliz de novo, precisa haver uma mudança. Mas ele não vai mudar, e eu não posso fazer isso, não nesta vida. Duvido que neste casamento. Eu nunca teria escolhido isso, mas, quando saí da igreja naquele dia, me senti diferente, mais compreendida do que nunca. — Ela faz uma pausa, se perguntando se deve continuar. — Vou me encontrar com Antoine hoje, esta tarde.

Alice observa Anne fechar os olhos, como se quisesse dar seu apoio, conceder a Alice sua aprovação para desfrutar de um lampejo de leveza. Mas ela sempre foi prática, sua Anne, e tem o dever de lembrá-la dos perigos também.

— Farei tudo o que puder para ajudá-la, mas devo adverti-la para ter muito cuidado, Alice. O que você quer com isso? E, se conseguir, saberá o que fazer com o que encontrar? Será que não vai, na verdade, causar um problema muito maior do que o que você já tem?

— Talvez eu só precise da amizade e do apoio de outro homem da minha idade? Ou talvez seja mais do que isso, não sei. Pode parecer fraqueza, mas ele me faz sentir como a mulher que eu quero ser. Ele faz com que eu queira me colocar em primeiro lugar.

— Não é fraqueza, Alice, mas é exatamente o oposto da vida que a aguardava aqui, quer tenha percebido isso ou não. Você precisa ter certeza de que ele vale o risco.

Não dá para ter certeza. Sobre Antoine, Albert ou sobre si mesma agora. Ela se levanta e decide não ouvir mais, traçando um limite na conversa. Anne também se levanta, mas é forçada a direcionar seus comentários a Alice virada de costas.

— Estou falando com você puramente como amiga, Alice. E que tipo de amiga eu seria se dissesse para não colocar sua própria felicidade em primeiro lugar? Eu quero que você seja feliz, mas, por favor, vá com muita calma. Você só viu o que Antoine decidiu compartilhar com você até agora, e nada mais. O quanto alguém pode realmente saber em alguns breves encontros?

— Talvez você tenha razão. — Alice se vira para encarar Anne de novo. — Mas cada minuto que passo com Antoine realça intensamente a pouca felicidade que eu tinha antes de ele aparecer.

— Muito bem, então talvez ele possa ajudar você a decidir o que está *faltando* em sua vida privada. Mas se ele é o homem que pode lhe dar isso é uma questão totalmente diferente. Uma questão que com certeza leva muito mais tempo para ser respondida.

As duas mulheres se levantam, olhando uma para a outra, o rosto de Anne implorando por cautela e o de Alice impassível ao aviso. Anne faz uma última tentativa.

— Aproveite a companhia dele, se acha que pode fazer isso sem chamar atenção. Seja feliz, Alice. Lembre-se de como ele faz você se sentir, crie algumas memórias maravilhosas e use-as para tomar suas decisões, mas...

Alice a escuta, mas prefere ignorar a advertência implícita.

— Você também pode ligar para a Dior e pedir o vestido Debussy do último desfile?

— Sim. — Anne pega seu bloco de notas, voltando perfeitamente para seu papel profissional.

— Mas, quando ligar, por favor, avise-os que eu preciso dele muito em breve. Não quero passar por todos os ajustes habituais. Eles têm todas as minhas medidas mais recentes. Gostaria que o fizessem rapidamente. — Alice faz uma pausa quando Anne termina de rabiscar e tenta justificar a urgência. — Temos muitos eventos grandes chegando, e, bem, acho que ele pode ser perfeito para um deles.

— Vou atualizar os cartões também. — Anne sorri. É difícil não perceber que, pela primeira vez desde que Anne chegou à residência, há um ano, Alice é capaz de esboçar um sorriso genuíno também.

Pedir ao motorista para entregar um bilhete escrito à mão na casa de Antoine na rua Beaux-Arts depois que ela foi embora mais cedo do encontro dos dois na igreja foi imprudente, estúpido e possivelmente fútil. Ela não tem ideia se ele leu ou se, como sugeriu, ainda gostaria de se juntar a ela para um passeio no Jardim de Luxemburgo. Mas ela calculou que o risco valeria a pena porque, ao lado dele em silêncio total, ela se sentiria mais apreciada do que se sentasse à mesa de jantar luxuosa de Albert, coberta de joias. A maneira como Antoine a trata a deixa emocionada e intimidada, no entanto, ela sabe que quer mais disso — mais dele. Ele faz com que cada parte do corpo dela se acenda.

Antoine está presente em seus pensamentos praticamente todos os dias. Eles não fizeram nada de errado, até agora, e a situação pode continuar assim. Mas ela quer sair de casa, andar ao ar livre, para se sentir vista e ouvida por alguém que não esteja interessado em nada além dela. Ansiar por isso é errado? Mesmo quando o homem que prometeu colocá-la em primeiro lugar não a satisfaz? E talvez ela queira mergulhar um pouco mais fundo também. Para ouvir mais do que ele tem a dizer sobre a vida dela.

Sobre como poderia ser diferente.

Além disso, passear em um parque público com um homem não é nada comparado ao que Albert faria com outra mulher.

O encontro com o marido ocorre exatamente como Alice havia imaginado, assim como a maioria das reuniões de negócios de Albert. É curto, direto ao ponto, uma troca eficiente de necessidades e preferências, e então ela é dispensada com uma longa lista de tarefas para dividir entre a equipe. Ele tem um almoço com associados no Chez Georges no segundo *arrondissement* e não quer se atrasar. Há um leve momento de pânico no final da reunião, quando ela pensa que ele vai solicitar o motorista que ela já reservou, antes que ele confirme que alguém irá buscá-lo. Ela está na janela do quarto quando ele sai, meia hora depois, olhando para o pátio quando um Jaguar preto elegante chega. Não é um carro que ela reconheça, mas claramente é reconhecido pelos guardas, que nunca o teriam deixado entrar de outra forma. Albert obviamente conhece a motorista, já que ele escolhe se sentar no banco do passageiro na frente. A última coisa que Alice vê são os longos cabelos loiros da motorista caídos sobre o ombro de seu marido enquanto os dois se abraçam antes que o carro volte para a rua Faubourg.

Talvez seja revelador o quanto ela se sente idiota ao pensar nisso. *Como ele pôde fazer isso?* Como *ela* não percebeu do que ele é capaz? A ousadia dele? Lágrimas enchem os seus olhos. Ela sente o calor nas bochechas, alimentado mais pela raiva do que pela tristeza.

Todas aquelas horas questionando seu próprio comportamento enquanto ele sem dúvida não faz o mesmo. Talvez o desespero apareça mais tarde, no silêncio de outra noite sozinha, quando ela olhar novamente para o esplendor de seu quarto e souber que poderia viver com muito menos se tivesse um homem que a amasse de verdade. Por enquanto, é mais uma frustração ardente. É óbvio que um homem capaz de mentir sobre sua vontade de se tornar pai, de satisfazer os desejos dela enquanto ele apenas fingiu compartilhar os dele, não acharia nada demais se entregar a outra mulher.

Alice se pergunta quais mentiras ele está contando sobre *ela*, enquanto as rodas do carro dos dois se movem pelas ruas congestionadas de Paris. Talvez esteja dizendo a verdade: que não está dormindo com a própria esposa há meses. Alice decide que não se culpará mais. Ela respira mais devagar e fecha os olhos, deixando tudo preto até que sente uma quietude, uma sensação de liberdade, ainda que pequena, para pensar sobre suas próprias necessidades. Foi assim que sua própria mãe se sentiu quando descobriu a primeira traição — antes de decidir se comprometer com uma vida sendo a segunda opção?

Alice duvida que tenha força para ser tão obediente.

Ela pede a seu motorista que pegue o caminho mais rápido saindo da embaixada, cortando entre o Grand e o Petit Palais, passando pela ponte Alexandre e em frente a uma de suas vistas favoritas em Paris: o Hôtel des Invalides, com sua cúpula dourada central elevando-se acima do horizonte da cidade baixa. De lá, eles descem rapidamente as largas avenidas que fazem fronteira com Montparnasse antes de voltarem para o norte para entrar no parque pelo lado oeste.

— Busque-me aqui em duas horas, por favor. — Ela confirma sua viagem de volta com o motorista antes de fazer a curta caminhada de cinco minutos para o sul, através do parque, até o carrossel das crianças, onde sugeriu que eles se encontrassem.

Ela ouve as risadas e gritos dos cavaleiros muito antes de ver a atração. Conforme se aproxima do local, Alice percebe que os cavalos do carrossel já viram dias melhores. Há rachaduras profundas em suas pernas, pedaços faltando em seus flancos de madeira e tinta descascando de suas crinas multicoloridas. Mas nenhuma das crianças de bochechas vermelhas montadas neles, apreciando o galope mágico, dá a menor importância a isso. Alice sorri.

O barulho a leva de volta por um momento à orla marítima de Holkham Bay, o litoral mais próximo à casa de sua família em Norfolk, e ela lembra como invejava as crianças que sempre pareciam ter alguém com quem brincar. Sua casa estava sempre tão fria, não apenas devido às correntes de ar em corredores que nunca eram aquecidos, mas também à falta de risadas, de irmãos com quem ela pudesse causar problemas. Ela olha para as crianças voando no brinquedo, agasalhadas, e sente que passou toda a infância em um casaco de inverno, graças a uma babá que achava que o ar fresco era a cura para tudo — doença, tédio, desobediência. As crianças à sua frente agora inclinam o corpo para longe dos cavalos, brincando de *jeu de bagues*, balançando uma varinha nas mãos, tentando enganchar anéis de ferro enquanto passam e um homem idoso coloca o brinquedo manualmente em ação.

— Quer experimentar? — vem uma voz por cima de seu ombro.

Sim, ela quer, apesar de saber que não vai.

— Antoine, olá. Eu não tinha certeza se você...

— Por que eu não viria? — Ele chega mais perto, imediatamente diminuindo o espaço entre eles, fazendo o coração dela ir à boca. — Estava esperando ver você de novo.

Ele está envolto em um casaco longo de lã preta, com a gola voltada para cima para emoldurar o rosto embaixo de um chapéu Homburg. É um lindo dia de céu azul, mas o frio está à espreita. Ela imagina como seria se ele abrisse o casaco, a puxasse contra seu peito e o fechasse em torno dos dois. Fica tão absorta na imagem que não consegue falar, e os dois ficam parados, olhando um para o outro, imaginando aonde as possibilidades os levarão nas próximas horas.

— Vamos caminhar? — Antoine inclina a cabeça para longe do carrossel, e Alice percebe que provavelmente diria sim a qualquer coisa que ele sugerisse agora.

Ela não costuma sair para caminhar. A falta de praticidade das roupas que usa e sua agenda semanal de compromissos não permitem que ela mantenha esse hábito. Existem pessoas para fazer tudo para ela. Para buscar coisas, fazer compras, devolver algum item, realizar qualquer tarefa necessária. Antoine instintivamente pega a mão dela, mas depois muda de ideia, enlaçando o braço no dela em um gesto que poderia facilmente significar mera amizade.

Apesar dos galhos com pouca folhagem nesta época do ano, o parque ainda está lindo. Eles passam por pomares de maçãs e peras, ainda dando frutos no final de outubro, e colmeias pontilhadas entre os arbustos, antes de chegarem às fileiras ordenadas de castanheiros que seguem em direção à vista da fonte central e dos edifícios do Senado mais além. Alice está tentando absorver a vista, mas é difícil com Antoine tão perto — ela pode ouvir a respiração dele entrando e saindo de seu peito.

A maioria das pessoas prefere sentar-se diante do prédio, mas Antoine segue mais adiante. Ele a leva para além do lago, que está circundado por crianças lançando seus minúsculos veleiros na água fria, e os guia até um banco, onde os dois se sentam de costas para o Senado.

— Posso lhe comprar um chá? — ele pergunta enquanto olha ao redor tentando encontrar a cafeteria mais próxima.

— Eu adoraria um chá, mas, por favor, deixe-me pegá-lo.

— Está bem. — Ele sorri como se entendesse a novidade que isso significa para ela, e Alice se sente grata por ele não tentar nada cavalheiresco para impedi-la de aproveitar a situação. Há um pequeno café à direita do prédio do Senado, então é para onde ela se dirige, deixando-o observá-la do banco. Ela desaparece por alguns minutos e, quando volta para o parque, o encontra segurando um pequeno bloco de desenho, estudando-a. Ela diminui o ritmo, concedendo a ele o maior tempo possível para capturá-la. Quando se junta a ele no banco, colocando duas xícaras de metal com chá quente ao lado dos dois, Alice vê que ele desenhou perfeitamente o contorno de seu vestido azul-marinho.

— Está muito bom, Antoine. A forma está totalmente proporcional. E você só teve alguns minutos para fazer isso.

E está mesmo. Ele capturou a maneira como a gola fica bem no alto de seu pescoço esguio e as duas pregas frontais são anguladas sobre os seios, definindo sua forma. A nitidez do lápis cortou as mangas do comprimento do pulso exatamente no lugar certo, antes que as luvas dela começassem. De sua cintura refinada, duas pregas profundas descem pela frente da saia em perfeita simetria. É um dos vestidos para o dia mais complicados que Dior criou, de acordo com a vendedora da avenida Montaigne, com uma única peça de tecido realizando a tarefa quase impossível de formar a frente da roupa e as costas. No entanto, Antoine o reproduziu em poucos instantes.

Mas a mulher que o usa...

Não há nenhum sorriso em seu rosto. Seus olhos estão voltados para fora da página, parecendo perdidos, como se pertencessem a outra pessoa. Como ela pode parecer tão polida e, ao mesmo tempo, tão desconectada, tão sem alma? O modo como ele desenhou seus lábios, tensos e determinados, é mais severo do que ela imaginava, e ela imediatamente os abre para relaxar a boca. Suas mãos, ela percebe, estão rígidas, seus dedos estendidos, não tão fluidos como deveriam ser. Ele vê alguém que está enfrentando a vida, não vivendo.

— Obrigado. Tenho uma memória muito boa. Mas procuro olhar mais fundo, ver a pessoa que está por baixo das roupas que a escondem. — Ele diz isso casualmente, como se esperasse que as palavras tivessem pouco impacto. Mas, para Alice, causam uma onda profunda de desejo.

Nunca houve um momento como esse na vida dela. Nem mesmo no início com Albert, quando ele estava fazendo de tudo para impressioná-la. Nunca foi algo incontrolável, como se seu desejo estivesse transbordando dela. Ela gostava da atenção de Albert, sentia-se lisonjeada. Ele a fazia se sentir adulta, como se sua vida estivesse evoluindo, ela não era só mais uma pessoa na casa. Mas ele alguma vez fez sua respiração ficar presa no fundo da garganta? Ela não se lembra de sentir isso. Ela respondeu às perguntas dele naqueles jantares com um distanciamento frio, nunca acreditando que levariam a algum lugar. Não entendendo realmente que ele queria que levassem. Ou que seus pais queriam. Quais eram os interesses dela? Ela gostava de viajar? Que línguas estrangeiras ela falava? Nem uma vez seu estômago embrulhou; o prazer que a atenção dele parecia trazer a seus pais a manteve apenas envolvida o suficiente. Foi uma oportunidade de obter a aprovação deles.

O modo como eles se divertiram juntos na lua de mel, longe de todos os interesseiros, quando ele se soltou surpreendentemente, fez com que ela acreditasse que havia acertado. Mas será que houve um momento inegável de paixão que a convenceu de que eles *precisavam* ficar juntos? Não era isso que as mulheres mais fúteis buscavam, aquelas que não levavam o próprio futuro a sério? Com ela, foi mais uma compreensão lenta e significativa de que tudo relacionado a ela e Albert era benéfico e uma escolha boa e sensata, realçada por lembretes frequentes dos pais de que ela não conseguiria algo melhor. O que mais ela precisava considerar? Não é como se precisasse ter certeza de que ele apoiaria suas ambições de carreira. O mais importante era ele ter certeza de que ela estava à altura da tarefa de ser a esposa de um futuro embaixador.

— Você fala com outras mulheres assim, Antoine? — Dizer o nome dele em voz alta, estando tão perto, parece maravilhosamente pessoal e íntimo. — Há outras mulheres que você desenha e tenta convencer a se apaixonarem por você?

Ele abaixa o bloco de desenho no colo e franze o cenho profundamente.

— Você não deveria se subestimar assim. Não consigo imaginar por que eu precisaria fazer isso. — Ele capta o olhar dela e o sustenta. — Mesmo se nunca me deixar tocar em você, Alice, isso é o suficiente. Estar em sua companhia. Pelo menos é o que digo a mim mesmo. Eu quero ver você sorrir com mais frequência. E espero ser a pessoa que a faça abrir um sorriso.

E, como uma idiota, ela sorri de fato — depois tenta segurar e os dois riem juntos.

— Você pode se virar para que eu veja a parte de trás do vestido de novo, por favor?

Alice inclina as pernas para a direita, dando as costas para ele.

— Eu preciso que você se levante.

Ela faz o que ele pede e, pela primeira vez desde que entrou no parque esta tarde, percebe todos ao redor. Rostos que podem estar observando, rostos que ela pode conhecer. Ela está prestes a se sentar quando sente as mãos de Antoine deslizarem em volta de sua cintura e se encontrarem na frente do seu corpo. É uma intimidade que ela não concedeu, mas que deixa a pele sob o vestido instantaneamente quente, e ela imagina as mãos dele mergulhando mais para baixo e o prazer que isso lhe daria.

— Eu quero sentir como o tecido se ajusta a você. — Ele desliza os dedos suavemente para trás, até os quadris dela, em seguida os deixa descer pelas dobras da saia, abaixando a cabeça em direção ao pescoço dela. Ela ouve como a respiração dele se tornou irregular.

Alice fecha os olhos, vendo a imagem gravada das flores que margeiam o lago, crisântemos limão e laranja. Sorri novamente, um sorriso mais largo e apenas para si mesma desta vez. Quer se lembrar deste momento de imprudência. Gostaria de poder ser abraçada por ele por mais tempo, sentir seus braços em volta dela e puxando-a para o banco, onde ficariam aconchegados, bebendo chá e se beijando durante a tarde, os rostos escondidos sob a aba do chapéu dele. Ela sabe que neste momento está projetando uma fantasia que é perigosa de nutrir, que só pode terminar em decepção. Mas há outros sentimentos surgindo dentro dela que são mais fortes: desejo e uma necessidade avassaladora de ser tocada.

— Quando posso mostrar o esboço concluído? — Antoine pergunta enquanto ela se senta, mais perto dele desta vez.

— Seus pais foram convidados para o coquetel da embaixada na semana que vem, não foram? Vou garantir que você seja adicionado à lista de convidados. Você pode me mostrar então... se o momento correto se apresentar.

— Você realmente vai me deixar esperando tanto tempo? — Antoine olha para ela sem sorrir, inclinando a cabeça para o lado, como se pudesse encurtar a distância e beijá-la a qualquer momento. Ela o impediria se ele o fizesse? Ele está tão perto que ela pode ver os contornos lisos e imaculados de sua pele, a suavidade de seus lábios, a frustração em sua mandíbula.

— Acho que terei de fazer isso. — Ela quer dizer a ele que a espera será igualmente difícil para ela, que não consegue pensar em nada melhor do que passar o resto do dia com ele, mas como poderia? Então só se levanta e dá um último sorriso a Antoine.

— Espere. Quero que você fique com isso. Comprei antes de você chegar. — Ele entrega a ela um lindo cartão-postal do carrossel. — Uma lembrança do nosso tempo juntos.

Alice vira o cartão e vê um "x", simbolizando um beijo solitário, marcado a lápis no outro lado.

— Estou feliz com uma coisa — ela sussurra.

— O quê? — Antoine se aproxima dela até que mal haja espaço para a brisa passar entre eles.

— Estou feliz que você não diga essas coisas a mais ninguém. — Em seguida, ela refaz seus passos até a entrada oeste, onde sabe que seu motorista estará esperando.

Capítulo 9

Lucille

Terça-feira

Paris

— Não quero parecer irracional aqui — a voz dele está carregada de sarcasmo —, mas estou tendo dificuldade para entender por que você ainda está em Paris numa terça-feira de manhã, quando tínhamos uma reunião marcada para as nove em meu escritório. E agora você está me dizendo que não vai voltar hoje e na verdade nem tem certeza de quando vai voltar?

— Sim, Dylan. Sinto muito, é uma longa história. Coisas de família que preciso resolver. Não tenho como evitar. Nunca tirei uma folga com tão pouco tempo de aviso prévio e espero que saiba que eu não faria isso a menos que realmente precisasse. — Leon está parado na minha frente, me observando enquanto me contorço durante a ligação. Preciso desligar rapidamente antes que Dylan perceba a falsa seriedade em minha voz.

— Bem, vou esquiar amanhã, e você sabe o quanto esta viagem é importante. Suponho que leu meu e-mail sobre todas as necessidades de bagagem adicional e como a mãe de Serena vai se juntar a nós?

— Sim, claro. — Não, eu não li, mas vou ler, *vou ler*. — Está tudo sob controle, por favor, não se preocupe.

— Eu não vou me preocupar, Lucille. Porque esse é *seu* trabalho. É para isso que *você* é paga.

— Sim, com certeza, é mesmo, e estou dizendo que tudo estará perfeito.

— Ótimo, porque a última coisa que eu quero é ter problemas com minha esposa e minha sogra.

— Claro. Nada de problemas com a sogra. — Nesse ponto, Leon bufa tão alto que preciso colocar a mão sobre o telefone. — Deixe comigo. Vou repassar todos os preparativos novamente quando pegar meu laptop mais tarde.

Nem tenho certeza se ele ouviu a última parte, pois a linha fica muda, e eu percebo, enquanto aperto o botão de desligar no celular, que não me importo muito. Algumas semanas atrás, eu teria me importado demais. O embrulho no estômago me faria voltar correndo para o escritório. Talvez seja o fato de finalmente ter um distanciamento físico dele que esteja me fazendo perceber o quanto o humor de Dylan afeta o meu. Por quanto tempo devemos continuar fazendo algo que não queremos? Porque até a ideia de voltar ao ambiente tóxico de baixo nível que Dylan proporciona está fazendo meu estômago revirar. E isso, o que estou fazendo com Leon e por vovó, parece muito mais importante do que garantir que os filhos de Dylan subam de nível no esqui nesta temporada.

Obviamente, ainda farei as alterações na reserva assim que voltar ao hotel. Não tenho vontade de morrer.

No instante em que desligo, vejo três chamadas perdidas da minha mãe, o que é praticamente inédito. Três ligações em uma hora é mais do que normalmente recebo em um mês. Ela deve ter uma lista de coisas que quer que eu leve de Paris para ela, sem dúvida. Bem, ela pode esperar. Estamos em uma missão aqui.

— Vamos lá! — grita Leon enquanto tira o cachecol e o envolve em meu pescoço, enfiando a câmera embaixo do casaco. — Está muito frio, pegue isso. — E é como se ele estivesse ali, se enrolando sob a gola do meu casaco. O cheiro do cachecol é suave, um aroma que nunca senti antes, o que me faz pensar, de um jeito meio constrangedor, nos lençóis dele. — Você vai adorar esse parque.

E eu adoro mesmo. Assim que entramos pelo lado oeste, vejo o vasto edifício do Museu Orangerie, e seguimos para a esquerda em direção a ele. Passamos por uma área com um gazebo no caminho, onde pequenos grupos de pessoas estão reunidos em torno de mesas de ferro. Elas jogaram os capacetes de motocicletas no chão, e pela cara de seus cães, parece que eles prefeririam estar passeando, e não amarrados às pernas das mesas. Todo mundo está embrulhado em casacos pesados, cachecóis e chapéus de lã, curvados em um esforço concentrado, e só quando nos aproximamos consigo ver o que estão fazendo.

— Xadrez! — Saio correndo na frente de Leon, procurando por vaga em uma das mesas. Um homem se levanta, e eu deslizo para o assento dele, presumindo que seu último parceiro também vai desocupar o lugar e deixar Leon se sentar, mas ele não faz isso. Fica sentado, olhando para mim com curiosidade.

Como Leon ainda não me alcançou, digo de um jeito patético:

— E aí? Jogamos? — E aponto para o tabuleiro à nossa frente. Ele ri, mas começa a reorganizar as peças, o que deve significar que estamos no caminho certo. Então, de fato, ele levanta um peão, e o jogo é rápido, cada um de nós se revezando para movimentar as peças pelo tabuleiro antes de bater a mão com força no cronômetro entre nós. Estou empoleirada na beirada da cadeira, hiperalerta a cada movimento dele. O cara é bom.

Mas eu sou melhor.

Logo, os intervalos entre os movimentos dele vão ficando cada vez mais longos, e o rosto dele fica cada vez mais sofrido conforme o tempo registrado aumenta, muito além do meu, até que ele percebe que foi derrotado e derruba seu rei. Afunda para trás em sua cadeira de metal frio e acena com a cabeça em aprovação respeitosa. Então se levanta, e o próximo cara toma seu lugar. Isso é divertido! Depois de vencê-lo, há outro na minha frente, e olho ao redor procurando por Leon.

Eu o vejo apoiado casualmente contra uma das colunas do gazebo, a câmera erguida enquanto ele clica, embora eu perceba que está tendo problemas para segurá-la porque está rindo muito. O que é tão engraçado? Ele está balbuciando algo para mim e gesticulando para a multidão que se reuniu em torno do que eu deveria considerar *minha* mesa agora. E então entendo. *Hommes*. São todos homens. Não há uma única mulher além de mim ali — nem jogando, nem assistindo. Eu nem tinha parado para pensar que estava me infiltrando em algum grupo social fechado. Simplesmente me intrometi, e, bem, todos parecem muito satisfeitos por eu ter feito isso. Quando ergo os olhos novamente, Leon está segurando duas xícaras de café fumegante, e preciso me retirar com relutância, causando uma onda de protestos decepcionados dos homens, velhos e jovens, que ainda não me enfrentaram. Leon se aproxima, me entrega uma xícara e diz:

— Todos estão perguntando se você vai voltar amanhã. — Ele ri.

— O quê? E correr o risco de perder minha coroa invicta? Acho que não. Desculpe, senhores, mas é isso. Preciso deixá-los agora. — Eu me inclino em uma breve reverência.

Leon traduz, e todos irrompem em uma salva de palmas espontânea. É um momento extremamente alegre, e quero capturar o sentimento e levá-lo de volta para Londres comigo.

— Você é brilhante, Lucille. Cheia de surpresas! — diz Leon enquanto nos afastamos do grupo. — Onde aprendeu a jogar assim?

— Horas com minha avó Sylvie e alguns dos amigos dela que gostam de me desafiar. Ela adora que eu leia para ela ou jogar xadrez comigo, então é a ela que devo agradecer por esse pequeno espetáculo. Venha, não quer ver onde A e A deram sua bela caminhada?

Seguimos caminho, passando pelo museu Orangerie, com suas janelas enfeitadas com enormes folhas de palmeira e samambaias, e por um café onde mulheres sentadas a uma mesa cheia de gizes de cores pastel desenham casualmente os transeuntes desavisados. Percebo um grupo de pessoas espalhado em uma clareira entre as árvores, todas se curvando e avançando em sincronia, praticando algum tipo de arte marcial. Seus movimentos lentos e metódicos transmitem calma. Paramos diante do lago que fica em frente ao impressionante prédio do Senado, e dou uma olhada ao redor. Há algo familiar neste lugar que estou muito longe de identificar, mas está aqui, tentando se mostrar, pulsando suavemente no fundo da minha mente. No entanto, quanto mais tento libertar essa familiaridade, mais distante ela fica.

— Não se desgaste tentando decifrar o mistério, Lucille. — Leon está estudando meu rosto como talvez só um fotógrafo seja capaz de fazer. — As respostas virão naturalmente. Alguma peça se encaixará.

É algo muito arriscado de se dizer. Ele é tão perceptivo aos meus sentimentos que faço a pergunta antes mesmo de perceber que vou falar.

— Você realmente não tem namorada, Leon? — Fico esperando que ele ria, mas ele parece chocado com a minha

curiosidade, depois triste e exausto como se essa fosse a última coisa no mundo sobre a qual quisesse falar comigo.
— Desculpe, isso é muito pessoal, não é? Não precisa responder. — Mas é tarde demais, o constrangimento já paira entre nós.

— Acho que não vou responder, se for tudo bem por você.

Estou com ódio de mim mesma agora. Preciso lembrar que Leon está aqui por causa do avô dele, não por mim, e que eu preciso da ajuda dele. Dificilmente doaria seu tempo para alguém que se intromete em sua vida privada. Para piorar as coisas, começo a tagarelar sobre Billy, apenas para preencher o silêncio que causei.

— Billy não era o namorado mais inspirador, romântico ou mesmo atencioso do mundo, mas pelo menos ele nunca me magoou muito... — E agora? Não faço ideia de aonde estou indo com isso, do que estou tentando fazer. Leon me olha atentamente enquanto continuamos a andar.

— Qualquer pessoa com quem compartilhamos a vida deve fazer a gente se sentir feliz. Todo dia. Precisamos nos sentir importantes e amados. Menos que isso não é suficiente.

Eu não esperava uma avaliação do meu relacionamento fracassado com Billy, mas fui eu que comecei o assunto, levando-nos por um caminho que agora realmente gostaria de não ter iniciado. Também não quero contestar a opinião de Leon, porque não tenho certeza se Billy ou eu alguma vez correspondemos às expectativas dele, e talvez meu silêncio, minha incapacidade de responder, diga a Leon tudo o que ele precisa saber.

— Acho que há muitas maneiras de ter o coração partido, Lucille. Um declínio lento e constante em que uma pessoa deixa de se importar ou valorizar a outra é tão cruel e triste quanto um término dramático.

Como não posso discordar, fico quieta depois disso.

Continuamos caminhando pelo parque, passando por um arco de estátuas cinzentas e lisas que margeiam o lago. Uma em particular me chama a atenção: uma mulher com tranças perfeitas descendo de cada lado do rosto, com os olhos fechados para toda a beleza ao redor. Estendo a mão; ela é gelada ao toque. A placa me diz que é santa Genevieve, patrona de Paris. Isso me lembra que preciso ligar para minha mãe.

Agora nos afastamos do prédio do Senado, passando por uma avenida de árvores altas, fazendo uma volta em direção ao lugar por onde entramos. Leon parece feliz, clicando e tirando fotos de tudo e às vezes de mim, o que surpreendentemente não me incomoda. Não faço poses, e ele não me pede para fazer isso, apenas parece querer registrar nossa visita ao parque. Então eu o vejo. À nossa frente, está o carrossel antigo mencionado por Véronique. Não é nada parecido com as versões da Disney que vemos por aí, cheio de luzes artificiais e cores neon. Não é alto nem toca música alta, mas é muito bonito, e percebo imediatamente que já o vi antes. É a primeira vez que venho ao parque, a primeira vez que visito a cidade, mas tenho certeza de que já vi o carrossel antes. Reconheço a maneira como as árvores o emolduram e parcialmente o obscurecem, o topo de tecido triangular verde e os bancos de metal que formam um círculo perfeito ao redor para que todas as crianças animadas esperem sua vez.

— O que foi? — Leon está se perguntando por que parei.

— Eu já vi isso. — Aponto para o carrossel. — Só não consigo lembrar onde... — Consigo sentir o vinco profundo na minha testa.

— Ele é muito famoso. A maioria das pessoas já cruzou com uma foto dele online ou em um guia de viagem. Talvez no seu trabalho?

É uma boa sugestão, mas não, não é isso. Pense, Lucille, pense. É uma lembrança de muito tempo atrás, que está enterrada lá no fundo há décadas.

Será que meu avô o mencionou? Falando do tempo deles em Paris, antes de Londres? Isso poderia ter algo a ver com eles? Será que passaram um tempo neste parque? O carrossel protagonizou um dos relatos nostálgicos que marcaram minha infância?

Preciso subir nele e, quando o faço, ligeiramente preocupada que o corpo velho e frágil do cavalo se estilhace sob mim, fecho os olhos enquanto ele ganha velocidade. Com o vento levantando meu cabelo dos ombros, tento desesperadamente abrir minha mente para a história que sei que está dentro dela. Mas nada acontece e, quando desço do carrossel, não consigo esconder minha decepção. Estou emburrada e constrangedoramente perto das lágrimas — de pura frustração, mais do que qualquer outra coisa.

— Você disse que está hospedada no Hôtel Athénée, certo? — Leon está tentando me animar. Consigo confirmar com um aceno de cabeça.

— Aposto que ainda não experimentou os *financiers* de amêndoa e avelã, não é?

— Não, mas se você está me oferecendo bolo, a resposta sempre será sim.

No trajeto de táxi de volta para o hotel, decidimos que Leon definitivamente precisa ver o resto dos vestidos, então ligo para Véronique para ver se ela gostaria de se juntar a nós. Ela deve ter mais informações além do que perguntei durante o jantar em seu apartamento. Quando paramos do lado de fora na avenida Montaigne, já está ficando escuro, e as luzinhas que pontilham as sebes do perímetro brilham como vaga-lumes presos. Decido não me incomodar com a formalidade de sentar no restaurante do saguão do hotel e vamos diretamente para a minha suíte no segundo andar.

No momento em que Véronique chega, uma hora depois, cada um de nós já comeu três dos divinos *financiers* e pedimos uma rodada de hambúrgueres e batatas fritas do serviço de quarto. Também estamos no meio de uma segunda garrafa de Petit Chablis, cujo valor fiz questão de não verificar antes de fazer o pedido, como se eu estivesse cheia da grana.

Véronique está vestindo o tipo de casaco com estampa de leopardo que pareceria barato em qualquer outra pessoa, mas o jeito como o combinou com uma calça cigarette preta e um suéter azul-marinho com gola alta o eleva facilmente a *superchic*. Ela e Leon conversam com naturalidade sobre o trabalho um do outro, e fico um pouco envergonhada ao perceber que ela está fazendo todas as perguntas educadas que eu não fiz em quase dois dias inteiros na companhia dele. Eles parecem conhecer muitas das mesmas pessoas da cena artística de Paris, e Leon conta a ela sobre o Maxim's e como seu avô o preservou por todos esses anos.

— Isso está se transformando em uma caça ao tesouro, não é? — Ela sorri. — Você precisa me dar uma função, Lucille! Talvez tentar rastrear o outro vestido desaparecido? Aquele do qual só temos o cartão?

— Que ideia fantástica! — Principalmente porque não tenho a menor ideia de por onde começar. — Mas sabe que isso vai ser o mais desafiador, não é? Podemos ter o cartão, mas não temos o local. Só a mensagem "Eu continuo a ter esperança" — lembro a ela.

— Fiz algumas pesquisas iniciais sobre o tecido, o Toile de Jouy. É um termo que se originou na França no final do século XVIII, muito anterior à época a que estamos nos referindo. Refere-se ao padrão de repetição de um tecido, creio eu. A tradução literal é "tecido de Jouy-en-Josas", que é um vilarejo nos subúrbios a sudoeste da cidade. Moda está longe de ser minha área de especialização, mas organizamos muitas exposições de estilistas visitantes no museu. Alguém saberá de algo que pode nos ajudar. Estou certa disso. — Ela está no rastro de uma pista, e vejo, pela determinação em seus olhos, que não deixará isso de lado até que tenha esgotado todas as nossas opções. — De todos os vestidos, parece que esse era o mais especial e possivelmente o mais caro. Então, para que teria sido encomendado?

Ficamos nos entreolhando no quarto, tentando juntar as peças.

— Deixe-me pegar o cartão e farei o melhor possível.

Tenho completa confiança nela.

— Então, qual é o plano para amanhã? — pergunta Leon. — Qual vestido é o próximo, e onde ele foi usado?

— É o vestido número cinco, o Esther, usado em algum lugar chamado Les Halles. O que é isso? — pergunto, olhando para Véronique.

— Ah, o Esther. É o de veludo vermelho-escuro, coberto com milhares de contas prateadas.

— Sim, aqui está ele! — Puxo o vestido da arara do vasto guarda-roupa, que é grande demais para a meia dúzia de itens meus pendurados ali. Itens que estou tendo de lavar todo dia na lavanderia terrivelmente cara do hotel até encontrar um momento para comprar outras peças.

— Será que você não está se referindo ao Forum des Halles, no shopping Westfield? — acrescenta Leon, obviamente confuso.

— Acho que sim — confirma Véronique —, mas lembre que o lugar devia ser muito diferente nos anos cinquenta. Hoje, é um monumento ao capitalismo moderno, com suas redes de *fast fashion* e lanchonetes. Mas, naquela época, era um enorme mercado de alimentos frescos, o coração imundo, caótico e pulsante da cidade. Lembro-me de minha *maman* ir até lá para comprar peras frescas, insistindo em levar as melhores do sul da França para sua *tatin*. Ela não faria de outra forma. Certamente não é o tipo de lugar que exige o uso de um vestido Dior de alta-costura.

— Infelizmente, acho que você estará sozinha amanhã, Lucille. — Leon afunda na cadeira, parecendo um pouco decepcionado. — Preciso voltar à loja ou ela não abrirá. Não há mais ninguém agendado para ajudar na quarta-feira.

— Não se preocupe, você já me deu muito do seu tempo.

— Estou tentando parecer alegre e grata, mas ainda não me perdoei pela gafe que cometi mais cedo, quase estragando tudo entre nós dois. Quero me desculpar novamente com Leon, mas não parece ser o momento certo.

— Eu posso ir — oferece Véronique. — Amanhã não trabalho e não tenho mais nada na agenda. Eu adoraria, se você não se importar.

— Certo, ótimo, obrigada!

Nós três atacamos a comida que sobrou e acabamos com uma terceira garrafa de vinho. Isso leva Véronique a experimentar o vestido Esther, que fica perfeito nela. Ela desfila de um lado para o outro pelo quarto, enquanto Leon e eu ficamos sentados na ponta da cama como se estivéssemos assistindo a uma modelo em um desfile de moda. Ela se sai muito bem. A essa altura, está ficando bem tarde, e todos nós bebemos um pouco demais. Enquanto Leon está pegando seu casaco, Véronique se atira ao meu lado no sofá.

— *Maman* guardou todas as cartas de sua avó Sylvie. Elas estão todos amarradas em algum lugar entre os pertences dela. Ainda não mexi em muita coisa, mas... estou pensando se devo ler as cartas quando as encontrar. Você acha que devo? — ela pergunta.

— Acho que a maioria das pessoas as leria. Obviamente, o relacionamento delas era muito próximo, e acho que será uma oportunidade maravilhosa de se conectar com sua mãe de novo. Ela chegou a lhe mostrar alguma delas quando estava viva?

— Não. Nunca. Muitas vezes, eu as via chegar com o carimbo do correio de Londres e eu ficava com vontade de lê-las, mas ela nunca as deixou espalhadas pela casa. Eu não teria a ousadia de ler sem a permissão dela. Mas não posso pedir isso a ela agora, posso? — É a primeira vez desde que nos conhecemos que vejo seu humor piorar, e lembro que ela perdeu a mãe recentemente.

— Acho que a decisão deve ser sua. Não tenho certeza se faria isso, mas entendo perfeitamente por que você iria querer fazer.

— Estou preocupada com o que vou sentir depois de ler todas elas. Porque será realmente o fim, não é? Eu saberei tudo a respeito dela, todas as pequenas nuances que ela nunca compartilhou comigo. Não haverá nada de novo... e o processo de esquecê-la começará. Enquanto essas cartas não forem lidas, ainda haverá partes dela a serem descobertas. — Noto que seus olhos ficaram marejados no exato momento em que ela percebe também. — Ah, me ignore, Lucille, é o vinho. — Aperto a mão dela, e um aceno rápido de cabeça me mostra que ela está bem.

Acompanho os dois até a porta da suíte, e nos despedimos antes que Leon pergunte se podemos nos encontrar mais tarde amanhã, quando ele fechar a loja, para que eu possa atualizá-lo sobre qualquer novidade.

— Preciso visitar o Pompidou no final da tarde para editar alguns trabalhos. É muito perto de onde você estará. Se ainda estiver por lá, me ligue. Você tem meu número.

— Certo, ligarei, sim. Obrigada, Leon. — Talvez eu tenha a chance de me desculpar direito amanhã.

O quarto parece grande e solitário demais depois que os dois vão embora, então visto meu pijama e subo na cama para ler minhas mensagens. É quando lembro que ainda não ouvi o recado deixado por mamãe na caixa postal. Talvez seja um pouco egoísta da minha parte, mas decido que isso pode ficar para de manhã. Quero me agarrar a esta sensação boa apenas mais um pouco.

Capítulo 10

Alice

Novembro de 1953, Paris

O Esther

Admitir que adora a sensação do vestido tocando em sua pele faz de Alice uma pessoa ruim? A maciez do forro de seda caro, à medida que sobe e gira suavemente com o movimento dos quadris dela, é maravilhosa. Pelo menos vinte hábeis artesãs devem ter trabalhado na peça que ela está usando esta noite. Durante a semana anterior, todas as mulheres no salão devem ter tentado adivinhar o que ela vestiria. Algumas terão se dado o trabalho de fazer um telefonema na hora certa para seu contato na casa de Dior — o estilista preferido de Alice, como todos sabem — ou para Anne, com a desculpa de conferir os horários, para tentar obter uma resposta que pudesse guiar suas próprias escolhas. Como brilhar sem ofuscar a anfitriã? Alice sabe que as esposas fofocam sobre sua aparente deslealdade ao favorecer um estilista francês em vez de um britânico. Mas Alice não vacilará. A recomendação de Anne foi certeira. Aqueles vestidos são a armadura dela, sua realidade aprimorada, eles a distanciam de todos e a elevam a uma posição muito além do alcance das fofocas da sociedade.

Alice está ponderando sobre tudo isso enquanto circula pelo salão com uma taça de champanhe francês de alta qualidade. Vira seu lindo rosto para a esquerda e depois para a direita, evitando as pessoas mais chatas ao mesmo tempo em que reconhece a presença do maior número de convidados possível em um caminho bem traçado até a porta pela qual Antoine acabou de entrar — acompanhado, como sempre, da mãe. A expressão de Alice é ensaiada. Uma expressão que diz "estou feliz que você esteja aqui", mas que também avisa gentilmente "agora não, sou aguardada em outro lugar, e atrasos não serão apreciados". Ela deliberadamente não faz de Antoine seu primeiro foco quando o alcança.

— Madame Du Parcq, que maravilha vê-la novamente. — Alice força seus olhos a permanecerem fixos na mãe de Antoine, apesar do sorriso que sabe que está se abrindo nos lábios de Antoine e como os olhos dele não terão nenhum interesse além dela.

— O sentimento é totalmente mútuo. Você promove as melhores festas. Bem, é claro, todo mundo sabe disso. — Madame Du Parcq permite que seu olhar seja atraído para além do ombro direito de Alice, pousando na mulher atrás dela. Alice pode dizer sem olhar, pela voz suave de veludo que preenche o ar com previsões confiantes sobre o sucesso da nova coleção, que é Adrienne, da Dior, a mulher cujo trabalho é decidir quem vai aos desfiles e, principalmente, onde cada um se sentará.

— Querida Adrienne. — Ela sinaliza com um pequeno aceno de mão. — A adorável madame Du Parcq está aqui...

É tudo o que precisa ser dito. As regras sociais são claras. Alice está confiante de que Adrienne se envolverá na conversa como se ela e madame Du Parcq fossem velhas amigas, enquanto Alice gentilmente guia as duas mulheres para o centro do salão, deixando Antoine e ela um pouco mais longe. Um gesto que parece fazer a noite de madame

Du Parcq, considerando seu desconcerto. Adrienne se desvencilhará dela em breve, quando tiver atendido de maneira satisfatória o favor necessário.

— Alice. — Antoine abaixa a cabeça, permitindo que seus rostos quase se toquem, sussurrando o nome dela em seu ouvido assim que a mãe se encontra envolvida em segurança em sua nova conversa. E talvez seja o champanhe ou o fato de ela se sentir invencível no Esther, ou talvez Alice apenas se sinta protegida pelo grande número de corpos empurrados uns contra os outros no salão esta noite, mas ela não está nem um pouco tentada a dissuadi-lo. Muito pelo contrário. Permite que seus corpos se aproximem, sente seu quadril se conectar com o dele, e o efeito pulsa por todo o seu corpo.

— Espero que tenha trazido um presente para mim esta noite, Antoine. — O desejo de pegar a mão dele é quase irresistível.

— Trouxe, sim. Quando posso dá-lo a você? Quero que estejamos a sós quando o vir. — A mão dele paira sobre o próprio coração, e Alice não quer esperar as horas que se estendem à sua frente para ver o esboço concluído. Talvez seja pura vaidade ou a emoção do segredo dos dois, mas ela precisa vê-lo o mais rápido possível.

— Daqui a trinta minutos, vou sair do salão e atravessar o corredor até o final da escada. Há uma pequena sala com cortinas no lado esquerdo, com um assento na janela. Encontre-me lá. Mas teremos de ser muito rápidos ou minha ausência será notada. Não fale comigo de novo até me encontrar lá.

Alice não espera por uma resposta; imediatamente se afasta dele e se junta a um grupo de esposas reunidas ao redor da lareira, todas tentando superar umas às outras com seus planos luxuosos para o Natal. *Por que elas anseiam por esse mundo rarefeito?*, ela se pergunta. Provavelmente porque não o compreendem de verdade, não da forma como

Alice entende a partir de sua posição elevada. Ela sabe que os convites dela e de Albert são muito apreciados e há um grande ressentimento daqueles que não entram na lista de convidados. Mas será que entendem a fragilidade de tudo isso? Como a imensa popularidade, perturbada por uma rápida remodelação do gabinete ou pela perda de influência, poderia fazê-los serem esquecidos, olhando para a festa pela janela enquanto congelam no frio do lado de fora?

Apesar do cargo dele, Alice se sente mais à vontade nesse mundo do que Albert. *Eu não posso receber convidados sem Alice*, ela o ouviu dizer a um colega certa noite, logo depois de chegarem a Paris. Seu tom, na ocasião, parecia agradecido pela contribuição dela, não áspero e cheio de ressentimento por sua popularidade. Ela olha para ele agora, do outro lado da sala, encurralado por um dos diplomatas franceses mais jovens. Está vestindo um smoking perfeitamente ajustado que parece enfatizar seu tamanho — os ombros largos, o peito sólido, a altura imponente. Mas o compromisso mental — a única coisa que ninguém mais pode fazer por ele — infelizmente está faltando. Ela reconhece o vazio desatento em seu rosto; ele o dirigiu a ela muitas vezes. Quando seu interlocutor enfim parar de falar, ele não terá nada a dizer em resposta e será forçado a pedir licença ou fazer uma apresentação apressada e inadequada de alguém próximo. Como o homem é de pouca utilidade, Albert não desperdiçará energia com ele.

Alice fica satisfeita por não estar perto o suficiente para poder ajudá-lo no momento. Antes, ela certamente teria feito isso, mas não esta noite, quando não pode correr o risco de ficar presa. Ela sabe que, se os dois por acaso fizerem contato visual agora, Albert sinalizará por socorro. Os olhos dele brilharão, e ele movimentará a cabeça minimamente para trás para chamá-la. Ele estabeleceu a regra de que os dois nunca devem se falar depois de uma festa começar. Que, dividindo os esforços, podem realizar mais.

Bem, agora ele terá de confiar em sua própria inteligência para se salvar.

O corredor está vazio. Alice despachou Patrice para a cozinha para verificar a rotação dos canapés e pediu-lhe que preparasse a biblioteca para depois, sabendo muito bem que Albert e alguns de seus colegas favoritos se refugiarão ali para saborear uísque e charutos. Pelo menos ela espera que façam isso. Apesar do barulho do salão, ouve o frenético clique-claque de seus saltos no chão de ladrilhos polidos, a velocidade dos passos marcando sua empolgação. Isso é loucura. Ela vai esperar apenas dois minutos e depois terá de voltar.

Quando Antoine aparece, não demonstra nenhum senso de urgência, casualmente caminhando pelo corredor como se a noite fosse só deles. No caminho, ele começa a puxar um pequeno pedaço de papel enrolado do bolso da jaqueta, mantendo contato visual com ela. Gentilmente o desenrola e o segura contra o peito, as linhas suaves de lápis voltadas para ela. Alice está tão desesperada para ver o que ele criou, como a interpretou completamente, que ignora o movimento muito leve atrás dele. Seus olhos estão ocupados demais procurando avidamente por sua imagem.

Ela espera ver o vestido Batignolles que usou no Jardim de Luxemburgo naquele dia, a curva suave do próprio corpo e a inclinação angular de sua cintura. Mas é no próprio rosto que seus olhos se fixam primeiro, e a visão é chocante — assim como ver a mãe de Antoine entrar em foco nítido e indesejável a meros dez passos atrás dele.

Sabendo que não deve deixar seu rosto denunciá-los, Alice abre um sorriso largo.

— Guarde isso — ela exige, assim que madame Du Parcq se põe ao lado do filho.

— Ah, meu Deus, não me diga que você está entediando madame Ainsley com seus rabiscos, Antoine. — Os lábios dela estão comprimidos de irritação.

Antoine enfia o desenho de volta no bolso antes que a mãe o veja, pela primeira vez sem saber o que dizer.

— Não é nenhum problema, madame Du Parcq, de verdade. Aproveitei o breve momento de calma e suspeito que Antoine é tímido demais para me mostrar na frente de todos os nossos convidados. — Suas palavras parecem lembrar a mulher das inúmeras oportunidades que ela está perdendo enquanto está no corredor repreendendo Antoine.

— Bem, eu pretendo voltar para a festa, e sugiro que você se junte a mim, Antoine. Tenho certeza de que madame Ainsley tem coisas muito mais urgentes com que lidar. — Ela gira sobre os calcanhares e volta rapidamente para o salão.

— Vou esperar por você lá fora esta noite — sussurra Antoine —, depois do jardim. Venha ao meu encontro quando a festa terminar. — Há tanto desejo no rosto dele que Alice não pode recusar.

— Pode ser uma espera muito longa.

— Não me importo. Quero estar com você.

Alice sorri, no mesmo instante em que madame Du Parcq vira a cabeça sobre os ombros para verificar se Antoine a está seguindo, registrando a natureza velada do olhar de Alice. Antoine suspira profundamente e deixa Alice se perguntando como diabos vai sobreviver pelas próximas quatro horas.

※

Quando a festa finalmente chega ao fim, são quatro da manhã, e os últimos convidados se dirigem para o pátio e seus motoristas. Alice tem certeza de que Antoine não pode estar esperando por ela a essa hora. Conforme os ponteiros rastejavam ao redor do relógio de carrilhão no salão durante a noite, ela sentiu sua empolgação diminuir lentamente, suas emoções despencando da expectativa febril para um pânico crescente com o pouco tempo que restava. Agora, nas primeiras horas da manhã, ela sente que o único lugar aonde deve ir é o andar de cima, para mais uma noite sozinha naquela cama enorme, até que Albert finalmente se afaste da garrafa de uísque. E, mesmo que Antoine ainda esteja do lado de fora, o que parece muito improvável, ela pode mesmo prosseguir com o arranjo? Talvez a hora tardia tenha lhe feito um enorme favor, salvando-a de algo de que ela certamente se arrependeria. Mas... e se ele ainda estiver esperando?

Se ela encontrar Antoine esta noite, como prometido, algo vai acontecer. Ela tem certeza disso. Os dois estariam sozinhos. Está tarde; Albert ficará ocupado por horas. Ela não pode olhar para aquele desenho, ver a maneira como ele pensou de forma tão detalhada e minuciosa sobre como a vê, e prometer a si mesma que retornará para a residência como a mesma mulher que está aqui agora. Em uma sala lotada de gente, sob os holofotes da atenção de Antoine, ela já estava enfraquecida. O que ele fará com ela quando os dois estiverem a sós? Ela já havia ultrapassado os limites? A maioria das mulheres que beberam do seu champanhe naquela noite ficaria feliz em julgá-la, confirmando que sim.

Ao se despedir do embaixador grego e de sua esposa, Alice percebe que Albert não está em lugar algum e se pergunta se ele já foi para a biblioteca.

— Ah, Patrice, Albert conseguiu tudo o que precisava na biblioteca esta noite? — Seu brilhante mordomo apareceu para remover as últimas peças de cristal e verificar se há itens descartados ou esquecidos que precisarão ser devolvidos aos donos.

— Ah, lamento, madame, pensei que soubesse.

Alice pode ver um lampejo de constrangimento na expressão normalmente profissional de Patrice.

— Soubesse do quê?

— Ele disse que tinha um compromisso, madame. Creio que também mencionou a Eloise, mas talvez ela não tenha tido a oportunidade de compartilhar a informação com a senhora?

Alice faz uma pausa e pensa em se desculpar com Patrice por ele ser forçado a compartilhar esse detalhe sujo com ela. Ambos sabem o que significa um compromisso às quatro da manhã. Mas algo na maneira como Patrice se recusa a demonstrar pena de Alice, a marcá-la como a vítima, faz com que ela se recupere.

Por favor, que Antoine ainda esteja lá, é tudo o que Alice consegue pensar agora. *Por favor, faça com que ele esteja esperando por mim.*

— Obrigada, Patrice. Posso pedir mais uma coisa antes que se retire, por favor?

— O que quiser, madame. Não tenho pressa de estar em lugar algum. — E é por isso que ela adora tanto Patrice. É claro que ele quer voltar para casa. Deve estar exausto, mas nada em sua linguagem corporal ou em suas palavras denuncia isso.

— Meu casaco de pele longo, minhas luvas e um cachecol de lã. E minha bolsa, que está na penteadeira. Você pegaria?

— Excelente ideia! Voltarei o mais rápido que puder.

Ela o observa desaparecer na grande escadaria, agora determinada a pelo menos satisfazer sua curiosidade. Antoine realmente esperou todas aquelas horas por ela?

※

Ela reconhece o contorno da silhueta dele imediatamente. Ele está sentado em um banco, lendo um livro à luz de um poste, com a cabeça mergulhada bem abaixo da gola do casaco. Faz um silêncio assustador na rua, sem o trânsito e as multidões no entorno da Champs-Élysées. Assim que ouve os passos dela, ele se levanta.

— Você esperou? Todo esse tempo? — Ela está muito feliz por ele ter cumprido a promessa, mas agora se sente obrigada a dar a ele a opção de voltar para casa. — Deve estar muito cansado e com frio, Antoine. Por que não vai pra casa? Podemos nos encontrar em outra hora.

— Há um lugar que eu gostaria de mostrar a você. — Só então ela vê o táxi esperando um pouco mais adiante na rua, com os faróis apagados. O zumbido baixo do motor é o único ruído a esta hora.

Os dois embarcam no banco traseiro, e Alice permite que seu corpo desmorone pesadamente contra o dele, ciente do cansaço que a pesa, todo o estresse e irritação da noite se esvaindo. Ele passa um braço ao seu redor, puxando-a para mais perto, sorrindo quando o brilho de seu lindo vestido cai sobre as pernas dele, cobrindo a ambos como um cobertor glamoroso.

— Aonde vamos? — A voz de Alice está pesada de exaustão. Mas ela confia nele, qualquer que seja seu destino. Tem a sensação de que será diferente e interessante, um lugar ao qual só ele pensaria em levá-la.

— O coração da cidade. Eu quero que você veja a *verdadeira* Paris, Alice. — O braço dele se aperta mais ao seu redor, e ela não quer nada mais neste momento além de afundar nele, sentir-se valorizada, protegida e desejada enquanto o motorista os conduz pelas vastas ruas desertas e a Torre Eiffel assoma atrás deles a oeste.

O barulho quando eles saem do carro tira qualquer ideia de sono de Alice. O feixe de luz dos holofotes a puxa de volta para o presente ruidoso, bagunçado e malcheiroso. Deve haver duzentas pessoas aqui, e ainda não são cinco da manhã. Ninguém repara na chegada deles.

— Bem-vinda à Le Ventre de Paris! — Antoine sorri, acenando com o braço para a torre de produtos que se espalha diante deles. — Mais real que isso, impossível.

Enquanto os convidados dela dormem para dissipar os excessos da festa da noite passada, enrolados nos melhores lençóis, esta parte de Paris, que fica à sombra de Saint-Eustache, obtém o seu sustento. Há uma energia que percorre o mercado. Antoine pega a mão dela, e os dois se embrenham nos becos improvisados que surgem por entre fileiras de caixas de madeira altas com peras, abóboras e cebolinhas, pães cobertos de farinha e pêssegos grandes como o punho de um homem forte. Abóboras cobertas de lama, do tamanho de rodas de carros, marcam o caminho. O chão está molhado, coberto de palha encharcada. Cães furiosos brigam por restos de comida atirados para eles pelos vendedores. Mulheres robustas, com o dobro do tamanho de Alice e aventais imundos bem apertados na cintura, fazem-se ouvir acima da multidão. Couves-flores são atiradas de um vendedor para outro, através dos caminhos de paralelepípedo, para serem examinadas pelos primeiros compradores.

— Os donos dos restaurantes vêm primeiro — diz Antoine. — Os chefs profissionais e os funcionários da cozinha dos hotéis. Eles fazem as negociações mais difíceis, porque compram em grandes quantidades. Mais tarde, quando o sol estiver nascendo, serão as donas de casa e mães com grandes famílias para alimentar, e depois os amantes, para comprar doces e flores.

— Nunca vi nada assim. — O tamanho é surpreendente.
— É como uma cidade secreta dentro da cidade. — Alice lembra com algum alívio que não há um jantar formal planejado na casa para esta noite e, portanto, seu próprio chef não estará ali competindo pelas melhores ofertas.

Antoine entrelaça os dedos nos dela, e eles seguem em frente, passando por um homem segurando uma lâmina suja ao lado do corpo e, com a outra mão, apertando uma cabeça de porco sobre um bloco de açougueiro molhado à sua frente. Um cigarro aceso está habilmente equilibrado entre seus lábios. Outro homem empurra um enorme carrinho de mão cheio de lixo no meio da multidão, cantando enquanto caminha. Alice puxa o casaco de pele para mais perto do corpo. Está frio, mas todos ao seu redor estão vestindo muito menos roupas para protegê-los do gelo da manhã de novembro. Ninguém parece notar a temperatura. A maioria está sorrindo, e todos ajudam uns aos outros, unidos por uma causa comum. O cheiro forte do esforço humano se espalha pelo ar, misturado com o aroma de carne e defumado. Embora o odor seja sem dúvida desagradável, Alice se pega inalando livremente, erguendo o nariz para ele, sem evitá-lo.

— Pelo visto, você já esteve aqui antes? — ela pergunta.

Antoine parou e se empoleirou sobre uma pilha de caixas de madeira vazias, claramente gostando de vê-la tão bem-vestida e mergulhada até os tornozelos em sobras de vegetais e sacos de batata descartados.

— Muitas vezes, desde que Thomas me falou sobre este lugar pela primeira vez. Eu gosto de desenhar pessoas, mas você obtém os melhores resultados quando o objeto do desenho não sabe que está sendo observado. Onde eu encontraria um lugar melhor? Ninguém se preocupa conosco, estão todos muito ocupados cuidando dos seus próprios assuntos. Já passei horas aqui, sentindo-me completamente despercebido, deslizando entre as barracas como se fosse invisível.

— Você ainda está com o meu desenho? — Alice se sente um pouco vaidosa por perguntar, mas já esperou o suficiente.

— Sim. Vamos tomar um café, e eu mostro para você. Acho que nós dois precisamos de um.

Eles correm para o bistrô mais próximo, que abriu cedo, como tudo nas proximidades do mercado, para atender aos homens e mulheres cujo expediente começou horas antes.

Ocupam uma das pequenas mesas redondas de dois lugares e pedem dois cafés pretos. Um homem ainda vestindo seu casaco de açougueiro branco manchado de sangue está sentado na mesa ao lado, curvado sobre uma tigela de ensopado fumegante, com as pálpebras se fechando de cansaço. Outros três estão parados no bar, compartilhando um jornal e uma garrafa de vinho tinto antes de voltarem ao mercado para terminar o turno. Alice leva sua cadeira para o lado de Antoine, querendo mais privacidade.

— O que você acha? — Ele desenrola o desenho novamente para ela, perto o suficiente para Alice ver cada movimento do lápis, cada marca onde ele se corrigiu e a reinventou. Dessa vez, os braços dela estão abertos ao lado do corpo, a cabeça, erguida, e o rosto, sereno e sorrindo gentilmente, olhando para o céu como se fosse o último lugar que lhe restava para pedir força e inspiração. Se antes ela parecia derrotada e perdida, agora parece mais capaz, quase contente.

É a coisa mais comovente e intensamente pessoal que ela já viu. Por um ou dois segundos, Alice fica sem palavras.

— Estou chorando — ela sussurra.

Apesar do sorriso, seus olhos estão fechados no desenho, e há uma única lágrima equilibrada em sua bochecha lisa, prestes a cair. Ela sente as mesmas lágrimas pressionando suas pálpebras agora.

— Acha que está parecido?

Quase não há espaço entre o rosto dos dois agora. Ele não dará a ela a chance de evitar a pergunta.

— Não é o que eu esperava. Este nível de detalhes.

— Mas você se reconhece?

— Sim. É... assustadora a precisão.

— Para mim, é a honestidade da imagem que a torna tão bonita. Você é humana, Alice, tem permissão para sentir coisas. Eu não procurei apagar suas emoções. É como eu a vejo. Você tem espírito. Quando vai acreditar nisso?

Alice engole em seco.

— Não sei o que dizer, Antoine. Não posso responder a sua pergunta. Seu desenho é lindo. Em certo sentido, nunca ninguém me fez parecer, ou me sentir, tão linda. Mas eu sou casada. Você sabe disso. Simplesmente me encontrar com você aqui é um grande risco para mim. Não será fácil de explicar. — Ela precisa que ele entenda o significado do que os dois estão fazendo, o impacto que isso pode ter sobre ela.

— Você precisa se explicar? Albert se explica para você? — Há um quê de indignação na voz dele que a faz recuar ligeiramente.

— Não é assim que funciona, é? Você sabe disso tão bem quanto eu. Eu não tenho as opções ou liberdades que ele tem. Ele não hesita, não considera o certo ou o errado de se encontrar com outra mulher. Mas eu devo fazer isso.

— Mesmo assim, está aqui? — A ousadia dele dá lugar à esperança.

— Sim, estou. Por favor, não me faça sentir como se eu não devesse estar.

Antoine termina seu café em um silêncio grave, enquanto Alice receia ter dito a coisa errada de novo. Teme que perceba que *foi* um erro levá-la até ali e sugira que eles sigam separados para casa. Prepara-se para a decepção. Ele lentamente recoloca a xícara no pires.

— Eu quero que você pose para mim, Alice. Quero ver você inteira. Quero saber tudo sobre você. E quero capturá-la.

Se fosse apenas uma questão de dizer a coisa certa, Alice sabe que ela já estaria na cama dele. Ele compreendeu perfeitamente do que ela precisa, o que está faltando em sua vida: a liberdade de ser ela mesma por completo, de baixar a guarda, de dizer tudo o que pensa e sente sem qualquer senso de certo ou errado, de ser igual em todos os sentidos. De um homem que coloque o prazer dela antes do seu. Mas, por mais forte que seja o sentimento, ela não pode dizer nada disso.

— Como, Antoine? Como posso dizer sim a qualquer uma dessas coisas sem arriscar tudo o que tenho?

— Você realmente consideraria isso um risco tão grande? Tem tanto a perder?

A boca de Alice se move instintivamente para dizer sim, mas ela se interrompe, não querendo dar uma resposta previsível e esperada, em vez de uma resposta verdadeira.

Antoine solta um longo suspiro e olha para a porta do café.

— O carro está esperando onde nos deixou. Acho melhor levar você para casa. Vai amanhecer em breve, e eu não quero que você tenha problemas.

Ela sente que o decepcionou. Que ele esperou todas aquelas horas no frio e tudo o que quer em troca é algum sinal de que ela é corajosa o suficiente para, quem sabe, tentar. Para abrir sua mente para as possibilidades. Para uma felicidade que pode existir além do glamour inconstante e dos privilégios da vida na embaixada e de seu elenco de personagens clichê — e um marido que é provável que nem sequer tenha parado para se perguntar onde Alice poderia estar àquela hora, se estaria dormindo profundamente em sua cama ou não.

Antoine a leva até o carro e fecha a porta traseira do passageiro atrás dela, permanecendo na calçada enquanto ela abaixa a janela.

— Eu vou a pé — ele diz a ela. — Não vai ser bom se alguém me vir quando você for deixada em casa. — Ele se abaixa pela janela aberta e segura o queixo dela na mão, inclinando seu rosto para dar o mais suave dos beijos em sua bochecha. É fugaz, acabando antes que Alice tenha tempo de se virar e oferecer os lábios a ele.

— Tente me amar um pouco, Alice — ele sussurra —, porque acho que eu já amo você demais.

Em seguida, ele bate na lateral do carro, sinalizando para o motorista partir — e Alice precisa usar toda a sua força para não o impedir.

Capítulo 11

Lucille

Quarta-feira

Paris

Acordo tarde com a boca seca e uma dor de cabeça que vai exigir um punhado de analgésicos para dar uma trégua. Aquela terceira garrafa de vinho na noite passada provavelmente não foi a jogada mais inteligente. Onde está meu telefone? Tateio em busca dele, sabendo que estará enterrado em algum lugar debaixo do edredom. Manhã de quarta-feira. Eu deveria estar cheirando a última fatia de pão livre de mofo para torrar no café da manhã. Ou tomando uma ducha bem quente, dando a mim mesma o habitual discurso motivacional no meio da semana sobre como me manter positiva e como todo mundo precisa fazer um trabalho que odeia para chegar aonde quer. Minha hora vai chegar etc.

Tenho cerca de uma hora até precisar sair do hotel e seguir para o shopping Les Halles para me encontrar com Véronique. Estou aborrecida comigo mesma porque tinha planejado caminhar até lá, após a sugestão de Véronique de que eu cortasse caminho pelo lindo Jardin des Tuileries que abraça o rio, mas agora não terei tempo suficiente. Ligo para o serviço de quarto, peço uma cesta de folheados para dois (e daí?), um suco de laranja e um café, e então entro no chuveiro para tomar banho e me vestir antes que a campainha da suíte toque. Isso me motiva, afinal, ninguém quer atender um lindo mensageiro de hotel francês usando uma toalha que mal cobre as costas e com as pernas pálidas à mostra.

Visto o mesmo jeans que estou usando desde que cheguei e uma blusa estampada de rosas vermelhas. Comprei pensando em Florença. Achei que elas poderiam me apresentar a Botticelli e Da Vinci na Galeria Uffizi, que com ela eu poderia vagar pelas ruelas movimentadas, com um *gelato* na mão, antes de desaparecer nas colinas próximas e cobertas de vinhas de Chianti. Até agora, ela não foi além do fundo do meu guarda-roupa, mas, nesta manhã, eu a enfio para dentro do jeans, na tentativa de parecer um pouco mais elegante para Véronique. Quando o café da manhã chega, aperto o play na mensagem de mamãe e coloco no viva-voz para poder comer e ouvir ao mesmo tempo. E preciso reconhecer: ela é boa. Se você é o tipo de pessoa que fica impressionado com um pouco de manipulação gentil.

Por favor, me ligue, Lucille. Preciso falar com você, querida.

Querida? A voz de mamãe está ligeiramente ofegante e vulnerável. Em meus 32 anos, nunca, nem uma vez, ouvi minha mãe chorar.

Nem quando meu pai foi embora, nem nos raros momentos em que banquei a adolescente dramática e tudo parecia o fim do mundo, nem quando ficou evidente que vovó Sylvie não conseguia mais viver sozinha e Natasha foi contratada. Portanto, a primeira coisa que vem a minha cabeça é que essa emoção é só teatrinho. Se tivesse alguma coisa a ver com vovó, com certeza ela teria ligado direto para o hotel. Já se passaram 24 horas desde que ela deixou a mensagem; qualquer notícia urgente já teria chegado a mim. Embora, admito, eu sinta um leve nervosismo — é óbvio que algo está errado. Essa provavelmente não foi a melhor manhã para acordar com uma ressaca medonha.

Ligo para ela. Neste horário em um dia de semana, ela deve estar em seu escritório perto da Shaftesbury Avenue. Já deve estar lá há algum tempo, obedecendo a pontualidade que rege seu mundo de trabalho, sentindo que há uma espécie de medalha de honra a ser ganha por chegar muito mais cedo do que os novatos com metade de sua idade. Dificilmente atenderia uma ligação minha, mas ouço sua voz no segundo toque.

— Lucille? — Ela parece tão trêmula quanto na mensagem.

— Sim, mãe, sou eu. Você está bem?

— Estou tentando ficar, querida. — Eu a ouço suspirar e percebo que ela está com a respiração irregular.

— O que foi, mãe? Aconteceu alguma coisa?

— Eu não deveria ter incomodado você, querida. Sinto muito. Você está viajando, e a última coisa de que precisa é que eu atrapalhe sua diversão. Eu só precisava conversar com alguém.

Agora estou preocupada. Carência não é algo que eu relacionaria à minha mãe — nem algo que ela confessaria abertamente. Olho para o relógio. Tenho um pouco de tempo antes de precisar sair para encontrar Véronique.

— Pode falar, mãe, tenho tempo. O que foi?

— Talvez seja melhor falar sobre isso pessoalmente. Quando você volta?

— Ainda não sei. As coisas evoluíram um pouco por aqui. Não vou explicar tudo agora, mas vou ficar em Paris mais tempo do que pensei.

— Ah. — Ela faz uma pausa, acho que esperando que eu mude de ideia, e então, como não mudo, acrescenta: — Bem, acho que pegar um vestido para a sua avó seja mais importante.

— Não é mais importante, mas...

— É só que não tenho com quem conversar. — A firmeza voltou a sua voz, e sinto que ela está tentando me encurralar, então mudo de assunto.

— Como está a vovó? Você foi ver como ela está desde que viajei?

— Natasha vai lá duas vezes por dia.

Isso é típico de minha mãe. Ela não investiu seu próprio tempo, mas pagou a alguém para fazê-lo, e não sei se fico zangada com ela ou profundamente triste por ela estar casada com um trabalho que não lhe permite ter uma vida pessoal.

— Eu sei disso, mas acho que a vovó gostaria muito de ver...

— Eu fui demitida, Lucille — ela deixa escapar, tentando, eu acho, nos afastar de seus fracassos com a mãe idosa. — Trinta e cinco anos da minha vida encerrados com duas palavras: *racionalização* e *consolidação*.

E trinta e dois anos meus, me sinto tentada a acrescentar, mas não o faço. Ela deve ouvir o suspiro de alívio que soltei porque seu mecanismo de enfrentamento abrupto mais usual entra em ação.

— Ajudei a moldar e a construir aquela empresa, levei novos talentos para lá. Tolice minha, porque essas mesmas pessoas são as que agora sentem que podem tomar as rédeas. É tão insultante, Lucille.

— Escute, mãe, você está chegando aos sessenta. Você não imaginou que iria trabalhar no mesmo ritmo para sempre, certo? Você não queria mesmo isso, não é?

— Aquele emprego é tudo para mim. — Talvez ela tenha esquecido momentaneamente com quem está falando. — Eu me importo com ele mais do que qualquer coisa. Fui consumida por esse trabalho. Investi toda a energia que tinha. Dei tudo de mim. Eu deveria decidir quando parar. Não eles. E sabe como fizeram isso? — Ela não espera minha resposta. — Me enviaram uma carta-padrão. Não mereci sequer uma reunião! O que devo fazer agora?

E ela realmente não faz ideia — nenhuma ideia — do quanto é doloroso para mim ouvir aquilo. Como faz com que eu me sinta vazia e inútil, sua única filha. Como ela não considera nem por um instante que agora finalmente poderemos passar um tempo juntas. Que talvez ela possa levar alguma alegria aos últimos anos da mãe dela nesta terra. Nós duas estamos muito longe de seus pensamentos, e eu não posso nem justificar com o susto da rejeição. Ela teve vinte e quatro horas para absorver a notícia.

Também estou surpresa que ela não tenha previsto de forma alguma que isso fosse acontecer. Talvez tenha percebido tarde demais, e por isso esteja com raiva. Os sinais de alerta não estavam presentes todo fim de semana em que ela era obrigada a trabalhar sem um pedido de desculpas ou uma folga depois? Se eles realmente a valorizassem e quisessem que ela ficasse, não a teriam tratado melhor? Será que ela só percebeu isso quando era tarde demais para ser útil?

— Mãe, você é uma consultora de gestão brilhante e extremamente talentosa há trinta e cinco anos e lidou com problemas muito maiores do que este. Você consegue resolver isso. Quando eu voltar, podemos sentar e você me conta tudo sobre isso e sobre os planos que fez. — Porque posso garantir que ela já planejou alguma coisa.

Agora ela me responde com silêncio.

— Eu não vou voltar para casa ainda, não posso. Não antes de terminar o que a vovó me pediu para fazer aqui.

Eu me despeço e encerro a ligação com relutância. Sei que ela está sofrendo, mas também sei que precisa aceitar parte da responsabilidade por estar nessa situação. Estou confiante de que ela é forte o suficiente para superar isso. Quando desligo, vejo uma mensagem de texto, escrita inteiramente em maiúsculas e impossível de ignorar.

> NO AEROPORTO. SEM ASSENTO RESERVADO PARA MINHA SOGRA. FRANQUIA DE BAGAGEM ERRADA. IMAGINE A ALEGRIA. RESOLVA!

Acho que a frase *frio na barriga* provavelmente foi inventada para momentos como este, porque sinto meu corpo ser drenado de todo calor e vitalidade. Tudo o que consigo ver é um Dylan furioso, discutindo no balcão de check-in, convencido inicialmente de que a culpa é da companhia aérea e não minha. O momento doloroso testemunhado pela sogra quando ele percebeu o contrário. Ele só me lembrou das mudanças na reserva ontem.

Só quando estou saindo do hotel é que o nome de Dylan aparece de novo, e mal tenho coragem de olhar. Ele ainda está usando apenas maiúsculas.

> RESOLVI. NÃO GRAÇAS A VOCÊ. VOCÊ AINDA SE IMPORTA COM O SEU TRABALHO?

É uma boa pergunta. Para não me estressar mais, decido não responder.

Se pudesse escolher, por que alguém iria até ali para fazer compras? É o que me pergunto ao me aproximar do imenso shopping onde Véronique e eu combinamos de nos encontrar. É a coisa menos parisiense que Paris me mostrou até agora. Sei, pela breve pesquisa que fiz no celular durante o caminho, que na década de 1950 este local era fundamental para a vida na cidade — famoso por sua personalidade e força vital. Era o lugar que alimentava e sustentava seu povo, trazendo-lhes todas as iguarias culinárias pelas quais ansiavam após anos de privação e racionamento forçados durante a guerra. Mas os prédios originais foram demolidos nos anos 1970, e os conglomerados comerciais assumiram o controle. Toda a sua singularidade desapareceu. Hoje, é possível comprar na Victoria's Secret daqui as mesmas calcinhas de náilon baratas que são vendidas em qualquer outro lugar do mundo. Tentar reimaginar o mercado que vi em imagens online, com A vestindo o Esther entre o suor e a sujeira, é impossível.

Tente me amar um pouco, porque acho que eu já amo você demais.

Que coisa incrível de ouvir. Erguendo os olhos para a igreja vizinha de Saint-Eustache em toda sua glória gótica, penso em tudo que o belo edifício pode ter testemunhado naquela época. Como os mesmos anjos de vitral podem ter protegido A e seu amante, vendo algo que estou tentando tanto entender agora. Eles sabiam por que ela usou aquele vestido para ir ao mercado? Após tocar no vestido e estudar o mercado, ainda é um mistério para mim. Ela sabia que iria até lá? Talvez não. Uma coisa é certa: aquele vestido não pertence naturalmente a esse local, nem antes, nem agora.

Ainda estou parada, boquiaberta, quando Véronique segura meu cotovelo com delicadeza.

— Desculpe, estou atrasada. Ah, você parece estar precisando de uma taça de vinho. Acertei?

— Acho que nunca esteve *mais* certa, Véronique. Só que não aqui. É um pouco sem alma, não é? Acho que já vi o suficiente por um dia.

— Você já comeu? Conheço o lugar perfeito, caso não tenha almoçado ainda.

— Vamos lá!

Pedimos duas taças de vinho branco bem gelado e um prato de queijos e frios, acompanhados por pão (que eu chamaria de velho) e sem manteiga. Mas, de alguma forma, é exatamente do que preciso. Isto é, além da companhia de Véronique, e não espero um convite para descarregar os acontecimentos da manhã.

— A questão, Véronique, é que minha mãe e eu nunca fomos próximas. — Não quero parecer mesquinha ou indiferente. Dói cada vez que reconheço o fato, para mim mesma ou em voz alta. É constrangedor. Como mãe e filha podem não ser próximas? Por definição, não deveria haver algum vínculo inquebrável entre nós, capaz de vencer qualquer choque de personalidade, diferença geracional ou drama adolescente?

Véronique se recosta um pouco na cadeira, parecendo sinalizar que não se importa que eu continue.

— Eu me acostumei com isso ao longo dos anos e me convenci de que era só o jeito dela. Achava que, à medida que eu fosse ficando mais velha, talvez precisasse menos dela, mas... sinto que é o contrário. — Véronique concorda acenando com a cabeça lentamente, o que me assegura de que não se importa que eu despeje tudo isso nela. Tenho plena consciência de que o sentimento de perda dela é muito mais fresco do que o meu.

— Houve alguma época em que foi diferente? Aconteceu alguma coisa que a fez se afastar? — ela pergunta.

— É horrível dizer, mas ela nunca foi uma boa mãe para mim. — Abaixo a cabeça, sabendo o quanto isso soa crítico da minha parte, mas também consciente de que é verdade. — Ela nunca se interessou por mim. Muitas vezes me pergunto por que se deu o trabalho de me ter. Nunca quis passar tempo comigo. Eu nunca senti que ela estava ao meu lado, pronta para dar um conselho ou oferecer colo, se eu precisasse. — Tomo outro grande gole de vinho. Agora que comecei, quero dizer tudo, realmente desabafar de uma maneira que parece necessária, mas que não magoe minha mãe de forma alguma. — Eu cresci sabendo que *não podia* contar com ela. E sem meu pai por perto... — Paro novamente e respiro fundo, tentando sugar a emoção de volta para bem fundo dentro de mim. — Houve muitos períodos de solidão.

— Ah, Lucille, eu sinto muito. — Ela estende a mão por cima da mesa e acaricia meu braço. — Eu só consigo pensar que ela tem seus motivos. Como é o relacionamento dela com a própria mãe, sua avó Sylvie? — Véronique está apenas fazendo o que a maioria das pessoas gentis faria: procurando alguma razão onde tenho certeza de que nenhuma pode ser encontrada, além do fato de que minha mãe sempre colocou a carreira em primeiro lugar.

— Funcional. Prático. Minha mãe paga as contas dela e garante que outra pessoa esteja lá para fazer a parte que exige atenção. Eu gostaria de dizer que espero que essa situação mude agora que ela tem mais tempo, mas não consigo acreditar nisso. Minha avó é a mulher mais querida e doce do mundo. Ela merece muito mais. Para ser sincera, isso parte o meu coração. — É a menção da vovó que finalmente faz lágrimas quentes escorrerem pelo meu rosto e sobre a mesa diante de nós, e sequer consigo me sentir constrangida com isso. Chorar em público é de fato a última das minhas preocupações. Véronique enfia a mão em sua pequena bolsa elegante e me passa um lenço de papel. Em seguida, apoia a mão na minha.

— Você pode falar comigo sempre, Lucille. Tem meu número e e-mail agora, e podemos passar o tempo que você quiser juntas, enquanto você estiver aqui.

— Eu gostaria disso, obrigada. — Véronique é muito boa nisso, e me ocorre que talvez ela também seja um pouco solitária. Não houve qualquer menção de marido ou parceiro, e me pergunto se há alguém para apoiá-la, especialmente agora que sua mãe se foi.

— Sei que você está zangada com sua *maman*, e você tem seus motivos para estar magoada, mas me parece que ela precisa de você.

Levanto os olhos do lenço para olhar para Véronique.

— Eu sei. É só que é muito difícil fazer isso quando me sinto tão rejeitada.

— Eu entendo por que ela pode precisar, só isso. Também sinto um pouco o que ela está sentindo, Lucille. Mas tive mais tempo para ficar menos magoada por isso. Sou mais velha agora. Trabalho no museu há muitos anos, mas nunca trabalhei menos horas do que agora. Então, naturalmente, sou menos importante. Eles valorizam meu conhecimento, eu sei que sim, mas precisam menos de mim.

— Eu só queria saber por que minha mãe quer se sentir tão indispensável no trabalho, mas não reconhece que também preciso dela.

— Grandes decisões, sobre as quais eu definitivamente teria sido consultada antes, hoje nem passam por mim quando precisam ser tomadas — continua Véronique. — As pessoas se esquecem de me dizer as coisas. Alguns dos funcionários mais jovens contestam as minhas decisões. Cá entre nós, me pergunto se eles questionam minha relevância para o museu de forma geral. Sinto a perda da minha importância, do quanto posso ser essencial. — Colocado dessa forma, por Véronique, compreendo. De verdade. Mas seria tão difícil para minha mãe falar comigo e compartilhar essas preocupações, se é isso que ela está sentindo? Talvez haja coisas que ela precise ouvir de mim. Que tenho orgulho de tudo o que ela conquistou e de como ela se esforça, mesmo que essa ética de trabalho tenha criado uma barreira insuportável entre nós. — Imagino que, um dia, quando o orçamento apertar, eu possa ser tratada da mesma forma que sua *maman*. No entanto, eles estão contratando pessoas mais jovens o tempo todo. Pessoas que trazem novas ideias, que adoram viajar. Contadores de histórias que se preocupam com as trajetórias pessoais por trás dos itens preciosos que exibimos. Cada mostra demanda muito mais trabalho agora, em muitos níveis diferentes, para atrair o público. Há muitas vagas sendo abertas e anunciadas.

Faço um esforço consciente para não parecer animada com essas informações, mas acho que não consigo, porque Véronique acrescenta:

— São vagas pelas quais eu mataria no início da minha carreira. Eles precisam de pessoas para viajar e servir de intermediário com os nossos parceiros, principalmente. Para ajudar a promover nossas exposições itinerantes e encontrar as melhores maneiras de comercializar essas ideias. Também pagam por um curso intensivo de idioma para que qualquer pessoa que conseguir a vaga seja fluente em um ano. — Ela levanta as sobrancelhas para mim, como se estivesse tentando me seduzir com a ideia.

Ambas fazemos uma pausa e tomamos nosso vinho, observando a vida parisiense se desenrolar ao redor. Começam a chegar pessoas em um horário de almoço adiantado. Clientes apressados que não se aventuram além do bar só pedem um expresso, bebem em dois grandes goles e vão embora segundos depois. O proprietário, um homem alto e esguio que faz questão de agradecer a todos, circula pelo café, enchendo cestas de pães, recomendando vinhos e, geralmente, apresentando-se como o personagem perfeito para uma propaganda sobre vida livre de estresse. É um homem calmo e tranquilo, que cumpre suas tarefas com alegria. Sem perceber, está me fazendo questionar cada escolha de vida que já fiz — assim como todos aqui, desconfio.

Volto meu foco para Véronique, que está delicadamente devorando todo o salame.

— Mas você deve ter um grande conhecimento e experiência em sua área, como minha mãe, não?

— Como muitas outras pessoas. Pessoas mais jovens que não custam tanto quanto nós. Como agora sou proprietária da casa de *maman*, posso me dar o luxo de desacelerar um pouco. Parece que sua mãe nunca conheceu outra vida, e, acredite em mim, acho que ela pode ficar um pouco assustada com isso, apesar de seu sucesso.

— Sério? É difícil imaginar minha mãe com medo de alguma coisa.

— Dê um tempo a ela, agora que o tem, para perceber o impacto que as ações dela tiveram sobre você. Mas lembre-se, algo deve tê-la tornado o que é. E não é sensato julgá-la antes de saber o que foi.

Véronique deve ser a pessoa mais razoável que já conheci, e é difícil imaginar que ninguém tenha se apaixonado profundamente por ela. E, já que estamos compartilhando muito, decido fazer a pergunta.

— Você nunca se casou, Véronique? — Preciso supor que não, ou com certeza ela teria mencionado durante uma conversa. Não havia nenhum sinal de marido ou esposa em seu apartamento na noite de sexta-feira, nenhum anel em seu dedo.

— Não, eu nunca quis, para ser sincera. Ainda não quero. Embora goste de dizer que houve pedidos!

— Quantos?

— Quatro ou cinco.

— Puta merda! — Não que eu devesse estar surpresa. Ela é linda, inteligente e uma ótima companhia, mas dou risada e digo: — Um pouco gananciosa, hein?

— Muito! Mas nunca tive a intenção de aceitar nenhum deles. De jeito nenhum. — Ela se inclinou um pouco sobre a mesa para enfatizar a suculência da confissão.

— Mas nunca se sentiu solitária quando todo mundo ao redor começou a formar casais e sossegar?

— Nem por um segundo. Sempre tive uma vida muito corrida. Passei a maior parte dos meus vinte anos viajando pela Europa enquanto minhas amigas mantinham relacionamentos sérios, e a partir dos trinta me dediquei a construir minha carreira. Agora, enquanto elas comemoram aniversários marcantes de casamento, estou saindo com três homens diferentes. Todos são interessantes, do jeito deles. Todos têm suas histórias para contar. É a variedade que eu adoro, Lucille, não a monogamia.

Muito bem, eu não estava esperando por isso. E é meio que um alerta para mim. Ela já está na casa dos sessenta anos e está se divertindo muito mais do que eu, aparentemente.

— Eu sempre adorei andar por aí. As viagens despertaram em mim um espírito livre que também influenciou minha vida romântica. Eu nunca quis me amarrar, em nenhum sentido. Mesmo quando finalmente voltei para Paris, explorava cada centímetro da cidade e estava sempre me mudando para um apartamento novo em um lugar diferente.

Véronique viu mais do mundo aos vinte e poucos anos do que eu provavelmente jamais verei.

— E o melhor é que encontrei todo tipo de lembrete enquanto olhava as coisas da minha mãe. Lembrancinhas e itens colecionáveis, objetos que eu mandava para ela das viagens e que nem acredito que ela guardou por todos esses anos.

— Que tipo de coisas? — Minha própria mãe costumava jogar no lixo os cartões de aniversário que eu desenhava para ela quando era criança no mesmo dia em que eu os entregava, esperando por elogios.

— Muitas coisas. Um menu desbotado de um restaurante em que trabalhei em Ravello, ainda manchado com anéis de vinho tinto. Um programa de um festival de ópera ao ar livre em Verona. Ah, eu me lembro daquela noite tão bem. Foi a noite em que conheci o único homem que amei de verdade, mas que nunca me amou de volta. Os italianos são assim, Lucille. Nunca namore um. — Ela aponta o dedo para mim como um aviso.

— Certo, anotado! — Embora a simples ideia me pareça muito improvável.

— Tinha um leque feito à mão que mandei de Madrid, ainda perfeitamente acomodado na caixa original. Ela tinha um trio de pequenas tigelas de cerâmica que eu havia esquecido por completo de ter enviado do Porto e que nunca foram usadas. Foi maravilhoso ser levada de volta para lá, Lucille, para aquelas antigas ruelas de paralelepípedos pelas quais eu vagava sozinha por horas, tendo apenas a mim mesma para agradar. A cidade que inspirou uma carreira que me satisfaria por décadas. Foi uma viagem maravilhosa de volta aos meus vinte anos, e eu gostaria de agradecê-la agora por ter guardado todas essas memórias. Eu me senti jovem de novo, mas também incrivelmente grata por ter tido esse tempo. Tenho essas histórias para contar.

— Você vai ficar em Paris? Essa é a sua casa para sempre?

— Por enquanto, sim, mas imagino que haja uma fazendinha para mim no sul, com paredes de pedra em ruínas e venezianas de madeira branca. Em algum lugar, posso ver os girassóis. Não porque estou parando, Lucille, mas porque logo chegará a hora de conhecer novas pessoas, buscar novas aventuras.

Pedimos mais duas taças de vinho, e então ela retoma a conversa sobre nossa tarefa.

— Eu li a primeira carta que sua avó escreveu para minha mãe. — Ela estuda meu rosto, esperando que eu julgue que ela tomou a decisão certa.

— E...

— Foi escrita em setembro de 1954, quando Sylvie tinha acabado de se mudar para Londres. Acho que foi um momento muito conturbado para ela, porque fala em perder o contato com os pais, algo de que ela parecia se arrepender, mas não explica por quê. Minha *maman* provavelmente já sabia o motivo.

— Como as duas se conheceram?

— Não tenho certeza, mas me pareceu estranho que ela tenha assinado a carta como "sua nova amiga Sylvie".

— Por quê?

— Minha *maman* conheceu sua avó cerca de dois anos *antes* desta carta. A amizade delas não era recente a essa altura, então por que ela falaria desse jeito?

Não consigo pensar em nenhuma explicação, além de Véronique estar errada sobre as datas ou ser uma piada interna entre as duas mulheres que não podemos ter a esperança de compreender agora.

— Vou continuar lendo as cartas, Lucille. Sei que foram escritas por Sylvie, não por minha mãe, mas quase ouço os pensamentos e sentimentos dela. E são muitos.

— Claro. — Porque, realmente, que mal pode haver nisso? Na verdade, essas cartas podem ser nossa melhor fonte de pistas. Antes de teorizarmos mais, surge uma mensagem de Leon na tela do meu celular:

```
Meu expediente acabou. Ainda topa
aquele papo?
```

Pergunto a Véronique se ela gostaria de se juntar a nós, mas ela recusa educadamente. Imagino que tenha um encontro marcado para mais tarde. É errado eu ficar feliz com isso? Talvez eu ainda esteja me deleitando com o caso de amor de Véronique com a Europa, mas quero vagar por esta cidade estrangeira apenas com Leon nesta noite.

Capítulo 12

Alice

1953, Paris

O Debussy

Os edifícios da embaixada ainda estão ocultos na escuridão quando Alice chega em casa, pouco antes das sete da manhã. Ela pede ao taxista que pare atrás da residência, para que ela atravesse os jardins e entre pela porta dos fundos. Examina a casa em busca de pistas. Quais luzes estão acesas, quem deve estar ocupado, onde? Alguns dos funcionários já devem ter chegado. Patrice, certamente. Anne, provavelmente. Eloise, em uma hora. Além disso, um bom número de funcionários da limpeza já deve estar trabalhando nos salões do térreo. E ela ainda está usando o vestido da noite passada. Sabe que, se cruzar com alguém, não tem opção a não ser agir como se tudo isso fosse perfeitamente normal. O que ela não sabe é se Albert está em casa e, se estiver, em que cômodo.

Assim que entra na residência, tira os sapatos, o que só aumenta a sensação de culpa, e corre em direção à escada o mais rápido possível. Assim que seu pé direito vestindo meia faz contato com o primeiro degrau, ela ouve a voz dele.

— Alice?

Ela prende a respiração, deixa cair os sapatos e os calça de novo. Pelo tom baixo da voz de Albert, ele não está perto. Foi só uma pergunta. Ele ainda não consegue vê-la. Ela verifica o fecho da bolsa, onde o desenho de Antoine está escondido, e se prepara para qualquer confronto que possa estar prestes a começar.

— Alice! — A voz de Albert está mais alta agora. — Estou na sala de bilhar. — Nesse caso, ele ainda não tem certeza se foi Alice quem acabou de entrar em casa. Ele não consegue vê-la de lá. Ela ainda poderia disparar escada acima. Considera isso seriamente. Mas para quê? Ele já sabe que ela saiu. É óbvio que está esperando por ela.

Alice entra na sala de bilhar. Está escura, iluminada apenas pelo brilho de uma lareira que Albert acendeu. O fogo arde em um tom de laranja profundo, sugerindo que ele está sentado ali há algum tempo. Há um copo de uísque vazio na mesa ao seu lado, junto a um charuto amassado em um cinzeiro de vidro pesado. Ele não faz menção de se levantar quando ela entra na sala, só fica sentado com as mãos cruzadas no colo, olhando para a esposa, esperando por uma explicação. Mesmo com pouca luz, ela percebe, pelo movimento do peito de Albert, que ele está guardando alguma coisa dentro de si. Aborrecimento, raiva, decepção? Algo que ele quer botar para fora.

— Patrice me disse que você saiu tarde na noite passada. Aonde foi? Você se divertiu? — A alegria forçada na própria voz ao perguntar a faz estremecer. Suspeita que não esteja enganando ninguém, muito menos Albert.

— Eu estava prestes a perguntar a mesma coisa. — A voz dele é monótona, controlada. Controlada demais. Alice observa os braços dele se moverem, cruzando-se sobre o peito, o pé esquerdo levantando-se sobre o joelho direito, abrindo as pernas em um movimento que parece deliberadamente masculino e confrontador, quase a desafiando a ser honesta.

— Desculpe, querido, eu teria ficado em casa se soubesse que você também estava. Seus planos mudaram? — Alice diz isso como se fosse a coisa mais normal do mundo uma mulher casada como ela desaparecer nas primeiras horas da manhã sem explicação.

Albert se levanta, e ela sabe que o que quer que ele diga a seguir determinará tudo. Como será o clima do dia. Sua opinião sobre si mesma. Onde ele dormirá naquela noite. Se ela poderá ver Antoine novamente. Ela mal consegue respirar. Sente uma fisgada na ponta dos dedos devido à força com que está segurando a bolsa.

Ele caminha devagar em direção a Alice, então para ao seu lado, próximo à porta, e inclina a cabeça para ela. Ela observa os olhos dele percorrerem seu corpo lentamente, de uma forma que não traz o mesmo prazer que o olhar de Antoine proporciona.

— Tenha muito cuidado, Alice. Ele é jovem e provavelmente muito ingênuo... não se deixe enganar. Posso tolerar muitas coisas, mas não serei feito de idiota.

Albert passa por ela e sai pela porta, sem esperar por uma resposta. Seu veredito foi dado. Alice sente o nervosismo correndo pelo seu corpo e a garganta secar instantaneamente. Está morta de vergonha.

Enquanto fica ali parada, sem ousar se mover um centímetro, suas dúvidas sobre como ele teria descoberto são substituídas pela inevitabilidade do fato. É claro que ele sabe. Ele sabe tudo. Tem olhos na casa inteira, provavelmente por toda a Paris, e ela foi ingênua ao pensar que poderia ser diferente. E, agora que ele sabe, será impossível ter outro momento a sós com Antoine. Cada olhar a partir desse ponto terá de ser reservado e avaliado. Albert ficará alerta ao mais leve indício de que outra pessoa possa estar questionando as ações ou motivações de sua esposa. Alice percebe que ficou arrasada com essa ideia, muito mais do que o momento em que viu os longos cabelos loiros sobre os ombros do marido, confirmando a hipocrisia de Albert.

~~~

Ao se aproximar da porta do quarto, não sabe se Albert estará lá do outro lado, seguindo com sua rotina como se a conversa na sala de bilhar nunca tivesse acontecido. Empurra a porta, preparando-se para mais uma dose de seu julgamento frio, mas, para seu grande alívio, é Anne que vê, já ocupada com os trabalhos do dia.

— Bom dia, Alice. Vou te deixar sossegada em alguns instantes. Já tomou café da manhã? Quer que eu peça para o chef preparar algo para você?

Anne se vira e vê Alice desmoronar na cama, soluçando sobre as cobertas suaves e frias, o cansaço opressor de uma noite de sono perdida pesando profundamente sobre ela agora.

Ela se senta ao seu lado, colocando a mão no braço de Alice.

— O que posso fazer, Alice? — Não há nenhum sinal de pânico na voz de Anne. — Como posso ajudar a melhorar a situação? — É como se ela soubesse exatamente por que Alice está chorando, como se fosse a única conclusão lógica para o aviso que ela gostaria que Alice tivesse escutado.

— Não há nada que ninguém possa fazer, Anne. — A voz de Alice está carregada de derrota. — É tudo culpa minha, e só eu posso melhorar a situação, sabe Deus como. — Alice levanta a cabeça, enxugando as lágrimas com a ponta dos dedos. Anne gentilmente afasta uma mecha de cabelo molhado do rosto dela.

— Você sabe que pode confiar em mim. Se você quiser falar alguma coisa, Alice, se quiser desabafar, isso ficará entre nós duas. — O sorriso de Anne é extremamente compreensivo, quase implorando a Alice para compartilhar seus pensamentos mais secretos.

Alice olha para a amiga, muito agradecida por não estar sozinha neste momento. Por que ela se sente tão envergonhada quando sabe que certamente não fez nada tão ruim quanto Albert? É porque ela sabe que quer mais, que quer atravessar aquela linha imaginária que vai mudar tudo?

— Posso ver o quanto você é solitária, Alice. — Anne está fazendo o máximo para arrancar algumas palavras dela, e não é preciso muito esforço.

— Sou, sim. Estou cercada de pessoas praticamente todas as noites, mas nada disso é real, é? Eu só queria uma companhia genuína, Anne, eu não esperava... — Ela para de falar. Não quer insultar Anne dizendo algo que sabe não ser verdade.

— Eu entendo. Todo mundo precisa se sentir amado e valorizado. Você não é diferente. O que mais importa, de verdade?

Alice fica olhando fixamente para Anne durante um momento. Vê a bondade natural em seu rosto, as rugas delicadas ao redor dos olhos por causa das longas horas de trabalho por dia. O vestido diurno modesto de algodão azul-marinho, mas sempre imaculadamente passado, que ela usa quando está de serviço.

— Me conte sobre Sébastien, Anne. Ele está bem? — À simples menção do marido, o rosto de Anne se ilumina, e toda a preocupação que sente por Alice é substituída por um amor visível em seu rosto.

— Está, sim, mas trabalhando muito no Banco Transatlantique. Ele estará totalmente qualificado em breve.

— Há quantos anos vocês estão casados?

— Sete. Nós nos conhecemos na escola, então parece fazer muito mais tempo, de certa maneira, mas nossos anos de casamento passaram mais rápido do que quaisquer outros. — Alice vê que Anne está tomando cuidado para não entrar em detalhes. Ela não vai ficar ali discorrendo sobre as alegrias de seu próprio casamento sabendo o quanto Alice é infeliz no dela.

— Você nunca falou em filhos. Pretendem tê-los em breve? — Alice não pode deixar de contaminar a pergunta com um pouco de tristeza, sabendo que ela mesma não terá bebês tão cedo.

— Bem, não tenho certeza se nós... — Anne de repente parece ter dificuldade para encontrar as palavras.

— Não se preocupe, não estou perguntando como sua empregadora. Eu sentiria muito a sua falta, mas não é por isso que estou perguntando.

Alice observa Anne mudar de posição na beira da cama, incomodada com o rumo da conversa.

— Eu sei, não é isso, é só que...

Alice fica em silêncio enquanto Anne tenta descobrir como falar sobre um assunto que não está acostumada a comentar.

— Nós dois adoraríamos muito ter uma família, mais do que qualquer coisa. Assim que nos casamos, oramos para termos sorte o suficiente. Primeiro um menino, era o que esperávamos. — Ela passa as mãos pelo rosto, traçando a parte de baixo dos olhos, tentando esfregar a dor. — E depois uma menina. E outros ainda, se pudéssemos. Concordávamos que quatro seria o número ideal, o que agora parece terrivelmente ganancioso e ingênuo. — Os olhos de Anne se enchem de lágrimas, e Alice sente a dor se expandindo no próprio peito. — Não era para ser. E, até agora, não houve um médico em toda a Paris que consiga nos dizer por quê.

— Ah, Anne, eu sinto muito. Não fazia ideia. Jamais teria tocado no assunto se soubesse. — Alice estende a mão para pegar a de Anne.

— Não, foi bom você ter mencionado esse assunto. É difícil para mim falar a respeito, mas às vezes sinto que preciso, a tristeza é forte demais para suportar. Estou começando a aceitar, não tenho escolha, mas o sentimento de perda nunca me deixa, nem a Sébastien. Sempre faltará algo para nós.

— Vocês ainda são muito jovens. Não vale a pena continuar tentando? Ouvimos muito falar de casais que acabam tendo sorte.

— Talvez. Só que é muito difícil lidar com a decepção constante todos os meses. Me permitir sonhar. Ter todos aqueles pensamentos positivos e me convencer completamente de que dessa vez pode acontecer e nossa pequena família finalmente existirá... apenas para nos decepcionarmos outra vez. É muito difícil para Sébastien me ver tão triste com tanta frequência. Nós nos perguntamos se não seria mais fácil desistir. Aceitar que não é algo para o qual fomos escolhidos. Sou muito grata por ter um homem que me ama tão apaixonadamente quanto ele. Talvez eu deva aceitar que ele precisa ser suficiente.

Alice se pergunta se isso seria suficiente para ela também.

Ela puxa Anne para um abraço sem cerimônia, e a mantém ali por tempo o bastante para transmitir a profundidade de seu amor por ela. Quando os olhos das duas se encontram novamente, há um entendimento mútuo. Ambas as mulheres não podem ter aquilo que elas mais desejam — Alice por causa do marido manipulador; Anne, apesar de seu amor duradouro.

— Ele não me perguntou por quê.

— Albert? — Anne parece aliviada por sair de foco.

— Sim. Não aconteceu nada, não... — Alice procura pela palavra apropriada. — Não fisicamente. Mas talvez eu quisesse. E Albert não perguntou por quê. Você imagina isso, Anne? Um marido que não se preocupa com os sentimentos da própria esposa? Ele não quer me fazer feliz. Só se importa com o que as outras pessoas, praticamente estranhos, pensam. Só quer que sua vida não seja perturbada por escândalos ou inconveniências. — Lágrimas brotam nos olhos de Alice quando a compreensão a atinge. Todos aqueles anos vazios diante dela. Pensa nos momentos de ternura que Anne e Sébastien compartilharam, as conversas difíceis nas quais apoiaram um ao outro, em comparação com a reescrita brutal que Albert fez do futuro dos dois. — Isso deve parecer tão frio para você — ela sussurra.

— A maioria das coisas pode ser mudada — diz Anne. — Não sem dor ou sacrifício, mas nós temos o poder de fazer isso. Você só precisa descobrir o que realmente deseja e do que está preparada para abrir mão para conseguir.

— Olhe o que ele fez para mim. — Alice se levanta, pega a bolsa na mesa de cabeceira e estende o desenho de Antoine. — É assim que ele me vê.

Anne segura o desenho com as duas mãos, estudando-o por um minuto, e diz:

— É você inteirinha.

E Alice sabe, pelo olhar de apreciação de Anne, que ela também está vendo a habilidade que Antoine empregou no desenho — mas, mais do que isso, o desejo e o anseio mal disfarçados sob seus traços.

— Eu não quero mais ser triste, Anne. Isso é tão egoísta assim? — Ela precisa ouvir que não está sendo irracional ao querer ser desejada e amada e viver de forma mais fiel a si mesma.

— Não, não é. Mas há muito em jogo. Você está realmente pronta para fazer essas escolhas?

— Eu não sei.

Há uma longa pausa enquanto as duas mulheres imaginam os cenários torturantes que poderiam se tornar realidade se Alice não tomar muito cuidado.

— Se e quando você decidir que precisa da minha ajuda, eu estarei aqui, para o que você precisar. Nunca hesite em pedir.

E, neste momento, o amor de Alice por Anne aumenta ainda mais. Ela entende que a amiga não está apenas oferecendo ajuda, mas correndo riscos também. Ela está se colocando em conflito direto com Albert, que agirá com rapidez e severidade se achar que foi traído.

— Todos os dias, vejo como você está triste. Não quero que sinta que não merece ser amada, porque merece, e há pessoas que vão amá-la. Sempre há outra maneira.

Alice a puxa para um abraço apertado.

— Obrigada, Anne. Não sei o que faria sem você, minha querida amiga.

O vestido Debussy é entregue na residência da embaixada pouco mais de duas semanas depois de Anne o encomendar. Como o prazo de Alice era muito apertado, mesmo para a talentosa equipe de Dior, eles insistiram que ela recebesse o mesmo vestido que Antoine havia admirado no desfile depois de ser ajustado precisamente de acordo com suas medidas — uma prova de como o estilista a valoriza como cliente. Mas, olhando para ele agora, Alice não suporta relembrar o dia em que Antoine disse como a peça cairia bem nela e, em seguida, entregou-lhe o bilhete, perguntando se eles poderiam se encontrar a sós. Aquele foi o único motivo que a fez querer o vestido. E agora, aqui está ele na frente dela, pronto para ser usado em uma recepção privada na exposição dos *Lírios* de Monet no Museu Orangerie nesta noite.

Nos longos e solitários dias e noites desde que o viu pela última vez, Alice lutou implacavelmente contra sua consciência, até se sentir tonta de indecisão. Antoine atormentou seus pensamentos, testando seu autocontrole, forçando-a a se punir com a ideia de que deve permanecer leal aos votos de casamento. Ela não deve entrar em contato com Antoine.

Mas é muito difícil esquecê-lo.

É como se ele a tivesse preenchido de um otimismo que ela nunca teve antes. Como se tivesse desafiado Alice a acreditar que pode tomar as rédeas do seu próprio futuro, e não passar pela vida apenas como alguém que é admirado e invejado de longe. Com quase metade da idade dele, Antoine é dez vezes mais homem do que Albert.

Ele pode não ser poderoso, nem influente, nem rico, mas é apaixonado, e ela quer olhar em seus olhos, sentar-se com ele e conversar até tarde da noite, sabendo que ele revelaria cada parte de si mesmo para ela. Ele acendeu uma parte dela que Albert nunca encontrou, muito menos nutriu, e ela não tem certeza se tem força ou determinação para apagá-la novamente. Para cumprir o papel responsável e obediente de madame Ainsley.

Mas também sabe que precisa tentar, se esforçar para arrancar esse homem de sua mente e de seus sonhos. Se conseguir, será melhor para todos no longo prazo. Ela terá apenas sua própria decepção para enfrentar. De toda forma, seu coração já está partido. Albert certificou-se disso.

O acordo era que ela e Albert compareceriam juntos naquela noite, como convidados do conselho do museu, um agradecimento por todo o empenho na arrecadação de fundos durante o ano. Mas, naquela manhã, durante um desjejum silencioso, enquanto Albert estudava seu jornal e a ignorava, ele friamente anunciou o contrário.

— Não vou conseguir ir esta noite. Apareceu outra coisa. — Ele limpou a boca no guardanapo branco imaculado, jogou-o sobre o prato e saiu da sala. Sua visita não programada ao barbeiro no final da tarde confirmou, pelo menos na mente de Alice, que nesta noite ele desfrutará de uma companhia feminina. Apenas não será a dela.

Agora ela está olhando para o vestido, pensando apenas no que poderia ter acontecido. A reação que poderia ter causado se Antoine a tivesse visto nele. O que ele teria dito a ela? Algo capaz de reverter sua agonizante decisão de não responder a nenhuma das mensagens dele? Não ver Antoine é a única maneira, ela racionalizou, de garantir que ela não fará algo que causaria o tipo de exposição dolorosa da qual nenhum deles poderia se recuperar. Ela deliberadamente removeu o nome dele e o de seus pais das futuras listas de convidados, sabendo que Albert não a questionaria quanto a isso. Que, muito pelo contrário, ele apreciará ter sido ouvido.

Alice está colocando o máximo de espaço possível entre si e a tentação. Está determinada a apagar a memória, a voltar àqueles dias, dois meses atrás, antes de Antoine entrar no Salon Bleu e jogar uma granada metafórica em seu casamento. E como ela não tentou impedi-lo. Por mais que seus sentimentos por Albert tenham mudado da tolerância obediente para algo que mais se assemelha ao ódio, passando pela indiferença, ela ainda é a esposa dele. Não pode ignorar as muitas obrigações que isso lhe impõe. E, independentemente de como ele escolhe se comportar, ela não deveria sair de tudo isso com o mínimo de respeito por si mesma?

Mas o vestido. Só agora que está usando o vestido pela primeira vez consegue realmente apreciar a inteligência de Dior em criar uma peça de roupa que é escultural, feminina, modesta e sensual ao mesmo tempo. Alice fica diante do espelho de corpo inteiro e se inclina para a esquerda, verificando o lado e as costas. O corpete sem alças se encaixa sob seus braços, exibindo o decote lindamente tonificado e o brilho da pele recém-hidratada. A forma como o vestido se ajusta na cintura, acentuando o formato do busto antes de se alargar em uma cauda costurada à mão com contas e lantejoulas, não é nada menos do que a perfeição. O fato de que a única pessoa que ela gostaria que a visse usando esse vestido não verá é algo que ela precisa esquecer.

Ela convidou Anne para se juntar a ela nesta noite, e o prazer de usar o Debussy só não é maior do que a alegria de inverter os papéis. É Anne quem fica parada como uma estátua enquanto Alice a veste com uma peça de sua escolha, um vestido de seda azul-marinho discreto. Alice faz um nó e um laço na frente, amarrando-o várias vezes até ter certeza de que sua amiga está perfeita. Em seguida, acrescenta várias joias reluzentes — os olhos da amiga se arregalam em apreciação — enquanto dá um passo para trás para admirar seu trabalho. Ela observa Anne se mover de um lado para o outro, sem acreditar que vai sair para a noite parisiense vestida como Alice.

O trânsito está tão ruim que elas chegam atrasadas e correm para dentro, passando por uma porção de fotógrafos clicando suas máquinas. Pegam uma taça de champanhe cada uma e entram na primeira das duas salas, onde o trabalho inovador de Monet está sendo exibido. Chegam bem a tempo de pegar o fim da fala do curador.

— Então, por favor, aproveitem esta *ótima decoração*, como o próprio Monet descreveu. A obra levou cerca de trinta anos para ser elaborada e foi inspirada no jardim aquático que ele construiu em sua propriedade na Normandia. São oito painéis, todos praticamente ininterruptos, formando cem metros lineares da melhor arte impressionista que vocês verão. — Há uma leve onda de aplausos, e Alice e Anne começam a se mover pela sala, aproximando-se dos painéis.

Alice reconhece vários rostos na multidão, mas felizmente não sente a obrigação usual de oferecer qualquer coisa além de um breve sinal de reconhecimento. Ela quer aproveitar a noite com Anne, sabendo que a amiga normalmente não teria o tempo ou as conexões para garantir um convite para um evento como este.

A vasta obra de arte parece se curvar em torno das paredes das salas em formato oval, envolvendo-as dentro dela. Alice sente que poderia ficar parada por horas, observando a maneira como as cores e texturas captam habilmente o movimento e a profundidade variada da água, os lírios flutuando nela, o reflexo das nuvens na superfície e os galhos de salgueiro curvados que rompem a quietude. É cativante, e ela fica completamente perdida nas dimensões da obra.

Acompanha o caminho da pintura ao redor da sala, vagamente ciente de que Anne está seguindo seus passos. As duas entram e saem pelos arcos que ligam as duas salas, desfrutando da sensação crescente de espaço à medida que as pessoas vão saindo gradualmente, aproveitando as informações que ouvem no caminho. Monet queria criar a ilusão de um todo infinito, de uma onda sem horizonte e sem costa, um refúgio de meditação pacífica. Ele ditou inclusive a forma das salas em que as pinturas estão penduradas, criando uma elipse dupla, o símbolo matemático do infinito.

E Alice sente isso. Pela primeira vez em semanas uma sensação de paz toma conta dela, como se os pulmões estivessem se abrindo e ela conseguisse respirar facilmente. Estar na presença de algo tão magnífico a faz se esquecer da agonia de sua própria realidade. Ela respira e desfruta de uma breve sensação de pura calma até que o som de uma taça de champanhe se espatifando no chão a puxa para fora de si. Ouve seu nome sendo repetido por Anne e percebe, para seu horror, que foi a sua taça que caiu de sua mão. Mas não consegue olhar para baixo para avaliar o dano ou bagunça, porque seus olhos estão fixos nele, no outro lado da sala, agora caminhando lentamente em sua direção. Antoine a encontrou, e, antes que ele a alcance, ela sabe que não será capaz de resistir a ele esta noite.

Não está no controle do que quer que aconteça a seguir.

Capítulo 13

Lucille

Quarta-feira

Paris

Combinei de encontrar Leon em frente ao Louvre para podermos caminhar juntos pelo Jardim das Tulherias. O Museu Orangerie fica no extremo oeste, onde sabemos que o vestido seguinte foi usado. Vestido número seis, o Debussy. O vestido que vovó me disse, sem fôlego, que era *espetacular*.

Estou esperando sob o arco da praça do Carrossel, olhando para trás em direção aos gigantescos triângulos de vidro e metal do Louvre, pensando em como eles parecem completamente incongruentes, como se flutuassem na água. É um dos monumentos arquitetônicos mais fotografados do mundo, mas ainda assim parece muito deslocado, rodeado por edifícios ornamentados surgidos tantas décadas antes dele. Um pouco como eu nessa cidade? Eu poderia ter dito isso seis dias atrás, quando cheguei aqui e estava pateticamente relutante em deixar o quarto do hotel. Mas cá estou eu, prestes a me encontrar com um lindo cara francês. E melhor, um cara que me convidou para sair com ele.

Eu deveria estar nervosa, mas não estou. A antiga eu estaria pensando se deveria ir embora antes que ele aparecesse, para me poupar do constrangimento de tentar ser interessante e misteriosa. Mas mal posso esperar que ele chegue, com a câmera balançando no pescoço e aquele sorriso descontraído que me arrebata. E percebo que não há uma antiga eu.

Esta *sou* eu.

Ninguém consegue mudar tanto quanto eu sinto que mudei em seis dias. Talvez essa confiança sempre tenha estado enterrada dentro de mim, presa sob a superfície, e eu só precisasse de Paris, Véronique e Leon para descobri-la. Será que vovó Sylvie também sabia disso?

Cheguei adiantada, e, enquanto observo casais percorrendo os jardins de mãos dadas e ônibus turísticos abertos com os passageiros perigosamente pendurados na lateral do andar superior em busca da foto perfeita, meus pensamentos se voltam para minha mãe e o que devo fazer agora que ela quer que eu volte para casa. Eu me pergunto por que ela nunca foi capaz de levar a vida com leveza como algumas pessoas fazem. Ser mais receptiva e grata pelo que surgiu de forma natural em seu caminho. Por que tudo precisa ser organizado e ditado, sem espaço para relaxar, para deixar que a vida a leve aonde quiser? Ela deve ser a pessoa mais egoísta que conheço. A mais focada, ela diria. Mas por quê? Véronique parece acreditar que há um motivo para esse comportamento. Minha mãe certamente não é próxima de vovó, e sempre imaginei que fosse por culpa dela. Será que sou eu que estou sendo injusta? Será que deixei algo passar batido? Será que mamãe é mesmo o resultado de uma infância infeliz?

Ainda estou pensando em tudo isso quando Leon se aproxima de mim agitado, agarrando meus ombros.

— Então, o vestido seguinte foi o Debussy, não foi? Usado para a exposição de Monet. Acertei?

Não posso condenar seu entusiasmo ou o fato de que ele obviamente prestou atenção e se lembra dos detalhes da reunião movida a vinho com Véronique na noite passada.
— Isso mesmo. Mas faz sentido ir agora? — Olho para o relógio. — São cinco e meia. Perdemos o último horário de entrada, e o museu já vai fechar.
— É verdade, mas não para nós. Vamos lá. Eu tenho alguns contatos nesta cidade, sabe. — Ele pisca para mim, e só consigo pensar em como gostaria que o tempo passasse mais devagar esta noite. Como queria que cada hora contasse como três, queria explorar as partes de Leon que ele ainda não me mostrou e descobrir, junto com ele, um pouco mais da verdadeira Lucille.

Passamos pela grande fonte central e percorremos o largo calçadão de pedestres do parque, nossos rostos ganhando vida com o brilho de neon da roda-gigante e os brinquedos do parque de diversões à direita. Mesmo quando chegamos ao final, ainda podemos ouvir, flutuando no céu escuro, as risadas e os gritos de crianças em êxtase por estarem na rua à noite. O parque é como um botão de pausa gigante no meio da cidade movimentada e caótica. Tenho consciência dos edifícios que se elevam de ambos os lados, mas não há nenhuma construção de concreto imponente invadindo os limites do parque.

— Você está muito quieta esta noite, Lucille. — Percebo que percorremos a maior parte do caminho até o museu em silêncio, algo que poderia ter sido terrivelmente constrangedor com qualquer outra pessoa, mas não com Leon. Não sinto necessidade de esconder o motivo, então digo a ele.

— Minha mãe quer que eu vá para casa. Ela me ligou hoje. — Eu disse que ainda não vou voltar, mas sei que uma hora vou ter que fazer isso. No fim, sei que minha consciência vai ganhar.

— Mas e a sua missão? — Ele para e se vira para me encarar. — Ainda não terminamos. — Adoro que ele tenha se apegado à história também, mesmo que não diretamente por mim.

— Eu sei. Mas, bem, ela perdeu o emprego e está muito chateada com isso. Diz que precisa de mim. — Por dentro, estou dividida entre uma raiva absoluta de minha mãe por interromper a viagem e uma alegria terna por Leon também não querer que ela acabe.

— Não pode esperar só mais alguns dias? Talvez seja suficiente para completar a trilha. Acho que fiz uma pequena descoberta hoje. Vamos para um lugar mais quente, e eu conto para você.

Sinto meu humor melhorar no mesmo instante. Quando nos aproximamos das portas trancadas, um segurança cumprimenta Leon, e os dois trocam algumas palavras sussurradas antes de o primeiro se afastar e nos deixar entrar.

— Sério, como você conseguiu isso? — Estou muito impressionada. Vamos ter a exposição inteira só para nós.

— Meu chefe no Pompidou conhece o chefe daqui. Eu disse que precisava de um grande favor, que tinha que ajudar uma garota. Mas não temos muito tempo. — Ele segura meu olhar por um ou dois segundos a mais do que o necessário, e me pergunto se consegue sentir a eletricidade entre nós como eu.

Em seguida, somos levados à primeira das duas salas bem iluminadas de formato oval, onde uma série das pinturas gigantes de lírios de Monet envolvem as paredes em uma curva colorida contínua.

Leon pega a câmera e tira quase tantas fotos minhas quanto das pinturas conforme nos separamos — ele circulando à direita, e eu, à esquerda. A tentação de estender a mão e tocar a tela, aquele pedaço de história ganhando vida diante de mim, é quase irresistível. Não há nada para me impedir, exceto a certeza de que não farei isso. Nada domina a imagem. Não existe um grande lírio central, como se poderia esperar. Algumas partes da pintura exigem que eu me afaste para ter uma visão mais ampla da água e de sua leveza e sombra. Outras seções exigem uma inspeção mais detalhada, então aproximo o rosto das pinceladas que mudam de azul profundo para azul brilhante, passando por verde-claro, laranja lamacento, rosa pálido e o branco turvo das pétalas características da flor.

— Eu nunca teria visto isso se não fosse por você — digo a Leon quando nos reencontramos no final da sala. — É simplesmente incrível. A paciência e a devoção... deve ter levado anos para ser concluído! — Sem nenhum aviso, ele levanta a câmera e me fotografa, ainda empolgada.

— Ei! Por que fez isso? — Finjo reclamar, mas na verdade estou muito lisonjeada que ele queira me retratar. Ele fez muitas fotos minhas nos últimos dias.

— Porque você parece muito feliz e não quero esquecer como o seu sorriso é especial. — Ele afasta a câmera do rosto e me olha de verdade. Quer dizer, ele *realmente* olha pra mim.

— Eu me pergunto se nossos pombinhos se sentiram da mesma maneira quando estiveram aqui. Será que ficaram tão comovidos com essas pinturas quanto eu? De qualquer forma, aposto que não tiveram o lugar inteiro só para eles, não é? Obrigada. — O fato de Leon se importar o suficiente para organizar esta noite, com tudo o mais que está acontecendo em sua vida, faz meu coração se derreter.

— Não há o que agradecer. Escute, falei com meu avô hoje, e ele se lembra muito bem do vestido Debussy. — Ele se aproximou de mim.

— Sério? Mesmo depois de todos esses anos? Se bem que, como você viu, deve ser um vestido muito difícil de esquecer.

— É mais do que isso. Ele foi convidado para uma mostra privada, realizada aqui no início dos anos cinquenta.

Me contou esta tarde que as pinturas de Monet ficaram neste museu por anos, desde meados dos anos vinte, na verdade, mas simplesmente não havia interesse público por elas. As pessoas se importavam tão pouco que o museu costumava cobrir os painéis com o trabalho de outros pintores. Consegue imaginar? Tudo mudou depois da Segunda Guerra Mundial, quando os americanos passaram a valorizar os impressionistas e os compradores particulares começaram a procurar a obra de Monet. Nessa época que a exposição foi realizada. Uma espécie de reabertura, imagino.

— Certo, continue. Não sei bem como isso nos ajuda.

— Ele se lembra especificamente de uma mulher usando o vestido. Parece que houve algum tipo de cena, taças caindo, alguma comoção... e uma confusão enorme envolvendo um jovem e uma bela mulher vestindo o Debussy. Os dois se beijaram. Tem de ser ela, Lucille, a mulher que estamos seguindo por toda a Paris. Sabemos pelo cartão que ela esteve naquela exposição e usando aquele vestido. Não consigo pensar em outra explicação, você consegue?

Sinto tudo dentro de mim ficar tenso e imóvel.

— Você mesmo me disse que ela não seria a única mulher comprando esses vestidos... mas quais são as chances de mais de uma mulher comprar o mesmo vestido e ambas o usarem na mesma exposição? Tem que ser ela. — Sinto o coração batendo forte contra as costelas. Isso é definitivamente um progresso!

— Fica melhor. — Leon também não consegue conter sua empolgação e está segurando meus braços agora. — Havia fotógrafos aqui naquela noite. Foi uma noite especial, e meu avô tem certeza de que há uma foto da mulher usando o Debussy em algum lugar da loja, na Bettina's. É exatamente o tipo de coisa que ele colecionou ao longo dos anos. Ele mesmo ia dar uma olhada, mas talvez demore uns dias para voltar lá. Sugiro que a gente vá para lá agora; eu tenho as chaves, e podemos tentar encontrar por conta própria. O que acha?

Não consigo acreditar.

— Se encontrarmos a foto, veremos A. Só pode ser ela, não é? Talvez aí eu entenda por que minha avó estava tão ansiosa para que eu viesse a Paris e seguisse essa trilha. — Estou animada, nervosa e aflita, mas também cautelosa quanto a criar esperanças.

— Sim!

Jogo os braços em volta dele.

— Você é incrível, Leon. Eu não teria chegado a lugar algum sem você. — Em seguida, sem pensar, eu o beijo. Miro na sua bochecha, mas ele vira a cabeça e nossos lábios se encontram. Por um momento, penso que nenhum de nós tem certeza se era aquilo que o outro pretendia, mas, em seguida, sem interromper nossa conexão, Leon empurra a câmera por cima do ombro esquerdo e me puxa para mais perto dele. Nossos corpos se tocam, e as mãos dele deslizam de cada lado do meu rosto e sobem para a parte de trás da minha cabeça. Então, em um momento digno do melhor filme de Hollywood, todas as luzes do local se apagam. Dou um pulinho de susto, mas ele se recusa a deixar que eu me afaste, e, na escuridão total do museu, com apenas Monet como testemunha, o beijo continua.

※

Mando uma mensagem para Véronique do táxi que está nos levando à Bettina's.

Acho que ela vai querer estar lá para isso. Parece errado excluí-la quando podemos estar prestes a fazer um grande avanço. Ela aceita nos encontrar lá e diz que também tem mais informações para compartilhar. As coisas estão começando a se encaixar! Então, quando tudo parece absolutamente perfeito — estou aconchegada no banco de trás do táxi, cruzando as ruas de Paris, de mão dada com Leon —, meu telefone toca. É minha mãe. Penso em não atender a ligação, mas lembro de todas as vezes que ela fez isso comigo e como isso me fazia sentir. Atendo a chamada.

— Oi, mãe? — Ela sente a exasperação em minha voz, que é o que espero que aconteça.

— Ah. Estou atrapalhando, não estou? Eu estava pensando sobre seus planos, querida. Você sabe quando exatamente estará de volta? — Ela também nunca acreditou na minha determinação de ficar em Paris.

— Não, na verdade não. Estou fazendo alguns avanços aqui, e acho que só preciso de mais alguns dias. Depois disso, teremos todo o tempo do mundo para conversar sobre você. — Sinto os olhos de Leon se voltando para mim com a menção de meu retorno para casa.

— Está bem, eu só ia me oferecer para reservar sua passagem de volta, caso você esteja com pressa. Você pode obter um reembolso da passagem que não usar e sair ganhando, já que não vai pagar pela outra. Quem sabe eu não mando um carro para buscar você no aeroporto? — Essa parte é interessante, já que significa que eu poderia evitar a claustrofóbica linha Piccadilly. Em outra ocasião, eu teria hesitado, mas ela não consegue ver o homem sentado ao meu lado.

— Obrigada, mãe, mas ainda não estou pronta para ir embora.

— Não sei se entendi. — Com isso, ela quer dizer que não prestou atenção em nada do que eu disse desde que cheguei a Paris. — Por que essa viagem é tão importante? — Sua irritação está sempre quase à flor da pele.

— Porque é importante para a vovó, por isso.

Há um silêncio muito longo que reluto em preencher, até que ela finalmente acrescenta:

— Fico feliz que você e vovó sejam tão próximas, Lucille, você tem um relacionamento com ela muito diferente do que eu tive. Eu só queria que você e eu, bem, que nós fôssemos... mais próximas também.

A verdade é que essa confissão me derruba. Por que agora? Por que ela precisava escolher justo este momento, quando estou abraçada com Leon, para iniciar uma conversa que precisa de mais do que os dois minutos que posso dar no momento?

— Ah, mãe, nós podemos conversar melhor sobre isso quando eu voltar, não agora que está tudo tão corrido. O que eu estou fazendo aqui é importante, mas também estou me divertindo, fazendo algo por mim mesma para variar e, para ser sincera, ainda não estou pronta para que acabe. — Assim que digo isso, me sinto mal. Não é da minha natureza ser tão dura com ela como ela foi comigo ao longo dos anos. — Olhe, me desculpe. — Já estou recuando. — É só que estou indo resolver uma coisa agora, depois vou planejar minha volta para casa. Eu prometo.

Isso a deixa satisfeita, e eu encerro a ligação.

— Realmente espero que essa fotografia esteja na loja, Leon, porque meu tempo em Paris está se esgotando. — A ideia de voltar para casa para discutir meu relacionamento com minha mãe e enfrentar a bronca que Dylan está preparando quase destrói esta noite mágica.

— Só se você deixar — diz Leon. — E, por mim, eu adoraria que você ficasse. E não apenas por alguns dias. Por mais tempo. — Então ele me beija novamente, deixando as mãos vagarem sobre mim e sob meu casaco desta vez, e eu fico com vontade de mudar o trajeto do táxi para o hotel e esquecer o resto do mundo.

Parece que tanta coisa aconteceu desde a última vez que estive na Bettina's, dois dias atrás. Véronique chegou antes de nós, e agora nós três estamos à caça, procurando cuidadosamente em cada superfície desordenada da loja. Véronique, já toda distraída com o que ela afirma ser uma amostra da melhor renda guipure francesa costurada à mão, diz que as novidades dela podem esperar. Encontrar a fotografia, se estiver aqui, é prioridade.

Decidimos nos dividir para procurar. Leon desaparece de joelhos atrás da caixa registradora para lidar com o imenso amontoado de papéis desorganizado que fica embaixo dela. Véronique começa pelo lado esquerdo da loja, e eu, pelo lado direito. Se isso não der resultado, concordamos que teremos que ir para a sala dos fundos e examinar cada uma das caixas de arquivos.

Por favor, Deus, não.

Trabalhamos em silêncio, vasculhando tudo o que há dentro desta caverna de Aladim. Verifico a parede atrás de um cabide de lenços de seda e cuidadosamente pego uma caixa com centenas de cartões-postais antigos, para o caso de nossa fotografia estar perdida entre eles. Abro uma caixinha de joias em forma de coração, com a tampa bordada com um buquê de rosas. Examino o interior de cada bolsa no local. Corro a mão por uma vitrine de cintos de couro e reorganizo um armário de vidro com velhos frascos de perfume. Nada. Apoiada nas mãos e nos joelhos, rastejo sob as roupas penduradas, sentindo a poeira grudar em mim no caminho. Questiono se preciso separar cada peça de roupa na arara para o caso de a imagem de alguma forma ter ficado presa entre dois itens que não são tocados há anos. Faço isso, mas percebo que é uma tarefa completamente inútil, que desperdiça mais quarenta minutos.

Já estamos na loja há mais de uma hora, e nosso entusiasmo está definitivamente começando a diminuir. Leon desaparece na parte de trás, voltando momentos depois com três cervejas geladas que bebemos das garrafas. Ele está inclinado sobre o balcão bebendo a sua quando Véronique se oferece para compartilhar suas novidades, tentando nos reanimar um pouco.

— Eu fiz algumas pesquisas no trabalho sobre o tecido do vestido que faltava, o Toile de Jouy, e ele foi usado por Dior na mesma época que os outros vestidos que estamos investigando. Talvez seja seguro presumir, já que todos os outros vestidos eram de Dior, que esse também é. Curiosamente, também é muito parecido com a padronagem que ele escolheu para decorar algumas partes de sua primeira boutique. Pelo que descobri, ele nunca usou o tecido em uma coleção, então, acho que podemos supor que essa peça foi uma encomenda especial.

— Você tem alguma ideia de onde ele possa estar agora? Um vestido tão importante deve estar documentado em algum lugar, não? — Leon está procurando as boas notícias que sabe que vão me animar na ausência da fotografia.

— Eu sei exatamente onde ele está. — Véronique sorri. — Você tem razão, um vestido tão importante *foi* documentado, e está em um lugar muito mais perto de sua casa, Lucille.

— O quê? Onde?!

— Nos arquivos do Victoria and Albert Museum, em Londres. Eles não me falaram muito por telefone, mas estamos certos em uma coisa. Quem quer que tenha mandado fazer o vestido deu uma grande despesa para Dior e depois o doou. Mas com uma ressalva estrita.

— Mesmo? Qual é? Caramba, isso está ficando bem intrigante agora.

— Que o nome dos doadores nunca fosse publicado ou listado em qualquer lugar que pudesse conectá-los ao vestido. — Os olhos de Véronique estão brilhando de empolgação.

Estou tentando juntar tudo isso na cabeça. Pronuncio meus pensamentos lentamente em voz alta, esperando que façam mais sentido dessa forma.

— Então, sabemos que a dona era A, o cartão nos diz isso. Mas ainda não sabemos quem é A. Como vamos... — paro de falar, percebendo que não estou mais perto de encontrar as respostas.

— Eles podem retirá-lo do arquivo, Lucille. Você pode ir até lá e ver. Marquei um horário no domingo. Espero que não seja um problema? Tive certeza de que gostaria de vê-lo.

— Sim, eu quero, claro que quero. — Olho para trás em direção a Leon, que ainda está curvado sobre a mesa, ouvindo atentamente tudo o que está sendo dito. Eu me pergunto se ele gostaria de ir comigo para Londres. Meus olhos desviam para o quadro de avisos na parede atrás da cabeça dele.

— Você já conferiu o quadro de avisos? — pergunto, apontando para trás dele.

— Não, deixa eu fazer isso. — Ele começa a remover com cuidado cada pedaço de papel enfiado sob o entrecruzamento de fitas que já foram brancas e estão segurando tudo no lugar. Meus olhos estão fixos em uma pequena imagem em preto e branco no canto direito inferior, está tão escondida que consigo ver apenas pedaço dela.

A bela bainha de um vestido de noite.

Espero pacientemente enquanto Leon trabalha no quadro até que, enfim, retirou quase tudo. Há um último cartão-postal para remover antes que a imagem seja toda revelada, acho que já sei o que é, mas não consigo dizer em voz alta. Não até que eu tenha certeza absoluta. Leon está de costas para nós, e, enquanto levanta o cartão-postal, vejo suas omoplatas tensas. Ele também está vendo. Vira-se para encarar nós duas, segurando a fotografia no alto.

— Aqui está ela! — ele grita muito mais alto do que o necessário dentro daquela loja minúscula, e Véronique e eu avançamos na direção dele. Ele coloca a fotografia sobre o balcão à nossa frente, e eu sinceramente acho que meu coração para de bater. Lá está ela. A mulher que estávamos procurando, vestindo o lindo Debussy que está pendurado no guarda-roupa do meu hotel. E, embora os anos tenham sido removidos e sua pele tenha rejuvenescido, seus traços são inconfundíveis para mim.

É a minha avó.

Capítulo 14

Alice

1953, Paris

O Debussy

O beijo é intenso.
Não é o tipo de beijo que deveria ser visto por outras pessoas.
É um beijo que nunca será apenas um beijo.
Está levando a um lugar que não deveria, e Alice não pode impedi-lo. Antoine não diz uma palavra antes de colocar seus lábios nos dela, mas ela sente a paixão dele fluindo para sua boca e na força de suas mãos na parte inferior das costas dela. É como se tudo o mais na sala estivesse desaparecendo. Nada mais importa. Alice não pensa em Albert ou Anne. Não pensa em todas as pessoas que estão presenciando a cena ou se aquilo vai virar assunto entre elas. *Para quem* vão contar aquela história. Sequer pensa nos fotógrafos que ainda circulam ao redor ou se o beijo está sendo capturado. Cada célula de seu corpo está perfeitamente sintonizada com Antoine. Com o cheiro familiar dele, o gemido baixo que ele dá enquanto o beijo se aprofunda cada vez mais.

É Anne quem os interrompe.
— Alice, *por favor*. Isso não é uma boa ideia. Precisamos ir embora. — As palavras dela são sussurradas, mas urgentes o suficiente para separar os dois.

Os três se movem depressa em direção à saída. Quando estão prestes a chegar à relativa segurança da escuridão do lado de fora, ficam cara a cara com a mãe de Antoine, que está com uma mão apoiada no quadril. Não há como sair do prédio sem lidar com ela primeiro.

— Isso realmente tem que parar, não acha, madame Ainsley? Quer dizer, *realmente*. Ou por acaso está querendo se tornar o assunto de todas as fofocas em Paris? — Ela não demonstra nenhuma deferência a Alice agora. Eles estão muito distantes da hierarquia social do salão da residência. — O que diabos monsieur Ainsley dirá quando descobrir? Não é apenas a sua reputação que você está arruinando, sabia? É a do meu filho.

Antes que ela possa dizer qualquer coisa, Antoine salta em sua defesa.

— Não. Isso não vai parar, mamãe. A menos que Alice queira.

— Sabe que seu pai terá muito a dizer sobre isso, não é? Por que você não pode ser mais parecido com seu irmão? — As palavras são dirigidas a Antoine com um ar de maldade que faz Alice enrijecer, provocando em Antoine uma raiva que ela nunca viu antes.

— Você nunca vai me perdoar, não é? Eu nunca vou corresponder às suas expectativas impossíveis! — ele sibila, passando por ela. Alice e Anne seguem atrás, na direção do motorista de Alice.

Não tendo sucesso com o filho, madame Du Parcq se vira para ela.

— Eu estou avisando, madame Ainsley, isso não terminará bem para você. *Por favor*, pare com isso agora. — Ela pronuncia as palavras em um tom ameaçador. — O que pode parecer divertido agora certamente não será nas próximas semanas. Ele não será capaz de lidar com isso.

Alice não tem certeza se ela está se referindo a Antoine ou Albert, mas não há tempo para refletir a respeito.

— Você leva o carro de volta para casa, Anne. Eu me certificarei de que Alice esteja segura.

— É isso que você quer, Alice? — A pobre Anne parece à beira das lágrimas. Pelo menos um deles entende a gravidade do que aconteceu nesta noite.

Alice parece estar em estado de choque, mentalmente desconectada de tudo o que está acontecendo ao seu redor, e é Antoine quem precisa assumir o comando. Era para ser uma noite agradável para ela e Anne. Ela não imaginou por um momento sequer que poderia terminar daquela maneira. Agora está sendo empurrada pela multidão que sai do prédio atrás deles e, na ausência de qualquer outro plano, concorda com a cabeça, sinalizando que Anne pode ir, perguntando-se se ela conseguirá voltar para casa primeiro ou se os acontecimentos da noite chegarão antes. E depois?

— Vamos pegar o barco para o meu apartamento — oferece Antoine.

Eles embarcam no táxi fluvial no porto dos Champs-Élysées e se abrigam sob a cobertura de vidro em seu interior, bem no fundo, onde dois turistas italianos só têm olhos para Paris.

Toda a cor sumiu do rosto de Alice, e ela se sente um pouco tonta.

— Como sabia que eu estaria lá, Antoine?

— Foi fácil. Eu sabia que minha mãe esperava desesperada por um convite. O dela chegou muito tarde. Evidentemente, ela não foi prioridade, o que significa que você, é claro, teria sido. Como meu pai não tinha interesse

em comparecer, imaginei que seu marido poderia se sentir da mesma forma. E estou muito feliz por ter feito isso. Por que você não respondeu a nenhuma das minhas mensagens?
— Ele está analisando o rosto dela, desesperado para entender onde errou.
— Ele sabe de nós.

Alice imagina que isso silenciará Antoine, que o assustará e causará certo nível de arrependimento, pelo menos. Mas a informação produz o efeito inverso — apenas o encoraja.

— Ótimo. No mínimo, isso tirará parte da força de *maman*. Ela dificilmente pode ameaçar nos expor agora, não é?

— Ele me confrontou na noite em que voltei de Les Halles. Estava esperando por mim. Ele me avisou, Antoine, que isso precisava parar. Que não será feito de bobo... e nós acabamos de nos beijar na frente de uma sala com, o que, duzentas pessoas? Havia fotógrafos lá.

Antoine enterra o rosto no calor suave do pescoço de Alice, permitindo que seus lábios se movam sob a maciez de seu casaco de pele e delicadamente tracem a sua clavícula.

— Eu te amo, Alice. Tenho tentado muito não sentir isso, mas eu... eu não vou perder você. — Ela nunca se sentiu tão desejada. — Tire seus brincos.

Alice leva os dedos aos caros pingentes de pérola que usou todos os dias desde que se casou, sentindo que deixá-los seria o equivalente a remover sua aliança de casamento — e ela está realmente pensando em fazer isso?

— Por quê?
— Ele comprou para você, não foi?
— Sim.
— Eu não quero que ele esteja presente, seja como for, nesta noite.

Durante todo o ano em que esteve em Paris, Alice nunca andou de táxi aquático. Nunca precisou fazer isso. A escuridão envolve a cidade, e ela sente o casulo estranho, ainda que protetor, formado pela arquitetura ao redor deles, flanqueando o rio que está afundado sob o porão dos edifícios. Quantos olhos estão voltados para eles agora? O cinza dos telhados acima se mistura com o céu noturno, borrando as bordas, dando à noite toda um ar de conto de fadas.

Eles passam por pontes tão densas que, por alguns instantes tentadores, ficam mergulhados na escuridão completa. Cada vez que isso acontece, ela sente Antoine se aproximar mais. Percebe sua impaciência em levá-la para casa na tensão do corpo dele, exagerada pela velocidade surpreendente do barco. Os famosos marcos da cidade aparecem e rapidamente desaparecem ao lado deles, como um cenário de filme em constante mudança, contando uma história destinada apenas aos dois esta noite.

— Vamos lá fora — ela sugere. Sabe que vai estar frio, mas não quer que as janelas de vidro do barco diluam uma experiência que talvez nunca se repita. O ar está impregnado com o cheiro forte de combustível e as risadas de amigos jantando nos muitos barcos-restaurantes estacionários pelos quais passam. Como Alice inveja a facilidade da noite feliz deles.

Agora que os dois estão parados na parte de trás do barco, Alice se reanima um pouco com o vento que passa por seu rosto e a sensação de que eles estão fugindo de tudo. Barcos menores parecem segui-los. E se Albert estiver em um deles, perseguindo-a, tentando acabar com tudo aquilo antes que realmente seja tarde demais? Ela gostaria que ele a alcançasse a tempo? Um olhar para Antoine sorrindo, com o rosto cheio de expectativa e intenção, é todo o incentivo de que ela precisa para permanecer no barco. Ela gostaria de poder se inclinar para trás e soltar a bandeira francesa que está hasteada na popa, um triste lembrete do papel que ela deveria desempenhar em Paris e suas muitas obrigações. Gostaria de vê-la vacilar, desabar e afundar aos poucos nas águas escuras abaixo. É para lá que seu casamento está indo também?

À medida que o Sena se curva suavemente, o barco desacelera, assumindo sua posição ao lado de muitos outros em frente à Torre Eiffel, orgulhosamente iluminada sobre Paris, confiante em sua capacidade de impressionar. Cada rosto em cada barco está voltado para aquele marco ousado, observando seus elevadores subindo devagar através do coração da estrutura de metal como insetos mecânicos que mastigam o caminho até o topo. Mas Antoine não olha para a torre — ele olha para Alice. Aproveitando que todos estão vidrados na Torre, ele a beija com vontade, e ela sente toda a dor e a dúvida do tempo perdido desde a última vez que os dois estiveram juntos se derreter e se transformar em alívio, agora que ele a tem nos braços novamente.

O barco faz uma curva e começa a refazer o trajeto, passando pelo Palácio dos Inválidos, agora à direita, e pelas enormes torres gêmeas do relógio do Museu de Orsay antes de atracar no cais Malaquais. Antoine pega a mão de Alice para desembarcar. Em dez minutos, os dois estão virando à direita na estreita rua Beaux-Arts, repleta de galerias, e Alice se sente distante dos bulevares mais ricos da margem direita.

— Eu sei, é tudo o que minha mãe despreza, não é? — pergunta Antoine, tentando ler seus pensamentos. — É em parte por isso que vivo aqui, e não no mausoléu mimado em que eles querem me manter, ao norte do rio.

— Ela realmente desprezaria esse lugar? — Parece algo estranho para madame Du Parcq direcionar sua raiva.

— Sim. É repleto de atores, escritores, cantores, músicos, poetas. Todos aqueles que não desejam seguir carreira na medicina, advocacia ou política. Pessoas que minha mãe consideraria insignificantes. Onde uns veem criatividade e diversidade, ela sente o cheiro de desperdício e procrastinação. Nunca vai entender as pessoas que trabalham em uma mesa de café durante o dia e na adega escura de um bar de jazz à noite. Este não é o mundo dela, Alice. É o meu. Ela não me visitou aqui nenhuma vez, preferiu acreditar em relatos de seus amigos igualmente mal-informados, em vez de conhecer o lugar por si mesma.

— E você nunca mais vai voltar?

— Duvido que me queiram de volta. Não o meu verdadeiro eu, eles só querem a versão que seguiria os passos de Thomas. — Enquanto os dois percorrem a rua tranquila de paralelepípedos, ele aponta para trás, por cima dos ombros, para o belo edifício, cujas grades pretas mal estão visíveis atrás das bicicletas dos alunos presas lá. — Eu vivo à sombra da escola de arte por uma razão. Para lembrar a mim mesmo. Talvez um dia eu chegue lá.

Eles entram em um pequeno beco coberto que se abre para um pátio isolado no final, completamente encerrado por prédios residenciais de vários andares. Ela percebe que todas as janelas dos apartamentos do andar térreo são gradeadas, e o minúsculo jardim fechado à esquerda, cercado por grades pretas, está coberto de mato. O jardim tem uma pequena mesa de metal para duas pessoas e duas cadeiras enferrujadas nas quais ninguém teria coragem para se sentar. É difícil distinguir na escuridão. As lâmpadas quebradas das luminárias não foram substituídas, e há emaranhados de arbustos abandonados crescendo sem controle. Alguém se esforçou para plantar vários vasos de pedra e depois ignorou a todos; o conteúdo não identificável foi deixado para murchar e ficar marrom.

— Venha comigo.

Antoine destranca o portão do jardim. Ele a leva para dentro, sobe dois pequenos lances de escada e entra em uma grande sala, que parece ser todo o apartamento. Há uma grande cama baixa empurrada contra uma parede, ainda desfeita da noite passada, com os lençóis e cobertores brancos atirados para o lado. Uma velha espreguiçadeira surrada, com o tecido esfiapado ao redor das pernas, fica mais perto da janela, proporcionando uma vista do pátio abaixo. Não há nada cobrindo o piso de madeira, e Alice sente o frio esgueirando-se pelas fendas largas entre as tábuas expostas. Estantes abarrotadas de livros revestem uma parede inteira, de cada lado de uma lareira aberta que transborda de cinzas. Outra parede está coberta com esboços de Antoine — principalmente de pessoas vivendo vidas cotidianas, sem moldura e fixadas descuidadamente com tachinhas. Fora isso, há uma pequena escrivaninha posicionada entre as duas janelas, um guarda-roupa de madeira, uma mesa lateral com mais pilhas de livros e uma garrafa de vinho tinto pela metade de um lado da cama. É toda a mobília que Antoine parece possuir. Outra porta leva ao que ela supõe ser o banheiro.

— É ele ali? Thomas? — ela pergunta, apontando para o esboço de um jovem sorridente com traços marcantes cujo rosto aparece várias vezes na parede.

— Sim, é ele. É como gosto de me lembrar dele.

— O que aconteceu com ele, Antoine? — Ela quer ouvir mais e sente que, depois do confronto com a mãe, pode ser o momento para ele se abrir.

Antoine está preparando a lareira, jogando as últimas toras restantes na grelha antes de se levantar lentamente.

— A morte dele foi minha culpa. Pelo menos, é assim que eles veem. — Ele dá alguns passos em direção a ela. — Ele tinha acabado de voltar da guerra. Estávamos todos voltando para casa depois de jantar fora. — Os olhos de Antoine perdem o foco, como se ele estivesse absorto nas próprias memórias. — Thomas nos disse que ia pedir sua namorada, Estelle, em casamento. Até nos mostrou a aliança. Minha mãe começou a chorar, meu pai lhe deu um aperto de mão firme. Eles estavam muito felizes. Quando estávamos nos despedindo na calçada antes de Thomas voltar para seu apartamento, eu estava brincando... zombando dele por estar tão apaixonado. Por estar... tão feliz. — Ele faz uma pausa por alguns segundos, hesitando, como se estivesse em dúvida se seria capaz de terminar a história. — Quando ele atravessou a rua, gritei "boa sorte com o pedido de casamento", e ele olhou para mim por alguns segundos. — A voz de Antoine fica tão baixa, que Alice mal consegue ouvir. — Lembro que o sorriso dele estava tão grande que eu não conseguia ver seus olhos. Ele nem percebeu o movimento do táxi virando na sua frente.

Alice sente que está prendendo a respiração.

— Eu soube que ele tinha morrido no instante em que caiu no chão. O táxi andava rápido demais. Foi como se eu tivesse visto a vida ser arrancada dele. Meu irmão perfeito, que havia conquistado tanto, caído sem vida na estrada, apenas um corpo.

Antoine apoia o cotovelo no consolo da lareira, precisando de apoio.

— Ele estava tão pálido, Alice, e tão imóvel... mas ainda sorria.

Alice leva a mão ao peito de Antoine e a deixa lá. Depois de um instante, ele coloca a própria mão sobre a dela e a segura sobre seu coração.

— Quando voltou da guerra, ele nunca falou das coisas que viu, a não ser para dizer que não se arrependia de ter ido, que sentia que havia cumprido seu dever e aprendido habilidades que jamais teria adquirido em sala de aula. Ele planejava voltar para a faculdade, se formar e se especializar em cirurgia. Ele queria ajudar as pessoas. Ele ia se casar.

— Foi um acidente horrível, Antoine, como você pode acreditar que foi culpa sua? — Mais do que qualquer coisa, Alice quer fazer com que ele não se sinta culpado.

— Eu jamais vou me esquecer da cara do meu pai naquela noite. A ironia de que o único filho que poderia ter feito alguma coisa naquela situação fosse o que estava caído no chão. Nos segundos em que ele poderia ter sido salvo, eu só chorei sobre o corpo dele. Não sabia mais o que fazer. Até hoje, não tenho certeza se meu pai se recuperou da conversa com Estelle. Não tenho ideia se ele contou a ela que Thomas estava planejando pedi-la em casamento. Mas, honestamente, tudo o que me importava era que eu havia perdido meu irmão, meu campeão. Em uma fração de segundo, a vida dele se foi. Só mais tarde percebi que, com isso, eu havia perdido qualquer chance de meus pais ficarem felizes com o filho que ainda tinham. Foi por isso que finalmente concordei em me matricular no curso de política.

— Isso ajudou?

— Não, mas na época era o único sacrifício que eu poderia fazer e pensei que isso daria algum sossego a eles. Foi o único pedido de desculpas em que consegui pensar. Eu tentaria todos os dias ser o filho que eles queriam, mesmo que isso fosse contra todos os meus desejos. Agora, parece apenas um desrespeito com eles, e com Thomas, fingir que sou capaz disso. Ser lembrado de meu fracasso em dar orgulho a eles, com cada olhar, cada suspiro, cada queda dos ombros, parece uma dor eterna que eu jamais vou superar.

— Você já disse isso a eles, Antoine?

— Não, eu nunca falei sobre isso com ninguém. Até agora. — Ele dá um leve beijo na palma de Alice. — Eu me sinto mais próximo dele toda vez que pego um lápis. Sua reação aos meus desenhos é a única coisa que se aproxima da maneira como ele me incentivava.

— Eu acho você muito corajoso, muito mais do que você acredita. Espero que um dia seus pais vejam isso também. Obrigada por confiar em mim.

— Obrigado pela compreensão. — Ele parece muito mais leve agora, depois de falar sobre Thomas. — Vamos tomar uma taça de vinho.

Ele pega a garrafa da mesa de cabeceira e duas taças do peitoril da janela ao lado. Em um momento, está parado na frente dela, entregando-lhe o copo, e ela vê a urgência em seu rosto outra vez. Não era exatamente o que ela queria? Esquecer o seu mundo?

— Eu quero tirar sua roupa.

Alice sente o coração imediatamente bater mais rápido. O nervosismo faz suas pernas tremerem, e ela leva o copo aos lábios num movimento inconsciente, sem dizer nada.

Ele permite que ela tome dois grandes goles de vinho tinto antes de tirar a taça de sua mão e colocar as duas sobre a lareira. Em seguida, empurra o casaco de pele dos ombros dela, deixando-o cair no chão. Virando-a de frente para o fogo, ele traça os dedos sobre sua pele lisa, passando-os pela clavícula e permitindo que mergulhem logo abaixo do corpete. Ela está de costas para ele, mas os corpos estão tão próximos que parecem unidos. Ele desamarra a rígida fita azul-marinho presa na cintura de Alice, e ela sente o vestido ceder um pouco junto a sua pele. Sabe quantos botões e ganchos descem nas costas deste vestido e quão longe ele irá antes de cair de seu corpo. Sabe como está nua por baixo, usando apenas uma calcinha de seda clara com bordas de cetim macio abaixo dos ossos do quadril e seus saltos Dior. Nada mais. A cada afrouxamento que os dedos dele provocam com habilidade, ela deixa a cabeça cair um pouco mais para trás sobre ele, uma sensação de rendição total tomando conta de seu corpo.

— Meu Deus. Você é ainda mais bonita do que eu imaginava.

E é como se cada toque, cada beijo desse ponto em diante fosse projetado para afastar a culpa. Ela sente o quanto ele deseja agradá-la. Como isso é importante. Enquanto a deita suavemente sobre o casaco de pele, não há um centímetro de seu corpo que ele não explore. E cada segundo que ele passa conectado a ela destrói todas as dúvidas que ela já teve. Alice não se importa com o que ele faça com ela ou quais possam ser as consequências; não seria capaz de fazê-lo parar agora, mesmo que quisesse.

Ela está perdida.

Capítulo 15

Lucille

Quinta-feira

Paris

No trajeto de volta da Bettina's para o hotel na noite passada, lembrei onde eu já tinha visto o carrossel do Jardim de Luxemburgo.

Foi uma imagem que acompanhou mil histórias de ninar na casa da minha avó. A primeira e a última coisa que eu via quando era criança, quando ela tirava o livro de histórias da mesinha de cabeceira e o recolocava ali, vinte minutos depois, com minhas pálpebras pesadas se fechando. Era um cartão-postal desgastado, a imagem brilhante destacando-se do papel atrás dele, que ela usava como marcador. Era sempre o mesmo, independentemente do livro que ela estivesse lendo. Algumas noites, meu avô se juntava a nós e se sentava na ponta da cama enquanto ela lia. Não acho que ele se importava com o que ela estava lendo, fosse *Os cinco* ou *O vento nos salgueiros*, era apenas mais uma oportunidade de estar na companhia dela. Ele a cutucava gentilmente se ela cochilava, exausta de correr atrás de uma criança de oito anos durante todo o fim de semana enquanto minha mãe trabalhava de novo. Ele sabia que ela insistiria em terminar a história. Aposto que, se eu olhar a pilha de livros que está sobre a poltrona dela perto da lareira, o marcador estará lá em algum lugar. Todos esses anos depois.

Parece que devíamos ter tido uma conversa há muito tempo. Quero ouvi-la confirmar o que já sei. Que ela é a mulher na fotografia da Bettina's. Que viveu uma outra vida, diferente de tudo que ela já havia me contado. Uma vida que talvez a própria filha não conheça. Quando penso nela e em meu avô, lembro-me de duas pessoas muito à vontade na companhia um do outro, de um relacionamento espetacular em sua simplicidade. Nas manhãs geladas, era sempre ele que enfrentava o frio. Sentava-se no carro além do jardim, esfregando as mãos até que o aquecedor deixasse a temperatura agradável para minha avó se juntar a ele. Sempre cortava o assado de domingo e, depois, lavava a louça e ela secava, os dois sempre juntos. Não me lembro de vê-los de mãos dadas. Eles preferiam a proximidade de entrelaçar os braços. Às vezes, quando passava a noite na casa deles, os acompanhava para jantar na casa de um amigo e ficava acordada até bem depois da minha hora de dormir. Mais tarde, no caminho a pé para casa, meu avô me mantinha acordada me fazendo perseguir minha própria sombra. Nunca me cansava dos jogos que ele inventava. Não havia limitações à atenção que ele me dava. Fico arrepiada ao pensar que duas pessoas tão perfeitas uma para outra quase não ficaram juntas. Gosto de pensar que as estrelas se alinharam de alguma forma sobrenatural para garantir que seus caminhos se cruzassem no dia em que se conheceram em Paris, quando isso facilmente poderia não ter acontecido.

Mas tudo isso está muito distante desta bela suíte onde minha estadia está se aproximando do fim. Enquanto estou deitada, há uma lista longa e bem desagradável de tarefas obscurecendo meus pensamentos. Tarefas que preciso realizar, cada uma me deixando mais ansiosa do que a anterior.

Número um: ligar para a recepção do hotel e descobrir quanto preciso pagar pelo quarto. Essa é realmente assustadora. Sei que vovó deveria pagar por esta viagem, mas há limites para a generosidade de qualquer pessoa, e não tenho certeza se ela esperava que eu ficasse aqui por tanto tempo ou usufruísse de tanto luxo.

Número dois: me despedir de Leon. Essa é a que eu menos quero fazer.

Número três: ir para a casa de minha mãe e tentar entender o que aconteceu com ela e as decisões que tomou, algo que me sinto terrivelmente incapaz de fazer.

Número quatro: encarar o que me espera no trabalho — supondo que eu ainda tenha um emprego.

Talvez este seja o presente mais surpreendente que recebi em Paris. Nada pode competir com a história de vovó em termos de drama e intriga, isso é certo. Mas agora posso ver como me permiti ser levada — para um trabalho que não quero; por um relacionamento que não me fazia sentir *nada*, e o quanto estava desacelerando quando deveria estar decolando; eu estava dando voltas em círculos com minha própria mãe, nunca tendo a coragem de dizer como ela fazia eu me sentir ou de fazer o esforço necessário para entender como ela se sente.

Até mesmo com vovó. Todas aquelas horas passadas em frente à lareira jogando xadrez e conversando, e eu nunca a conheci realmente, não por completo. As coisas que nós *poderíamos* ter discutido e compartilhado, as histórias que ela poderia ter me contado que talvez me inspirassem... E agora temos tão pouco tempo juntas.

Então, vou para casa amanhã, após arrumar cuidadosamente aqueles vestidos para devolvê-los à mulher a quem pertencem e enfrentar todo o resto. Vai ser uma semana e tanto. Véronique se ofereceu para ir comigo para visitarmos o arquivo do Victoria and Albert Museum juntas. Não consigo pensar em um final mais adequado do que ela me ajudando a colocar a peça final deste quebra-cabeça no lugar. O vestido número sete, o México, foi usado no "jardim", o que não é específico o suficiente para ser localizado, então vamos terminar com o vestido número oito. Então poderei sentar com vovó, ouvi-la recontar toda a história e saber que fiz o que ela me pediu.

Mas, primeiro, preciso ouvi-la dizer isso. Preciso ouvi-la dizer que ela era a dona desses vestidos, que essa grande história de amor é *dela*. Quero que ela me diga que tenho razão, que ela é A, que de alguma forma eu não entendi tudo errado — e como tudo terminou. Pego o celular ao lado da cama e digito o número dela. Mas não é a voz de vovó que ouço quando a ligação é conectada.

— Natasha?

— Ah, olá, Lucille, sim, sou eu — ela sussurra. — Infelizmente, sua avó ainda está dormindo. Posso ajudar em alguma coisa?

— Mas é... — Olho para o relógio na mesa de cabeceira. — É muito tarde para ela ainda estar na cama. — Vovó sempre acordou cedo, e sei que em qualquer outro dia ela estaria acordada, vestida e terminando o café da manhã a essa hora.

— É, sim. Ela estava dormindo quando cheguei esta manhã e demorou algum tempo para acordar. Acho que não precisa se preocupar, mas ela parece estar sem energia esta semana. Deixei algumas mensagens para sua mãe, mas ainda não consegui conversar com ela.

Sinto uma pontada de raiva e faço o possível para não reagir. Mais do que tudo, eu só quero desesperadamente conversar com vovó, vê-la de novo.

— Está bem. Por favor, ligue para mim ao invés de minha mãe; se alguma coisa mudar, eu vou correndo até aí.

— Eu sei disso, Lucille, obrigada. Vou avisar que você ligou. Tenho certeza de que ela vai querer falar com você.

Leon manda uma mensagem depois que desligo o telefone para dizer que há algo que ele deveria ter me contado. Estou preocupada demais com vovó para pensar no que pode ser e rapidamente combino um encontro com ele no saguão do hotel em uma hora.

Recebê-lo no meu quarto não vai ser bom. A lembrança do beijo dele ainda está fresca nos meus lábios. Não preciso de mais uma tentação, não quando me sinto tão frágil mentalmente. Em seguida, ligo para Véronique e certifico-me de que ela ainda vai me encontrar na Gare du Nord no dia seguinte à tarde para pegar o trem das cinco de volta a Londres. Ela reservou um hotel próximo por algumas noites. Veremos o vestido juntas, depois ela passará alguns dias visitando velhos amigos em Londres antes de voltar para Paris.

— Sim, estou com tudo organizado — confirma Véronique. — Tenho a passagem do trem e toda a papelada pronta. Você só precisa lembrar do seu passaporte e de todos aqueles vestidos. Não deixe nada para trás!

Saio do elevador para o saguão do hotel e sigo para a recepção. Posso muito bem dar uma olhada na minha conta agora e eliminar uma das tarefas terríveis da lista. A criatura impecável atrás da escrivaninha imprime a conta para mim, e recebo a confirmação de todos os itens de luxo de que desfrutei desde que cheguei, sete dias atrás. Quatrocentos euros de despesas de lavanderia! Nunca cheguei a comprar aquela *coisa chique* que mamãe me disse para encontrar. E realmente comi sete *croque monsieurs* nesse período? Aparentemente, sim.

Conforme examino a lista de itens, vejo que um pagamento foi feito. A noite em que Véronique, Leon e eu ficamos sentados de pernas cruzadas no chão da minha suíte, bebendo todo aquele vinho e comendo os melhores hambúrgueres de Paris, tem um pagamento registrado abaixo. A despesa foi coberta por um sr. Manivet.

Leon.

Ele deve ter pagado a conta ao sair naquela noite. Nossa. Teria sido a coisa mais fácil do mundo passar reto pela recepção sem pensar duas vezes no custo. Mas ele não fez isso. Não apenas fez a coisa decente, mas a coisa mais inesperada, e eu o amo por isso. A comparação é cruel, mas Billy nunca pagou um jantar para mim. Sinceramente, não consigo me lembrar de uma única vez.

Em pânico, finjo que ainda estou examinando a conta enquanto penso nas minhas opções de pagamento. Para piorar as coisas, apareceu um homem mais velho em um terno elegante, que sussurra algo para o colega imaculado enquanto verifica meus dados na tela do computador. Eles obviamente acham que eu não consigo pagar essa conta. E têm razão. Eu poderia pedir ajuda para minha mãe, mas sei que ela aproveitaria a ocasião para arranjar um favor (ou dez) antes que eu pudesse retribuir. Ou posso torcer para que meu cartão de crédito, que só uso em emergências extremas, não seja recusado. Terá de ser assim. Eu o entrego, mas ele é ignorado e largado no balcão.

— Não há nada a pagar, mademoiselle — diz o homem de terno, que parece muito menos intimidador agora que está sorrindo.

Meu primeiro instinto é agradecer e sair correndo antes que eles percebam o erro, mas minha maldita honestidade tem outra ideia.

— As duas primeiras noites estão pagas, eu sei, mas eu preciso acertar o restante. — Não posso permitir que vovó seja cobrada por tudo isso. Francamente, não quero nem que ela *veja* aquelas taxas de lavanderia.

— Não, não. *Tudo* está pago. Lamento, mademoiselle, mas imaginamos que você já soubesse. Temos um número muito pequeno de VIPs vitalícios associados ao hotel, e sua reserva foi feita por um deles. Portanto, sem custos! — ele diz isso com um floreio triunfante dos dedos. Como não me movo, porque estou esperando a ficha cair e ele perceber que deve estar se referindo ao hóspede no quarto ao lado do meu, ele acrescenta: — Posso lhe garantir, mademoiselle, a gerência verifica esses detalhes com *muito* cuidado. A decisão fica inteiramente ao critério deles. Não há engano. A reserva foi feita por sua avó, correto? Ela deve ter sido uma grande cliente do hotel.

— Sim, mas...

Olho por cima do ombro e examino o saguão. Leon está sentado, parecendo muito à vontade, tomando um cappuccino e devorando mais um daqueles *financiers* chiques que me apresentou. Outra coisa de Paris de que vou sentir falta. Não quero deixá-lo esperando, mas isso não está certo. Quanto tempo terei de ficar aqui até que eles entendam? Como a fila atrás de mim não está pequena, insisto para que peguem os detalhes do meu cartão de crédito — para quando perceberem o erro, algo que certamente acontecerá — e sigo na direção de Leon.

— Guardei um para você — ele oferece quando me aproximo da mesa.

— Que honra. — Rejeito a cadeira em frente, me sento ao seu lado e, mesmo sendo um gesto extremamente cafona, não consigo evitar dar um beijo no rosto dele. — Obrigada pelo jantar.

— Vou pagar um jantar para você? — Ele parece radiante com a ideia.

— Não esta noite. — E provavelmente em qualquer outra noite, percebo com um suspiro triste. — Os hambúrgueres e o vinho de quarta-feira? Acabei de verificar minha conta e vi que você pagou. Isso foi muito generoso, obrigada.

Ele rebate as palavras com as costas da mão.

— Não foi nada, imagine. Então, e agora? O que o dia reserva?

— Basicamente vou fazer as malas. Volto para casa amanhã. — Estou triste de verdade por ter que deixá-lo, mas há coisas que preciso encarar e estou tentando me concentrar nisso. E em como provavelmente não estaria encarando nenhuma delas se minha avó não tivesse me mandado para cá para começo de conversa. — Mas sua mensagem dizia que precisava me contar algo?

Sua alegria desaparece e, de repente, desejo não o ter lembrado.

— Ah, sim. — Isso não vai ser legal, já sinto. Penso em dizer para ele não se incomodar; seja o que for, pode permanecer em segredo, eu prefiro não saber. Mas é tarde demais. — Outro dia, você me perguntou se eu tinha namorada... e eu deveria ter sido honesto com você.

Ah, não, por favor, não deixe isso acabar como acho que vai agora. Não deixe que esse seja meu P.S. de Paris. Vai estragar tudo. Sei que só nos beijamos uma vez e não estávamos prestes a subir ao altar, mas ambos sentimos uma conexão. Não suporto pensar que ele estava segurando minha mão no banco de trás de um táxi e depois rapidamente mandou uma mensagem para outra mulher explicando por que se atrasaria. Não o Leon, por favor.

— O nome dela é Emma. Ela também é inglesa. — Sinto um nó na garganta e, por um momento terrível, acho que vou chorar. — Ela também é a razão pela qual eu tentei ficar longe de mulheres por um tempo. Mas tem sido muito mais difícil com você.

Ele examina meu rosto, tentando ler meus pensamentos.

— Não estou entendendo. — Não quero dizer mais nada, porque as lágrimas estão ameaçando cair e tenho que piscar furiosamente para impedi-las.

— Nós ficamos juntos por dois anos. Ela estava estudando aqui na Sorbonne quando um grande amigo meu nos apresentou. Nós nos conectamos imediatamente, e cerca de um mês depois estávamos morando juntos.

Ele examina meu rosto em busca de uma reação, e eu me esforço para esconder o fato de que dói saber que ele pode se apaixonar por outra pessoa tão rápido.

— Eu não conseguia imaginar que um dia terminaríamos. — Não sei como ele pode dizer tudo isso com tanta facilidade. Talvez, se ele mesmo não se emociona com o que diz, eu também não precise me emocionar? Reprimo esse pensamento. — Há cerca de seis meses, voltei mais cedo para casa depois do trabalho numa tarde e a peguei na cama com o mesmo amigo que nos apresentou. Simplesmente fiquei lá parado feito um idiota, olhando para eles. Não acreditava no que estava vendo. — É reconfortante que ele não tenha baixado a voz para me dizer nada daquilo. — Acontece que ela estava com ele desde o início. Todo aquele tempo, e eu nunca percebi. Então, eu perdi o que eu pensava ser minha alma gêmea e um amigo no mesmo dia.

Eu solto o ar que estava prendendo.

— Caramba. Leon, eu sinto muito. — Mas não posso deixar de sorrir porque, apesar de ter hesitado no início, ele não escondeu aquilo de mim. Foi aberto e honesto.

Ele sorri de volta.

— Bem, demorou um pouco, mas agora eu superei. Os primeiros meses não foram fáceis, mas tenho alguns bons amigos que me ajudaram. Foi mais a traição do que qualquer outra coisa. Perceber todas as mentiras que ela contou para manter a farsa foi a parte que realmente me atingiu.

— Estou feliz que você tenha me contado.

— Desculpe não ter contado quando você perguntou, mas não queria que pensasse que tenho o hábito de colecionar mulheres inglesas. — Ele se inclina para perto, como se estivesse pensando em me beijar.

— Bem, então estou ainda mais feliz por ter conhecido você agora e não há seis meses, quando talvez não fosse querer algo comigo — provoco gentilmente.

— Você é diferente, Lucille. Eu vejo isso. Duvido que consiga esconder seus verdadeiros sentimentos de alguém por muito tempo.

Eu me pergunto se ele está pensando o que eu estou pensando. Há uma bela suíte de hotel lá em cima, pela qual eu aparentemente nem preciso pagar, com um frigobar e uma garrafa de champanhe fechada. Poderíamos, se quiséssemos, subir lá agora e passar cerca de seis horas fazendo o que venho imaginando desde que o conheci, sem necessidade de sentir vergonha, porque ele simplesmente não é assim — e talvez eu também não seja, agora. Espero que ele esteja pensando nisso. Espero que esteja me imaginando dessa maneira. Ainda que o fato de ele não sugerir isso possa ser um sinal muito bom. Acho que ele sabe que eu valho mais do que uma rapidinha atrapalhada antes de ele sair correndo para o trabalho e eu ir embora. E, mais importante, eu também sei.

— Eu queria que tivéssemos mais tempo juntos, Lucille. — Ele segura minha mão por baixo da mesa. — Queria ir com você para Londres.

— Eu também. — A suíte ainda está lá.

— Você vai me ligar e contar como tudo termina? Estou falando sério, Lucille, eu quero mesmo saber.

— Eu... eu vou contar para você. Pessoalmente. Não quero que esta seja a última vez que a gente se vê. — Pronto, falei.

Ele dá um sorriso ofuscante quando diz:

— Bem, então não será. Despedidas são horríveis, então vou embora agora. Mas foi realmente maravilhoso conhecer você, querida Lucille. Obrigado por me deixar mostrar Paris a você. — Ele coloca alguns euros em cima da mesa, reúne suas coisas e se levanta. — Por favor, mantenha sua promessa. Volte para me ver, está bem?

— Pode deixar. — E então eu o beijo, sem me importar nem um pouco com o fato de estarmos no meio de um saguão de hotel movimentado. Não importa que nossos dentes batam um pouco e nossos lábios não estejam alinhados como deveriam. Não é um beijo perfeito, mas é o nosso beijo. E acho que é melhor do que qualquer um dos beijos dados por aqueles modelos neste mesmo saguão na minha primeira noite.

Nosso beijo é real.

Capítulo 16

Alice

Paris

O México

A luz do dia já entra pelas cortinas finas e meio fechadas da janela quando o sono enfim começa a embalá-la. Completamente exausta por causa de Antoine e da verdade inevitável de que não há como voltar atrás, Alice não consegue mais lutar contra o cansaço. Enquanto se afasta mais do mundo tangível ao redor — aquele onde seu vestido e seu casaco de pele ainda estão amontoados no chão, e as velas dos dois lados do fogo queimaram até não restar quase nada — e se envolve mais profundamente em um distanciamento onírico da realidade, ela se pergunta quando chegará o medo. Quando ela acordar? Quando vir Albert? Será que esse momento um dia chegará? É difícil imaginar, enquanto ela ainda está aquecida ao lado de Antoine.

Alice tem a sensação de que seus olhos mal se fecharam e a bochecha apenas relaxou sobre a segurança do peito de Antoine, quando se assusta com alguém batendo na porta do andar de baixo que dá acesso ao apartamento. Ela não consegue se mover e fica feliz em ignorar o barulho. Antoine, não.

— Quem é? Ainda não são nem oito da manhã! — No entanto, as pancadas continuam. Antoine desliza nu da cama, puxa o cobertor e olha para o pátio abaixo. Ele não diz nada, mas encara por alguns momentos como se estivesse tentando confirmar o que está vendo. Então Alice o vê balançar a cabeça e se virar lentamente em sua direção.

— Não acredito. Ele mandou alguém para buscar você.

— O quê?

Alice força o corpo cansado e relutante a se levantar, envolvendo-se com força em um dos lençóis, e se move em direção à janela. Antoine estende o braço, evitando que ela seja vista, mas ela está perto o suficiente para reconhecer o homem que a espera lá embaixo. Patrice.

— Como ele teve coragem? — Os olhos dela imediatamente se enchem de lágrimas. Está cansada demais para pensar com clareza, mas sabe que foi uma atitude insensível e deliberada de Albert enviar um membro da equipe que ela tem de encarar todos os dias.

— Você não precisa ir. Posso descer lá e dizer a ele que veio à toa.

— E depois? Albert aparece aqui? — Alice sente o pânico crescente começando a latejar no peito.

— Ele não seria louco.

Ele não se daria o trabalho, ela pensa.

— Ou pior. Ele manda a sua mãe. — Alice vê que essa possibilidade tem muito mais impacto quando o rosto de Antoine se contorce apenas com a ideia.

— Ele não faria isso.

— Acho que faria, e ela provavelmente aproveitaria a chance para se insinuar a ele. Como você acha que ele sabe onde estou agora?

Antoine leva uma das mãos ao quadril e coloca a outra na testa, tentando pensar a respeito. Nenhum dos dois está desperto o suficiente para propor um bom plano.

— Vou ajudar você a se vestir.
Se ao menos ela tivesse outra coisa para usar nesta manhã. A ideia de voltar para a residência da embaixada com o vestido da noite passada, carregado das lembranças de tudo o que aconteceu, é insuportável.
— Não. Desça e diga a ele que levarei dez minutos.
Enquanto Antoine veste um robe com certa relutância e desaparece escada abaixo, Alice vai ao banheiro para se refrescar. Ela joga água fria no rosto e usa os dedos molhados para prender o cabelo atrás das orelhas. Tenta remover os traços mais óbvios da maquiagem borrada da noite passada com um pano úmido e usa um pouco do perfume de Antoine. Só consegue prender alguns dos fechos da parte de trás do vestido, mas é o suficiente para mantê-lo no lugar, e o casaco esconderá o resto.
— Quando verei você de novo? — Antoine segura a porta do quarto aberta para ela.
— Em breve, espero. Vou pensar em algo. — Tudo o que Alice quer fazer é desabar na cama atrás de si, puxando Antoine consigo.
— Eu amo você. Por favor, não me deixe esperando muito tempo... vou me preocupar.
Os dois se beijam, mas é mais tenso desta vez; toda a liberdade da paixão da noite passada os abandonou e foi substituída pela perspectiva das consequências. Alice está ciente de que em cerca de vinte minutos estará frente a frente com Albert outra vez, e não está preparada para um confronto. Ela sai para o sol da manhã e vê o sorriso reconfortante de Patrice. Algo naquele sorriso sugere que, mesmo que não esteja do lado dela, ele ao menos entende a malícia na decisão de Albert de mandá-lo ali nesta manhã.
— Bom dia, madame. — O profissionalismo de Patrice é sempre bem-vindo. — O carro está estacionado na rua principal. Deseja parar para pegar alguma coisa no caminho de volta?

— Obrigada, Patrice, mas isso não será necessário.

Alice puxa a pele com mais força ao redor do corpo e enterra as mãos nos bolsos, onde os dedos da mão direita se conectam com algo pequeno e macio. Um de seus brincos de pérola — mas não o par. Ah, céus.

Como não pode voltar para dentro agora, faz uma nota mental para recuperá-lo mais tarde. Em seguida, se acomoda no calor do banco de trás, perguntando-se como Albert achava que ela deveria se sentir a essa altura: talvez como uma adolescente desgraçada, sendo levada para casa depois de desobedecer o toque de recolher, mas sabendo que sua punição provavelmente será bem mais severa? E, sim, ela teme a raiva dele — mas não o suficiente para se arrepender de passar a noite com Antoine.

Quando entram na residência, Alice ouve a voz alta de Albert ecoando pelo corredor principal do andar térreo. O que ele está fazendo? Quando atravessa as portas do jardim, com Patrice alguns passos atrás dela, Alice vê que ele reuniu vários funcionários e parece estar informando-os sobre os planos para um jantar próximo. Todos parecem tão confusos quanto ela. Esse não é o domínio de Albert.

— Ah, aí está você, querida. Eu estava esperando. Por onde andou?

E então ela compreende: ele quer que ela tenha uma plateia. Que precise ficar ali parada, com o vestido equilibrado precariamente sob a pele, sentindo o desconforto de cada membro da equipe forçado a testemunhar sua volta para casa.

Ela sente Patrice parar atrás dela, talvez pela primeira vez sem saber como reagir. Será que deveria salvar Alice e causar uma distração, atrapalhando o plano de Albert e arriscando irritá-lo? Alguns segundos ociosos pairam sobre todos. Então ela vê o rosto transtornado de Anne no fundo do grupo, prestes a vir ao seu encontro. Alice precisa falar agora, ou será com Anne que Albert se zangará.

— Ah, você sabe muito bem onde eu estava. Darei os detalhes picantes a todos mais tarde. Mas, por ora, com licença, preciso tomar um banho e dormir. — Então, com a cabeça erguida, ela segue em direção à escada, acompanhada de perto por Anne.

O banho e o sono, por mais que sejam necessários, só atrasam o inevitável.

Albert não a deixará escapar com o leve constrangimento que sofreu diante da equipe. Já passa das seis da tarde quando ela acorda, sentindo-se completamente fora do ar. Sua mente pós-sono está lhe dizendo que deve ser de manhã, mas a escuridão total da sala sugere que seja noite. O relógio de cabeceira confirma. Ela veste um vestido simples, sentindo-se imensamente grata por não haver planos na agenda para aquela noite, e se dirige para a escada. No patamar, passa por Patrice, que avisa que Albert está esperando por ela na biblioteca.

— Obrigada, Patrice. Pode, por favor, pedir ao chef para me preparar algo para comer? Uma sopa e um sanduíche seriam ótimos.

— Certamente. Levarei até a biblioteca. — Ele parece inquieto, como se conhecesse a versão de Albert que está esperando por ela lá. Como se soubesse que ela não sentirá vontade de comer quando Albert tiver terminado o que planeja.

Albert está de pé, uísque na mão, quando ela entra na sala. Ele não perde tempo e vai direto ao ponto. Teve horas para se preparar, enquanto ela ainda está tentando afastar a sonolência.

— Então você escolheu ignorar meu conselho, Alice, e nos expor ao ridículo. Sabe disso, não é? — Ele não está com raiva, ainda não, está só apreciando a sensação de total superioridade que o momento está lhe proporcionando.

Ela atravessa a sala, sentindo a necessidade de se ocupar com algo, e se serve de um gim-tônica da seleção de decantadores sobre o aparador.

— Foi você quem tornou isso público ao convidar metade da equipe para me receber em casa.

Ela não vai deixá-lo perceber o medo que está crescendo lentamente dentro de si. Pode senti-lo nas mãos trêmulas enquanto segura o copo da mesma forma que sente a sombra de Albert espreitando atrás dela. Ele sabe como usar seu tamanho e autoridade para se impor em qualquer ambiente, mesmo pronunciando pouquíssimas palavras. Sua linguagem corporal impõe seus pensamentos sobre a sala e sobre ela. Ela nunca deu a ele nenhum motivo para ir além disso. Talvez até agora.

Ela sente os olhos dele fixos na parte de trás de sua cabeça, esperando que ela se vire para que possa dizer o que vinha planejando.

— Onde estão seus brincos? — Sua voz é fria e inquisitiva, e a pergunta a pega desprevenida.

— Ah, hum. Não tenho certeza. — Sua mão sobe instintivamente para a orelha direita, a fonte de sua culpa, e ali ela a deixa pendurada, sem saber o que fazer ou dizer a seguir.

— Tão descuidada, Alice — ele diz com uma risadinha irônica. — Tem certeza de que você tem jeito para isso? Tudo me parece muito amador. Beijar em público, ser fotografada, deixar rastros, ser imprudente com seus pertences. — Enquanto lista as desventuras dela, Alice percebe sua raiva crescendo, os dentes tão cerrados que ele tem que forçar as palavras através deles. Também está claro que, se não foi madame Du Parcq, alguém que esteve na exposição de Monet na noite passada compartilhou os ocorridos com ele.

Patrice entra na sala carregando uma bandeja com o jantar, e Alice sabe que Albert não será atencioso o suficiente para interromper a conversa até que ele tenha deixado a sala novamente.

— O que eu gostaria de saber — ele exige — é por que nada disso — ele acena como se para mostrar o conteúdo da sala — é suficiente para você? Por que você sente que precisa procurar outro lugar e um homem que não pode lhe oferecer nada além de prazeres banais?

Alice quer dizer a ele que isso está longe de ser banal, que Antoine fez seu corpo inteiro cantar, hora após hora, durante toda a noite, até que nenhum dos dois tivesse forças para continuar. Mas também que o que Albert acredita oferecer a ela está terrivelmente aquém do que ela realmente precisa. Ela não quer que sua vida seja resumida a posses e riqueza. Precisa de afeto, saber que é amada e respeitada, que é mais importante para o marido do que qualquer outra coisa.

Mas ela não responderá isso na frente de Patrice, que está trabalhando o mais rápido que pode para dispor o jantar em uma pequena mesa ao lado dela. Patrice deve ter percebido que ela está olhando para ele, porque se move inclinando o corpo para ficar de costas para Albert, e então dá a ela outro sorriso de apoio.

— E aí? Não tem resposta? — Alice sente a irritação de Albert aumentando, mas não responde até que Patrice saia da sala, tanto para o bem dele quanto para o dela. — Você pode se divertir a noite toda com um homem que mal conhece, mas não pode dizer por quê. O que é que está faltando em sua vida, Alice, para me humilhar assim? — Ele bate seu copo de uísque com força na mesa ao lado dele, fazendo Alice pular. Patrice, que está no corredor agora, hesita e se ocupa endireitando jornais sobre uma mesa. Esperando para ver se é chamado. — Você tem tudo de que precisa. Uma vida social movimentada, uma equipe para garantir que não precise mexer um dedo e uma verba para roupas com que a maioria das mulheres só sonha. Não falta nada a você. — Ele está berrando agora, alto o suficiente para que qualquer um no primeiro andar possa ouvi-los, o rosto roxo de raiva. — Então por que, *por que* você é tão ingrata?

Ela está assustada. Teme que a raiva de Albert aumente e teme o que ele seria capaz de fazer.

Mas também teme tudo o que ela quer dizer. As palavras que estão oscilando na ponta da língua, querendo ser lançadas na sala. Ela decide que é mais seguro se afastar da tigela de sopa escaldante à sua frente e fica parada perto da lareira, a uma distância segura de Albert, mas ainda visível para Patrice, que continua do lado de fora.

— Você acha justo que seja tão diferente para você? — Ela soa muito mais frágil do que gostaria. Tenta novamente, desta vez com mais firmeza. — Acha que eu não sei sobre os telefonemas tarde da noite ou sobre sua glamorosa amiga loira que busca você aqui?

As mãos dele se fecham em punhos. O peito incha sob a camisa.

— Isso não é um problema, né? Eu tenho que aceitar que vale uma regra para você e outra para mim? — Ela sabe que deve parar, apenas aceitar a censura para que ele a deixe em paz, mas se recusa a ser a única culpada.

— Sua imbecil. — Ela observa os lábios dele se curvarem sobre os dentes, como se estivesse enojado só de vê-la. — É apenas sexo, Alice, só isso. Não significa nada. Ninguém está se apaixonando ou planejando uma fuga ridícula. Você acha que eu sou o único marido em Paris que precisa de uma folga? Não há um homem casado à nossa mesa em qualquer noite que não esteja fazendo exatamente a mesma coisa. A diferença é que a maioria das esposas *deles* sensatamente ignora e aceita que tem algo muito bom.

— Nós nos casamos há um ano. — Ela imediatamente se arrepende das palavras, sabendo que a fazem parecer ingênua e magoada pelas atitudes dele.

— Eu não vou mudar apenas porque nos casamos. — Ele diz isso como se fosse a coisa mais óbvia do mundo. Como se estivesse falando com uma criança que está tendo dificuldade para entender as instruções mais básicas. — É porque ainda não quero filhos? Você está me punindo porque quero ter o seu apoio total e não você distraída e limitada por causa de um bebê? — Ele está desesperado para encontrar uma maneira de tornar tudo isso culpa de Alice.

Ouvi-lo dizer as palavras em voz alta ainda dói. Saber que houve dias cheios de esperança e que um dia ela acreditou nele e nos dois juntos.

Alice olha para Albert neste momento e se pergunta como pôde deixar as mãos enormes dele se moverem pelo seu corpo de uma maneira tão desajeitada, agarrando-a, nunca a acariciando ou apreciando. Como pôde ficar embaixo dele tentando acompanhar seu ritmo previsível.

— Você deveria ser minha esposa. Eu deixei bem claro o papel que desempenharia aqui. Eu exijo tão pouco de você. Imaginou que eu deixaria você estragar tudo? Todos aqueles anos de trabalho árduo, abrindo caminho enquanto as recompensas vinham fácil para os outros? Você tem alguma ideia de como era, Alice, desempenhar um papel que fosse aceitável para todos, enquanto eu precisava me preocupar com dinheiro a cada segundo do dia? — Ele para, parecendo chocado com a própria explosão, como se tivesse falado demais.

Alice está confusa.

— Mas e a sua família? Eles apoiaram você. Você disse que havia muito dinheiro. Teve uma vida boa, assim como eu.

— É mesmo? Ou isso é o que todos vocês queriam que fosse? Pense. — A voz dele se suaviza ligeiramente. — Ninguém estava interessado na verdade. Você não estaria

aqui agora se estivessem. Seus pais nunca teriam permitido.
— Ele cai para trás na cadeira, exaurido pela confissão.

Alice olha para ele, sentindo algo que se aproxima da pena, a mente voltando para o dia do casamento e a conversa com a mãe e a irmã dele, assim como a forma como Albert a interrompeu. Que segredos ele carregou durante todo esse tempo que ela ainda não descobriu? Eles explicariam por que ele não faz ideia do que ela precisa para ser feliz?

Ela faz uma pausa, puxando o ar numa respiração profunda e tranquilizadora.

— Não é o estilo de vida, Albert — ela diz com um suspiro. — Não meço a minha felicidade pela quantidade de vestidos que tenho ou por quantas festas darei este mês. Não julgo meu valor de acordo com o tamanho da minha equipe.

— Bem, então você é a única. Porque o mundo ao seu redor faz isso. Você realmente não faz nenhuma ideia de como tem sorte, não é? Que tudo tenha simplesmente caído no seu colo. — A paciência dele se esgotou.

Alice se recusa a ser intimidada e se vira em direção à porta. Por que deveria ficar aqui ouvindo um homem que tem valores completamente diferentes dos dela?

— Não se atreva a dar as costas para mim — ele rosna.

O volume das palavras a força a se virar para encará-lo. Ele está inclinado para a frente na cadeira agora, com as pernas agressivamente abertas.

— Isso vai acabar. Agora!

Alice ouve a rouquidão no fundo da garganta dele, sente a dor que seu berro deve estar causando e não consegue mais segurar as lágrimas. Elas escorrem descontroladamente.

— Mas eu...

— Alguém irá buscar Antoine naquele apartamentinho imundo daqui a uma hora. Ele será trazido até aqui, e você terminará tudo com ele. Vai encontrá-lo no jardim e dizer que acabou. Não quero aquele garoto dentro da minha casa.

Alice sente o queixo cair, o lábio inferior tremendo tão violentamente que ela ouve seus dentes se chocando.

— Está vendo, eu não sou totalmente cruel, sou? Estou dando a vocês a chance de se despedirem, o que é mais do que qualquer um dos dois merece. Certifique-se de que ele entenda que você está falando sério. — Ele a observa atentamente em busca de um sinal de submissão, apreciando a reação que causou, deleitando-se com as lágrimas que agora escorrem pelo rosto dela. Ele se levanta e dá dois passos para mais perto dela. — Eu avisei você. Posso e *vou* destruir sua reputação, ou o que sobrou dela, e qualquer credibilidade que as conexões familiares ainda possam oferecer a ele. Será fácil, bastam alguns telefonemas para os lugares certos. Tenho certeza de que você não quer que isso aconteça com ele, e sei que a mãe dele fará tudo o que puder para garantir que não aconteça.

Alice não sabe o que a deixa mais horrorizada: o fato de Albert achar que pode exercer controle sobre ela como se ela fosse um animal de estimação indisciplinado, o nível surpreendente de planejamento que resultou naquele ultimato ou a velocidade com que ele respondeu aos acontecimentos da noite passada.

— Estou trabalhando em algo... algo maior, Alice, que mudará nossa vida. Algo que deixará essa bagunça horrível para trás. Você saberá mais a respeito disso quando eu estiver pronto. — Ele se levanta, esvazia o resto da bebida e puxa a calça pelo cinto, parecendo satisfeito com seu desempenho. — Uma hora, Alice. Vá se arrumar. Você está péssima.

───✑───

Anne ajuda Alice a se vestir, tendo o cuidado de prender cada um dos fechos que sustentam a estrutura interna do vestido. Ela leva vários minutos para abrir caminho através das camadas do sutiã, do corpete, da combinação de seda e da faixa inferior da malha que vai juntar tudo discretamente abaixo da cintura da saia. As duas mulheres se movem em um silêncio amigável, enquanto o pavor cresce dentro de Alice a cada aperto do tecido ao seu redor. Anne passa a mão por baixo das camadas de organza de seda da saia, garantindo que elas flutuem e se acomodem exatamente como deveriam, antes de endireitar a flor de seda vermelha que fica no cós.

De todos os vestidos de Alice, esse é o que a faz se sentir mais feminina. Não exatamente sexy, mas a camada mais pesada e oculta de crinolina, estruturada a partir da cintura até as coxas, dá a ilusão de quadris ondulados e curvilíneos. O ajuste de segunda pele do corpete foi projetado para aproveitar ao máximo seu decote, e o decote é ousadamente aberto de modo que as mangas primárias parecem quase desafiar a gravidade, agarrando-se sem suporte aos ombros. Em qualquer outro tecido poderia ser demais, mas a escolha de Dior de seda translúcida creme e preta com delicadas bordas recortadas sustentará Alice, dando-lhe a confiança para dizer as palavras que ela sabe que deve dizer.

— Eu estarei aqui esperando você voltar — diz Anne. — E ficarei pelo tempo que você precisar de mim. Você vai superar isso, Alice. Vamos encontrar um jeito, juntas.

Quando Alice sai para o jardim, Antoine já está esperando por ela, provavelmente conforme instruído. Ele parece nervoso e confuso; claro, quem o buscou não explicou o porquê de sua visita.

— O que está acontecendo? — Ele abre os braços e puxa Alice para o calor de seu casaco, enterrando o rosto no pescoço macio dela. Ela optou por não vestir um casaco apesar da temperatura. Quer que a troca entre eles seja a mais breve possível. Sabe que Albert está olhando das sombras atrás de uma janela do andar superior, e não dará a ele um segundo a mais de prazer do que o necessário.

— Albert sabe de tudo. Ele exigiu que nós terminemos agora, que nunca mais nos vejamos, ou fará tudo o que estiver ao seu alcance para acabar conosco. — Ela teve tempo para processar os fatos. É capaz de falar com muito menos emoção do que sentia uma hora atrás.

— Acha que eu me importo com o que ele quer? Largue ele, Alice. Tire o poder dele. Você pode vir comigo agora, e tudo vai terminar. Ele não é o seu dono, ninguém é. — Ele a está puxando em direção aos portões dos fundos pelos quais entrou, exatamente como ela sabia que faria.

— Não posso, Antoine. — Ela balança a cabeça, determinada. — Eu preciso pensar sobre isso. Não é tão fácil. Há muita coisa que preciso levar em consideração.

— Venha comigo, eu posso acabar com tudo isso. Você nunca mais precisará ser intimidada por ele. — Ele está segurando os dois braços dela agora e a conduzindo até os portões, por onde ela escaparia do seu casamento e de tudo o que despreza em relação a Albert e à vida deles juntos. Alice vê as lágrimas enchendo os olhos de Antoine, a angústia em cada um de seus traços doces, e espera que Albert também veja.

— Me beije.

— O quê?

— Quero que você me beije como se fosse a última vez. Depois, dê meia-volta, passe por aqueles portões e não olhe para trás.

— Eu não consigo. Por favor, Alice, por favor, não me peça para fazer isso. Já perdi a pessoa que mais amava uma vez... não posso perder você também. — O tom dele está mais desesperado agora. Ela resiste quando ele tenta puxá-la para mais perto de novo, para lembrá-la de que ele é fisicamente mais forte do que parece e pode protegê-la de tudo aquilo.

— Você não tem escolha. Faça isso. Por favor, confie em mim.

Os lábios dos dois se conectam, e ela é imediatamente engolida pela intensidade do desejo dele. Fica chocada ao perceber como a boca de Antoine parece gentil e ao mesmo tempo apaixonada contra a dela. Enquanto os dois se apertam e os corpos se conectam em todos os pontos possíveis, ela ouve o clique repetitivo de uma lente de câmera em algum lugar atrás de seu ombro. Albert claramente achou importante registrar o momento.

— Vá! — Ela o empurra, forçando uma certa distância entre eles, então se vira e volta para a casa, erguendo os olhos rapidamente para ver sua recompensa: o sorriso presunçoso de Albert emoldurado na janela do primeiro andar. Ela olha para trás apenas uma vez, para ver Antoine finalmente desaparecer pelos portões de metal, com os ombros caídos e o rosto enterrado nas mãos.

Alice espera Anne sair do quarto e fechar a porta para permitir que as lágrimas caiam quentes e rápidas por seu rosto. Em seguida, tira o vestido Debussy da noite passada do cabide, senta-se diante de sua mesa e, lenta e cuidadosamente, com amor, começa a costurar suas iniciais e as de Antoine na camada mais profunda do vestido.

Onde jamais serão vistas.

Capítulo 17

Lucille

Sexta-feira

Paris

Não é um bom momento para ficar presa no trânsito. Especialmente não no banco de trás de um táxi que cheira a cigarro velho e suor. Saí do hotel há apenas dez minutos, atravessei a Champs-Élysées, virei à direita e parei.
— *Excusez-moi, monsieur.* — Não sei por que me preocupo em começar a conversa em francês já que não consigo falar mais do que isso. — O senhor pode ver qual é o problema? Tenho um trem para pegar.
— *Pardon?* — O motorista está franzindo a testa para mim no espelho retrovisor com um olhar tão confuso que nem me preocupo em repetir a pergunta. Tenho uma hora e meia para fazer uma viagem que o concierge me prometeu que não levaria mais do que uma hora, então decido apenas relaxar e torcer pelo melhor. Na pior das hipóteses, pegarei o trem seguinte ao de Véronique, o que será chato, mas não um desastre.
Abro a janela, ansiosa para sentir o cheiro de algo que não seja nicotina impregnada ou a axila de um estranho, e

olho para o prédio à nossa frente. Há barras de metal preto nas janelas do andar térreo e guardas impassíveis marchando entre caixas de madeira verdes com grandes armas na cintura. Tento me comunicar com o motorista novamente, desta vez apontando o dedo na direção dos guardas.

— *Qu'est-ce que c'est, s'il vous plait?* — Fico feliz que Leon não esteja aqui para ouvir minha péssima tentativa de um sotaque francês. Silêncio.

Como não tenho nada para fazer enquanto espero, pego o telefone e começo a pesquisar no Google. Tenho certeza de que Véronique saberá o que é. Uma prisão, pelo que parece. É um lugar muito sisudo, com enormes portas laqueadas de preto, que parecem estar lacradas, como se fossem impossíveis de abrir. Não há sinal de vida vindo de dentro.

No instante seguinte, vejo o rosto severo de um daqueles guardas armados na janela do carro gritando comigo.

— *Arrêter. Pas de photos!* — Isso é seguido de palavras igualmente furiosas dirigidas para o motorista de táxi. Não entendo quase nada, mas o olhar horrorizado dele diz tudo. O homem com a arma está muito zangado comigo.

— Sem fotos, mademoiselle. Você precisa excluí-las. É um edifício da embaixada britânica, fotos não são permitidas.

Agora ele fala um inglês perfeito! Considero dizer que, como sou britânica, não entendo qual seria o problema, mas só viro minha tela na direção dele e mostro que estou usando o Google, não minha câmera. O guarda permanece curvado pela janela, apontando para o meu telefone, até eu acessar minha galeria para provar que não tirei nenhuma foto do prédio. Só então ele bate no teto do táxi com força suficiente para amassá-lo, e partimos, o motorista resmungando o que imagino serem coisas pouco elogiosas a meu respeito durante todo o caminho até a Gare du Nord.

Sinto-me enjoada quando chego à estação depois da condução desnecessariamente agressiva do motorista, mas, por algum motivo, ainda dou uma gorjeta generosa. Nem isso tira um sorriso dele. Acho que só está desesperado para se livrar de mim. Mas, francamente, quem se importa, porque lá está Véronique, pendurada para fora da porta do trem ainda aberta, acenando e me chamando para me juntar a ela. Mas meu telefone está vibrando no bolso, e não posso ignorar. Paro na plataforma e vejo que é vovó. Levanto o dedo indicador para Véronique para avisar que serei o mais rápida possível e a vejo olhar para o relógio digital gigante que mostra que nosso trem parte em oito minutos. Vovó parece exausta quando atendo.

— Olá, vovó. Como está se sentindo?

— Não muito bem, querida. Estou um pouco confusa hoje. Graças a Deus por Natasha. Ela ficou muito mais tempo do que o normal e garantiu que eu tivesse tudo de que preciso.

Detesto não estar com ela nesse momento. Ela parece estar precisando de um abraço. Posso ouvir a vulnerabilidade e a solidão em sua voz, a falta de energia. Por que minha mãe não está aproveitando melhor seu tempo livre em vez de ficar ligando para mim? Me dou conta de que vovó nunca mais vai pular da cama pronta para enfrentar o dia com força total. Tento não pensar em como ela deve se sentir assustada com isso em momentos como este.

— Diga-me, Lucille, como está indo? — Seu entusiasmo usual simplesmente não está lá. Talvez ela sinta que minha grande aventura, e a dela, esteja chegando ao fim.

— Eu consegui, vovó. Segui os cartões e desvendei tudo. Visitei os lugares em Paris em que A e A estiveram. Segui os passos deles. Segui os *seus* passos, vovó.

Ela fica em silêncio, e eu espero, enquanto a ouço tentar segurar um soluço e sinto meus olhos lacrimejarem. Imagino sua mão movendo-se para cobrir a boca.

— Está tudo bem, vovó — eu digo, apertando o telefone contra o ouvido e voltando os olhos para o relógio e uma Véronique cada vez mais estressada.

— O que acabou levando você até mim? — Ela confirma o que eu imaginava.

— A noite no Museu Orangerie, na exposição de Monet, quando você usou o Debussy.

— Ah, aquela noite. Quando fui desfeita e refeita de muitas maneiras. — Ela suspira, e sinto toda a emoção reprimida saindo dela.

Então sinto o tecido e os alicerces da minha própria vida começarem a se fragmentar e se mover. Se minha avó não é a mulher que pensei que fosse, quem sou eu? Como eu me encaixo em tudo isso? Tudo ao meu redor parece se aquietar e se imobilizar. Penso em minha família — pequena, desajustada, decepcionante. Mas a vovó Sylvie sempre esteve lá, cheia de força, bondade e honestidade; pelo menos, eu achava que sim. Será que ainda acredito nisso quando há tanto que não sei sobre ela e sobre a vida que ela levou, essa vasta extensão de segredos revelada tão tarde?

— Eu realmente não tinha adivinhado até então — digo. — Mas encontramos uma fotografia que foi tirada naquela noite. Uma foto sua.

O que ela estava fazendo em Paris? Como era sua vida aqui? Como meu avô se encaixa em tudo isso? Quanto minha mãe sabe? Por que ela voltou para Londres?

Ela estava feliz?

— Ah, tantas pessoas. Tantas câmeras clicando. Eu jamais sairia ilesa. Mas valeu a pena. Tenho muitos arrependimentos profundos, Lucille, mas aquela noite não é um deles.

Há muito o que discutir, mas faltam cinco minutos para que as portas do trem se fechem e Véronique seja forçada a partir sem mim. Ouço anúncios no alto-falante da plataforma e vejo Véronique gesticulando freneticamente para que eu embarque.

A fragilidade de vovó e os segundos que passam rápido demais me impedem de fazer todas essas perguntas para ela, e decido que vou tentar descobrir as respostas pessoalmente, quando estiver de volta a Londres.

— O que significam A e A, vovó? Essa é a parte que ainda não entendo. — Não tenho escolha agora a não ser prender o telefone entre a orelha e o ombro e começar a correr, arrastando o resto dos meus pertences atrás de mim.

Mais uma vez, ela fica em silêncio. Tento não a apressar, mas meu coração está começando a bater forte no peito.

— Alice.
— E...?
— Alice e... Antoine.

Ouço seus soluços baixos, suaves e controlados e, mais do que qualquer coisa, quero estar ao seu lado, segurando sua mão e dizendo a ela que, não importa o que tenha acontecido, está tudo bem. Eu a amo tanto quanto sempre amei.

O que poderia ter acontecido com ela que, tantos anos depois, ainda a leva às lágrimas? As possibilidades são assustadoras.

— Acho que não disse o nome dele em voz alta desde que saí de Paris há tantos anos.

— Sinto muito que isso te deixe mal. — Faço o meu melhor para acalmá-la. — Mas ao menos ajudou, vovó? Os vestidos vão ajudar você a pôr um ponto final nessa história? — Eu realmente espero que sim, pelo bem dela.

Ela parou de chorar, e agora sua voz está mais firme. Estou na porta do trem, e Véronique está erguendo minha mala, puxando-a para dentro do vagão e desaparecendo para jogá-la no bagageiro. Não posso deixar de me virar para um último vislumbre de Paris antes de voltar para casa.

— Ah, isso é apenas o começo, querida.

— Como assim? — Eu congelo, uma perna no degrau do trem e a outra ainda na plataforma.

— Isso nunca teve a ver com os vestidos. Tenho certeza de que, no fundo, você sabe disso. Há muito mais para descobrir, Lucille. Apenas o seu avô conhecia a história completa, e ele levou cada palavra para o túmulo.

— Não estou entendendo. O que mais pode haver? — Um guarda está marchando pela plataforma em minha direção, mas estou paralisada, me esforçando para não perder qualquer palavra de vovó no caos que me cerca.

— O que os vestidos ajudaram a criar é que é importante; o maior segredo que há dentro deles é o que realmente interessa. — Ouço o sorriso em sua voz quando ela joga essa revelação para mim, como se fosse óbvio, como se eu estivesse a meros segundos de tudo finalmente fazer sentido. — A razão pela qual tive que deixar de ser Alice e me tornar Sylvie. Isso é o que eu preciso que você encontre.

Eu pensei que tinha acabado. Que eu havia concluído minha tarefa e ela ficaria satisfeita comigo. Estava ansiosa para ver o sorriso em seu rosto quando a visitasse com os vestidos em alguns dias. Agora me pergunto se deveria ficar em Paris.

— Mademoiselle! — O guarda me alcançou.

— Estou voltando para casa. O último vestido de Paris, aquele feito com o tecido especial Toile de Jouy, está no Victoria and Albert Museum. Eu vou vê-lo. — Cuspo as palavras o mais rápido que posso enquanto aceno para o guarda.

A voz dela sai muito calma e comedida.

— Não falo sobre nada disso há mais de sessenta anos, Lucille. Não poderia falar sem magoar a única pessoa que permaneceu leal a mim por toda a vida. Não tenho o direito de pedir, mas estou pedindo a você de qualquer maneira. Por favor, termine a história. Termine minha história para mim. Estou ficando sem tempo.

A mão de Véronique está no meu braço, e ela me puxa para dentro do trem enquanto o guarda bate a porta atrás de mim. Percebo, quando metal bate contra metal, que não haverá fim a menos que eu consiga completar a história dela.

— O vestido final vai ajudar você. Ele é diferente. Tudo o que você precisa saber está naquele vestido, Lucille. — E então ela desliga, e eu fico completamente perdida, sentindo pela primeira vez na vida como se minha conexão com vovó, alguém que eu amei tanto por tanto tempo, de alguma forma não fosse mais forte ou sólida.

⁓

Felizmente, temos um vagão todo vazio na volta a Londres. Nenhum companheiro de viagem irritante comendo batatas fritas de boca aberta ou tagarelando com alguém no celular perguntando se há queijo suficiente na geladeira para fazer uma omelete decente naquela noite. Somos apenas eu, Véronique, algumas revistas inúteis, uma vasta gama de salgadinhos (incluindo *financiers* liberados) e meia garrafa de espumante entre nós. Decido não estragar a experiência me lamentando pelas próximas duas horas, mas não é fácil, e me sinto perdida depois de conversar com vovó.

— Você está bem, Lucille? Parece tão pálida. — Véronique está me olhando do outro lado da mesa. — Sei que foi um pouco apertado, mas você pegou o trem. Pode relaxar agora.

— Não tenho certeza se posso. Era vovó ao telefone. Ela acabou de me dizer que *era* metade de A e A. Que, quando morava em Paris, era conhecida como Alice. Mas por que ela mudou seu nome para Sylvie?

Véronique arregala os olhos.

— Talvez isso ajude a explicar. — Ela enfia a mão na bolsa, pega uma carta fechada e a segura no alto. — Achei muitas cartas da sua avó para a minha *maman*, mas esta é diferente.

— Como?

— Para começar, a caligrafia é diferente, eu não a reconheço. E é endereçada a uma Alice.
— Há um carimbo nela? Está datado?
— Sim, treze de fevereiro de 1956. Suponho que quem quer que a tenha enviado devia esperar que *maman* a entregasse à sua avó. Eu me pergunto por que ela nunca a encaminhou. Parece haver algo dentro do envelope, algo pequeno e duro. Devemos abrir? — Entendo pela voz de Véronique que ela quer fazer isso.
— Não. Não devemos, Véronique. O que quer que esteja escrito nessa carta, de quem quer que ela seja, vovó deveria ler primeiro, não acha?
— Sim, claro, você tem razão — ela suspira.

Véronique me dá algum tempo para refletir. Apoia o queixo na palma de uma das mãos e olha fixamente para fora da janela, como se não estivesse vendo a vista e sim minha árvore genealógica sendo reescrita na vidraça.

Ela espera até que o cinza de Paris dê lugar à paisagem envolvente e eu tenha dado pelo menos quatro suspiros profundos antes de puxar o notebook da mochila de couro de aparência cara. Me pergunto se ela mantém alguma peça de roupa ou acessório escondido no fundo do guarda-roupa.

— Sério, você não vai trabalhar, vai? — Eu pareço uma criança chorona, mas, *sério*? Esta é minha última chance de desfrutar da companhia dela antes de desembarcar em Londres, e a realidade me atinge com força de todos os ângulos.

— Não, não vou! — Eu não deveria ter duvidado dela.
— Mas estou me perguntando... — Ela deixa a frase no ar.

Vejo-a abrir o notebook e inserir a senha, revelando uma bela foto dela de braço dado com uma mulher que suponho que seja sua mãe. As duas estão olhando para o céu, como se absorvessem o calor de um dia ensolarado, e exibem sorrisos serenos e largos. As cabeças estão inclinadas uma contra a outra, e a intimidade entre as duas é tão perceptível que sinto um pequeno aperto no coração. Mesmo se vasculhasse a casa da minha mãe até a eternidade, nunca encontraria algo que se igualaria ao carinho natural exibido nesta foto.

— Essa é...

— Sim, é *maman*. Ela não é linda? — Claro, todo mundo acha que a própria mãe é bonita, mas, neste caso, Véronique tem razão.

As feições da mãe dela são fortes e reconfortantes, seu rosto não tem manchas, e o cabelo é cheio e espesso. O rosto de Véronique é mais delicado — há uma sutileza nela, e o cabelo é mais fluido, porém, infelizmente, ela também foi amaldiçoada com o mesmo respingo de sardas no nariz que sempre odiei. Mas, como uma dupla, elas se complementavam maravilhosamente. Há algo quase mágico no vínculo das duas que não consigo deixar de invejar. A felicidade que as envolve parece irradiar-se pela tela de uma forma que ninguém poderia duvidar.

— Meu Deus, como eu sinto falta dela. — Há tanta tristeza pesando nas palavras de Véronique que lembro mais uma vez que, apesar de toda a ajuda que me deu na semana passada, ela ainda está de luto.

— Eu sei que é uma coisa estranha de se dizer, mas, mais do que qualquer outra coisa, sinto falta dos anos após a morte de meu pai, quando cuidei do coração partido dela. Pela primeira vez, nossos papéis se inverteram, e ela realmente precisava de mim. Ela era uma mulher muito forte, muito capaz. Ralou durante toda a sua vida, e lá estava eu precisando dar banho nela e vesti-la, quando ela não conseguia encontrar um motivo bom o suficiente para fazer isso sozinha, quando não tinha motivação para levantar a cabeça do travesseiro. Vê-la com tantas dificuldades quase acabou comigo também. Foi muito doloroso na época, e houve momentos em que me perguntei se ela algum dia se recuperaria. Mas me mostrou que o amor que ela sentia por meu pai estava anos-luz além de qualquer coisa que eu mesma havia sentido por qualquer homem... e me deu a oportunidade de mostrar a ela o quanto a amava.

Aperto a mão dela, o que parece funcionar. Ela afasta os olhos da tela e dá um meio sorriso para mim. Em seguida, abre o Google, e eu observo enquanto digita as palavras *Alice, embaixada britânica* e *Paris* na barra de pesquisa.

O que vejo a seguir me deixa atônita. Várias imagens da minha avó flutuam diante de mim. Não consigo absorver tudo o que vejo. Pego o notebook e o inclino bruscamente na minha direção, quase derrubando meu copo da mesa. Lá está ela, cercada por homens em paletós elegantes, acompanhando figurões através de um piso xadrez preto e branco brilhante, fazendo fila para o que parecem ser fotos de imprensa e cumprimentando um número infinito de pessoas, algumas autoridades e outras do público geral. Em uma das fotos, ela está emergindo através de pesadas cortinas de veludo vermelho-escuro, usando um vestido de noite longo azul-claro coberto de flores da cor do Mediterrâneo. Também aparece descendo uma grande escadaria de pedra usando outro vestido incrível ou sentada com dezenas de convidados igualmente bem-vestidos em uma longa mesa de banquete ou dentro de uma sala pequena, mas lotada, com as pernas perfeitamente cruzadas à frente do corpo, observando modelos circulando o espaço.

— Como você...

— Bem, eu não sabia de nada, até alguns momentos atrás, quando você falou o nome que sua avó costumava usar. Agora sabemos que ela era Alice e não Sylvie, quando morava em Paris. Ela era muito próxima da minha mãe, que na época trabalhava na embaixada britânica. Juntei essas duas informações e aqui estamos.

Nós nos inclinamos sobre a tela do computador, e meus olhos voam de uma imagem para outra, para a frente e para trás, sem conseguir absorver o quanto ela era bonita e refinada naqueles ambientes tão absurdamente diferentes do que os que ela habita hoje. Véronique se aproxima, estudando a tela com mais atenção.

— Por que há tantas imagens dela? — pergunto, muito feliz que elas existam e que a tecnologia tenha me permitido revisitar uma vida que eu achava que conhecia até agora.

Véronique se recosta na cadeira, permanecendo em silêncio apenas por tempo suficiente para que eu sinta uma pontada de preocupação.

— Talvez porque ela fosse casada com alguém muito importante na época.

— Como é?

Eu realmente preciso parar de beber no meio do dia — isso está prejudicando demais minha capacidade de entender as reviravoltas dessa trama, que parecem tão nítidas para Véronique.

— Veja as legendas das fotos. Alice Ainsley, de acordo com isso, é a esposa do embaixador britânico na França Albert Ainsley.

Minha boca se abre, e meu cérebro se recusa a aceitar o que estou ouvindo.

— Não pode ser. — Puxo o notebook para mais perto e examino eu mesma as palavras que Véronique leu. — Deve estar errado. A internet está cheia de desinformação. Que site é este?

— Todos os sites dizem o mesmo, Lucille. Olhe. Muitas das imagens são de sites oficiais do governo, tanto britânico quanto francês. Não acho que esteja errado.

— Você está me dizendo que minha avó era tipo uma diplomata? Que ela foi casada com outro homem antes do meu avô? — Enquanto digo isso em voz alta, olho para a tela, mexo o cursor para cima e para baixo, e observo cada imagem novamente, ainda sem acreditar muito no que estou vendo. O mesmo homem está presente em todas as fotos.

Um homem que com certeza não é o avô com quem cresci.

— Imagino que este seja Albert? — Aponto para um sujeito gigante com mãos grandes de chamar a atenção e que, apesar da sua aparência padrão, não combina nem um pouco com a minha avó. Quem não soubesse que eles eram casados, jamais adivinharia. Eles são o oposto da foto de Véronique e a mãe dela. Não funcionam juntos. Não há intimidade. Na verdade, tenho dificuldade para encontrar um sorriso compartilhado. Ele a diminui em vez de complementá-la e, em algumas das imagens, tem as costas rudemente viradas para ela, cortando-a de uma apresentação ou conversa.

— Parece que sim. Sendo quem era, ela teria vivido na residência oficial, o Hôtel de Charost na rua Faubourg Saint-Honoré, virando a esquina de onde você se hospedou em Paris. — Ela aponta para uma imagem do prédio em sua tela. — Estava bem debaixo do nosso nariz o tempo todo.

Afundo no assento e tomo outro gole de espumante.

— Eu vi esse prédio, Véronique! O táxi que peguei em direção à estação passou pela embaixada. Eu vi onde ela morava. Deve ser o local dos vestidos número um e sete, o Cygne Noir, que ela usou em casa, e o México, que usou no jardim. Deve ter sido lá, na residência da embaixada. O que dizia a última nota?

Véronique fala antes de mim:

— Eu posso acabar com tudo isso.

Minha mente está disparando. Vovó estava tendo um caso com um homem que agora sei que se chamava Antoine. O casamento dela com Albert obviamente não durou. Não poderia ter durado, porque ela se casou com meu avô — um homem que parece estar muito, muito distante dessa história. O fato de ela ter se casado com ele é indiscutível, mas minha crença de que seja meu avô...

Sinto a boca ficar seca.

— Nós rastreamos todos eles. O que aconteceu atrás daquelas portas pretas gigantes que eu vi esta manhã?

— Não sei, mas não parece nada bom. — Ela ainda está vasculhando as páginas, retirando informações dos sites. — Você terá que passar um tempo lendo tudo isso, Lucille, mas, pelo que posso ver, o rastro some no inverno de 1953, ela deve ter deixado a embaixada nessa época. Veja, isso parece coincidir com a partida de Albert para os Estados Unidos no começo do ano, e acho que na época só se interessaram por essa história, não pelo que aconteceu com Alice. Por que se interessariam por ela? Era só a esposa dele, o que provavelmente não importava muito nos anos cinquenta.

Não tenho certeza se alguma de nós sabe bem como se sentir. Felizes por enfim termos respostas concretas? Ou ligeiramente abaladas com a importância da vida anterior de vovó e com o que isso poderia significar?

Paro por um momento para absorver tudo, permitindo que a vista da janela passe depressa enquanto minha mente desliza de volta aos anos perdidos, em busca de pistas. Será que vovó alguma vez mencionou a embaixada em Paris ou um Albert? Acho que não. Ela disse que meu avô era a única pessoa a quem revelou a história e que ele levou tudo para o túmulo. Meus pensamentos ficam confusos enquanto percebo que, mais uma vez, foi necessária a intervenção de Véronique para dar sentido à história. Eu não fui lá uma ótima repórter, ficando distraída demais com Leon para juntar aquelas informações e ver o panorama completo — a conexão de quase todos os pontos que estão começando a formar a história de vovó.

— Será que Albert era simplesmente o outro A? — pergunta Véronique. — Ficamos procurando um caso secreto, mas talvez ela simplesmente tenha usado os vestidos com o marido. Alice e Albert. A e A?

— Ele não é o outro A — eu digo com algum alívio. Não quero que aquele homem corpulento seja o sujeito por quem vovó era apaixonada. — Ela me disse que o A é de Antoine. — Quando digo o nome, nós duas dirigimos os olhos para a tela novamente, voltando a examinar as imagens e nos perguntando se ele pode estar em algum lugar diante de nossos olhos. Estamos olhando para ele?

Mesmo se estivermos, não temos como saber. Mas uma imagem de repente se destaca. Está granulada e meio fora de foco, mas é definitivamente minha avó, e ela está em um abraço apaixonado com alguém que sem dúvida não é Albert. E está usando o vestido México — consigo identificar o padrão em preto e branco e as bordas recortadas. Deixamos a fotografia passar despercebida antes porque não estava posada como as outras. Na verdade, parece uma foto escondida, como se nenhum dos dois soubesse que estava sendo tirada.

— Acho que esse é o homem que estamos procurando, não é? — pergunta Véronique, apontando para a imagem.

— Sim — acrescento baixinho, porque algo não está encaixando. Há algo desagradável na imagem que não consigo pôr em palavras. Não tem bem uma alegria na maneira como os dois estão abraçados.

— Pedi a Leon que fizesse algumas pesquisas para mim, enquanto estivermos em Londres — digo —, para ver se ele consegue descobrir mais alguma coisa sobre Antoine.

Mas Véronique não está me ouvindo.

— Você ainda não encontrou ela, não é? — ela pergunta.

— Quem? — Ah, pelo amor de Deus, o que eu estou perdendo *agora*?

— *Maman*.

— O quê? Ela está aqui também?

— Sim, olhe.

Véronique aponta para uma foto de grupo, tirada no que parece ser uma das grandes salas de recepção da embaixada.

Albert está no centro da foto, com uma série de pessoas que parecem importantes espalhadas ao seu redor. Vovó optou por se posicionar mais para trás, ou foi empurrada para lá, e está quase sendo engolida pelo volume de pessoas. Mas sou capaz de distingui-la, assim como a mulher ao lado dela, que está lhe dando um olhar de total apoio.

Há algo nos ombros tensos da mãe de Véronique e na determinação de seu sorriso que diz: *nós vamos superar isso juntas*. Então eu vejo, enquanto examino os fundos da imagem, que as duas estão de mãos dadas, e é tão comovente que meus olhos se enchem de lágrimas.

O que quer que estivesse acontecendo e por mais desagradável que possa ter sido para vovó, parece que ela tinha alguém com quem compartilhar seus problemas — alguém que podia chamar de amiga.

Fechamos o notebook depois disso. Foi tudo meio desgastante, e precisamos de um tempo: alguns goles de espumante, algumas batatas fritas com sabor artificial que acabam com nosso hálito e meia hora de silêncio para refletir. Quando enfim volto a falar, fico surpresa com o que sai da minha própria boca.

— Vou pedir demissão quando voltar ao escritório.

— Ótimo! — Não era o que eu esperava ouvir de Véronique.

— Mesmo? Isso é uma coisa boa? — Adorei a demonstração de apoio, mas fiquei surpresa que ela tenha sido tão enfática.

— Sim, é muito bom! Você não gosta do seu trabalho. Não respeita seu chefe, com toda razão, e é jovem demais para desperdiçar seus anos fazendo algo que não quer. Não é como se tivesse três filhos para sustentar, não é? Faça as mudanças agora, enquanto pode. — Ela dá um tapa na mesa para concluir, como se a questão sequer devesse ser debatida.

— Ainda tem o aluguel e as contas a pagar. — Quero sair, mas não quero romantizar os problemas que isso vai causar.

— Tenho certeza de que sua mãe vai ajudar no curto prazo. Ou você pode dividir o aluguel? Ou, melhor ainda, tentar o emprego que mencionei no Museu de Artes Decorativas! — Ela ergue as sobrancelhas, incentivando-me a aceitar a ideia.

— O Museu de Artes Decorativas *em Paris*, você quer dizer? Por mais que eu esteja determinada a me livrar de Dylan, essa vaga fica bem longe da minha casa, em todos os sentidos. — Bebo o que resta de espumante na minha taça e abro o segundo pacote de batatas fritas.

— Obviamente, você pode ficar na minha casa, pelo menos até se organizar. É um trabalho incrível, Lucille, e você é qualificada para ele, mesmo que não acredite nisso. Você iria viajar, o que eu sei que é algo que você realmente quer fazer. O museu tem muitos locais parceiros em todo o mundo e, sim, seria algo muito administrativo no início, enquanto você estiver sendo treinada, mas eles cobrirão os custos dos estudos extras e aí você estará qualificada para fazer algo interessante de verdade, algo que te deixaria animada para levantar da cama todos os dias. — Ela claramente havia pensado muito a respeito daquilo. — O que pode acontecer de pior?

— Ah, sei lá, eu ser absolutamente péssima nisso e pegar muito mal para você, por me recomendar?

— Eu não vou recomendar você. — Ela balança a cabeça.

— Ah. — Isso é um pouco estranho. — Bem, então eu tenho poucas chances de conseguir.

— Vou ficar de fora e só dizer tudo o que você precisa colocar no formulário de inscrição para garantir que pelo menos seja chamada para uma entrevista. Depois disso, vai depender apenas de você. Mas, Lucille, o pior que pode acontecer é você vir a Paris, ter uma experiência diferente por um ano, se qualificar e depois voltar para casa. Não parece tão ruim para mim. — Ela enfia a mão na mochila e puxa um pequeno espelho, que abre para retocar os lábios rosados com batom. Eu a vejo lançar um olhar de soslaio para mim, sorrindo, sabendo que tem razão.

E, com isso, o notebook é aberto de novo e o formulário de inscrição online é carregado rapidamente à nossa frente. O que eu não digo, mas sem dúvida estou pensando, é que, se eu conseguir esse emprego com facilidade (e, sim, é um enorme *se*), mais um problema seria convenientemente resolvido. Eu poderia ver Leon muito mais.

Capítulo 18

Alice

Dezembro de 1953, Paris

O Toile du Jouy

— Tem certeza de que todos os arranjos estão prontos? Ele não desconfia de nada? — sussurra Alice. É a força do hábito, a essa altura. Ela está andando de um lado para o outro no quarto, todos os músculos flexionados e tensos, um redemoinho de energia nervosa fazendo-a se sentir enjoada.

Anne absorve seu estresse, sabendo perfeitamente as possíveis consequências do que as duas planejaram para hoje.

— Está tudo certo. — Um grande suspiro sai do fundo do peito de Anne. — Eu fiz exatamente o que você pediu. Camila foi muito solícita. Ela está à sua espera e se certificará de que tudo será tratado com a máxima discrição. Mas, Alice, por favor, isso é muito arriscado. Você precisa ser extremamente cuidadosa. — Anne segue os passos dela pelo quarto, tentando forçar o contato visual para ter certeza de que Alice está prestando atenção.

— Sem *mas* hoje, Anne. Não quero ouvir isso. Já se passaram semanas. Já esperamos o suficiente. Se não for seguro agora, não tenho certeza se será algum dia. E, por mais maravilhosas que sejam as cartas de Antoine, não posso sobreviver apenas delas. — Ela desaparece no provador.

Alice levanta os braços e fica na ponta dos pés, empurrando para o lado uma pilha de lenços de caxemira na prateleira de cima e sentindo os dedos deslizarem pela superfície suave da caixinha preta laqueada que escondeu ali. Seu bem mais precioso.

— Alice! Sinceramente, agora não. *Por favor*. E se Albert entrar? — Anne atravessa o quarto, apoiando-se contra a porta do quarto. Sabe que não vai impedi-lo, mas pode atrasá-lo por tempo suficiente, caso ele decida fazer uma aparição surpresa.

— Quero ler a última novamente, só isso. Temos tempo. — Alice se senta na beirada da cama e pega a mais recente das belas cartas de amor de Antoine, que são transportadas por Anne através de Paris. A caneta-tinteiro de Alice nunca foi tão produtiva. No instante em que termina de ler uma das cartas dele, escreve uma resposta, enchendo-a com todos os seus sonhos e esperanças para o futuro que os dois logo estarão planejando juntos, selando-a com um beijo e insistindo que Anne deixe a residência para enviá-la naquele exato momento. Ela lê as palavras em voz alta, fazendo com que Anne fique ainda mais tensa contra o batente da porta.

> O que são essas poucas semanas quando sabemos que teremos o resto da vida juntos? Isso é o que continuo dizendo a mim mesmo. Mas estar longe de você, Alice, é uma dor que nunca conheci antes. Não consigo sequer me sustentar com a lembrança do nosso último beijo, porque acreditei que era a última vez que a veria. Como você se despede de alguém que sabe que amará por toda a vida? Ainda mais? Todos os

dias penso em você nessa prisão com ele e sinto uma dor física. Venha para mim, Alice, e vamos construir um futuro juntos, cheio de amor e felicidade. Um futuro em que ele não exista. Em que você acordará todas as manhãs sorrindo e todos os seus dias serão repletos de risadas. Quero desesperadamente fazer isso por você.
Quero ser esse homem.

A carta de Antoine serve apenas para lembrar a Alice o que está em jogo hoje, e, vendo o medo em seu rosto, Anne tira a caixa de suas mãos e a devolve ao seu esconderijo.
— Eu sei que perguntei isso um milhão de vezes, mas você tem certeza absoluta de que ele não mandou alguém seguir você até o apartamento de Antoine naquele dia?
— O máximo de certeza possível. — Anne, assim como Alice, tem suas dúvidas agora que o momento em que elas terão uma resposta para essa pergunta está muito próximo. Porque Alice está *quase* confiante de que foi paciente e inteligente o bastante. Tem *quase* certeza de que suas habilidades de atuação foram convincentes. Está *quase* segura do que deseja.
Mas também sabe que Albert não é um homem que ela deve subestimar. Se ele mandou alguém seguir Anne depois que Antoine a beijou apaixonadamente nos jardins da embaixada, saberá que, poucas horas depois de encenar a despedida, ela arriscou tudo, escrevendo os detalhes do encontro de hoje. Se ele de alguma forma viu o bilhete que Anne foi instruída a entregar, saberá onde encontrá-la hoje — em uma das pequenas salas privadas nos andares superiores da Dior na avenida Montaigne. Em um lugar onde ela se sentirá segura. Em um lugar onde eles não serão perturbados — se tudo correr conforme o planejado.
Mas será que ela fez o suficiente? Rememora o desjejum desta manhã com Albert e como a refeição seguiu o

mesmo padrão de todas as outras desde que ele lhe fez seu ultimato. Ela estremece ao pensar em como devorou seus ovos com bacon, quase engasgando, mal sentindo o gosto de cada garfada, ansiosa para se afastar dele o mais rápido possível, mas de alguma forma parecendo relaxada e livre de qualquer culpa. Em como todas as manhãs os movimentos lentos, deliberados e calculados dele faziam o estômago dela se revirar de ódio. Em como via na leveza do rosto do marido o quanto ele aprecia mantê-la sentada, sob seu olhar e julgamento. Como o observa levar o garfo à boca, mantendo-o erguido, sem pressa, enquanto termina de ler uma frase do jornal. Como ele mastiga implacavelmente a comida, cada rotação forte de sua mandíbula fazendo-a enrijecer de ressentimento.

— Quais são os planos para hoje? — perguntou ele pela manhã, sem baixar o jornal.

— Marquei um horário na Dior. — Ela ocultou todo o ódio da própria voz. É o único lugar que ela acha que Albert certamente não se aventurará a ir.

— Com?

— Anne. Devemos voltar no início da noite.

— Ah, sim. Você falou na semana passada. Eu confirmei com... Camila, não é?

Há uma pequena pausa enquanto Alice absorve o fato de que ele fez uma investigação para confirmar que seus planos são genuínos.

Enquanto isso, ela imagina como Camila deve ter interpretado aquela intromissão.

— Sim. Eu me encontrarei com Camila. — A humilhação dói, mas ela opta por parecer séria e arrependida, como uma mulher que aprendeu a lição e está grata por ter outra chance. — E você? Quais são seus planos para hoje? — É possível parecer alegre quando seu coração está cheio de ódio? Ela espera que sim.

Albert dobra o jornal com precisão, devagar, até ficar quase do tamanho de uma agenda de bolso.

— Muito ocupado, como sempre. — Uma resposta vaga, como de costume. Ele pode questioná-la, mas não o contrário.

Porém, pela primeira vez em semanas, é aí que o interrogatório termina. Será uma armadilha? Ou ele está entediado daquela monitoração implacável de cada movimento dela? Ele não exigiu detalhes precisos da sua agenda nem perguntou quem mais ela poderia encontrar, como geralmente faz. Será que a questionará novamente quando ela retornar mais tarde, para verificar se o relato continua o mesmo? Chegará inesperadamente mais cedo, na esperança de pegá-la no pulo?

Ela não deve ficar satisfeita com isso. Não até que haja um plano em prática. Não quer que suas lembranças de Antoine sejam tudo o que lhe resta. Porque, nas semanas da separação forçada, o vício de Alice se tornou totalmente devastador. Na escuridão segura de seus sonhos, o corpo dele é tão familiar para ela quanto o seu próprio. A única coisa que a mantém de pé é saber que eles estarão nos braços um do outro de novo e a paciência dela será recompensada, e que não há absolutamente nada que Albert possa fazer a respeito. Disso, ela tem quase certeza.

— Precisamos ir, Alice. Isso só vai dar certo se cumprirmos os horários. — Anne parece assustada. Talvez ela tenha razão para estar.

As duas estão quase no fim da escada quando Alice ouve a voz de Albert ecoando no corredor.

— Por quê?! — ele exige de alguém.

Enquanto desce os últimos degraus, ela vê que é com Patrice que Albert está gritando.

— Sinto muito, ela não disse, senhor. — A voz dele é calma, monótona.

— Nenhuma mensagem? — Albert está falando mais alto a cada segundo. Ela ouve as perguntas roucas no fundo de sua garganta enquanto ele tenta conter a raiva.

— Não, sinto muito.

— E você não achou válido procurar algum motivo? — Alice nota como o rosto dele está corado de forma pouco atraente, como seu queixo se projeta para a frente com o aborrecimento.

— Não achei que fosse da minha conta, senhor.

— Inútil de merda!

Com isso, Albert segue pisando forte em direção ao seu escritório, deixando Alice e Anne em silêncio, esperando o momento certo para questionar Patrice.

— Os planos que ele tinha para mais tarde foram cancelados — Patrice murmura as palavras o mais baixo possível.

— Ah, entendo. — Alice adivinha imediatamente quem esses planos deviam envolver. — Ela cancelou com ele pela segunda vez esta semana e agora é culpa de todos, menos dele?

— Mais ou menos isso, sim, madame. — É preciso tirar o chapéu para Patrice: está tão sereno como sempre, o que não é nada fácil com um bruto como Albert cuspindo palavrões na sua direção.

— Muito bem, não há nada que qualquer um de nós possa fazer — diz Alice, mas sente um mal-estar no estômago. Um Albert irritado e rejeitado não é o que ela deseja enfrentar hoje. Ele estará procurando alguém para culpar, e ela estará no topo da lista.

～～

Anne fica no carro com o motorista e com instruções rigorosas para permanecer alerta, enquanto Alice toca a campainha preta polida da Dior. Lá dentro, ela sente os nervos se dissiparem um pouco, a irritação e a frustração se transformando em expectativa e empolgação. A paleta de cores suaves e tranquilizadoras de cinzas e caramelos, a profundidade luxuriante dos tapetes creme imaculados sob seus saltos, a luz que reflete em todas as superfícies espelhadas e o perfume floral suave que paira no ar a elevam brevemente acima da tristeza insuportável que a envolve.

O mundo da Dior é polido e refinado, e tudo tem uma simplicidade requintada — algo que não faz parte de sua própria vida —, uma simplicidade que não revela nada da indústria elaborada nos bastidores, com as "mil mãos" que transformam os primeiros esboços de Dior em vestidos incrivelmente detalhados. Assim como as tramas e o planejamento dela, como a atuação sustentada e estudada que a trouxeram até aqui hoje.

— Madame Ainsley, minha querida! É um prazer tê-la conosco esta tarde. — Madame Beaufort desliza para frente, pegando as mãos de Alice antes de lhe dar beijos muito suaves, que não chegam a tocar as bochechas dela.

— Olhe para você, Camila, elegante como sempre. Como consegue, quando sei que tem trabalhado sem parar nos últimos meses? — Fingir normalidade tornou-se fácil, instintivo.

Alice se afasta para admirar a amiga e anseia, por um momento, pelos dias em que teria apreciado a forma como sua saia-lápis de lã preta se derrama como um líquido sobre seu contorno esguio, o paletó abotoado do conjunto apertado o suficiente para apoiar-se perfeitamente no ponto em que os quadris se curvam para fora, as mangas cortadas logo abaixo da curva do cotovelo para revelar seus pulsos de proporções delicadas, onde repousa uma bela fileira de pérolas. Como sua amiga é elegante sem esforço. Mas agora ela também está se perguntando se Camila entendeu a posição de

Alice — o que acontecerá em breve em uma das salas acima de onde as duas estão agora, envolvidas em uma conversa educada.

— Ah, você é um amor, Alice. Eu tenho muita sorte. Monsieur Dior é muito generoso com seus presentes. — Ela faz uma pausa e lança um rápido olhar para a porta da frente, por cima do ombro de Alice. — Você é a primeira a chegar. Mas está tudo preparado. Posso levá-la até lá?

Alice concorda com um aceno de cabeça. Suas necessidades foram compreendidas.

Elas sobem pela estreita escada central que serpenteia pelo sobrado, passando por uma série de portas fechadas que escondem a feitura da magia de Dior e uma ou outra mulher de macacão branco com uma fita métrica enrolada no pescoço. Alguns andares acima, as duas entram em uma sala dominada por um enorme espelho de borda dourada com uma poltrona a poucos metros de distância.

— Nosso estúdio — anuncia Camila. — E o próprio assento de onde Monsieur Dior verá a coleção antecipadamente.

Talvez em qualquer outro dia Alice teria se importado com aquela informação inestimável. Há um grande quadro-negro com o nome das modelos escrito a giz e uma parede cheia de rolos de tecido. Alice se distrai com um pequeno rolo que foi parcialmente puxado para longe dos demais.

— Você tem um olho muito bom, Alice — diz Camila, percebendo seu interesse. — E um gosto muito parecido com o do monsieur Dior. Ele decorou alguns elementos do salão com o padrão Toile de Jouy. Ele o adora.

Alice desliza um dedo levemente ao longo do tecido, imaginando a sensação de ter os detalhes repetitivos da linda estampa em contato com sua pele. Imagina se Antoine o adoraria tanto quanto ela. Antes que tenha a chance de dizer outra coisa, as duas se calam quando a porta se abre novamente. Alice sente o coração na boca, sabendo quem deseja ver, temendo quem possa ser.

O rosto dele está rosado por conta do vento, as mãos enfiadas nos bolsos do longo casaco de lã, e os lábios entreabertos suavemente — prontos para saudá-la, mas sem as palavras para tal. Ele não precisa dizer nada. Alice vê o desejo no estreitamento dos olhos dele, na maneira como se voltam para Camila, desejando que ela saia da sala. Ela sente uma ardência atrás dos próprios olhos, três semanas de lágrimas tentando forçar caminho para fora. Aperta os lábios, com medo de que suas emoções a dominem.

— Vou deixá-los a sós — diz Camila. — Levem o tempo que precisarem. Ninguém vai incomodá-los aqui.

Alice mal nota Camila saindo da sala, ela não consegue tirar os olhos do rosto de Antoine. É muito familiar, mas, ainda assim, sente como se o estivesse descobrindo de novo. O arco suave das sobrancelhas, parcialmente ocultas sob a leveza casual do cabelo, os lábios rosados e carnudos, um olhar que oscila entre a profunda angústia e o desejo, sem nenhuma pista de qual triunfará. As cavidades do rosto dele estão mais aparentes do que ela lembra. Não sabe quem se move primeiro — pode ter sido ela —, mas a próxima coisa que sente são suas costelas sendo apertadas contra o peito dele, o calor entre suas coxas, os lábios de Antoine encostando em sua boca e rapidamente descendo para o pescoço enquanto todo o ar de seus pulmões é sugado, as mãos dele se fixando na parte inferior de suas costas, puxando-a com tanta força que ela sente que pode se partir. Um deles — ou são os dois? — está gemendo suavemente. Eles caem de joelhos, desabando em uma pilha bagunçada de roupas, sapatos e membros, a conexão física inabalada. Então ele começa a soluçar baixinho em seu ouvido, e é a coisa mais dolorosa que ela já ouviu.

— Por favor, nunca mais faça isso comigo. Achei que tinha perdido você, Alice. — Ela sente a respiração dele na pele macia atrás de sua orelha, como ele inala o cheiro dela.

— Você não pode ter acreditado nisso.

Ele se afasta para encará-la, as mãos dos dois entrelaçadas.

— Nas horas entre o beijo de despedida até eu receber sua primeira mensagem, acreditei. Foi o que pareceu.

— Precisava ser assim. Você sabe disso, não sabe? Eu não tive escolha. Ele estava nos observando. Precisava parecer real. Ele saberia imediatamente se eu tivesse explicado a você. — Ela observa o rosto dele em busca de compreensão.

— E agora? Passamos o resto da vida nos arriscando para podermos nos encontrar?

Ambos parecem perceber como é estranho estarem sentados no chão de uma pequena sala na Dior, e ambos conseguem rir da situação desesperada.

— Você vale muito mais do que isso, Alice. Por favor, me diga que esse encontro significa que sabe disso e que vamos achar uma maneira de estarmos juntos de verdade, que não será assim de agora em diante.

— Eu não tenho todas as respostas. Tudo o que sei é que amo você e não suporto ficar perto dele. — Ela acaricia o rosto dele e sorri novamente enquanto ele pega os seus dedos e beija cada um deles.

— Então o largue. Você pode se mudar para o meu apartamento hoje. O que a está impedindo?

— Ele. — Ela abaixa a cabeça, sabendo como isso parece fraco da parte dela, mas também consciente de que é verdade.

— Só se você deixar. — Ela ouve a clara exasperação na força das palavras de Antoine.

— Ele pode tornar a nossa vida muito difícil, Antoine, e, acredite em mim, fará isso. Se o humilharmos, vai fazer tudo o que puder para arruinar a nós dois. Espero que encontremos uma maneira de ficar juntos e evitar isso. Do contrário, de que adiantou ficarmos separados por essas semanas? Precisamos ser inteligentes. Ele está esperando um deslize. Por favor, não vamos dar a ele essa satisfação.

Antoine faz uma pausa, quebrando o contato visual. Alice o observa inspirar e expirar lentamente, esperando que ele perceba que ela tem razão e deve ouvi-la.

— Farei o que for necessário. Mas preciso ver você.

— Só agora ele começou a relaxar um pouco. Esta foi a primeira manhã em que não me questionou tanto sobre meu paradeiro durante o dia. E talvez seja porque ele sabe, Antoine. Talvez ele esteja lá embaixo falando com Anne neste exato momento.

— Eu não me importo.

— Pois deveria. — Alice segura o rosto dele com as duas mãos e o puxa um pouco mais perto de si. — Por favor, eu o conheço muito melhor do que você. Confie em mim. Eu não quero passar um segundo a mais com ele do que o necessário, mas precisamos fazer isso da maneira correta.

Alice está dominada por uma sensação de exaustão absoluta. Todos aqueles dias andando na ponta dos pés perto de Albert, tentando prever seus próximos movimentos, considerando e pensando em cada palavra que dizia a ele, desempenhando o papel da mulher que ele quer ver e o tempo todo sentindo desesperadamente a ausência do homem com quem ela deseja estar. É de admirar que esteja física e mentalmente destruída? Seus olhos se fecham devagar, a cabeça afundando com o peso repentino de todas as dificuldades que os dois precisam superar para ficarem juntos. E como? Como isso pode ser feito de uma forma que Albert se sinta menos ameaçado ou ridicularizado? Alice ainda não tem nenhuma dessas respostas, e é óbvio que Antoine também não.

Ele a pega em seus braços e a carrega para a cadeira de Dior, embalando-a no colo, a própria cabeça caindo para trás contra o encosto de cabeça. Ela sente o peso de seu corpo derreter sobre ele. Enquanto ele afasta o cabelo do rosto dela, Alice percebe a vontade de Antoine de protegê-la — mesmo que ele não saiba muito bem como fazer isso — agora que ela finalmente está de volta em seus braços.

Antes de suas pálpebras fecharem, ela percebe como os olhos dele caíram sobre o rolo de tecido que chamou sua atenção quando ela entrou no quarto com Camila.

— Gostou desse?

— É lindo. Diferente de tudo o eu já vi.

Ela concorda com a cabeça.

— É verdade.

Em seguida, envolve os braços em volta dos ombros dele e enterra o rosto em seu pescoço, enfim se sentindo segura e amada.

Capítulo 19

Lucille

Sexta-feira

Londres

Já passa das nove da noite quando chego ao meu apartamento em Putney, depois de deixar Véronique em segurança em um táxi preto a caminho de seu hotel.

Ligo o chuveiro, e a água está quente o suficiente para a minha pele ressecada suportar. Deixo a água cair sobre mim, fazendo meu corpo inteiro inchar com o calor e minha pele ficar num tom de rosa brilhante. Então me seco e encho o rosto de hidratante, observando minha pele sugá-lo avidamente antes de vestir um robe e ligar para minha mãe.

— Está de volta? — Ela pergunta logo de cara.

— Oi, mãe, sim, estou bem, obrigada. Como você está?

— Para de ser sarcástica. Você está de volta ou não?

— Estou.

— Está vindo para cá agora?

— Não, não estou. Acabei de chegar de Paris e entrar em casa.

— O que mais você precisa fazer? — A ideia de que eu possa ter uma vida além das necessidades dela obviamente não lhe ocorreu.

— Ah, você sabe, comer, dormir, pôr o trabalho em dia. Aquela coisa de ver meu chefe na manhã de segunda-feira, e eu preciso me preparar...
— Bem, pelo menos você tem um trabalho para ir.
— Não por muito tempo.
— Você foi demitida? — É típico de minha mãe presumir que alguém tomou a decisão por mim. Não o contrário.
— Não. Eu vou pedir demissão.
— Para fazer o quê? Você arranjou um novo emprego?
— Não, não arranjei. Só não posso continuar trabalhando em um lugar em que não sou valorizada, para um homem que eu não respeito, sendo constantemente preterida nas melhores oportunidades.

Ela ri. Começa como um risinho no fundo da garganta, que ela tenta abafar com uma tosse, e então, quando percebe que não consegue, ela para de tentar e solta o riso, até estar gargalhando tão alto que sou obrigada a afastar o telefone do ouvido.

— Ah, Lucille, me desculpe, eu sei que não deveria rir — ela diz, sem parar de rir. — Mas, sinceramente! Bem-vinda ao mundo do trabalho e à situação de todas as mulheres antes de você.

A reação instintiva dela é tão diferente da de Véronique que tenho vontade de desligar o telefone. Em vez disso, cerro os dentes e prossigo.

— Agradeço por não estar sozinha nisso, mãe, mas vou fazer algo a respeito e assumir um pouco do controle da minha carreira enquanto ainda tenho tempo para decidir como será o meu futuro. — Fico esperando por um *bom para você* ou até mesmo o mais vago indício de apoio da parte dela. Mas não há nada disso.

— Você não vai pedir demissão, Lucille. — Ela ameniza o tom, com a condescendência que direcionaria a uma adolescente. — Vai entrar lá na segunda-feira de manhã e jogar o jogo, como o resto de nós precisa fazer. Vai mostrar a ele que é grata pelo que tem e trabalhar dez vezes mais do que tem trabalhado. Fique mais tempo, seja melhor do que todos os outros. É a única maneira.

— É mesmo? — tento de novo, esperando que isso a faça pensar.

— Sim, o trabalho duro sempre compensa. Sempre fará com que você seja notada.

— Será mesmo, mãe?

— Sim, claro que sim. — Ela está começando a soar exasperada. — Você não pode simplesmente fugir de algo quando encontra uma dificuldade. Essa é a hora de mergulhar de cabeça e lutar.

— Como isso vai compensar?

— Se quer ter escolhas na vida, se nunca quiser depender do apoio de alguém, você precisa ser cem por cento independente financeiramente. Só então poderá mesmo ser dona da sua própria vida.

Isso parece tão mercenário para mim. Talvez eu goste da ideia de receber o apoio de outra pessoa — não para *lutar* contra a vida, mas para vivê-la ao meu lado. Para que possamos levantar um ao outro, para dar e receber apoio quando necessário. Eu não quero competir com o mundo. Não quero que pareça tão difícil.

Fico feliz em aceitar que haverá erros, escolhas equivocadas e decisões ruins, mas não é a forma como reagimos a essas coisas que faz toda a diferença? Não foram os dias que Véronique passou percorrendo a Europa *sem* um grande plano que a fizeram se tornar a mulher que é hoje? Aberta, confiante e segura, sensível a pessoas e lugares que são diferentes dela?

Parece que mamãe não fez muita autocrítica desde que a empresa à qual ela se dedicava inteiramente decidiu retirá-la da folha de pagamento. Eu me pergunto se algum dia ela irá perceber que o custo foi muito maior do que as recompensas. Penso na propriedade fechada que ela chama de lar, perto da Fulham Road, e a quantidade de barreiras de segurança que devem ser atravessadas antes de entrar. As largas ruas sempre vazias porque pouquíssimas pessoas podem se dar ao luxo de viver lá.

Consigo entender por que isso é atraente. Como é apenas uma maneira de exibir o sucesso. Ela tem todas as opções imagináveis de bar, restaurante, loja, estúdio de ioga e cabeleireiro ao seu alcance. Gasta centenas de libras em cada um deles todas as semanas, mas nunca lhe ocorre pagar uma pequena corrida de táxi até Wimbledon para ver a própria mãe.

— Como está vovó?
— Ótima. Por quê?
— Você a visitou?
— Não. Eu não preciso.
— Você não *precisa* visitar sua mãe idosa?
— Natasha me liga todos os dias, Lucille. Acredite em mim, não passo um dia sem receber uma mensagem detalhada me atualizando sobre cada coisinha do dia da sua avó. Quanto cereal ela comeu no café da manhã. Como estão os joanetes dela. Quantas vezes ela gritou com a TV, o que parece ser uma medida bastante precisa sobre seu bem-estar geral. — Imagino que minha mãe tenha salvo o número de Natasha apenas para evitar suas ligações, para jamais cometer o erro de atender e ter que ouvir como foi o dia de vovó.
— Mas, na verdade, eu estava pensando em ir lá amanhã. Se tiver tempo.

— Eu estava pensando em ver você amanhã — digo logo, antes de mudar de ideia.

— Melhor ainda. — E, simples assim, vovó é mentalmente excluída da lista de tarefas de mamãe sem esforço. — Venha à uma da tarde, terei almoço pronto para nós, e podemos conversar mais um pouco sobre sua estratégia de carreira.

Vamos conversar sobre muito mais do que isso, não que ela já saiba.

Vou para a cama e fico deitada, me sentindo mais leve, energizada e otimista do que nunca. Não consigo dormir, mas é pelos motivos certos.

Estou animada. O mundo de repente parece cheio de possibilidades outra vez — como se eu tivesse acabado de encontrar, pela primeira vez na minha vida, o caminho para elas percorrerem.

Capítulo 20

Alice

Dezembro de 1953, Paris

Que encontro maravilhoso foi aquele. Sessenta minutos inteiros que pude viver intensamente, em que me senti tranquila para ser eu mesma. Para lembrar da Alice que esqueci há tanto tempo, do tipo de mulher que posso ser. Depois de tudo o que você passou, Antoine, me surpreende que tenha a coragem para se desafiar a viver com honestidade e me encorajar a fazer o mesmo. Talvez tenha sido necessária uma grande tristeza individual para nos aproximar, mas espero ver apenas felicidade em nosso futuro. Você inspira tanta vida em mim, Antoine, que me pergunto como algum dia vivi sem você. Agora sei que não vivi nada. Foram dias sem sentido, tudo o que fiz foi para manter outras pessoas felizes. Sempre pensarei em mim mesma agora como a mulher que fui antes e depois de você — por sua causa.

A carta é uma das mais recentes escritas para Antoine, redigida após o primeiro encontro secreto dos dois na Dior, duas semanas atrás. É inebriante reler aquelas palavras, com o corpo nu dela deitado quente e satisfeito sob os lençóis retorcidos dele. Ela desliza o papel para dentro do envelope na mesa de cabeceira e olha ao redor do quarto. O apartamento está coberto de desenhos dela, lembranças ainda gravadas na mente dele. Suas lágrimas desapareceram e foram substituídas por imagens de Alice com as costas lindamente arqueadas acima dele ou deitada na cama velha, depois que eles enfim se desgrudaram um do outro. A necessidade de estarem juntos fica mais forte com o passar dos dias, então eles aproveitam cada momento das horas perigosamente roubadas na cama dele. O medo de Alice parece desaparecer com a presença de Antoine.

A única parte que ela detesta é ensaiar sua história com ele, planejando cada detalhe antes de voltar à residência e ser questionada. Graças a Deus por Anne e seus incontáveis álibis. A farsa está apenas um pouco mais fácil, mais prática... ou eles só se tornaram mais descuidados? Porque a simples ideia de ser apanhada, a ideia de que ela pode tropeçar em um pequeno pormenor que chame a atenção de Albert, é o suficiente para fazer seu sangue gelar.

O plano deles não é nada elaborado. O tempo que passam juntos é tão curto que nenhum dos dois está disposto a sacrificá-lo por causa de Albert, então não permitem que o nome dele domine as discussões.

— Você pode ficar um pouco mais hoje? *Por favor?* — Antoine sussurra no ouvido dela, sua respiração no mesmo ritmo que o traço suave de seus dedos sobre o quadril e a coxa de Alice. À medida que a consciência dela lentamente volta ao presente, ela se espreguiça antes de se enroscar nele novamente.

— Não posso. Tenho uma reunião marcada para discutir as comemorações do aniversário da rainha. Não posso faltar. Está na agenda de todo mundo há semanas.

— Faltam meses para isso. *Por favor*.

— Eu sei, mas há muito o que fazer. Albert quer toda a fanfarra, óbvio. E ele está me esperando, Antoine. Eu preciso estar lá. — Ela logo se arrepende de ter mencionado o nome quando Antoine lança os olhos para o céu, claramente frustrado por Albert ainda estar comandando o tempo dela, conseguindo o que quer, quando quer.

— Tem algo que quero fazer com você. — Ele sai da cama e atravessa o quarto até a janela, abrindo delicadamente as cortinas e lançando um fino véu de luz de inverno sobre si mesmo. Os olhos de Alice percorrem o corpo dele devagar, apreciando a curva musculosa das pernas, a tensão do peito e do torso, a curvatura viril dos braços ao serem flexionados para puxar a cortina. Mesmo depois de todas aquelas semanas, ela ainda não consegue olhar para ele sem sentir uma onda de prazer crescendo em seu interior. Só precisa fechar os olhos e mergulhar em uma escuridão para se lembrar da sensação de tocar no corpo dele, de como ele a faz se sentir, e de que nunca vai querer abrir mão de qualquer uma dessas coisas.

— O que é? Talvez eu tenha tempo antes de ir. Mas não posso me atrasar, Antoine.

— Espere aqui. — Ela o observa se dirigir para a porta. — Não vou demorar.

Alice se apoia nos cotovelos e estremece com a dor de cabeça que se espalha por sua testa. Ela tem bebido demais recentemente. Em casa, para se anestesiar da constante mudança de humor de Albert. E ali, rolando com Antoine, sempre de olho no relógio, uma parte do cérebro ensaiando a história que contará a Albert mais tarde. Ela faz uma nota mental para reduzir o consumo de álcool, o que não será fácil tão perto do Natal e diante da perspectiva sombria de ser forçada a passar mais tempo com Albert. Não se atreveu a levantar o assunto com ele. Tem fantasiado que Albert passará o Natal em Londres, com a família, deixando-a livre para aproveitar o tempo com Antoine. Mas, como não houve qualquer menção a tais planos, aceitou que as chances de isso acontecer são mínimas. A única coisa pior será se ele insistir que ela viaje com ele.

Será que deveria simplesmente ter deixado Albert assim que se deu conta da situação em que estava? Se tivesse agido antes, estaria mais feliz agora, mais tranquila? Mas o deixaria para ir aonde? Sem qualquer fonte de renda, precisaria contar com os pais para facilitarem seu retorno à Inglaterra. Eles teriam financiado sua fuga? Ela não tem certeza de que a resposta a essa pergunta seja sim. E quanto à vida para a qual ela voltaria, em que tudo ficaria sob o controle deles novamente e não haveria Antoine? Expor a si mesma sem uma solução perfeita teria sido imprudente. Se ela tivesse ido morar com Antoine, seus pais ficariam sem qualquer apoio. Como eles iriam sobreviver? Não, ela está acostumada a lidar com isso; pode aguentar um pouco mais.

Seus pensamentos são interrompidos pelo som de Antoine arrastando algo pesado escada acima. Quando ele entra no apartamento, Alice vê que é uma árvore de Natal. O cheiro de pinho fresco enche a sala imediatamente, Antoine está rindo, e, antes que possa descobrir o porquê, Alice sente uma onda de emoção desabar sobre ela e lágrimas inundando seus olhos.

Esse não deveria ser um marco perfeitamente romântico no relacionamento dos dois? Um jovem casal vivendo um novo amor, prestes a passar o primeiro Natal juntos? Se ao menos fosse tão simples. Será que essa emoção foi desencadeada por não se lembrar de já ter decorado uma árvore de Natal na infância? Era algo que aparecia magicamente durante a noite, quando ela estava na cama. Um trabalho do qual a governanta se encarregava, nunca ocorrendo aos pais que ela poderia gostar de compartilhar a tarefa divertida com eles, como outras crianças faziam com suas famílias.

Ou será porque ela sabe que, mesmo que consiga aproveitar a próxima hora, logo terá de voltar a encarar Albert? Enquanto Antoine luta para colocar a árvore de pé, ela enterra o rosto no lençol, não querendo estragar o momento com suas lágrimas.

— Eu a comprei ontem. — Ele sorri. — Normalmente não me daria o trabalho, mas queria que a decorássemos juntos.

Ele equilibra a árvore contra a parede e oferece a Alice um saco de papel que ela sabe que conterá a massa folhada e o café de sempre. Alice sorri, mas há uma inquietação horrível tomando conta dela esta manhã. Adora ver Antoine tentando fazer a situação parecer o mais normal possível. No entanto, por mais que ele tente, ela não consegue deixar de lado o fato de que se trata de um faz de conta, que eles não abrirão presentes juntos na véspera de Natal como milhares de outros casais em Paris.

Que talvez nem se encontrem, se Albert não viajar.

— Que ideia boa — é tudo o que ela consegue dizer. O cheiro do café recém-passado faz seu estômago se revirar, e ela sabe que não vai conseguir tomá-lo. Até o calor da massa amanteigada espalhando-se pelo saco de papel é desagradável. — Você vai passar o Natal com seus pais?

— Não! Eu quero passar com você, Alice. — Ele voltou para a cama agora, o rosto preocupado com a possibilidade de isso não acontecer.

Alice tenta desviar o assunto de si mesma.

— Sua mãe certamente estará esperando por você. Como tem esperado desde, ah, você sabe. Você não a mencionou muito desde a noite da exibição de Monet.

— Ah, quem sabe o que ela pensa? Suspeito que tenha dito a si mesma que não estamos mais nos vendo ou que se entendeu de alguma forma com seu marido. Não me preocupei em dar detalhes para ela.

Alice sente a garganta apertar, como se uma pequena pedra se alojasse ali. Certamente madame Du Parcq não se distrai com tanta facilidade. Ela não demonstrou ser o tipo de mulher que simplesmente seguiria em frente e deixaria o filho tomar suas próprias decisões. Ele deve saber disso.

— Você acha que ela não sabe sobre nós, sobre o que realmente está acontecendo? — Alice pergunta, tímida. — Ela acreditou que foi apenas um beijo naquela noite? — Ela não consegue evitar que o pânico domine sua voz. Parece muito improvável, mas este não é o momento certo para tratar disso. Não sabendo que terá de se vestir e ir embora logo, sem saber quando poderá ver Antoine novamente.

— Podemos, por favor, não perder nosso tempo conversando sobre o que ela pode ou não saber? Eu realmente não me importo, Alice. — Antoine pega uma caixinha do guarda-roupa e entrega a ela, o rosto brilhando de felicidade. — Gosta deles?

Ela abre a tampa e descobre uma seleção de belos enfeites de madeira para árvores de Natal. Bailarinas, velas, coroas, estrelas e tambores, todos cuidadosamente embrulhados em um papel de seda velho e descolorido.

— Pertenciam à minha avó. Aparentemente, eu era obcecado por eles quando criança, então ficaram comigo quando ela faleceu. Nunca senti a necessidade de tirá-los da caixa antes, mas este ano eu quero.

— Eles são preciosos. — Alice levanta uma das bailarinas da caixa. Os braços e pernas estão graciosamente estendidos, como se ela estivesse prestes a dar um salto impressionante. O tutu largo é dourado, e ela ainda tem as fitas finas das sapatilhas de balé serpenteando pelas pernas esguias. Alice segura o enfeite na mão, e milhares de pensamentos sobre sua infância, seu casamento e o tipo de mulher que ela se tornou colidem ao mesmo tempo, e ela começa a soluçar baixinho. — Nada disso é real, Antoine. Nada disso que nós temos vai durar, e eu não suporto isso.

Ele agarra os braços dela e a sacode com firmeza.

— Vai durar, sim! Nem pense nisso. Claro que podemos ficar juntos. Eu estou pronto, Alice. Já disse, se depender de mim, você pode se mudar para cá hoje.

Eles já falaram muitas vezes sobre isso. Mas ela vai dizer de novo, esperando que, desta vez, Antoine a escute.

— Precisamos esperar que a raiva de Albert se esgote, ou pelo menos que diminua. Por favor. — Ela enxuga as lágrimas com as costas da mão, sua prioridade agora é impedir Antoine de perder a paciência.

— Por que ele tem que ditar *tudo*?

— Ele não está ditando isto, está? — Ela passa a mão pelo rosto de Antoine, lembrando-o de que está ali naquele momento, com ele, exatamente onde quer estar.

— Nós precisamos de um sinal, Antoine, algo que me diga que não somos mais a prioridade dele, que fomos substituídos por outra de suas distrações noturnas ou uma crise no trabalho. Não vai demorar muito. Algo surgirá. Nesse meio-tempo, farei o que planejamos. Vou começar a procurar um trabalho, talvez algo na Sorbonne. E vou começar a trazer algumas das minhas coisas para cá. Pequenas coisas que são importantes para mim, mas que ele não notará que estão faltando.

— Isso não basta, Alice. Eu quero estar com você de verdade, quero me casar com você!

Ambos fazem uma pausa. Antoine parece tão chocado com o que disse quanto ela. Por quê? Porque ele não sabe como ela vai reagir? Ou não esperava ouvir a si mesmo dizer aquilo? Alice permanece em silêncio, mas suas emoções estão explodindo. Ela quer gritar sim mil vezes. Quer reclamar da injustiça de sua vida, que nunca colidiu com a de Antoine antes da de Albert. Quer esquecer todas as responsabilidades que já assumiu e fugir com o lindo homem à sua frente para um lugar onde eles nunca serão encontrados. Permitir que sua vida seja a simples história de amor que sempre quis. Mas seus lábios permanecem fechados. Ela precisa ouvir mais dele. Aquilo foi um pedido de casamento? Ou um exagero inspirado pelo prazer que seus corpos criam juntos? Uma pista do que ele vê em seus sonhos, no futuro dos dois além de Albert, se é que tal coisa é possível?

— Se duas pessoas estão destinadas a ficar juntas, elas ficarão. Você realmente acha que Albert é capaz de impedir isso? — Ele balança a cabeça com veemência, e ela o observa voltar para a caixa e tirar uma de suas decorações favoritas.

Alice baixa o olhar para sua aliança de casamento e pensa em como seria muito mais feliz se Antoine fosse o homem que a colocou. Talvez ela venha complicando as coisas demais. Talvez Albert seja apenas um homem ultrapassado e logo perceberá que, apesar de todas as suas conspirações e advertências, a esposa o desobedeceu a cada passo do caminho. E talvez ela possa enfrentar essa realidade também, com Antoine ao seu lado.

No momento em que Alice volta para casa, cerca de uma hora depois, sente vontade de ir direto para a cama. Mas o descanso terá de esperar. Ela deve ir para a biblioteca em quinze minutos, com Albert, Anne, Eloise, Patrice e o chef de cozinha para discutir sobre as comemorações do aniversário da rainha que eles irão promover.

Conforme planejado, a residência foi transformada da noite para o dia com milhares de enfeites de Natal brilhantes. Isso foi feito com atraso, mas Alice simplesmente não conseguiu reunir o entusiasmo necessário para gerir o trabalho. Para onde quer que ela se vire, há um lembrete, nos galhos das árvores de Natal e nas lanternas brilhantes enfileiradas na escada, de como este deveria ser um mês alegre — e como é impossível para ela se sentir assim quando está se dividindo em duas. Ela é a última a assumir seu assento na biblioteca e tenta ignorar o olhar de nojo maldisfarçado no rosto de Albert enquanto se senta, com caneta e papel à sua frente.

— Onde você esteve? — ele pergunta, falando muito mais alto do que o necessário.

Alice engole em seco. Por favor, não, não na frente de todos, ela pensa, não agora quando ela se sente tão incapaz de confrontá-lo.

— Com o florista. — Ela pretende soar leve e segura, mas seu tom sai amedrontado.

— Qual deles? — Ele está de olho nela. Seu rosto exibe uma imobilidade confiante, mas o aperto na caneta denuncia sua raiva crescente.

— Le Joli Bouquet, não mencionei? — Os funcionários reunidos ao redor da mesa estão começando a se remexer nos assentos, sem saber, assim como ela, onde isso vai terminar. Ela decide levar a reunião adiante. — Eloise, gostaria de começar com a lista de convidados?

Eloise abre a boca, mas é imediatamente interrompida por Albert.

— Achei que eles fechassem nas quintas-feiras.

Albert não tem interesse suficiente na organização dos eventos para saber se uma floricultura em particular está aberta às quintas-feiras ou não. Ele está apenas tentando perturbar Alice. Lembrá-la de que cada história que ela conta pode ser — e será — verificada. Nas circunstâncias, ela não tem escolha exceto se ater à sua história.

— Não, estão abertos. E vendendo alguns dos melhores exemplares de amoras e eucaliptos na cidade. Pedi que entreguem alguns na semana que vem. — Alice imediatamente vê Anne rabiscando em seu bloco de notas e sabe que ela está escrevendo um lembrete para fazer o pedido à floricultura. — Eloise, por favor, continue.

Alice se serve de um grande copo d'água, o esvazia de uma vez e logo o enche de novo. O gesto preocupa Anne, que logo pergunta se ela está bem.

— Sim, muito bem, obrigada. Só um pouco cansada — ela sussurra de volta, percebendo como os cantos da boca de Albert se moveram sutilmente para cima.

— Fechamos a lista de convidados na semana passada após a resposta de todos, e agora temos nossa última chamada de nomes — Eloise informa a todos.

— E em quantos estamos? — pergunta Alice.

— Duzentos e quinze. Cento e cinquenta para o coquetel formal, e outros sessenta e cinco se juntarão a nós para o banquete. Ficará bem apertado, mas, se não houver ninguém que possa ser excluído neste ponto, é a lista final.

— Quando os convites serão enviados? — Alice sente gotas de suor começando a fazer cócegas em sua testa e pega a água novamente, percebendo que sua mão está tremendo um pouco. É o tipo de tremor de esgotamento que ela sente quando está ocupada demais e pula uma refeição. Precisa usar as duas mãos para firmar o copo o suficiente para levá-lo aos lábios e sente os olhos preocupados de Anne voltados para ela. A amiga se inclina para mais perto.

— Deseja que eu cancele seus compromissos desta tarde, madame Ainsley? Realmente não parece estar muito bem.

— Não, não. Eu vou ficar bem. Assim que terminarmos aqui, vou dormir um pouco. Desculpe, Eloise, por favor, continue.

— A proposta está com o secretário particular da Downing Street agora, mais como uma cortesia do que qualquer outra coisa. Portanto, supondo que isso seja assinado antes do recesso de Natal, postaremos os convites na segunda semana de janeiro, quando todos já estarão de volta ao ritmo normal.

— E, por favor, vamos planejar alguns eventos adicionais no Athénée. É meu hotel favorito em Paris, e sei que Olivier, o gerente geral de lá, apreciaria muito a publicidade. Temos um ótimo relacionamento com ele agora, então vamos garantir que continue assim.

— Ótima ideia, entrarei em contato com eles. Solicitaremos a confirmação de presença para o início de fevereiro, para que o chef possa começar a planejar e receber os pedidos necessários com bastante antecedência.

— Certo, o que nos leva aos menus. Já pensou nos canapés para o coquetel, chef? — A boca de Alice está seca, e ela sente a garganta estalar enquanto fala. Albert se inclina para a frente na cadeira, mantendo os olhos fixos nela.

— Pensei em uma maravilhosa mistura entre os canapés britânicos e franceses favoritos da rainha. Devemos servir champanhe e o coquetel favorito dela, gim e Dubonnet. Em seguida, um rosbife e pudins de Yorkshire, algumas carnes de caça, é claro, provavelmente veado cozido em um molho de uísque escocês, antes de passarmos para algo doce, talvez chocolate perfumado com Earl Grey e servido com morangos, que será a fruta da estação na ocasião. Talvez um *crème brûlée* de flor de laranjeira?

— Isso parece mais do que suficiente — interrompe Albert. — Não acha, Alice? — Ele está direcionando a pergunta para ela porque vê muito bem que seu rosto perdeu toda a cor. Ela está segurando a cabeça entre as mãos e tentando empurrar a cadeira para trás para sair da sala.

— Desculpem-me, podem me dar licença por um momento? — Anne a ajuda a se levantar, e Alice fica imensamente grata. Mas despreza o olhar que Albert está dirigindo a ela, sabendo que terá de assumir a liderança enquanto ela estiver fora da reunião.

— Não sei se tenho tempo para ficar entediado com esse tipo de coisa — ele anuncia ao som de sua cadeira arrastando para trás. — Basta tomarem as melhores decisões, que é o que todos estão aqui para fazer — ele dispara enquanto passa por Alice e Anne em seu caminho para fora da sala.

Anne sobe a escada lentamente, parando a todo momento para que Alice respire e controle a vertigem. As duas chegam até a porta do quarto antes que Alice sinta o ambiente escurecer ao redor e seu corpo desabe sobre Anne.

— Acho que preciso chamar um médico aqui — diz Anne. — Você não está bem o suficiente para ir ao consultório.

Alice não discute. Permite que Anne levante e tire seus braços e pernas frouxos do vestido e a ajude a reclinar suas costas na cama. Momentos depois, adormece.

Quando acorda, Anne e o médico estão de pé ao lado da cama. A mão de Anne apoia-se em seu braço frio e úmido.

— Madame Ainsley, o dr. Bertrand está aqui. Ele vai verificar alguns sinais vitais para nos assegurar de que não é nada sério. Pode ser?

— Sim, claro. Estou certa de que o senhor perdeu a viagem, mas, por favor, faça o que considerar necessário. — Anne a ajuda a sentar-se, empilhando dois grandes travesseiros atrás dela. Ela se sente um pouco fraca, como se o cochilo nunca tivesse acontecido.

— Ficarei muito satisfeito por ter perdido meu tempo se isso significar que a senhora está bem, madame Ainsley. Agora, me deixe pegar seu braço e começaremos com seu pulso e pressão arterial. — Ele segura o braço, dela com uma das mãos e instala um termômetro embaixo da língua com a outra. — Está tomando algum medicamento de que eu deva saber? — Ela balança a cabeça negativamente. — O pulso está bom, mas a pressão arterial está um pouco baixa. Além do desmaio, teve algum outro sintoma?

— De forma alguma, estou com uma saúde perfeita.
— Certo. Fico feliz que pareça estar bem por ora. Mas quero ser chamado se houver mais algum sintoma, por favor.
— É claro, mas, honestamente, acho que podemos considerar isso um caso isolado. — Alice se arrasta mais para cima na cama, ansiosa para demonstrar que não pretende ficar nela por muito mais tempo.
— E eu gostaria que a senhora fizesse um teste de urina, por favor. — Ele entrega a Anne um pequeno recipiente tubular. — É a melhor maneira de identificar uma infecção que poderíamos deixar passar. Também nos dará uma boa visão geral de seus níveis de proteína, açúcar e hormônios para que possamos descartar qualquer coisa séria. Talvez possa me entregar a amostra lá embaixo quando madame Ainsley terminar? — ele pergunta a Anne.
— Claro. Levaremos apenas alguns minutos. — Ela acompanha o médico até a porta do quarto.
— Os resultados levarão alguns dias. E, quem sabe, podemos estar à procura de más notícias onde só há boas — ele acrescenta, permitindo que o seu rosto se suavize ligeiramente num lampejo de sorriso.
— Ah, que exagero — geme Alice, no segundo em que ele está fora do alcance da sua voz. — Mas, quando for lá embaixo, pode pegar uma fita métrica, Anne? Preciso que tire minhas últimas medidas e telefone para a Dior. Não tenho tempo para voltar à boutique.
— Claro. Não vou demorar.

~~~

Enquanto Anne está fora, os pensamentos de Alice se voltam para o tecido Toile du Jouy de sua última visita à Dior. Ela pensa nas palavras de Antoine de manhã, na determinação dele para que os dois fiquem juntos, em sua insistência cega de que ficarão. Mas, antes que possa se perder totalmente na fantasia, a porta do quarto se abre, e Anne entra na sala com o rosto pálido.

— O que houve? — Alice se senta ereta.

— Albert. — Uma única palavra capaz de fincar um fragmento de medo gélido em Alice.

— Meu Deus, o que foi agora? O que ele disse a você?

— Nada. Ele não disse uma palavra. Entrei no vestiário para pegar minha bolsa, onde sempre guardo uma fita métrica.

— E?

— E Albert estava lá. Alice, ele estava vasculhando minha bolsa.

— *O quê?* Que invasão absurda. O que ele está pensando? — Mas, no instante em que as palavras estão deixando os lábios dela, seu cérebro salta à frente. — Meu Deus. Ele viu? — O quarto parece perder todo seu calor, o ar se tornando rarefeito ao redor delas. — Minha carta para Antoine. Por favor, diga que não estava lá. Por favor, Anne!

— Estava. — Ela puxa os cabelos com as mãos e tem a boca aberta em uma expressão de pânico. — Mas não está agora. Sinto muito, Alice, acho que ele a pegou.

Capítulo 21

Lucille

Sábado

Londres

Entrar no vasto apartamento de mamãe é como entrar em um aspirador de pó. É difícil acreditar que qualquer forma de vida humana ou vegetal possa existir dentro dele. Se tivesse placas de "Não toque" estrategicamente posicionadas pelo apartamento, elas não seriam tão eficientes quanto a limpeza e a organização impecáveis do ambiente.

Sério, quem vive assim? Tudo é pensado e posicionado milimetricamente. Nada é acidental. A simetria reina suprema. O lugar oferece uma janela maravilhosa para a mente de alguém que valoriza controle, precisão e concentração acima de *tudo*. O esforço para deixá-lo assim deve consumir horas de seu tempo, todos os dias.

Cores são proibidas, ao que parece, então tudo tem uma tonalidade que vai do branco ao bege, passando pelo cinza. As hortênsias nos vasos parecem ter sido colhidas nesta manhã; as almofadas, perfeitamente posicionadas, como se tivessem sido alinhadas com uma régua. Para a maioria das pessoas, imagino que isso seja um sonho. Para mim, é rígido e frio. Me dá vontade de gritar um palavrão ou lançar violentamente minha bolsa contra algum objeto caro. Prefiro mil vezes o conforto das migalhas de bolo da casa de vovó.

Entro pela sua porta de madeira clara de pé-direito duplo em um piso de mármore reluzente que mais se parece com o saguão intimidador de um banco do que com a casa de alguém. Em seguida, o espaço se abre para uma sala de estar cavernosa, maior do que a biblioteca do meu bairro e com tetos tão altos que quase desapareçam de vista. Ao lado de três pilares de pedra centrais, há uma mesa de jantar que acomoda confortavelmente vinte pessoas, e me pergunto quem é toda essa gente que ela anda recebendo. Ela não tem namorado — a simples ideia me é estranha. Ela nunca abriria espaço em sua agenda para um encontro em vez de uma reunião de negócios. Nunca a ouvi falar de jantares, festas ou encontros de madrugada que tenham ocorrido aqui. Eu certamente nunca fui convidada para nenhum.

Vou procurá-la na cozinha, um espaço que não se parece nada com uma cozinha até que ela abra as portas para revelar a geladeira ou uma adega. Ela já serviu o almoço para nós no centro de sua mesa de jantar ridiculamente comprida, e sinto meu corpo enrijecer como faria em uma entrevista de emprego. Jogo minha bolsa no chão, tornando-a a única peça fora de ordem no lugar, e ela percebe quando uma escova cheia de cabelo cai para fora. Abre a boca para reclamar, mas pensa melhor e desiste, ainda que a *bagunça* a deixe incomodada. Seus olhos não param de se voltar para a escova caída.

— Estou tão feliz por você ter vindo, Lucille. Andei me sentindo péssima enquanto você esteve fora. — Ela me serve uma taça de vinho branco, e não me dou o trabalho de dizer que prefiro tinto.

— Você também esteve indisposta?
— Indisposta? Mais para abandonada e esquecida.

Nós nos sentamos em grandes bancos de madeira polida de cada lado da mesa.

— Ah, mãe, você perdeu o emprego. Sei que parece injusto, mas você não acabou de ser diagnosticada com alguma doença grave. — Sorrio para indicar que, embora possa estar fazendo pouco caso da situação, ainda estou do lado dela e me preocupo com suas questões.

— Pode parecer assim para você, mas não para mim. Sei que carreira nunca foi algo muito importante para você, Lucille, afinal, está pensando em abandonar um cargo perfeitamente bom sem ter nada planejado. Mas eu passei a vida inteira trabalhando para aquela empresa. Eu trabalhava em apresentações de vendas nos fins de semana enquanto todo mundo estava aproveitando o sol. Recusei inúmeros convites para sair com amigos porque precisava trabalhar em novos protocolos, tanto que pararam de me convidar depois de um tempo. Se eu comparar as horas que passei no escritório e em minha própria casa, seria chocante. — Temo que este pequeno discurso não vá parar mais, mas então ela faz uma pausa e toma um grande gole de vinho, suspirando alto enquanto recoloca a taça de haste longa sobre um porta-copo com delicadeza, alinhando os dois perfeitamente.

— Nada disso é novidade para mim, mãe. Eu vivi isso com você. Ou melhor, não vivi. — Ela está começando a colocar um pouco das três saladas grandes em seu prato, e tudo o que vejo em seu rosto é empolgação. Ela está pensando apenas nos aspargos caros cobertos com lascas de parmesão, no nhoque com pesto que não foi comprado no supermercado e nos bulbos caramelizados de erva-doce salpicados com arroz selvagem e pinoli. Olhando para a mesa, imagino que tenha gastado cem libras em uma de suas delicatessens orgânicas favoritas nesta manhã. O que não consigo ver é qualquer sentimento de arrependimento, e não posso deixá-la escapar impune. — Você se sente mal olhando para trás, mãe, como se tivesse perdido alguma coisa? — digo isso suavemente. Não quero atacá-la, mas quero que ela pense nisso uma vez na vida.

— Como assim? — ela pergunta enquanto enfia a comida na boca.

— Agora você consegue ver que, apesar de toda a sua devoção e trabalho árduo, no final, você é dispensável. Exatamente como todos nós. Que talvez eles não a valorizassem e merecessem os sacrifícios que você fez. Tudo aquilo valeu a pena?

Ela deixa cair o garfo no prato, satisfeita com o barulho abrupto que ele faz ao pousar.

— Eu precisava ganhar a vida, Lucille. Quem mais faria isso? Se eu tivesse parado para me fazer essas perguntas, que bem isso teria me feito? Ou a você? Posso ter chegado às mesmas conclusões a que você pelo visto chegou, mas e depois? Pelo menos posso dizer que nunca faltou nada a você. — E eu quero dizer a ela: "Faltou, sim: você, minha mãe." Que ela podia estar longe de ser perfeita, mas ninguém é e, além disso, ela era minha mãe e eu precisava dela. Mas as palavras ficam presas na minha garganta, porque, se eu as verbalizar, vou me tornar a pessoa má, a ingrata.

— É isso que você acha? Que eu fiquei bem? — Tento de novo, mas posso ver a irritação crescendo na cor de suas bochechas. Seu mecanismo de defesa está prestes a entrar em ação. Ela não está envergonhada; está ficando irritada, porque não quer enfrentar o que nós duas evitamos por anos. No passado, isso teria sido o suficiente para me silenciar ou pelo menos forçar uma mudança de assunto. Tomo um grande gole de vinho também. Percebo que, se vou fazer isso, vou precisar de algum empurrão.

A mesa entre nós de repente não parece grande o suficiente.

— Não ficou? — Seu tom é desafiador, e ela está na ofensiva, tentando me assustar, porque é muito doloroso confrontar o passado. Percebo isso em suas inspirações profundas. É meu aviso para não levar a discussão adiante. Este deveria ser o almoço que a faria riscar *Tempo com Lucille* da sua lista de tarefas, em que ela forneceria alguns conselhos profissionais indesejados que a fariam se sentir maternal, reclamaria sobre como foi tratada injustamente e então me mandaria embora.

Mas eu quero mais honestidade do que isso.

— Não. Eu senti a sua falta. — Dizer as palavras em voz alta me faz sentir uma onda gigante de tristeza que não percebi que estava chegando, e aperto os músculos da barriga para impedir que ela se espalhe pelo espaço entre nós. — Todos os dias, eu sentia sua falta. Eu me sentia sozinha.

Como sei que ela não saberá lidar com minhas lágrimas, tento me apegar aos fatos, apesar dos horríveis flashbacks que estão começando a surgir em minha mente. O choro no travesseiro noite após noite, ser a única criança cuja mãe nunca comparecia aos eventos da escola, os olhares de pena dos professores.

Ela não está com vontade de ser conciliadora — mas algum dia esteve?

— Ah, pelo amor de Deus, Lucille, não podemos simplesmente ter um bom almoço juntas? Isso tudo aconteceu há muito tempo. Sempre tentei conseguir as melhores escolas e as melhores babás possíveis. Achei que você amasse Amy.

Pobre Amy, minha babá sofredora, que estava sempre grudada no telefone, se desculpando com alguém por estar atrasada porque sua chefe *ainda* não havia chegado em casa. Aquilo fazia eu me sentir como um grande incômodo que precisava ser passado de pessoa para pessoa, sem ninguém que realmente quisesse ser responsável por mim.

— Claro que eu não *amava* Amy. Era isso que você dizia a si mesma? Que estava tudo bem voltar para casa tarde todas as noites porque eu estava com Amy? Uma garota que ficava ansiosa para você chegar para que ela pudesse ir embora e fazer o que realmente queria fazer? — sinto a emoção tentando sair à força de mim agora, e minha boca se contorce enquanto luto para contê-la.

— Eu colocava você na cama algumas noites. — A indignação na voz da minha mãe está apenas me deixando mais determinada a terminar essa conversa e a fazê-la entender que ser mãe não significa ceder ocasionalmente algumas horas do seu dia.

— Sim, eu me lembro daquelas noites. Como você costumava pular páginas dos meus livros de histórias para me fazer dormir mais rápido.

— Eu tinha *trabalho* para fazer, Lucille, você não entende isso? Eu estava sob muita pressão no escritório.

— Eu tinha *seis anos*, mãe! Eu sabia o que você estava fazendo.

Algo muda nela então. Seus olhos se esvaziam da raiva, e vejo uma profunda tristeza brilhando neles.

— Mas o que você não sabe, porque sempre estava dormindo a essa altura, é do pedido de desculpas que eu sussurrava no seu ouvido na maioria das noites, quando finalmente fechava o notebook e podia ir para a cama também.
— Os primeiros sinais de emoção aparecem em sua voz.
— Nunca havia horas suficientes durante o dia ou a noite. Por mais que eu trabalhasse, nunca tinha tempo para ficar apenas com você. Eu precisava ser durona. Tinha medo do que poderia acontecer se eu não fosse. — É como se alguém tivesse deixado todo o ar escapar dela. Está com os ombros caídos, as pálpebras moles.

Levo um instante para me acalmar, colocando no meu prato um pouco da comida que sei que não vou comer, e olho em volta, notando algumas das peças novas que apareceram desde minha última visita, meses atrás. A escolha dessas peças deve ter levado muito mais tempo do que depositar as 150 libras na minha conta bancária como presente de aniversário atrasado deste ano. Um enorme vaso de cristal vazio, uma exibição por si só. Uma nova luminária comprida suspensa acima de nós, lançando uma luz brilhante em todos os cantos da sala de jantar. Minha mãe mobiliou seu apartamento com itens que ninguém verá em nenhum outro lugar. Eles foram coletados durante suas viagens a trabalho. Enquanto a maioria das mães que trabalham fora provavelmente percorriam as lojas dos aeroportos em busca de presentes para os filhos que deixaram para trás no início da semana, ela negociava na alfândega a passagem segura de uma nova poltrona ou um imenso tapete. Quando eu era criança, invejava essas viagens dela. Despertavam um fascínio quase mágico. Eu ficava deitada na cama pensando nela voando pelo céu acima de mim, sua noite iluminada pela mesma lua brilhante que a minha. Mas ela acordaria em uma terra estrangeira tão sedutora que a afastaria de mim todas as vezes. O que havia lá que era tão mais importante do que eu?

O ar entre nós esfria um pouco, o suficiente para eu fazer a pergunta que desejo fazer há anos. Não tenho certeza do que está me dando a coragem que tanto faltava antes. Talvez seja porque ela não terá tempo para outro almoço tão cedo. Talvez seja porque eu sei que não devo esperar por uma resposta honesta. Ou, quem sabe, eu simplesmente já lidei com segredos de família o suficiente por uma semana. Pelo menos alguns deles deveriam ser libertados.

— Por que eu fui tão difícil de amar, mãe? — Deixo-a sentir o choque das palavras pesando no ar ao nosso redor.

Eu a sinto absorvê-las e, então, quando elas não têm mais nenhum outro lugar para ir, engulo-as. Registro a centelha de pânico em seus duros olhos azuis. Ela precisa dizer algo, e tem de ser o suficiente para satisfazer todos aqueles anos de dor e solidão.

Eu a observo devolver os talheres ao prato de maneira lenta e deliberada, a experiência gastronômica de luxo arruinada. Aos poucos, ela levanta a cabeça, empurra o prato para o lado e entrelaça os dedos à sua frente na mesa. A consultora de gestão preparada para dar a volta em um cliente teimoso. Ou ela está prestes a enfrentar algo que vem evitando há tanto tempo quanto eu? Ela olha diretamente para mim e fala.

— Eu não sabia como amar você. — A voz dela está carregada de emoção agora. As palavras são sussurradas, não ditadas. Ela abaixa a cabeça um pouco, como se estivesse ligeiramente envergonhada de sua confissão.

— Continue. — Não tenho pressa. Vim até aqui com um propósito e não pretendo ir embora enquanto não tiver as respostas para as perguntas que me perturbam há anos.

— Sua avó era muito distante quando eu era criança. Sei que você achará difícil de acreditar. — Ela levanta a mão e me corta quando vê que estou prestes a protestar. — Mas é verdade, ela era. Deve ter me abraçado, mas não me lembro de isso acontecer com frequência. Ela estava sempre por perto, nunca trabalhou depois que se casou com seu avô e me teve, mas eu não me lembro de ter me sentido amada. Ela era uma pessoa muito triste.

As lembranças de mamãe sobre vovó são muito difíceis de conciliar com a mulher que nunca me mostrou nada além de amor — ou com a romântica irresponsável que abriu seu coração em Paris, aparentemente sem medo das consequências. Mas não posso compartilhar nada disso, não até saber do final.

— Eu cresci quase sentindo que ela não me queria. Eu me esforçava para lembrar de algum momento especial que compartilhamos. Ela sempre estava muito preocupada.

— Com o quê? — Eu me inclino sobre a mesa, reduzindo a distância física entre nós duas, me abrindo completamente para a possibilidade de respostas.

— Eu não sei — ela balança a cabeça tristemente —, mas me lembro de seu humor mudando drasticamente com a chegada de cartas que ela recebia de uma amiga em Paris. Papai sempre me alertava para nunca a interromper quando ela estivesse lendo ou escrevendo uma de suas cartas. Ele dizia que era o momento especial dela sozinha. Aquelas cartas pareciam mais importantes para ela do que qualquer outra coisa. Elas podiam mudar todo o humor do dia. Às vezes, chegava uma, e ela desaparecia em seu quarto para ler. Por uma ou duas horas depois, ela ficava muito feliz. — O rosto dela se abre em um meio sorriso, e vejo que ela está lá, assistindo à cena como se estivesse se desenrolando na nossa frente. — De repente, fazíamos um bolo juntas, ou ela me levava para um passeio ou para o parque. Eu me sentia como se tivesse minha mãe de volta. — Então, com a mesma rapidez, o sorriso desaparece. — Mas a alegria nunca durava, e, na hora do chá, ela já estava triste de novo, desaparecendo em seu quarto, trancando a porta e ignorando todos os meus apelos para entrar.

— Ah, mãe. Por que você nunca falou sobre nada disso comigo antes? — Instintivamente estendo a mão sobre a mesa, e ela se agarra a ela como se fosse sua única salvação.

— É melhor esquecer essas coisas. Não foram tempos felizes. Eu não via sentido em trazer tudo à tona. — Entendo seu desejo de evitar o assunto e deixar memórias dolorosas no passado. Mas ignorá-las por todos esses anos parece tão covarde. Ela nunca sentiu que merecia algumas respostas também?

— E você nunca perguntou a ela sobre isso?

— Nós não temos esse tipo de relacionamento. Não éramos próximas naquela época, e não somos próximas agora. Ela está muito velha, Lucille. Apesar de ter sido uma mãe muito distante, eu não a odeio. Aprendi a conviver com isso e certamente não quero tornar os últimos anos de sua vida mais dolorosos do que já são.

— E não havia outras pistas sobre o que a deixava tão perturbada?

— Seu avô me disse uma vez que havia uma grande tristeza em minha mãe que ela nunca perderia e que eu não deveria tentar entender isso. Cresci pensando que ela estava doente, com medo de acordar uma manhã e descobrir que ela havia partido. Eu costumava me imaginar em pé ao lado de seu túmulo, sem conseguir chorar porque ela nunca me deixou amá-la. Achava que todos olhariam para mim e veriam que filha terrível eu era, incapaz de derramar lágrimas no funeral da própria mãe. Você consegue imaginar como era isso, Lucille?

— Não, não consigo. Sinto muito, mãe. Mas o vovô nunca lhe disse mais nada quando você ficou mais velha?

— Nunca. Fosse o que fosse, Lucille, ela nunca quis que ninguém soubesse. Ela não estava doente, então, com o passar dos anos, pensei que pudesse ter alguma relação com os pais dela, eles nunca nos procuraram.

— E quanto a Paris? Alguma vez ela falou sobre a cidade ou qualquer coisa que possa ter acontecido lá? Se foi onde ela conheceu o vovô, deve ter sido importante para ela. — Há muito mais que eu poderia dizer, mas agora não é a hora.

Ela pensa por um minuto.

— Sim, na verdade, lembro que ela fez uma viagem a Paris quando eu tinha uns três ou quatro anos. Acho que deve ser uma das minhas primeiras lembranças dela.

— Você foi com ela?

— Não, ela foi sozinha. Não é da viagem em si que me lembro, ela nunca falou sobre isso. Mas, depois que ela voltou, foi como se uma enorme tempestade tivesse se instalado acima da casa e nada era capaz de afastá-la. Ela passava dia após dia na cama chorando, com as cortinas fechadas, recusando-se a me ver. Ficou absurdamente magra. Papai chamou um médico para vê-la, e me lembro que, depois disso, uma fileira de pequenos frascos marrons de comprimidos apareceu em sua mesa de cabeceira. Eram muitos comprimidos. Eu achava que eles a ajudariam a me amar. Mas eles nunca funcionaram.

— Ela ama você, eu sei que sim! Sempre pergunta por você quando estou com ela. — Parece uma defesa muito fraca, eu sei.

— Assim como a gente pergunta ao carteiro se ele teve um bom fim de semana ou à mulher da loja da esquina se o cachorro doente dela está melhor. Perguntas educadas não são amor, Lucille. Aposto que você nunca a ouviu falar sobre mim com carinho nem expressar amor ou afeto genuíno por mim. Já sentiu que ela estava com saudades de mim? Ou que tem orgulho de mim e de tudo o que realizei? — Apesar da confiança com que diz tudo isso, posso ver que há um vislumbre de esperança no rosto de minha mãe. Ela estuda minhas feições do outro lado da mesa; quer que eu a contradiga.

Minha boca se abre para dizer o quanto ela está errada — as palavras deveriam estar saindo de mim, mas não estão, e a pausa paira tristemente entre nós. Eu a observo abaixar a cabeça, sabendo com certeza agora que tem razão.

— Alguns dias, ela é muito vaga — digo. — Alguns dias, tem dificuldade para me dizer o que comeu duas horas antes. — Mas sei que, no dia seguinte, ela pode estar incrivelmente lúcida, relembrando detalhes e momentos com tanta clareza que é como se tivessem acontecido naquela manhã. Sempre atribuo isso à memória seletiva. Mas minha mãe tem razão. Nenhuma das histórias de vovó jamais a teve como foco. Sempre que falamos dela, basicamente sou eu quem fala, em geral reclamando, e vovó só balança a cabeça e parece decepcionada. Espero que a culpa não esteja aparecendo em meu rosto.

— É algo horrível de admitir, Lucille, mas ver como ela se dedica a você só piora as coisas. É doloroso pensar que mandou você para Paris, uma cidade que obviamente significa algo para ela, e nunca fez o mesmo comigo. Desde o momento em que você nasceu, ela queria ver você o tempo todo. Não importava quantas vezes nós a recebêssemos ou levássemos você para visitá-la, nunca era o suficiente. Ela dedicou a você um afeto que era completamente estranho para mim. Chegou ao ponto em que seu pai e eu tivemos de inventar motivos para ela não aparecer... Dizíamos que você teve uma noite de sono ruim ou estava com febre... apenas para ter um pouco de espaço para respirar.

— Por que acha que isso aconteceu?

— Não tenho ideia, mas suspeito de que seu avô soubesse. Ele percebeu a irritação em meu rosto uma tarde, em uma das visitas inesperadas dela, e me puxou de lado. Não consigo lembrar as palavras exatas agora, mas ele me pediu para ser paciente com ela. Falou que, se eu soubesse por que ela estava se comportando daquela maneira, entenderia. Isso foi tudo o que disse sobre o assunto. Ele era dedicado a ela, e eu sabia que nunca trairia os segredos que ela havia confiado a ele. Eles nunca foram mais do que amigos quando se conheceram e passaram um tempo juntos em Paris. A relação deles só evoluiu um tempo mais tarde, quando ela entrou em um dos hotéis elegantes em Wimbledon para pegar bolos para o chá da tarde e ele saiu da cozinha para entregá-los. Me lembro dele me contando que nunca fazia isso. Um membro da equipe de atendimento deveria ter entregado a minha mãe. Mas ele disse que teve um sentimento avassalador que o forçou a sair dos bastidores naquele dia.

— Nossa, sério?

— Sim. Quando a viu, não fazia ideia de que seus caminhos estavam prestes a se cruzar novamente, e disse que sentiu o coração quase explodir no peito. Os dois se reencontraram depois de mais de cinco anos separados e ficaram basicamente inseparáveis a partir de então... até que ela finalmente o perdeu.

As lembranças de mamãe combinam perfeitamente com o homem que fazia biscoitos frescos para vovó todos os fins de semana, enchendo a casa com um cheiro quente e amanteigado que sempre me fará lembrar dele.

— De qualquer forma, eu esperava que o interesse dela por você diminuísse nos primeiros meses, mas isso nunca aconteceu. Ela é tão fascinada por você agora quanto sempre foi. — Posso ver que a dor ainda está lá, tão presente hoje quanto deve ter sido há trinta e dois anos.

— E você passou a se ressentir de mim? — É uma pergunta difícil de fazer, então falo suavemente, deixando minha voz dizer a ela que eu entendo se a resposta for sim. Só preciso saber. Ela está sendo mais aberta e honesta comigo esta tarde do que jamais foi e talvez volte a ser.

— Eu não pensava assim na época, mas talvez um pouco, sim. Você precisa entender que minha própria mãe foi tão distante de mim que eu simplesmente não conseguia entender o que o bebezinho em meus braços tinha que eu mesma nunca tive. Acabei concluindo que ela queria se redimir com a neta. Pensei que estava determinada a compensar com atitudes o que ela nunca foi capaz de fazer por mim. Isso faz sentido?

— Sim, mãe, mas você não consegue ver como o ciclo se repetiu? — Estendo as mãos sobre a mesa, e ela as segura. — Como você me manteve longe? Como, se vocês duas tivessem resolvido isso tantos anos atrás, o *nosso* relacionamento poderia ter sido melhor?

— Ah, Lucille, eu sinto muito. Quero que saiba que eu amo você e sempre amei. Vou fazer tudo o que puder para melhorar as coisas entre nós. Se você deixar? Se não for tarde demais? — Ela começa a chorar baixinho, algo que nunca vi minha mãe fazer. Seu lábio inferior está tremendo, e sei que ela não vai tirar os olhos de mim até ter minha resposta.

— Claro que não é tarde demais, mãe. Mas isso vai além de nós duas. Acho que você precisa fazer as pazes com a vovó também... e ela, com você. Antes que seja tarde demais.

Ela assente com a cabeça, e sei que está sendo sincera. Não há um comentário sarcástico ou uma ressalva, nem sequer um revirar de olhos. Meus pensamentos se voltam para Véronique e como ela estava certa, quando dividimos o prato de frios e uma garrafa de vinho, logo depois que mamãe perdeu o emprego e me implorou para voltar para casa, ao dizer que devia haver um motivo por trás do comportamento de minha mãe e como seria injusto de minha parte julgá-la até saber disso.

— A boa e velha Véronique — murmuro baixinho, mas mamãe percebe.

— Quem é Véronique? — ela pergunta.

— Alguém muito mais sábia do que eu — digo com um meio sorriso.

Capítulo 22

Alice

Dezembro de 1953, Paris

— Parabéns, madame Ainsley, você vai ser mãe.
Alice imediatamente sente as pernas enfraquecerem e seu centro de gravidade se transportar para longe dela. A parte de trás dos joelhos faz contato com a cama, e ela se senta.

— Mesmo? Tem certeza? Quer dizer, certeza absoluta? — Nos dias que teve para refletir sobre o resultado da primeira consulta do médico, não permitiu que sua mente chegasse a essa conclusão. Ela esperava ouvir palavras como *anemia*, *exaustão*, *estresse* e *ingestão de álcool* passar pelos lábios dele naquela manhã.

Não aquilo.

Ela olha para Anne, mas, ao observar a aceitação abatida em seu rosto, isso não é uma grande surpresa. Ela observa Anne respirar longa e profundamente para manter as emoções sob controle. É uma notícia difícil para ela ouvir.

É verdade que Alice e Antoine estiveram longe de ser cuidadosos — foram descuidados, na verdade — quanto à proteção. Estavam absolutamente perdidos um no outro e jamais pararam para considerar como um momento juntos um dia poderia afetar a todos pelo resto da vida. Mas o corpo dela queria aquilo. No vazio escuro de sua barriga e nos recessos profundos de seu coração, que Albert nunca quis tocar, ela realmente queria isso.

— Seu teste de urina mostra um nível surpreendentemente alto de hormônios de gravidez para este estágio inicial. Está confirmado — acrescenta ele, categoricamente.

As orelhas de Alice parecem estourar e se encher de água. Ela vê a boca do médico se movendo através de um grande sorriso de parabéns, mas não consegue ouvir uma palavra do que ele está dizendo.

É o lindo rosto de Antoine que Alice vê estampado em sua frente, onde a fantasia de entregar essa doce notícia para ele já está tomando forma. Os dois estão rindo e ele começa a chorar, jogando os braços em volta dela, levantando-a e girando-a até que ela precisa mandá-lo parar, os dois eufóricos, como se fosse tudo o que sempre sonharam. Um presente que os unirá definitivamente. Ninguém neste mundo será capaz de se colocar entre eles agora.

— Eu queria dar a notícia pessoalmente para garantir que não vazasse. — As palavras do médico puxam Alice de volta para o quarto. — Sei que haverá um anúncio de imprensa no devido tempo e eu não queria arriscar que algo vazasse antes que a senhora e monsieur Ainsley estivessem prontos para falar sobre isso. Naturalmente, é bom esperar além das primeiras doze semanas, mas você é uma mulher pequena, madame Ainsley, e a barriga vai começar a aparecer muito mais cedo do que pensa. Como eu disse, ainda estamos num estágio inicial, mas, pela minha estimativa, o bebê deve nascer no início de agosto.

As mãos de Alice se movem de forma protetora para a barriga.

— Obrigada, doutor. Agradeço por dedicar seu tempo para vir aqui hoje. — As palavras dela parecem robóticas, ditas automaticamente, sem pensar. Ela está pensando apenas na magia que está sendo criada dentro dela. Como deve protegê-la. Observa a nuca do médico enquanto Anne o acompanha para fora do quarto, olhando para trás por cima do ombro para verificar se está tudo bem em deixar Alice sozinha por alguns minutos.

Quando a porta se fecha atrás deles, Alice sente a respiração acelerar. A menção do nome de Albert liberou um ar tóxico de preocupação dentro do quarto. Ele não pode fazer parte disso. O bebê não é dele, pelo menos disso ela tem certeza absoluta. Mas o silêncio dele nos últimos dias, desde o desaparecimento da carta dela para Antoine, tem sido ameaçador. Ela esteve com medo demais para arriscar contatá-lo, temendo que qualquer aviso que tentasse enviar se tornasse a prova final de que Albert precisa.

Será que ela está certa? Albert estaria se distanciando de propósito, passando mais tempo fora de casa? Ele a está evitando? Deixando-a sem qualquer chance de avaliar sua próxima jogada? Alice olha para a própria barriga, entrelaçando os dedos nela. Ela parece inchada? As últimas medições que Anne fez certamente dizem que sim. Será que Anne havia percebido? As pessoas já estão olhando para ela e achando que haverá um anúncio em breve? Por que ela mesma não percebeu as diferenças? De repente, parece tão óbvio.

Anne retorna e se senta ao lado dela na cama.

— Você está bem, Alice? Minha nossa. Sei que é muito para absorver, mas o que você vai fazer?

Alice olha para ela intrigada.

— Como assim?

— O que vai dizer para Albert?

— O bebê não é dele. — Alice não quer falar sobre Albert. Este momento não deve envolvê-lo.

— Tem certeza disso? — Um lampejo de vergonha cruza o rosto de Anne quando ela percebe como a pergunta pode ser impertinente, mesmo entre duas mulheres cujo relacionamento se aprofundou muito além do profissional.

— Faz muito tempo que Albert não se interessa por mim. Essa parte de nosso relacionamento, como muitas outras, morreu quando chegamos a Paris. É impossível que este bebê seja dele.

— Está bem. Se tem certeza de que o bebê é de Antoine, o que acha disso? O que vai fazer? Vai ter que dizer algo a Albert, não é? Ele saberá tão bem quanto você que não pode ser dele. — Alice entende Anne querer resolver as coisas de imediato, já que seus pensamentos e sentimentos não estão encobertos pela mesma emoção crescente que está explodindo dentro dela.

— Eu não tenho nenhuma dessas respostas. — Ela percebe o quanto a situação é difícil. — Não era o que eu havia planejado. Não sei como explicar isso a Albert de uma forma que acabe bem. Mas, Anne... no próximo verão estarei segurando o bebê de Antoine em meus braços. Tenho uma vida crescendo dentro de mim, o presente mais inesperado e lindo que eu poderia ter recebido. Preciso alimentá-lo e protegê-lo a todo custo. — Alice se interrompe ao ver que os olhos de Anne se encheram de lágrimas silenciosamente e seu queixo caiu em direção ao peito. Ela se levanta da cama procurando uma distração, mas Alice a puxa de volta para baixo.

— Sinto muito, Anne. Por favor, me perdoe. Eu não estava pensando. Ah, Anne, isso foi tão insensível. Magoá-la é a última coisa que eu quero fazer. — Alice leva a mão ao rosto da amiga e gentilmente enxuga uma lágrima nova.

— Está tudo bem, de verdade. Achei que as coisas fossem ficar mais fáceis, só isso. Mas nunca fica. Cada vez que uma amiga ou parente me conta que está grávida, por mais que tente, não consigo conter as lágrimas. Estou feliz por você, Alice, por favor, não pense que não estou. Mas também estou preocupada com a reação de Albert e pensando se Antoine tem alguma ideia do que você vai contar a ele em breve.

Alice abaixa a voz.

— Vou tentar vê-lo o mais rápido possível. — Ela caminha decidida pelo quarto e levanta o telefone sobre a pequena escrivaninha. Deixa tocar várias vezes antes de aceitar a derrota e puxar um pequeno bloco da gaveta da mesa. Rabisca apressadamente algumas frases e, em seguida, lacra a nota em um envelope.

— Por favor, pode pedir que alguém leve isso ao apartamento dele agora? Escrevi que preciso que ele entre em contato comigo o mais rápido possível. Então, por favor, diga a Patrice que, quando Antoine ligar, deve ser encaminhado para mim imediatamente, o que quer que eu esteja fazendo. Se eu estiver dormindo, ele tem que me acordar.

— Sim, é pra já. — Mas não há prazer no rosto de Anne, apenas uma preocupação sombria pelo que o dia trará.

Enquanto Anne se ocupa, Alice começa a esboçar levemente o contorno de um vestido, com saia rodada e decote com babado, ao lado das palavras *Toile du Jouy*. Seu desenho é básico e tosco, e ela contará com os mestres da Dior para transformar sua fantasia em algo realmente especial, algo digno do dia em que ela pretende usá-lo. Ela o mostra para Anne.

— O que acha?

Ela leva um momento para apreciar a solenidade do vestido no papel.

— Acho que pode ser o vestido mais lindo do mundo. — Ela sorri ao pegá-lo de Alice. — Vou mantê-lo seguro para você.

Alice mal toca no almoço. Como tocaria, se ainda não deu a notícia a Antoine? Não ouviu nenhuma palavra dele durante toda a manhã, apesar de seus lembretes quase constantes para Anne de que a ligação deve ser transferida imediatamente a ela. Então permanece em seu quarto, andando no mesmo pedaço de chão, indo e voltando por horas, sozinha e pronta, como precisa estar para aquela conversa. Mas nada acontece.

Por volta das quatro horas, não consegue mais tolerar a própria companhia e sai do quarto. Ao se aproximar da pequena antessala à direita, percebe uma luz baixa sob a porta e diminui o passo. Só pode ser Albert; ninguém mais usa aquele ambiente. Ela pisa mais leve, na esperança de passar despercebida, mas de repente ele sai para o corredor, fazendo-a cambalear para trás.

— Um minuto do seu tempo, se não se importar. — Ele está parado diante dela, bloqueando seu caminho, e ela não tem escolha a não ser dar um passo em direção à porta de onde ele veio.

— Realmente não estou me sentindo bem, Albert. Isso não pode esperar, por favor?

— Não, não pode. — Ele a conduz para dentro da sala, tão próximo que os dois estão praticamente se tocando, e ela inala o cheiro de álcool em seu hálito. Alice vê a garrafa de uísque aberta sobre a mesa e sente uma onda de nervosismo percorrer sua coluna. Ele fecha a porta de carvalho sólido atrás de si, selando os dois no espaço confinado.

Ficar sozinha com ele é um erro, ela sabe disso. Deseja desesperadamente se virar e sair da sala, mas teme como ele vai reagir, teme que a situação se agrave e ela não consiga escapar. Ela sabe que nunca será capaz de abrir a porta com rapidez suficiente. A sala é forrada com pesados painéis de madeira, que criam um isolamento acústico eficaz e, quando ela sente o espaço se apertar ao seu redor, percebe que ele escolheu o local de propósito. Seja lá o que queira dizer a ela, planejou fazê-lo longe dos olhos e ouvidos da equipe desta vez.

Ele se move em direção à mesa que fica sob um retrato imponente do duque de Wellington com o peito estufado, confortável com sua própria autoridade. A pintura é flanqueada por uma série de pequenos esboços a óleo, os homens solenes do conselho de guerra, e, enquanto ela se pergunta se eles inspiraram qualquer que seja o confronto que Albert está armando, o silêncio é quebrado por um som — quase um rugido — de profunda frustração, que dispara dos pulmões dele em direção a Alice. Então ela ouve o cristal do copo de uísque se quebrando contra a parede atrás dela, tão perto do seu rosto que ela sente as pontas do cabelo se erguerem quando o objeto voa pelo ar.

— Meu Deus, Albert, por favor! — Ela começa a chorar e envolve os braços em torno de si mesma para se proteger. Ele não pode ter descoberto a notícia de hoje. Somente ela e Anne foram informadas a respeito, e não há nenhuma chance de a amiga ter compartilhado a informação. Certamente não pode ser sobre a carta, por que ele faria isso dias após a descoberta?

— Você sabe o que seu pai me disse antes de nos casarmos, Alice? Sabe? — Ele berra as palavras, como se ela estivesse parada na extremidade oposta do corredor e não a menos de dois metros dele, cuspindo uma saliva alimentada pelo ódio no ar entre eles.

— Não. — A voz dela é quase inaudível, e ela sabe que isso só vai deixá-lo ainda mais irritado, mas não consegue forçar as palavras a saírem da boca com qualquer convicção.

— Fale direito!

— Não, Albert. — Ela está congelada no lugar e sente o tremor nos joelhos, forte o suficiente para fazer a bainha de sua saia balançar.

— Ele disse que eu havia feito uma boa escolha, porque você nunca me causaria problemas. Disse que você só queria agradar. — Ele está tropeçando nas palavras, com tanta raiva que não consegue controlar o ritmo correto do que quer dizer. Alice sabe que deve escolher suas próximas palavras com muito cuidado. Que ele precisa se sentir no comando e no controle dela. Entende que ele quer ver seu medo.

— Eu sinto muito. Nunca quis magoar você, Albert. Você merece o melhor. — Ela baixa os olhos e a cabeça, tentando demonstrar submissão.

— Agora você está arrependida! Bem, seu pai tinha razão até certo ponto, não é? Você tem feito *muito* esforço para agradar. Quando está correndo pela cidade com o cheiro do seu amante ainda fresco na pele, vocês dois não poderiam estar *mais* satisfeitos. Mas nunca foi ao seu marido, nunca foi a *mim* que você achou que valia a pena agradar. Não foi para *mim* que você se guardou. — Ele está sentado na beira da mesa, com os braços cruzados e as pernas abertas, de frente para Alice, mantendo-a parada na frente dele, sabendo que ela terá medo demais para se mover.

Mais do que qualquer coisa, ela quer dizer a ele que tentou, muito, no começo. Quer falar que se casou com ele com toda a intenção de amá-lo e permitir que ele a amasse, mas ele não estava lá, física ou emocionalmente. Ele queria uma parceira profissional, não uma esposa. Uma representante, não uma confidente. Outra integrante de sua equipe, nunca uma igual. *Ele* nunca a amou verdadeiramente. Mas não pode falar isso. Ele não quer ser contrariado. Não aceitará nenhuma culpa. A melhor esperança de Alice para terminar essa conversa é tentar descobrir o que provocou essa última explosão e assegurar a ele que é capaz de consertar a situação, seja ela qual for.

— Eu já tentei desistir dele, tentei ser discreta... — Ela mal tem tempo de respirar antes que Albert voe da mesa, atravesse o pequeno espaço entre eles e grite diretamente em seu rosto, o nariz colidindo com o dela, fazendo-a cambalear para trás.

— Eu dificilmente chamaria ficar grávida de ser discreta, você chamaria?! Como pretende esconder *isso*? — Ele está tão perto que ela enxerga a secura dos seus lábios rachados, a pele do nariz e do queixo com marcas de varíola, e a visão é repulsiva. Ela abaixa os braços sobre a barriga, tentando o seu melhor para forçar alguma distância entre eles, soluçando alto agora. Se ele quer ver que a quebrou, está vendo agora. Ela balança a cabeça de um lado para o outro, tentando entender o que ele está dizendo, como ele poderia saber. Recusa-se a acreditar que Anne tenha contado a ele. E ela teve o cuidado de não revelar nada na carta a Antoine, sabendo que havia uma boa chance de ser interceptada.

— Vou acabar com a sua confusão. Estou vendo que você está lutando para acompanhar. Como acha que me senti esta manhã, quando seu médico vestiu o casaco para ir embora, apertou minha mão e me parabenizou por me tornar pai? Há meses que não chego perto de você, então não demorei muito para entender.

A mente de Alice corre de volta para a manhã. Relembra o prazer no rosto do médico, como ele estava interessado em ajudar a manter as notícias em segredo até que ela e Albert estivessem prontos para ir a público. Por que ela não pensou em alertá-lo sobre dizer qualquer palavra ao marido antes que ela falasse com Albert primeiro?

— Meu Deus. Eu sinto muito. Não achei que ele fosse...
— É, ele falou. Porque achou erroneamente que temos um casamento estável. Você está tão perdida, Alice. Não faz a menor ideia de como cuidar de si mesma, que dirá de um bebê. Então, eu decido o que vai acontecer daqui para frente.

— Como assim? — O que quer que saia da boca de Albert a seguir não poderá ser questionado.

— Você vai me ouvir de agora em diante. Passei o dia todo pensando em como resolver essa bagunça que você criou, como posso sair dessa situação sem manchar a minha reputação, e só há uma opção. Porque, pode acreditar, não vou deixar a estupidez dos outros prejudicar *tudo* o que eu trabalhei para conseguir. De novo não. Não desta vez. — Ele se afasta um pouco dela, e Alice vê a mancha vermelha de raiva que floresceu por baixo da gola da sua camisa, cobrindo o pescoço e as bochechas. Mas o comportamento dele está mais calmo. Ele não espera nenhuma resistência dela agora. — Se madame Du Parcq e eu estivermos certos, seu relacionamento com Antoine está praticamente acabado, então...

Alice sente a respiração paralisar e morde o lábio inferior com força. Se ao menos tivesse falado com Antoine naquela manhã, ele estaria ali com ela agora, ajudando-a a se livrar de qualquer plano fútil com que Albert acha que ela concordará.

— Deixe-me adivinhar, você não teve notícias dele hoje, correto?

— O que você fez? — Alice sente a força voltando à voz, mas não consegue esconder o medo nos olhos, sabendo que Albert está certo.

— Foi muito fácil. Depois de encontrar sua cartinha de amor, liguei para madame Du Parcq e abusei dos piores medos dela. Disse que, se o filho querido não se afastasse de você, ele jamais teria uma carreira respeitável nesta cidade ou em qualquer outra, e a família seria condenada ao ostracismo. É claro que ajudou o fato de eu ser inteligente o suficiente para ter seu beijo de despedida fotografado. Então, se ela estava determinada a minar a relação de vocês dois antes, minha nossa, ela se mostrou indomável durante nossa ligação esta manhã, depois que seu médico lançou aquela pequena bomba sem querer. Na verdade, acho que eu deveria agradecer a ele. Antoine pode ser jovem e imbecil, mas pelo menos sabe o quanto deve aos pais, financeira e moralmente. Madame Du Parcq conhece o próprio filho melhor do que ninguém e cuidou dele, porque ele é incapaz de fazer isso sozinho. Agora, o que *nós* vamos fazer é o seguinte.

Alice não consegue absorver as palavras. Sua mente está uma confusão de emoções, impossíveis de distinguir. Quanto daquilo é invenção? Quanto é verdade? Ela sabe que Albert dirá o que for necessário para conseguir o que quer.

— Seu relacionamento com ele acabou, aceite isso e continue com a gravidez. Você vai criar o bebê como nosso. Isso lhe dará algo para fazer com todo o tempo livre que terá agora. Vou apoiá-la financeiramente, mas é só isso. Não quero ter nada a ver com a criança.

— Eu... eu preciso falar com Antoine, não posso simplesmente... — Alice sente uma dor crescente na cabeça enquanto tenta absorver tudo o que ele está jogando sobre ela.

— Vou ser bem claro. Eu não estou te dando uma escolha, Alice. É isso. Não consigo imaginar muitos maridos que seriam tão generosos. Agora, saia da minha frente. Não suporto olhar para você por nem mais um minuto.

Alice está deitada na cama, sozinha em seu quarto, olhando para o teto, esperando por um sono que sabe que não virá. Está forçando a si mesma a não fazer a única coisa que Albert deseja que ela faça: questionar o amor de Antoine por ela. Horas se passam enquanto ela repete várias vezes o que Albert afirma ter acontecido no decorrer de um dia que começou com tantas promessas e está terminando com ela se sentindo mais isolada do que nunca. Será que Antoine realmente já sabe sobre o bebê? Por que não respondeu à carta dela? Por que não veio direto atrás dela e forçou sua entrada na residência, se necessário?

Por fim, a luz da manhã começa a voltar lentamente para o quarto, trazendo consigo o calafrio da compreensão. Antoine não virá — e ela não pode ficar com Albert.

Capítulo 23

Lucille

Domingo

Londres

— Sem canetas, apenas lápis. Sem comida ou bebida, obviamente, e suas bolsas e casacos precisam ficar no armário, por favor. Vocês não têm permissão de entrar com nada. — O segurança na recepção do V&A não está deixando nada ao acaso, e sua eficiência brusca apenas aumenta o meu nervosismo enquanto Véronique e eu nos preparamos para ser levadas à sala de estudos. — Preciso ver um documento com foto das duas, depois podem assinar aqui — ele abre um caderno de couro preto — e eu lhes darei uma pulseira. — Véronique e eu nos entreolhamos. É hoje. O dia em que veremos o vestido número oito, o último da coleção de vovó. Aquele feito com o belo tecido Toile de Jouy e o ponto final metafórico da história dela.

Espero estar prestes a descobrir por que ela me enviou a Paris.

— Vocês tiveram muita sorte de conseguir um horário no domingo, eles são raros — ele acrescenta com um sorriso, tornando-se um pouco mais humano, um pouco menos

oficial. Talvez tenha sentido nossa apreensão. — Vocês têm duas horas, nada além disso, então aproveitem ao máximo.
— Está pronta? — pergunta Véronique.
Estou muito feliz por ela estar comigo hoje. Não quero estar sozinha quando vir o que está esperando por mim lá dentro. E, tenho que admitir, ela tem sido muito melhor em desvendar essa história do que eu. Posso muito bem precisar da ajuda dela para dar sentido a esta pista final também. Parece certo que seja Véronique a fazer isso, considerando como a mãe dela era próxima de vovó durante a época em que ela esteve em Paris. É como se estivéssemos fechando o ciclo juntas, e imagino que tanto vovó quanto a mãe de Véronique adorariam a ideia de unirmos forças, ajudando uma à outra para descobrir o final deste mistério.
— Acho que sim.
Uma alegre senhora dá uma olhada no segurança e depois se vira na nossa direção.
— Olá, sou Margaret. Vou ajudar vocês hoje. Já se registraram?
— Estou terminando agora — responde o segurança, apontando a pequena câmera em cima da tela do computador para nosso rosto. Enquanto Véronique tira sua foto, me pergunto se o nó que estou sentindo no estômago ainda estará lá quando formos embora. O que vamos encontrar?
Margaret nos leva por uma série de corredores largos, ladrilhados, semelhantes aos de um hospital e completamente desertos. As longas lâmpadas de LED tremeluzem acima de nós como se pudessem se apagar a qualquer momento. O lugar me lembra um daqueles filmes assustadores que termina com alguém sendo injustamente preso por um crime que não cometeu. Tenho a sensação de que Margaret já andou por esses corredores solitários muitas vezes. Ela não parece assustada como nós. Tem os olhos fixos à sua frente. Há uma intensidade em seu ritmo que eu

gostaria de desacelerar. Não tenho certeza se estou pronta para isso.

Pegamos o elevador até o terceiro andar e finalmente emergimos no silêncio da sala de estudos. É um alívio ver outras pessoas. Agrupamentos de mesas de madeira grandes e altas marcam as diferentes áreas de pesquisa dos visitantes. Cada mesa está coberta com um pedaço de papel branco de proteção, e os itens são colocados cuidadosamente em cima dele. Quando passamos por alguns estudantes, dou uma olhada no que eles estão vendo: há um robe medieval forrado de pele real, algo mais moderno feito de couro preto e perfurado com centenas de tachas de metal, e um tutu de penas incrível que imagino dançando pelo palco na Royal Opera House. Uma garota está atirada sobre uma das mesas, parecendo completamente entediada, como se estivesse ali há dias fazendo anotações que nunca mais se preocupará em ler.

— Vocês não podem tocar em nada — diz Margaret. — Se precisarem ajustar ou mover algo, basta chamarem um dos especialistas em arquivo que eles farão isso por vocês. É fácil nos identificar, estamos todos usando as luvas de proteção roxas.

Nossa mesa fica do outro lado da sala, a única com apenas um item, sob uma camada de tecido branco fino. Quando nos aproximamos, vejo que há uma folha de papel com os detalhes básicos do vestido.

> Objeto: Vestido
> Lugar de origem: Paris, França
> Artista/Criador: Dior, Christian, nascido em 1905, falecido em 1957 (designer)
> Número do item do museu: T.45-1954
> Notas do objeto: doação anônima
> Localização da galeria: armazém

Descrição de acesso público: padrão Toile de Jouy, seda
Linha descritiva: não pertence a nenhuma coleção conhecida do designer

— Parece que todos estão ocupados, então vou colocar umas luvas e remover a peça para vocês. — Enquanto Margaret desaparece, meus olhos param sobre a palavra *anônima*, e me pergunto novamente o que poderia ter levado vovó a querer manter tal nível de sigilo. Entrego a folha para Véronique, que parece estudá-la mais de perto. Não tenho certeza do que qualquer uma de nós espera ver sob aquele tecido. Passaram dez dias desde que vovó me deu a passagem de trem para Paris, e tanta coisa aconteceu desde então. Conheci Véronique, beijei Leon, descobri camadas da vida de vovó e dei alguns pequenos passos na relação com a minha mãe. E o que mais? O que mais acontecerá nas próximas duas horas? Não sei ao certo quanto disso vovó pretendia que acontecesse, mas espero sempre ser grata por ter ido.

— Muito bem, vou tirar isso para que vocês possam começar. É um grande prazer para mim, sabe. Apesar de ser uma das peças mais raras que temos no arquivo da Dior, quase ninguém a viu nesse tempo em que está conosco. Talvez porque não há muitas informações sobre ela. Eu trabalho aqui há mais de trinta anos e só me lembro de uma senhora que veio vê-lo.

— Quem era ela? — deixo escapar antes de perceber que Margaret obviamente não poderia me dizer, mesmo se soubesse.

Ela sorri gentilmente, em vez de falar isso.

— Foi muito triste. Ela ficou sentada olhando para ele as duas horas inteiras que havia reservado. Também segurava um papel... parecia uma carta? Não se moveu nenhuma vez, não pediu para o vestido ser levantado e não fez nenhuma pergunta. Eu estava planejando conversar com ela depois, para ver se precisava de alguma coisa, mas ela saiu quando nenhum de nós estava olhando, então nunca tive a chance.

— Quando foi isso? — pergunta Véronique com mais sensatez.

— Não faz muito tempo. Um ano, talvez. Ela era muito idosa. Fiquei surpresa por ter vindo sozinha, para ser sincera. Me perguntei se o vestido poderia ter pertencido a ela, mas pareceu rude da minha parte perguntar, considerando o tipo de vestido que é.

Os olhos de Véronique se voltam para os meus, assim como os meus para os dela. Ambas estamos pensando a mesma coisa. *Existe* algo inegavelmente diferente ou incomum sobre esse vestido. Ele é de um certo *tipo*.

— Ela parecia ser alguém que apreciava moda. Estava usando um lindo casaco de lã azul meia-noite com gola *bateau* e luvas exatamente do mesmo tom que cabiam perfeitamente nela. E usava um broche de libélula muito requintado preso ao casaco. Imagino que a maioria das pessoas pensasse que se tratava de bijuteria, mas eu sabia que era de verdade. Todos comentamos como ela era elegante.

Claro, eu sei que era vovó. Quem mais poderia ser? Natasha deve ter ajudado a organizar sua visita. Véronique balança a cabeça e ri baixinho. Ela também sabe disso. Então, sem qualquer aviso, Margaret levanta rapidamente o tecido protetor do vestido com o tipo de floreio que atrai todos os pares de olhos da sala para a nossa direção.

E ali está.

O vestido mais incrivelmente delicado da coleção de vovó. Aquele que, apesar de sua fragilidade, carrega um segredo mais pesado do que qualquer outro que ela nos mostrou até agora. Dou um passo mais para perto da mesa, deixando os braços caírem ao lado do corpo, e meus ombros de repente desabam. Sei imediatamente que não precisaremos do nosso intervalo de duas horas hoje.

— Ah, Lucille, meu Deus, eu realmente não esperava ver *isso*. — Véronique leva a mão à boca. Ela está pálida, parecendo genuinamente chocada, e olha para mim, checando se eu entendo o que estou vendo, o que isso significa.

— Este não é o vestido de vovó — eu digo, obviamente e para ninguém em particular. — É minúsculo. É um... — deixo a frase no ar, e cabe a Margaret terminá-la.

— Um vestido de batizado, sim. Que, pelo que parece, nunca foi usado.

O jeito como ela sussurra faz meus olhos se encherem de lágrimas, e o vestido de repente sai de foco, flutuando na minha frente, perdendo todas as bordas definidas. Pisco com força e enxugo os olhos com a palma da mão, fazendo questão de não perder nenhum detalhe.

É repleto de minúsculos fios de bordados metálicos quase invisíveis, mas que lhe conferem um levíssimo brilho de ouro rosa. Há o padrão desbotado Toile du Jouy de que tanto ouvimos falar, a repetição suave de florais pictóricos que parecem perfeitamente puros e angelicais. O pequeno decote redondo é guarnecido por um babado pregueado, repetido na parte inferior de duas mangas bufantes. Em seguida, o tecido se junta no peito antes de cair na levíssima saia de seda translúcida, uma tela preciosa para a pintura ornamentada que se desenrola nela. Tem uma feminilidade que remete a uma época totalmente diferente. Mais do que tudo, posso ver que minha avó o adoraria. Que é refinado, adequado à ocasião para a qual foi feito, embora ainda seja incrivelmente bonito.

— Vocês têm certeza de que nunca foi usado? — pergunta Véronique. A força voltou ao seu rosto, agora que ela se recuperou da surpresa inicial.

— O máximo de certeza possível — responde Margaret. — Sempre penso em nossas peças como fantasmas de famílias distantes. As pessoas podem ter partido, até sido esquecidas, mas sempre deixam rastros de si mesmas; suas sombras, como dizemos. Pense nisso como um molde de gesso usado para consertar um osso quebrado. Quando é por fim partido e removido, é jogado fora, considerado inútil, agora que seu trabalho está feito. Mas quem olhar para dentro verá marcas particulares, a forma como os minúsculos pelos do bebê se acomodaram, quaisquer imperfeições ou reentrâncias causadas pelo contato com a pele. Tudo estaria lá para ser visto, para se construir uma imagem. E até um vestido delicado como esse tem uma história para contar. Um bebê não teria deixado a peça em condições tão perfeitas. Não há sinal de vida dentro dele. Talvez essa seja uma história em si?

Vejo Véronique engolir em seco e me pergunto: esse vestido seria a confirmação de que houve um verdadeiro trauma no passado de vovó? Ela mandou fazer um vestido de batizado que nunca foi usado.

Um vestido tão cheio de vergonha, remorso ou perda, que ela sequer conseguiu associar seu próprio nome a ele quando foi doado ao museu.

Capítulo 24

Alice

Dezembro de 1953, Paris

Alice abre o portão de metal que leva ao pequeno jardim privado de Antoine.

Ela bate de leve na porta e espera, enquanto o imagina colocando o lápis e o bloco de desenho no chão e se apressando na escada, prevendo que pode ser ela. Mal consegue respirar, rezando para que sua expectativa esteja prestes a acontecer — não algo inimaginável, como Albert gostaria.

Ela espera, depois bate de novo, e recebe apenas um silêncio tenso. Por fim se abaixa e abre a pequena caixa de correio, olha para dentro e tenta ver qualquer sinal da carta que entregou a ele ontem. Não está no chão, o que deve significar que ele a viu e leu. Será que ele está a caminho de sua casa? Como é possível que apenas vinte e quatro horas atrás ela tenha colocado as mãos na barriga e se perguntado se o bebê deles teria os cabelos escuros brilhantes ou os lábios carnudos de Antoine? Agora tudo o que ela sente é a tensão envolvendo seu corpo.

Alice se afasta da porta, retorna ao pátio e se encosta na grande árvore central ancorada ali. O que ela deve fazer? Olha para a janela do quarto dele, do quarto *deles*, na esperança de vê-lo acenando para ela. Então algo chama sua atenção, forçando-a a se concentrar mais intensamente no vidro. Ela vê uma leve mudança na luz por trás da vidraça, uma mudança sutil nas sombras, como se algo ou alguém perturbasse o ar ali.

Seria ele? Talvez o reflexo dos galhos das árvores a esteja fazendo pensar que viu alguma coisa. Ela se pergunta quanto tempo pode ficar parada ali antes que alguém ache suspeito. A cada segundo que olha para a porta, sente a esperança lentamente se esvair. Quando a porta enfim se move, ela não acredita — com certeza só está imaginando o que deseja ver. Mas em seguida o rosto pontudo de madame Du Parcq aparece, vermelho de raiva. A mulher está determinada a falar o que pensa e marcha em direção a Alice sem um pingo de compaixão ou compreensão para suavizá-la.

— Vá para casa, madame Ainsley. Não vai conseguir nada ficando aqui, humilhando-se ainda mais. Antoine não quer falar com você. — Seus olhos ardem de raiva.

— Eu não acredito em você. — É mais um resmungo do que uma afirmação, mas Alice não será ignorada tão facilmente.

— Não acho que isso importe no momento, não é?

— Pelo amor de Deus, madame Du Parcq, estou grávida dele. Ele não pode simplesmente me ignorar. — Alice não tem certeza de como consegue rir, parada aqui implorando para ser recebida quando, alguns dias atrás, eles estavam decorando uma árvore de Natal e planejando seu futuro juntos.

A voz de madame Du Parcq fica mais lenta e fria.

— Eu tentei avisar você. Ele não é capaz de lidar com algo assim. Subestimou completamente a gravidade do que vocês dois estavam fazendo e as repercussões, exatamente como eu sabia que faria. Depois de tudo que Antoine nos fez passar, ele nunca irá contra a minha vontade, não agora. E, se você o conhece, certamente sabe *disso*. Mas estou surpresa com você, madame Ainsley. Conhece seu próprio marido e do que ele é capaz. O que diabos estava pensando?

— Eu amo Antoine. — Alice se emociona com a menção do nome dele.

— Você é uma mulher casada. Por mais excitante que meu filho possa ser, deveria ter ido embora. Ele ainda é um menino, e um menino altamente privilegiado. Com problemas pessoais que ele não está nem *perto* de resolver. Não acha que minha família já sofreu o suficiente sem você? Espero que *desta vez* você compreenda o que quero dizer.

Alice pensa no corpo de Antoine, na força dele, na maneira como a ergueu em seus braços na Dior como se ela não pesasse nada. Sua determinação de fazer aquilo dar certo. Ela se recusa a acreditar que a separação deles é escolha de Antoine, que a versão dele criada por Albert e sua mãe é verdadeira. Ela o conhece, e ele não é assim.

— Por favor, posso falar apenas cinco minutos com ele? É tudo o que preciso.

— Eu não o estou prendendo. Não acha que dei essa opção a ele antes de vir até aqui? De quantas provas a mais precisa? Você errou feio, madame Ainsley. Agora, escolha a única opção que você tem. Vá para casa, fique de joelhos e implore pelo perdão de seu marido. Aceite qualquer migalha que ele esteja preparado para lhe oferecer. Você não vai acabar com o meu filho. — Ela suspira, balança a cabeça e, por um breve momento, Alice registra um lampejo de simpatia, que dói mais do que a raiva.

— Por favor... por favor, apenas diga a ele que nunca será tarde demais. Estarei pronta para ouvir e entender quando ele quiser falar comigo.

A pouca compaixão que madame Du Parcq possa ter sentido desaparece enquanto ela desliza de volta para o apartamento, nada contente por ter seu dia perturbado por uma conversa tão indigna.

A mente de Alice dá voltas. Ele não deve estar no apartamento, ela deduz. Ele não tem ideia das coisas horríveis que sua mãe disse em seu nome. Ela e Albert devem ter escondido dele a notícia do bebê.

Por que isso estava acontecendo? Ela deveria ficar?

Gritar o nome dele?

Fazer um escândalo até ser ouvida?

Então ela o vê, afastado da janela, tomando café em uma pequena xícara de expresso, olhando para o vidro como se seus olhos não conseguissem olhar para nada além do próprio reflexo. Ele está nu da cintura para cima, casual, confortável. Parece um homem que não precisa lidar com nenhum problema, um homem sem nada para distraí-lo dos inconvenientes do dia.

Alice cambaleia para trás contra a árvore, e o movimento chama a atenção dele. Por um breve instante, os dois se veem — antes que ele baixe a cabeça, feche a cara e estenda a mão para puxar a cortina sobre o vidro, deixando Alice do lado de fora.

Alice cobre a boca para abafar os soluços. Todo o sangue desce da sua cabeça até que ela se sente fora de si mesma, sem peso, como um balão que desliza descuidadamente pelos dedos de uma criança, flutuando para cima.

— Sente-se por favor.

Albert pediu a Alice que o encontrasse na sala conhecida como Salon Jaune, no primeiro andar. O ambiente está inundado com o sol do final da tarde, refletido nos revestimentos de seda amarela nas paredes e cintilando no imponente lustre de cristal de duas camadas que paira sobre eles.

Ele sabe que é um dos ambientes favoritos de Alice para sentar, ler e desfrutar de um momento de reflexão calma, e seu comportamento esta tarde parece combinar com essa atmosfera. Albert está visivelmente mais contido, até relaxado. Não há tensão pronunciada nas veias de sua testa. Sua gravata está afrouxada, e, quando olha ao redor da sala, Alice percebe que ele mandou alguém se esforçar na arrumação. Há flores frescas, suas rosas inglesas claras preferidas, sobre a mesa de madeira com tampo de vidro diante deles, e mais algumas, ela percebe, em dois aparadores nos cantos da sala. O chá da tarde está servido. Sanduíches de pepino sem casca, perfeitamente cortados, *madeleines* quentes, pãezinhos generosamente cobertos com creme e geleia, e um bolo Victoria que ainda não foi cortado. Um serviço de chá foi deixado em uma bandeja, e Albert se oferece para servi-la.

— Por favor, obrigada. — Ela o observa lutando com o coador, sem prática com esse ritual cotidiano. Mas permanece sentada até que ele coloque o chá na sua frente, uma xícara perfeita de Earl Grey tornado intragável pelas folhas nadando nele.

— Como está se sentindo? — Os olhos dele se voltam para o espaço abaixo da cintura dela. Alice sabe que ele não se importa; a pergunta significa apenas que ele marcou essa reunião com um propósito, e a única alternativa dela será concordar, o que a deixa furiosa.

— Estou bem, obrigada. — Alice entra na conversa com cuidado, ainda sem saber onde vai parar.

— Ótimo. O que deseja comer?

— Nada, obrigada. Talvez coma algo mais tarde. — O cheiro do açúcar está fazendo sua cabeça latejar, e ela sente uma náusea terrível.

Ela observa enquanto ele corta uma fatia generosa de bolo e a enfia na boca. Desvia os olhos da geleia que fica no lábio superior dele e é recolhida pela língua, as migalhas que ele escova desajeitadamente do colo e deixa cair no tapete, sabendo que alguém o limpará depois.

— Eu tenho muita coisa para contar a você. — Ele está sorrindo, apresentando uma versão de si mesmo completamente diferente do homem que Alice viu nas últimas semanas, que jogou um copo de cristal a centímetros do rosto dela ontem. *O que será que está pensando?*, ela se pergunta. Será que ele acha que, se agir como um marido atencioso, conseguirá o que quer dela? Ela sempre foi tão submissa assim?

— Amanhã sairá um comunicado de imprensa anunciando sua primeira gravidez. Tenho uma cópia do rascunho aqui para que você possa ver quais informações serão compartilhadas. Eu acrescentei uma citação sua. — Ele entrega a ela um pedaço de papel timbrado da embaixada e pega uma *madeleine*. Os olhos dela percorrem rapidamente as palavras, registrando fatos importantes: seu nome, a data do casamento, que o bebê é esperado em agosto e um pedido à imprensa para respeitar a privacidade deles neste *período maravilhoso para a família*. Em seguida, Alice declarando *nunca estive tão feliz* e como sempre foi um *desejo seu* ter uma *grande família*, terminando com o quanto eles são *abençoados*.

Ela sente a bile começando a subir pela garganta e é obrigada a tomar um gole de chá para refrescar a boca. Sua mão está tremendo, e a xícara balança ruidosamente para frente e para trás no pires enquanto ela a levanta da mesa.

— Você precisará ligar para seus pais esta tarde e contar a novidade para eles antes da divulgação de amanhã. — Ela assente silenciosamente antes de devolver o papel a ele. — E o outro fato, que será anunciado daqui a algumas semanas, é que vamos nos mudar para os Estados Unidos. — Ele não faz uma pausa para esperar a reação dela antes de partir direto para os detalhes. — Recebi uma oferta para uma posição incrível lá e, naturalmente, aceitei. A equipe já está trabalhando em todos os detalhes da mudança mas não temos muito tempo. Eles querem que nos mudemos logo.

Um dos secretários sociais entrará em contato com você amanha para organizar alguns eventos importantes, jantares de boas-vindas e coquetéis, principalmente — acrescenta ele com um aceno casual. — Eles precisarão de sua opinião e de ideias quanto às listas de convidados e coisas assim, e algumas orientações sobre necessidades pessoais e providências que possam ser implementadas antes de chegarmos. — Ele levanta os olhos do prato de bolo e a encara inexpressivamente. — Por que você está chorando? — Uma nota de irritação voltou à sua voz.

Alice não estava ciente das lágrimas até este momento, mas agora a sala está mudando de foco, seus olhos inundados pelo medo e pela tristeza que passam a dominá-la.

— Como podemos simplesmente... — Ela está fazendo um intenso esforço interno para pensar em palavras que resumam a drástica mudança no relacionamento deles nos últimos meses, mas, toda vez que tenta falar, elas se partem no fundo da garganta.

— Falei com a maioria dos funcionários, e eles estão cientes sobre as datas...

— Albert...

— Como nenhum deles virá conosco, todos precisarão encontrar novos trabalhos, e rápido. Marianne já foi demitida pelo papel horrivelmente desleal e dissimulado que desempenhou em tudo isso. Ela pode se considerar uma mulher de muita sorte por eu ter honrado sua indenização, mas não receberá nenhuma referência. Não de mim.

Alice sente o choque ricochetear dentro dela.

— Por favor, Albert, eu imploro, não faça isso com Anne. Nada disso é culpa dela, e ela precisa desse emprego. — Ela tenta manter a emoção longe da voz, mas a ouve quebrando a cada palavra.

— Anne? Esse é o seu apelido para ela? — ele zomba.

— Eu avisei para não se aproximar dos funcionários. Se fez

isso e ela agiu acreditando que vocês eram amigas, então a culpa é sua.

A culpa *é* de Alice. Ela nunca deveria ter deixado Anne encarar a fúria de Albert, sabendo que ele não tinha capacidade de perdoar. Coitada de Anne. Ela não merece isso. É simplesmente outra maneira de Albert puni-la, deixando claro até onde ele irá para mantê-la na linha.

— Albert, por favor... — O medo se transforma em pânico quando ela percebe que ele não está ouvindo, surdo para qualquer coisa a não ser uma aceitação absoluta dela sobre o que o futuro deve reservar a eles agora, os fatos conforme ele os expõe.

— Haverá muitos pedidos de referências, então talvez eu possa deixar você lidar com essa parte. — Albert devolve o prato à mesa e rapidamente limpa as pernas, preparando-se para se levantar e sair. — Isso é tudo que você precisa saber.

— Eu preciso de mais tempo. — Os olhos de Alice permanecem em seu colo, observando as lágrimas caírem em sua saia. Suas palavras são quase inaudíveis.

— Alice. — As mãos de Albert agarram com força um guardanapo branco, como se ele estivesse espremendo a vida do pedaço de tecido. — Acabou. Quanto mais cedo você aceitar isso, melhor.

— Eu não posso viver uma mentira, não vai dar certo. — Ela se imagina vivendo do outro lado do Atlântico. Levando não apenas suas posses, mas cada rachadura e verdade não dita em seu casamento, tudo perfeitamente colocado sob um grande céu novo, tão danificado quanto no dia em que deixaram Paris. O bebê pelo qual ela tanto ansiou acordando todas as manhãs em um quartinho branco e brilhante, com uma mãe tomada pela tristeza.

Nada terá mudado além da localização deles. Albert ainda será Albert. Se ela acreditasse que poderia haver um fiapo de perdão ou culpa dentro dele, talvez pudesse cogitar a ideia por algumas horas, permitir-se ser convencida de que talvez desse certo. Mas ela sabe que isso não vai acontecer.

Não quando seu coração sempre pertencerá a outra pessoa.

Não quando o bebê crescendo dentro dela será uma lembrança lindamente dolorosa do que quase foi seu. Se ao menos ela pudesse falar com Antoine.

— Estamos virando a página, Alice. É uma chance de começar de novo, esquecer o passado e ansiar por um futuro de sucesso sem nenhuma das bobagens que a distraíram aqui. Você me *deve* isso.

— Desculpe, mas simplesmente não posso...

— E, quem sabe, talvez este não seja o único bebê... — Ele volta os olhos para ela, tentando avaliar se a mentira do passado funcionará de novo, só que, agora, a sugestão é repulsiva e impensável, uma marca de seu desespero para convencê-la. Ele realmente acredita que ela é tão maleável?

Alice só balança a cabeça e observa enquanto a expressão de Albert se transforma em pena e confusão.

— Ele não vai aparecer, Alice, se é isso que está esperando. Você deve saber disso. Está realmente preparada para jogar tudo fora por alguém que foi dissuadido com tanta facilidade? E achou mesmo que eu sairia na pior? — Ele levanta as sobrancelhas, zombeteiro, e então seus olhos brilham como se outra ideia lhe tivesse ocorrido. — Sabe, há outra coisa que quero compartilhar com você. — Ele se recosta lentamente na cadeira, tentando criar uma sensação de expectativa. — Acho que você já percebeu que meu pai não morreu de tuberculose, como fiz todos vocês acreditarem. Minha irmã praticamente confirmou isso para você no dia do nosso casamento.

Ela estuda o rosto dele, procurando por qualquer pista do que está por vir.

— Por que está me contando isso agora?

— Porque é sua última chance de entender o que está enfrentando. Ele cometeu suicídio quando eu tinha quatorze anos.

— O quê? Mas por que você...? — Ela balança a cabeça, sem entender sobre o que ele estava falando.

— Uma série de maus investimentos e dívidas crescentes que ele sabia que nunca conseguiria pagar. — A voz de Albert é puramente factual. Ele poderia estar lendo o boletim meteorológico no jornal. — Nós ficamos praticamente sem nada. Foi o dia em que decidi que nunca seria incompetente como meu pai. Minha salvação foi um tio que, sem filhos para criar, pagou pelos meus estudos e, quando chegou a hora, me apresentou algumas pessoas em Londres. Mas só isso. O resto foi mérito meu. Eu precisei assumir o controle do meu próprio sucesso.

— O que aconteceu com sua mãe? Como ela sobreviveu sem receber qualquer ajuda? — Alice se lembra das muitas lágrimas que a mulher derramou no dia do casamento, o alívio por seu único filho ter alcançado a felicidade, apesar de tudo.

— Eu cuidei dela. Ainda cuido. Não gosto de pensar onde ela ou minha irmã estariam sem o meu apoio.

Alice escuta atentamente. Não pode deixar de admirar a generosidade de Albert, mas por que a mentira? Por que inventar outra persona, quando a real era muito mais humana?

— Acho que eu teria entendido. Você não precisava mentir por minha causa. Por que se dar esse trabalho?

— Imagino que seja fácil fingir agora, mas é claro que eu precisava fazer isso. Para você, seus pais, cada entrevista de emprego, jantar e jogo de cartas de que participei. Eu não queria que o fracasso de outra pessoa me prejudicasse pelo resto da vida. A questão é, Alice, que eu não queria ser punido por algo que não foi de forma alguma culpa minha.

A escala do cálculo dele é assustadora. Quantas versões desse homem podem existir no mundo? Será que a mãe dele acredita que ele tem um casamento feliz? A amante por acaso acha que ele ficará em Paris por muito tempo?

— Eu ganhei, Alice. Vocês não tiveram nenhuma chance. Tenho certeza de que você enxerga isso agora. — Ele joga o guardanapo na mesa e sai sem olhar para trás.

Alice solta a respiração que estava prendendo enquanto desaba sobre a cadeira. Vê a tensão no tecido que cobre sua barriga, como a costura já está lutando para contê-la. Não sabe ao certo por quanto tempo fica sentada ali. Tempo suficiente para que sua frequência cardíaca se estabilize e para que alguém, ela nem sabe quem, venha retirar o chá da tarde e acender o fogo na lareira.

Podem ter se passado horas, mas pelo menos agora Alice sabe o que deve fazer. Ela vai ligar para a mãe.

Capítulo 25

Lucille

Segunda-feira

Londres

Dylan me deixa esperando vinte e cinco minutos depois do horário combinado.

A secretária temporária, Susie, que assumiu minhas funções nos últimos dias, me levou a uma das salas de descanso sem janelas e fui deixada aqui para apodrecer por tempo suficiente para sentir uma desconfortável pontada de nervosismo. Depois da liberdade de Paris, estar de volta a um escritório de repente parece formal e estranho demais, como se eu nunca tivesse me encaixado aqui. Sei agora que nunca me encaixei e que estava enganando a mim mesma ao pensar que sentar na mesma mesa cinza todos os dias, clicando para aceitar reuniões intermináveis nas quais eu não queria estar, era exatamente o que eu devia fazer. O que todos eram obrigados a aceitar antes de fazer suas próprias escolhas. Fui sugada para o mesmo sistema que minha própria mãe demonstrou brilhantemente que não era para mim. Uma lição pela qual sou grata.

Pam, do RH, chega, o crachá de identificação balançando orgulhosamente no peito, armada com todos os equipamentos vitais do departamento pessoal: uma seleção de esferográficas que ela alinha em uma fileira organizada na mesa à sua frente, um bloco de notas não usado que ela tira da embalagem de celofane (sinto-me honrada) e uma seleção de anedotas e observações profissionais que já ouvi muitas vezes, de primeira e segunda mão. Ainda assim, ela transmite um ar de seriedade e profissionalismo que sei que agrada Dylan.

— Não tenho muito tempo. — Enfim, ele nos agraciou com sua presença. — Tenho um almoço com um anunciante na sala de reuniões para o qual não posso me atrasar. Um cliente de viagens novo e importante que nos garantiu toda sua verba de mídia no próximo ano. — Ele nunca perde a oportunidade de se gabar. Senta-se na outra extremidade da mesa oval, apesar de haver meia dúzia de cadeiras vazias que seriam a escolha mais natural. Resisto ao desejo de cheirar teatralmente minhas próprias axilas.

— Então, como vai, Lucille? Como está se sentindo quanto à sua função aqui? — Eu sei que existem protocolos, formas de fazer as coisas para evitar tribunais etc., mas, coitada da Pam, é muito tedioso. Todos sabemos como os dois querem que essa reunião termine, e fico tentada a simplesmente perguntar se podemos pular para a parte do roteiro ao qual ela chegará em cerca de meia hora de qualquer maneira. — Você já está conosco há dezoito meses, então é uma boa chance para verificarmos se tudo está em ordem. — Ou agir antes do marco crucial de dois anos, quando se torna muito mais difícil sair da empresa. Já vi muitas pessoas entrarem e saírem em meu tempo aqui para saber que é assim que funciona.

— Bem, a função dela é muito *ampla*, Pam. Pode valer a pena a descrição do trabalho, na verdade, ela precisa de algumas atualizações. — A cabeça de Dylan se ergue dos e-mails que ele está digitando no telefone.

— Você diria que está conseguindo realizar tudo o que precisa? — Ela está se aquecendo. Levanta uma caneta e se prepara para fazer anotações detalhadas.

— Meus textos são sempre entregues dentro do prazo. As três matérias de maior acesso do mês passado foram minhas. Nada mal para uma redatora de viagens que não viajou para lugar nenhum desde que foi contratada. — Pamela afrouxa o aperto na caneta. Não tenho certeza se esse é o feedback positivo que ela está querendo.

— Dylan? Algo a acrescentar às observações de Lucille? — Chego a sentir vergonha alheia por Pam. O modo como ela mantém a farsa quando está absolutamente óbvio que Dylan já explicou por que não está feliz e quer que eu vá embora.

— De vez em quando, Lucille tem boas ideias, mas houve alguns erros importantes recentemente que depositaram uma carga injusta sobre o restante da equipe. Ela não dedica tempo suficiente ao gerenciamento da minha agenda, tirou vários dias de folga não aprovados sem um bom motivo e tem uma falta de atenção generalizada aos detalhes. Creio que existem elementos essenciais do trabalho com os quais ela está realmente tendo dificuldade.

Ele dirige todos os seus comentários para Pam, recusando-se a olhar para mim. Talvez não seja capaz de fazer isso porque, em algum lugar bem no fundo, ele sente o mais ínfimo senso de injustiça. Ele sabe que não é inteiramente justo pagar a alguém a minúscula quantia que me pagam e depois esperar que eu trabalhe vinte e quatro horas por dia, sete dias por semana, respondendo a todos os caprichos, profissionais *e* pessoais, do editor. Principalmente pessoais.

E é assim que passamos os trinta minutos seguintes, eu apontando nobremente minhas conquistas, Dylan as desmerecendo e tentando justificar por que eu sou a pessoa errada no trabalho errado, e Pam cuidadosamente anotando tudo o que ele diz e muito pouco do que eu falo. Até que ela enfim faz o papel da mocinha e me faz uma oferta, que eu não posso recusar.

— Às vezes, sem ser culpa de ninguém, as coisas simplesmente não funcionam como esperávamos. E sempre penso que, nesse cenário, é muito melhor encarar isso do que deixar a situação piorar. Portanto, com isso em mente, gostaria de lhe fazer uma oferta sem prejuízos, Lucille, para que você receba uma quantia justa enquanto pensa sobre sua próxima função. Obviamente, não se espera que você cumpra qualquer período de aviso-prévio, neste caso. — Em seguida, ela desliza um papel dobrado sobre a mesa para mim. — Isso é o que temos em mente.

Sinto um desejo irresistível de rir alto e tenho que enfiar a unha do polegar na carne macia da palma e usar a dor como distração. Eu me sinto como se estivesse em algum programa ruim da TV norte-americana, até que a cara de simpatia falsa de Dylan me ajuda a recuperar a compostura. Abro o papel e olho para a quantia. O valor representa muitas coisas: o equivalente a um pacote de férias de última hora muito barato para as Canárias ou algum outro lugar de baixo orçamento, um ano de inscrição anual na academia perto da minha casa, presumindo que eu não a frequente no horário de pico, talvez a possibilidade de fazer minhas luzes em um lugar decente para variar.

Mas não representa algo justo.

— Obrigada, Pam. — Pego minha bolsa e meu celular e rapidamente entro no meu e-mail, e envio um que está pronto na minha pasta de rascunhos. — Eu gostaria que você desse uma olhada no e-mail que acabei de te enviar, por favor. Depois que você ler, ficarei muito feliz em receber uma oferta revisada. Você verá que há dois anexos. Um contém uma boa seleção de e-mails e mensagens nada profissionais e cheios de palavrões que Dylan me envia regularmente. O outro tem uma descrição mais precisa do meu cargo, que reflete o trabalho que eu realmente faço. Incluí cópias dos seis últimos meses de despesas dele, destacando todos os almoços e jantares de Dylan que *não* foram relacionados a negócios, mas que esta empresa pagou mesmo assim. Acho que, se você verificar os nomes das pessoas com quem ele alegou estar, descobrirá que a maioria delas não existe. — Então eu calmamente pego minha bolsa, observando a cor da culpa inundar o rosto de Dylan, antes de apertar a mão de Pam, agradecer a ela pelo tempo e me dirigir até a porta. — Aproveite o seu almoço, Dylan — são minhas últimas palavras antes de sair da sala e caminhar pela última vez pelo andar editorial. E a sensação é boa. Muito boa.

Devolvo meu crachá de acesso na recepção e registro minha saída pela última vez. Então, saio para a Greek Street no Soho, sentindo-me triunfante e sabendo que vou sentir mais falta do lugar do que do trabalho em si: dos intervalos de almoço que passava observando as pessoas entrando e saindo descaradamente das *sex shops*, sem se importar se eram vistas; da abertura de novas delicatessens veganas o tempo todo; de sentar em cafeterias aleatórias, ouvindo reuniões criativas, observando pessoas que não precisavam usar terno para trabalhar e invejando seus empregos, onde eram valorizadas. Decido recompensar a mim mesma com o café que não me ofereceram durante toda a manhã e sigo para meu lugar de sempre, do outro lado da rua.

Quando saio da calçada, olho pela fachada de vidro, verificando se há um assento livre, e é aí que o vejo. O cabelo loiro inconfundível, o sorriso sexy, a incrível beleza casual que imediatamente me transporta de volta às lindas ruas de Paris. Fico olhando, boquiaberta. Ele não está me vendo, preciso que ele se vire para ter certeza absoluta de que minha mente não está me pregando peças. Por que ele estaria aqui? Na frente do meu escritório? É impossível. Então, como se respondesse às minhas perguntas, ele se vira, nossos olhos se conectam, e seu sorriso se aprofunda — no exato instante em que o som agudo da buzina de um táxi preto me obriga a me mover.

Leon acena para eu entrar no café, e tenho apenas alguns segundos para organizar meus pensamentos. Quando abro a porta e entro, ele se levanta do banco alto onde está sentado e abre bem os braços, acabando com qualquer constrangimento que possa surgir. No momento seguinte, estou enterrada em seus braços, envolvidos com força ao meu redor, e ele beija o topo da minha cabeça.

— Surpresa! — Adoro que ele grite isso, sem pensar em como vai chamar a atenção de todos ao nosso redor.

Ele não se importa ou talvez sequer perceba. Toda a sua atenção está voltada para mim.

— Pois é! O que você está fazendo aqui? — Não consigo deixar de rir. Essa manhã poderia ficar melhor?

— Bem, você me disse onde trabalha, e é um dia de trabalho, então pensei...

— *Aqui* em Londres, sendo que você mora em Paris.

— Sim, eu sabia que você me perguntaria isso. — Nós nos sentamos nos bancos altos, perto o suficiente para que nossas pernas se cruzem.

— E?

— E passei a viagem inteira pensando no que dizer. Pensei em dizer que vim a trabalho ou que tenho um parente em Londres que esqueci de mencionar. Mas então me dei conta: por que não ser apenas honesto?

— A honestidade é sempre bem-vinda. — Não tenho certeza se vou aguentar muito mais antes que a vontade de beijá-lo supere meu forte desejo de não passar vergonha em um café lotado, com uma fila (uma plateia) agora se formando na porta.

— E a verdade é que eu senti sua falta. — Ele não entra em detalhes, só me deixa absorver as palavras enquanto seu rosto fica um pouco mais sério.

Meu Deus, este homem.

— Faz só alguns dias. — Isso parece muito menos romântico do que eu gostaria que fosse.

— Três, na verdade, muito pouco tempo. Mas o suficiente para eu começar a me preocupar. E se ela ficar tão ocupada com a vida em Londres que se esqueça de mim? Ou, pior, e se começar a acreditar que eu não estou pensando nela?

Sinto minhas bochechas quentes, em parte pela atenção que este belo homem está dedicando a mim e em parte porque estou lutando para pensar em algo igualmente romântico para dizer a ele. Ele merece algo especial. Esta é a hora de expressar da melhor forma possível como estou feliz em vê-lo, mas as palavras me abandonaram. Ele repara na pausa e a preenche gentilmente.

— E então percebi que não quero que *nós* sejamos algo que exista só por mensagens. Não quando o que eu sinto por você é tão real. Acho que devemos tentar. Devagar. Quer dizer, se você quiser? — Os cantos da boca de Leon se curvam suavemente para cima, e ele olha para mim através do cabelo desgrenhado que cai com sensualidade sobre seus olhos. — Se eu estiver errado... ou se você não quiser, ou for muito cedo, eu posso simplesmente ir embora, e você não precisa ficar desconfortável. Terá sido um erro meu.

Ainda assim, meu cérebro não funciona. É como se o encontro com Dylan tivesse minado todo o meu intelecto, então deixo a cautela de lado e uso meus lábios para deixar claro o que eu penso. Eu o beijo exatamente como sempre quis ser beijada. É suave no início, de um jeito nervoso e inseguro, mas se intensifica de tal forma que, em segundos, todo o meu corpo parece estar se misturando ao dele. Nosso beijo é profundo, espontâneo e intenso, e preciso me afastar porque, antes que eu perceba, estou quase no seu colo e não tenho certeza se quero ser o tipo de pessoa que praticamente transa de pé no meio de um café movimentado no Soho.

— Quanto tempo você vai ficar aqui? — Eu rio, levando a mão aos lábios para avaliar quanto batom borrado tenho no rosto. Ele percebe minha preocupação e passa o polegar logo abaixo do meu lábio inferior, indicando que está tudo bem com outro beijo rápido.

— Não muito. Só posso me afastar do trabalho por alguns dias. — As mãos dele se apoiam nas minhas coxas, fazendo com que toda a parte inferior do meu corpo fique tensa de desejo.

— Onde você está hospedado? — Eu sei onde gostaria que ele ficasse.

— Num lugar barato e animado em King's Cross. Não é o Athénée, mas fica perto do terminal de trem, então serve. — Ele pede dois cappuccinos, e, enquanto conversa com a garçonete, aproveito a oportunidade para estudar seu rosto. Só então meu cérebro começa funcionar outra vez.

Eu o imagino tomando forma em minha vida, como uma foto Polaroid se revelando lentamente. Acordando na minha cama, lavando a louça na minha cozinha, aconchegado comigo em uma longa tarde preguiçosa de domingo em que somos o suficiente um para o outro, as distrações do mundo exterior completamente supérfluas. Ele está lá, todos os dias, me acordando com beijos pela manhã e enterrando o rosto no meu pescoço enquanto ambos caímos no sono tarde da noite.

O que não quero ver é a vasta extensão de mar que nos separa e como vamos superá-la. Por enquanto, enche meu coração de felicidade pensar que aquele homem acordou em sua cama em Paris nesta manhã, decidiu que precisava me ver e mudou todos os seus planos para vir até aqui. Será que isso realmente está acontecendo? Eu sou realmente o tipo de mulher com quem essas coisas acontecem? Talvez seja e apenas nunca tenha me dado a chance de deixá-las acontecer comigo.

— E então, você conseguiu chegar ao Victoria and Albert? Viu o vestido final? — Os olhos dele estão empolgados, e fico comovida que esta seja uma das primeiras coisas que me pergunta.

— Sim! — Enviei a ele por e-mail uma atualização rápida sobre o papel de vovó na embaixada britânica, caso isso pudesse ajudar a rastrear qualquer informação sobre Antoine, mas ele não sabe dos últimos acontecimentos. — Então, achamos que minha avó estava grávida. O vestido final não era exatamente para ela, era um vestido de batizado. A questão é, se estivermos certas, o que aconteceu com o bebê?

— Nossa. — Ele faz uma pausa enquanto absorve a última descoberta. — Você perguntou a ela?

— Não, não parece uma conversa para ter por telefone. Devo vê-la amanhã, então vou ter uma chance, mas não há garantia de que ela vá querer me contar.

— Estou sendo idiota ou esse bebê não poderia simplesmente ser sua mãe?

— Foi a primeira coisa que pensei, mas mamãe nasceu em 1958. Pelas notas do vestido, sabemos que foi feito em 1954, então, não, as datas não batem. Acho que podemos descartar essa teoria com segurança.

— Quem, então? Véronique tem alguma ideia?

— As opções, a princípio, são as seguintes: o bebê era de Albert. Por mais que acreditemos que não seja o caso, teoricamente poderia ser. Ou o bebê era de Antoine, e, quando minha avó voltou para Londres, ela o deixou lá com ele. Mas não houve registro de nascimento quando ela ainda estava com Albert. Nada do que vimos na internet da época em que ainda eram casados e moravam na residência da embaixada britânica diz algo sobre filhos. E isso certamente seria uma notícia, não? Véronique também verificou. Os registros oficiais de nascimentos em Paris dizem que foi um casamento sem filhos, a árvore genealógica chega a um fim abrupto. A outra opção é que o bebê nasceu e foi adotado, e nesse caso não temos ideia do nome dos pais adotivos para pesquisar. Ou, por algum motivo, o bebê não sobreviveu.

Leon esfrega o queixo e olha para os pés.

— Não acho que seja Antoine. — Ele balança a cabeça. — Quer dizer, não estou dizendo que ele não possa ser o pai, mas não acho que ele tenha criado o filho.

— Por que você acha isso?

— Fiz algumas pesquisas, como você me pediu. O único Antoine que encontrei com alguma associação com a embaixada britânica em Paris na época em que sua avó estava lá foi um Antoine du Parcq. O nome dele aparece em algumas das listas de convidados de eventos oficiais, e ele aparece em algumas fotos, mas não é muito nítido.

— Certo, continue.

— Isso não diz muito, mas, depois que Alice deixou Paris, em 1954, esse Antoine cursou brevemente a Escola Nacional de Belas-Artes. — Ele enfia a mão na mochila que está no chão, presa entre as pernas do banco alto, e tira o notebook de dentro. — Deixe eu mostrar para você. — Ele abre o notebook e clica em um mapa da área de Saint-Germain em Paris. — A escola ficava bem no final da rua em que ele morava. Ele está registrado como um dos ex-alunos. Alguns de seus primeiros desenhos estão arquivados no site da escola. — Observo os dedos de Leon dançarem no teclado enquanto ele se equilibra precariamente sobre as pernas cruzadas, como se soubesse bem o que está procurando. Ele vira a tela para mim. — Ela parece familiar?

A tela é preenchida com desenhos habilidosos, que capturam de forma brilhante os contornos do corpo humano, surpreendentemente com poucas linhas. Leon rola devagar a tela, e mais desenhos aparecem. A modelo de Antoine é mostrada em pé, sentada, totalmente reclinada, socializando, pega de surpresa, posando, caminhando por um parque. Apenas duas coisas permanecem consistentes do início ao fim: a qualidade do trabalho e seu tema.

Já observei alguns daqueles vestidos por tempo suficiente para saber com certeza que são da coleção de vovó — o Maxim's, o Batignolles, o Debussy, o Cygne Noir estão ali, e Leon também sabe disso. Mas é a mulher que os veste que é verdadeiramente cativante. Não tenho certeza se, por mais talentoso que fosse, Antoine poderia ter criado tal magia sem a beleza crua que teve para copiar. Ela é divina, sem dúvida. Mas é na faísca nos olhos de minha avó, na energia em seu rosto, na emoção transbordando de cada tendão de seu corpo que posso ver como a felicidade explode dentro dela. Mesmo nos desenhos mais simples, em que ela está dormindo na cama ou esperando, talvez por ele, encostada em uma parede ou sentada em um banco no parque, sua felicidade silenciosa transparece.

— Eu preciso imprimir isso. Quero mostrar a ela. Veja como ele a amava!

— Já fiz isso por você. Tem uma pasta na minha mochila com cada desenho. Eu não tinha certeza se você iria mostrá-los para sua avó, mas sabia que iria querer guardar algumas cópias.

— Ah, eu quero. Obrigada, Leon. Você é incrível. — E eu vejo imediatamente o quanto isso significa para ele. Ele tenta, sem sucesso, esconder o sorriso, mais tímido dessa vez.

— O trabalho dele, especificamente esses desenhos, foi bem recebido. Diziam que ele era talentoso em uma época em que Paris fervilhava de criatividade. E por um tempo ele teve uma boa trajetória. Mas, então, apenas seis meses depois, ele sai da escola e para de desenhar. Continuou morando na área de Saint-Germain por mais um ano, pelo que pude rastrear, mas depois se mudou para a margem direita, onde fica um bairro completamente diferente. Esse foi seu último endereço registrado. Não sei, mas... talvez, se ele não estivesse trabalhando, tenha sido forçado a voltar a morar com a família? A questão é que os registros mostram que ele nunca teve filhos. E, sendo realista, ele não poderia estudar na Escola de Belas-Artes e cuidar de um bebê recém-nascido ao mesmo tempo, não é?

— Não, provavelmente não. — Não consigo disfarçar o desânimo na voz. Não há outras teorias, e todas as minhas esperanças agora estão depositadas em vovó e sua vontade de completar a parte final da história. Considerando que ela não disse uma palavra sobre nada disso durante todos esses anos, qual a probabilidade de falar agora? — Se eu tiver uma tia ou um tio por aí em algum lugar, terei de convencer vovó que eu adoraria saber mais sobre ela ou ele, mesmo que isso seja doloroso.

— Há outra coisa, Lucille. Os registros também mostram que Antoine morreu em 1971, com apenas quarenta e três anos. Sinto muito.

Sinto meus ombros caírem. Não sei o que lamentar mais. Que não haverá uma grande reconciliação para vovó? Que eu não posso levar esse fantasma de seu passado até a sua casa — ou mais provavelmente por meio de uma chamada de vídeo —, como o roteiro poderia exigir que eu fizesse? Se ela tiver perguntas não respondidas, talvez elas precisem continuar assim. Será que iria querer vê-lo novamente, se fosse possível? Não faço ideia. Ou será a percepção de que tudo depende de vovó, agora que os fatos serão estritamente limitados ao que ela decidir compartilhar — que pode ser pouco mais do que eu já sei?

Eu me sinto mal por Leon ter vindo até Londres agora que não temos muito o que comemorar, e terei de me esforçar para não ficar deprimida a tarde toda. Meu telefone toca e abaixo os olhos, esperando que já seja a oferta revisada de

Pam. Mas é algo totalmente inesperado. Algo que eu achava que realmente queria, mas, agora que vejo iluminado na pequena tela na palma da minha mão, não tenho tanta certeza.

— O que foi? — Leon ouviu o *ah, puxa* que achei que estivesse apenas na minha cabeça.

— É sobre um trabalho.

— Achei que você tivesse um trabalho.

— Sim, mas pedi demissão há meia hora.

— Muito bem, você não perde tempo, não é? — Ele está sorrindo, por enquanto, mas será que ainda estará quando eu disser onde fica esse trabalho?

— Véronique achou que eu deveria me inscrever, então fiz isso no trem de volta a Londres na sexta-feira, e eles já entraram em contato. É uma vaga no Museu de Artes Decorativas. Em Paris.

Leon faz uma pausa no meio de um gole de cappuccino, e eu o observo, prendendo a respiração, enquanto a espuma leitosa se acomoda em seu lábio superior.

— Você está falando sério?

— Eles acabaram de me enviar uma mensagem. Querem marcar uma conversa por telefone o mais rápido possível. Na inscrição, pediram ideias para exposições futuras, histórias pessoais que poderiam se tornar instalações físicas. Contei um pouco sobre os vestidos de vovó e minha jornada por Paris e, bom, acho que pode ter ajudado.

Ele franze a testa e desvia o olhar, e sinto meu rosto começar a se contrair, meu sorriso enfraquecer e desaparecer. Ele disse que devíamos levar as coisas com calma. Eu me mudar para Paris provavelmente não era o que tinha em mente.

— Agora me pergunto se eu não devia ter vindo para Londres. Se foi a coisa errada a fazer.

— Por quê? Eu estou feliz que você esteja aqui, eu *quero* que esteja aqui. É a melhor coisa que me aconteceu em anos.

Pego uma das mãos dele. Estou sobrecarregada, mas não consigo evitar. Ele *pegou* o trem, ele está aqui, e não quero que ele pense que não deveria estar.

— Isso não precisa significar nada, Leon, nós não precisamos morar juntos de repente ou tornar isso algo sério demais.

— Eu achei que você ia dizer isso. Pare de se conter, Lucille, porque eu não vou mais fazer isso. Você se mudar para Paris era exatamente o que eu queria, não vou esconder isso. E, sendo muito honesto, também não quero ficar naquele hotel horrível esta noite. Posso ir para sua casa?

O sorriso dele está de volta, e a única coisa que penso é com que rapidez consigo colocar este homem em um táxi.

Capítulo 26

Alice

Paris

O toque ecoa no ouvido de Alice três vezes antes que o tom implacável e polido da voz da mãe a mande direto para as dunas de areia cercadas de pinheiros da sua infância. Para a solidão que ela sentia — e que ainda sente. Parada de pé na quase escuridão de seu quarto, ela vê a praia na qual passou tantas horas solitárias, imaginando o rosto de amigos, os seixos e os objetos estranhos que o mar arrastava até a areia. Quase consegue sentir o cheiro salgado das ondas e ouvir o grasnar alto dos gansos que tanto a assustavam.

— Alô? Tem alguém aí? — A impaciência acompanha a voz da mãe.

— Sou eu, mãe, Alice.

— Ah. — Alice imagina a mãe em sua sala de estar organizada em Broadview, na casa de tijolos rosa-claros em Norfolk, onde Alice cresceu. Deve haver uma lista de tarefas em algum lugar próximo, à qual ela deve estar ansiosa por voltar. Alice tem de ir direto ao ponto.

— Eu estava pensando em ir para casa, mãe. — Ela sente a emoção zumbir em seu peito.

— Está pensando em vir quando? Há muitas coisas na agenda para as próximas semanas, obviamente.
— O mais breve possível. — Lágrimas começaram a embaçar seus olhos. Ela quer deixá-las correr, chorar para a mãe, revelar-se completamente, dizer o quanto precisa dela e ouvir *venha, venha agora, minha querida. Estamos aqui e amamos você.*
— Por que tenho a sensação de que as coisas não estão bem, Alice? — É mais uma acusação do que um questionamento preocupado.
Não adianta continuar fingindo; Alice sabe que não tem a força para isso de qualquer maneira.
— Estou grávida. — Uma onda de ansiedade percorre seus ombros. Qualquer decepção que ela causou quando criança, o suficiente para garantir que nunca houvesse um irmão, não é nada comparado ao que está por vir.
— Bem, eu não esperava por isso, mas você está casada há tempo suficiente. Não deve ser uma notícia surpreendente.
Como ela pode explicar a próxima parte para a mãe de uma maneira que ela entenda? Uma mulher para quem obediência e trabalho doméstico foram a fórmula que fez seu casamento durar trinta anos. E aqui está Alice, prestes a dizer que quer acabar com o seu casamento antes de completarem dois anos juntos.
— Albert e eu estamos... — Alice tem dificuldade em continuar, ciente de que está prestes a perturbar a tranquilidade da mãe.
— Estão o quê?
— Eu não estou feliz.
Sua mãe ri.
— Meu Deus, desde quando casamento tem alguma coisa a ver com felicidade? Ter um bebê lhe dará algo em que se concentrar. Qual é o problema? — Alice se pergunta quando aquela dureza germinou em sua mãe. Será que ela

nasceu assim ou uma vida de concessões tirou qualquer sensibilidade dela?

— Eu não amo Albert. Acho que nunca amei Albert. Estou apaixonada... — Um silêncio se aprofunda entre elas enquanto Alice se atrapalha com as palavras. — Estou apaixonada por outra pessoa. — Ela pretende transmitir autoridade, mas sua voz sai fraca e pesarosa.

— Não seja ridícula! Você está prestes a ter um bebê, pelo amor de Deus. Tem alguma ideia de como isso soa juvenil?

Alice fecha os olhos e espera a ficha dela cair. Não demora muito. Há uma inspiração forte do outro lado da linha, e então a voz da mãe soa mais dura, mais urgente, embora sussurrada.

— Meu Deus, Alice. Está me dizendo que este bebê não é de Albert? Que você foi burra o suficiente para comprometer tudo o que tem? Albert sabe?

— Sim, ele sabe. — Alice se recusa a sentir vergonha. Sua mãe ainda não entendeu quem realmente é seu genro e, quando entender, será mais compreensiva.

— É por isso que está ligando? Ele expulsou você? Pediu o divórcio? — A mãe permitiu que um tom estridente se infiltrasse em sua voz, um sinal claro de que está em pânico, e ela nunca entra em pânico.

— Não. Ele quer que nos mudemos para os Estados Unidos para que ele possa assumir um novo cargo lá. Para começar do zero. — Alice está surpreendentemente calma enquanto expõe os fatos para a mãe, embora aceite que dificilmente ela entenderá.

— Então, pelo amor de Deus, vá! Quer oferta melhor? — Ela está incrédula, incapaz de compreender o que Alice está dizendo.

— Você não está me escutando. Eu não quero ficar com ele. Estou apaixonada por Antoine. — Nada vai mudar esse fato, não importa o nível de indignação de sua mãe.

— E quem é esse Antoine? Onde ele está? O que ele tem a dizer sobre tudo isso?

— Não consegui falar com ele. — Sua mãe a levou a um terreno muito mais pantanoso.

— Mas ele sabe que você está grávida dele? — Ela ouve a mãe fechar uma porta. Talvez o pai dela também esteja em casa.

— Acho que sim.

— Alice, não saia de Paris. Fique aí, faça o que for preciso para salvar seu casamento e esqueça que esse Antoine um dia existiu. Não há melhor conselho que eu possa lhe dar.

— Você não vai me perguntar por que eu *não posso* continuar casada com Albert?

— Não, não vou.

— Ele é horrível, mamãe. É cruel e ameaçador e não me ama de jeito nenhum.

— E você acha que meus anos de casamento foram todos um mar de rosas? Este é o mundo em que vivemos, Alice. Aceite isso. Você não vai mudá-lo. E não pode ficar aqui, se é isso que está pensando. Seu pai não vai nem querer ouvir falar disso. Eu também não.

Alice abre a boca para apelar, para implorar a compreensão da mãe, mas é cortada.

— É função do seu marido apoiar você, não nossa. Como diabos você pretende se virar financeiramente se deixar Albert? Como vai sustentar um bebê? Onde vai morar? Pensou em alguma dessas coisas direito?

— Eu queria que vocês... me ajudassem, mamãe. Pelo menos me deixe ficar aí por um tempo até eu fazer outros planos. — Agora as lágrimas caem. No seu momento de maior fragilidade, quando mais precisa da ajuda de sua mãe, ela não está disposta a ajudar.

— De jeito nenhum. Não há nada que impeça você de ficar em Paris, na minha opinião. — Nenhuma das duas diz nada enquanto a mãe ferve em silêncio, completamente indiferente às lágrimas de Alice. — Não venha para cá, Alice, estou falando sério. É a pior coisa que você poderia fazer. Seu pai nunca vai se recuperar dessa decepção.

Alice pensa no homem que ela chamava de papai. Em uma tarde brilhante, alguns anos atrás, quando ela entrou na mesma sala de estar em que sua mãe está agora, interrompendo um encontro entre seu pai e Albert. Os dois se levantaram do sofá. Ela se lembra de um aperto de mão firme, como se eles tivessem acabado de concluir as longas negociações de um acordo complicado. Em seguida, compartilharam um sorriso malicioso, que ela sentiu ser às suas custas. No dia seguinte, Albert a pediu em casamento. Seu pai também não era imune aos encantos de Albert. Será que tinha alguma noção da profunda tristeza à qual estava condenando a filha?

— É véspera de Natal, mamãe. — Ela não sabe ao certo por que se preocupa em apontar isso; dificilmente fará diferença.

— Mais um motivo para você se recompor. Depois de falar com Albert e resolver tudo isso, me ligue de volta e me assegure de que eu não falhei completamente como mãe.

Então a linha fica muda.

— Pedi ao chef para preparar algo especial para o jantar esta noite. Vamos fazer uma pequena celebração, o que acha? Tirei a tarde de folga. Pensei em comer por volta das sete, você acha adequado?

Alice está parada na porta da sala de estar onde Albert está sentado, com o jornal aberto apoiado na barriga arredondada. Ela coloca a pequena valise a seus pés e o encara, esperando que ele volte toda sua atenção a ela. Não vai ser uma conversa barulhenta e agressiva. Vai ser triste, pelo menos para ela. Talvez haja um momento, muitos anos no futuro, em que ele olhe para trás e se pergunte como eles chegaram àquele ponto.

Os olhos dele caem para a valise.

— Ah. Parece que você tem outros planos.

— Estou indo embora, Albert. Estou largando você.

Ela espera por uma reação que prove que ela realmente disse aquilo. Ele dobra o jornal, colocando-o ao lado dele, cruza as pernas e apoia as mãos no colo.

— É mesmo? E quanto tempo acha que vai demorar até voltar?

Ela não vai dar a ele tempo para intimidá-la. Não está em busca de um confronto, nem mesmo quer desabafar. Só sabe que precisa ir embora, e, apesar de tudo, ainda há um resquício de decência dentro dela que a fez vir até aqui e dizer isso a ele, cara a cara.

— Eu não vou voltar. Nunca. — Ela observa a declaração chegar até ele; uma levíssima contração de sobrancelhas é a única reação perceptível. Surpreendentemente, ainda há um pequeno espaço no coração dela para o perdão. Foi tudo culpa dele mesmo? Ela se casou com o homem errado. Será que ele é o homem certo para alguém? Uma mulher que gostaria de ter todas as decisões tomadas por ela, de saber que só precisa acordar todas as manhãs para atender às necessidades de outra pessoa, de ser dispensada da necessidade de ter ambições, opiniões e amor? Existem mulheres que conseguem viver assim? O crime dele, onde tudo isso começou, foi a ter confundido com uma delas? Talvez ele se sinta tão enganado quanto Alice.

Ele bufa.

— É mesmo? — Ele está sorrindo, mas ela sabe que o sangue dele está esquentando, o coração começando a bater um pouco mais forte. Ela sente a maldade borbulhando logo abaixo da pele bem barbeada e hidratada dele.

— Recentemente, você me perguntou por que nada disso era suficiente para mim, Albert, e eu lhe devo uma resposta. *Você* não é suficiente para mim. Não acho que algum dia tenha sido. Mas você nunca me mostrou quem é de verdade, então talvez isso não seja surpresa. Ainda não tenho certeza de quem é esse homem. — Ela mantém o contato visual. Ele precisa saber que ela está falando sério. Ela não está dizendo isso para ser cruel. É a verdade, e ela quer que ele a ouça.

— É muito fácil ter princípios quando você está protegida da dura realidade da vida, Alice, como, diferente de mim, você sempre esteve. — Mesmo agora, ele não consegue deixar de tratá-la com arrogância. — Realidade que você está prestes a experimentar por si mesma. Você não vai dar conta sem mim. Sabe disso.

Alice não se sente ameaçada pelas palavras dele. Elas caem sobre ela e deslizam direto, perdendo todo o impacto. Ele não está mais sob sua pele, arranhando-a como uma coceira inalcançável.

— Perder Antoine vai partir meu coração, não vou negar. Mas me afastar de você será um alívio. Posso viver sem muitas coisas. Mas não posso passar mais um dia em uma casa tão desprovida de amor. Qualquer coisa será melhor do que isso. — Ela pega a valise.

— Você deixou sua decisão clara. — Ele fica de pé, parecendo estar prestes a apertar a mão dela e seguir em frente com seu dia, como se tivesse perdido um negócio, não uma esposa. — Está por sua conta. Darei início ao processo de divórcio na primeira oportunidade. — Ele pega novamente o jornal. — Talvez, ao sair, possa fazer a gentileza de dizer ao chef para não se preocupar com o jantar.

Dezoito meses de casamento, dissolvidos em menos de dezoito minutos.

— Ah, Alice, eu esperava que você viesse. Me dê isso. Meu Deus, você não arrastou este peso por quatro andares, não é? — Anne pega a valise de Alice e a conduz pela pequena porta de madeira desbotada de seu apartamento. Alice sorri ao se sentir envolvida pelo calor de estar protegida e pelo coração gentil de Anne.

— Anne, seu emprego. Eu sinto muito, mesmo. Espero que ele não tenha sido grosseiro demais com você. Farei tudo o que puder para ajudá-la a encontrar outro trabalho, você sabe.

— Não se preocupe com nada disso. Por favor, me dê seu casaco. Quero que conheça meu marido. Sébastien!

— Alice olha para cima e vê uma mão estendida em sua direção.

— É muito bom conhecê-la, madame Ainsley. — Sébastien parece tímido e não olha nos olhos de Alice, mas ela fica aliviada ao perceber, pela suavidade de seu rosto e pela maneira como ele olha para Anne para saber o que dizer a seguir, que ele não está incomodado com a sua presença. E poderia estar, levando em consideração a maneira como o marido de Alice tratou a esposa dele, a invasão de sua privacidade e a dura demissão que ela sofreu por conta das coisas que Alice lhe pediu para fazer.

— Por favor, me chame de Alice. Não devo ser madame Ainsley por muito mais tempo. — Ela não quer que ele pense nela como aquela mulher.

— Sei que você e Anne têm muito o que conversar, então vou deixá-las a sós. Tenho algumas coisas a fazer antes do jantar, mas talvez possamos nos falar depois?

Os olhos de Alice se voltam para a valise a seus pés, e de repente ela fica envergonhada por sua presença.

— Obrigada, Sébastien, seria ótimo.

— Arrumei o segundo quarto para você, Alice. É seu pelo tempo que quiser. Já falei sobre isso com Sébastien, e ele está muito feliz que você fique conosco também. — Anne a conduz por um corredor central em direção a um pequeno quarto do lado esquerdo. — Não é lá muita coisa, mas é seu. Vai ficar confortável aqui.

Alice enfia a cabeça para dentro do quarto, que é mobiliado de maneira simples com uma cômoda bonita, um armário e uma cama de solteiro com uma pilha alta de colchas dobradas. Anne colocou algo na moldura do espelho que fica na cômoda. Alice sorri ao perceber que é o esboço do vestido que a amiga prometeu manter seguro para ela. Há uma pequena janela de batente com vista para os telhados da cidade, sem venezianas, apenas uma cortina fina que deixa entrar a luz da manhã e um radiador que emite sua própria melodia. Um quarto no qual ela poderia se sentir triste, se não estivesse tão grata por estar ali.

— Como soube que eu iria precisar dele? — Ela imagina Anne voltando pela última vez da residência dela e preparando o quarto, verificando se a roupa de cama estava limpa. O grande ato de bondade que isso demandou quando ela devia estar tão preocupada com seu próprio futuro.

Anne sorri, talvez tentando transmitir inocência.

— Tudo estava saindo de controle rápido demais, Alice. Mas só caiu a minha ficha quando vi Albert com minha bolsa, ali eu tinha percebido como ele havia passado dos limites. Teve notícias de Antoine? Ele sabe do bebê?

Alice senta-se na beira da cama, de repente se sentindo muito desanimada, exausta com os eventos do dia e ainda incapaz de compartilhar detalhes da rejeição da própria mãe.

— Acredito que sim. Mas não ouvi nada dele diretamente, não respondeu à minha carta, nem tentou falar comigo quando poderia ter feito isso. Por enquanto, continuo a ter esperança, mas... temo estar sozinha.

Anne coloca a bolsa de Alice na ponta da cama e senta-se ao lado dela.

— Você não está sozinha. Estou aqui e vou ajudar você pelo tempo que precisar. E largar Albert era a única coisa que você podia fazer. Ele estava lentamente sufocando você. Vou entrar em contato com Patrice e pedir que ele envie suas coisas. Vamos cancelar seus compromissos imediatos e nos certificar de que tudo seja resolvido, eu prometo. Mas esta noite, por favor, jante comigo e com Sébastien. Tudo ficará melhor pela manhã.

O jantar é peito de peru assado com castanhas, comprado e cozido para dois e dividido com muito cuidado em três pratos. Anne decorou uma pequena árvore de Natal e Alice decide sentar de costas para ela, não quer se lembrar da última árvore que decorou. Enquanto todos retiram os pratos do jantar, três queijos e uma salada simples, Sébastien pega um pequeno presente debaixo da árvore e o entrega a Alice.

— Uma lembrancinha para você. Espero que goste.

Que descuido da parte dela não contribuir com nada, Alice se repreende.

— Meu Deus, isso é muito gentil da sua parte. Obrigada.

Ela puxa do pacote a etiqueta de presente com seu nome escrito e o desembrulha. É um sabonete fino, com perfume de campânula, exatamente a fragrância que Anne ama e à qual sempre cheira. O gesto faz a garganta de Alice se contrair. Anne sacrificou um dos presentes que ganharia de Sébastien para que ela pudesse se sentir incluída. Ela se levanta da cadeira e beija Sébastien afetuosamente nas duas bochechas, fazendo-o corar e olhar para os sapatos. Em seguida, dá a volta na mesinha oval e abraça a amiga.

— Você é maravilhosa, Anne, e muito querida para mim. Nunca me esquecerei da sua bondade enquanto eu estiver viva.

Conforme as semanas avançam e o corpo de Alice começa a inchar de uma forma que ela nunca pensou ser possível, os três desenvolvem uma rotina organizada.

Anne é sempre a primeira a acordar, preparando o café da manhã. Sébastien beija a testa da esposa antes de desaparecer para mais um longo dia no banco. Alice ajuda Anne a limpar, fazer compras e cozinhar, apreciando suas instruções, sempre dadas com sensibilidade. Tudo funciona. Há uma harmonia naquele pequeno arranjo, a maneira como os três habitam um espaço claramente projetado para dois, que em breve serão quatro.

Mas ninguém pode ignorar o fato de que Anne não conseguiu outro emprego até agora. Dez entrevistas em dez semanas e nenhuma resultou em uma oferta de emprego.

— Por favor, me deixe escrever uma referência completa, Anne? — pede Alice. — Leve com você e force-os a ler. Não espere que peçam.

Anne afunda na mesa de jantar, toda a tranquilidade usual substituída por uma aceitação sombria de seu destino, que não combina em nada com a mulher que Alice conhece.

— Não vai adiantar. Albert deve ter garantido que não.

Capítulo 27

Lucille

Terça-feira

Londres

Nunca me senti nervosa na companhia de vovó. Mas hoje minha garganta está seca, minha cabeça dói de tensão, e meus ombros parecem contraídos. Quando me sento perto do fogo e espero que ela se junte a mim, posso sentir meu estômago revirar. Percebo que é mais do que nervosismo. Tenho medo de tudo o que estou prestes a ouvir e de minha própria reação. Demorei para chegar até aqui e criei uma expectativa muito grande sobre esse momento.

Como vejo os mesmos sentimentos no rosto de vovó quando ela se junta a mim, faço a única coisa que parece natural: a abraço. O mais firme possível, percebendo como ela está franzina, antes de guiá-la para sua poltrona de sempre. Pego sua mão, permito que meu polegar se mova suavemente para frente e para trás nas dobras de sua pele e me pergunto como iniciar essa conversa.

Eu faço uma pergunta ou uma afirmação? Houve um bebê? Ou: você esteve grávida, vovó? Observo os olhos dela se fecharem. Ela consegue cair num sono levíssimo e voltar para o quarto momentos depois, ainda sorrindo, ainda sendo a avó que eu tanto amo.

Fica em silêncio, e percebo que está esperando que eu fale. Não vai revelar nada até que eu diga a ela o que acho que sei.

Talvez ela não tenha palavras para isso, mas também não tenho certeza se tenho. Começo a falar.

— Fui ao Victoria and Albert Museum. Eu vi o vestido final, vovó. — Assim que digo isso, ela aperta meus dedos com mais força. Seus lábios se comprimem um pouco mais. Essa conversa vai exigir muita coragem.

— Então você sabe, minha querida. Sabe o que tenho escondido todos esses anos. — Ela fecha os olhos novamente por alguns instantes, e, quando os abre de novo, eles estão cheios de lágrimas e mostram um olhar que implora para que eu fale. Ela dá um aceno afirmativo, como se confirmasse meu entendimento.

— Não tenho certeza se entendi tudo, vovó. O bebê... — A mera menção da palavra e todo o seu desamparo implícito fazem com que aquelas lágrimas escorram e caiam na minha mão, onde eu as deixo ficar, sabendo que provavelmente há muitas mais por vir. Tento de novo. — Não pode ser a mamãe. Os anos não batem, não é? — Sinto meus lábios se curvarem para baixo. Não tenho certeza de como ela vai encarar o fato de eu estar abrindo as portas de seu passado de forma tão presunçosa. Vejo um mínimo aceno de cabeça, dizendo-me para continuar, e meu coração dói ao pensar em tudo pelo que ela deve ter passado. Ela quer ter essa conversa, por mais difícil que seja, e sinto meus pulmões inflarem com uma expectativa quase insuportável. Todos esses dias levaram a este momento. Ainda que eu não soubesse disso quando parti para Paris, ela sabia. — Era outro bebê.

Ela abre a boca e deixa um pouco da dor escapar através de uma exalação lenta e fragmentada.

— Sim, era outro bebê. Uma criança que mudou minha vida, uma mudança que precisava acontecer... uma mudança que de muitas maneiras me salvou. Uma garotinha que, espero, possa nos ajudar a curar nossa família destruída novamente, antes que seja tarde demais.

— O bebê de Antoine? — digo isso muito baixinho, dando a ela a opção de fingir que não me ouviu, se desejar, mas seus olhos permanecem firmes com a menção do nome dele.

— O bebê de Antoine. *Nosso* bebê. O começo de algo tão lindo, mas o nosso fim, infelizmente.

Dou um tempo a ela. Todo aquele romance, todos aqueles encontros ilícitos, tantas promessas feitas e horas secretas roubadas e, depois de tudo isso, ele a magoou? Não consigo acreditar.

— Então, ele nunca apoiou você?

— Infelizmente, não. Eu queria que me apoiasse, mas... — Ela procura as palavras para resumir o que deve ter sido um golpe devastador na época. — Ele não foi capaz.

Vejo a confusão em seus olhos. A sombra de toda aquela dor e rejeição ainda lá, todos esses anos depois — diminuída, mas não apagada. Muito tempo se passou e, com ele, uma vida inteira de memórias. Ainda assim, não faz sentido, e ela só consegue imaginar o que aconteceu com ele, por que tomou uma decisão que influenciou todo o futuro dela.

— Por quê? Eu não entendo. Se vocês estavam tão apaixonados, por que ele não a ajudou, vovó?

— Eu passei a vida inteira me perguntando isso, Lucille, e infelizmente não sei. Éramos jovens, ambos assustados. Havia muito em jogo. Albert, meu marido, estava determinado a nos manter separados, assim como a mãe de Antoine. Não tenho certeza se Antoine era corajoso o suficiente para enfrentar os dois. Nunca duvidei do meu amor por ele, mas tive de aceitar que ele não sentia o mesmo. Que foi mais fácil para ele se afastar.

— Ah, vovó. Então, o único apoio que você teve foi de seus pais?

Ela olha para trás em direção ao fogo e balança a cabeça lentamente.

— Não. Foi demais para eles. Uma filha recém-casada, grávida de outro homem, deixando o marido bem-sucedido, mas abandonada pelo amante. Não sei se poderia ter dado notícias piores para eles. No dia em que liguei para minha mãe pedindo ajuda, ela deixou claro que eu não seria bem-vinda na casa deles. Eu nunca mais a vi.

É quase inimaginável para mim que, nas profundezas de seu desespero — quando ela não tinha ninguém a quem recorrer e seus pais, ao contrário dela, tinham escolha —, eles tenham tomado a pior decisão possível. Viraram as costas para ela, deixando-a com uma tristeza que ela carrega todos os dias desde então.

Ela para de falar porque estou soluçando, mais alto do que consigo me lembrar de já ter chorado antes. E, percebo, estou com raiva.

— Como foram capazes disso? Como puderam abandonar você assim? Todos eles. Albert, Antoine, seus próprios pais? É cruel demais.

— Querida, está tudo bem. Por favor. Você precisa entender que era uma época muito diferente. Meus pais fizeram o que achavam que deviam fazer, o que acreditavam ser o melhor para mim, e estou bem com isso, até certo ponto. — Ela sorri, e novamente fico maravilhada com sua coragem.

— Como você pode dizer isso? — Não deixo de sentir que alguém precisa ser responsabilizado. Que era muito errado deixar uma mulher, sete anos mais jovem do que eu sou agora, sozinha para lidar com aquela situação. — Você deveria ter ficado em casa com sua família... ou com Antoine.

— O fato é que o pai do meu filho não era meu marido. Os moralistas da época jamais aceitariam, e meus pais sabiam disso. Concordo que eles estavam se protegendo antes de mais nada, mas também acreditaram que estavam me protegendo de uma vida inteira de julgamento, portas fechadas e rejeição. Acho que minha mãe realmente acreditava que, sem o apoio deles, eu ficaria com Albert. Ela estava convicta de que era a coisa certa a fazer.

— Mas você não ficou. Para onde foi?

— Uma amiga maravilhosa e seu marido me acolheram até o nascimento do bebê. Não foi fácil. O dinheiro era muito apertado, mas nós três, e depois nós quatro, nos viramos por um tempo.

— As festas, os funcionários, seu guarda-roupa, sua casa... tudo ficou para trás? Você nunca pensou que havia tomado a decisão errada, que devia ter tentado fazer seu casamento dar certo?

— Nunca. Ele queria. Isso foi o que mais irritou minha mãe. Ela não conseguia entender por que eu desistiria daquela vida. Mas uma vida daquelas não significa nada se somos forçadas a compartilhá-la com alguém que passamos a desprezar. O que escolhi foi mais honesto do que a vida que eu estava vivendo. Não havia ilusões. Eu não estava mais tentando enganar ninguém, muito menos a mim mesma. Eu tinha minha liberdade, Lucille, percebe? Por mais difícil que tenha sido, provavelmente pela primeira vez na minha vida, eu não precisava dar satisfação a ninguém. Fiquei muito feliz em dizer adeus à vida de Alice e a *quase* tudo o que ela tinha.

— Ainda assim. Você não poderia ter pedido para Albert lhe enviar um pouco de dinheiro ou pelo menos algumas de suas coisas para vender e conseguir se virar sozinha?

— Acaricio as costas de sua mão, esperando que minhas perguntas não pareçam tolas ou ingênuas.

— Não, Lucille. Eu tomei uma decisão difícil quando o larguei e o impedi de dizer ao mundo que o bebê era nosso, que era o plano dele. Não poderia reverter tudo pedindo sua ajuda ou dinheiro. Ele não teria me dado nada, de qualquer maneira. Além disso, nenhuma das coisas da embaixada era minha. Tudo era de propriedade do governo britânico ou emprestado de outros países. Ou pertencia a ele. Como nunca ganhei meu próprio dinheiro, não tinha como reivindicar nada daquilo. Albert foi para os Estados Unidos, nos divorciamos, e eu não ganhei nada além de alguns dos meus lindos vestidos. Mas nunca fiquei ressentida com isso. Já havia permitido que ele tirasse muito de mim. Não iria entregar a ele meu futuro também.

— Então foi isso? E depois que seu casamento acabou? Seus pais alguma vez entraram em contato?

Ela força um pequeno sorriso corajoso para esconder a emoção que aquela crueldade ainda provoca nela.

— Escrevi para minha mãe quando o bebê nasceu, esperando que ela tivesse mudado de ideia. Recebi uma carta dela. Ela não mencionou o bebê em momento algum. Escreveu para me dizer que um pacote chegara a Norfolk para mim, vindo da Dior de Paris. Era o vestido de batizado. A última vez que o vira, era apenas um esboço no papel. Eu não tinha ideia de que ele tinha sido encomendado. Com tudo o mais que estava acontecendo, era a última coisa que passava pela minha cabeça. Então disse a ela para doar o que quer que estivesse dentro do pacote. Obviamente, quando ela abriu e viu o que era, decidiu que deveria ser doado anonimamente. Foi apenas mais uma maneira de apagar o vínculo entre minhas ações e nosso sobrenome, imagino.

Pego sua mão novamente e a beijo, desejando ter feito isso muito mais vezes. Queria de alguma forma voltar no tempo e dar todo o meu amor a ela, para que ela soubesse que era amada, profundamente amada. Permito que minha cabeça descanse ali por um minuto, virando o rosto para sentir a frieza das costas da mão dela na minha pele. Sinto seus dedos alisando amorosamente meu cabelo e olho outra vez para seu rosto.

Pela primeira vez, não vejo os traços cansados de uma idosa retribuindo meu olhar. Tudo o que posso ver é a força e a coragem de vovó, seu ímpeto de seguir em frente. Vejo uma vida plenamente vivida, em que sua determinação de sobreviver, de se recuperar, foi muito mais forte do que os obstáculos colocados à sua frente. Vejo o peso dos segredos carregados em seu coração por um tempo inimaginavelmente longo. Penso em todas as outras mulheres que devem tê-la invejado, desejando as partes da vida de Alice que menos significavam para minha avó. Vejo sua coragem, seu otimismo e seu perdão.

Vejo o tipo de mulher que quero ser.

E também sinto a pergunta que não foi feita se manifestando entre nós duas, ardendo na ponta dos meus lábios. A conclusão que terá de esperar. Não posso perguntar a ela esta noite, não quando ela já desabafou tanto.

— Por que você me mandou para Paris, vovó? Por que esperou todo esse tempo e depois me fez pensar que tudo tinha a ver com os vestidos?

Ela se inclina para a frente na poltrona, como se precisasse que eu ouvisse cada palavra que está prestes a dizer, e me olha com total atenção.

— Eu precisava que você visse minha vida, Lucille, que descobrisse a mulher que eu *fui* para poder entender as escolhas que fiz e a mulher que me tornei. Para ter uma janela para o mundo em que Alice viveu. Se eu tivesse simplesmente contado a história, seria como se você a visse em preto e branco. Eu queria abrir seu coração, minha querida, para toda a riqueza dela. A dor e o júbilo. Para que fosse real. Minhas escolhas naquela época são as suas escolhas agora, embora feitas em um tempo muito diferente. Você tem sorte, Lucille. Eu fui uma pequena nota de rodapé em uma história muito maior, onde os outros personagens mandavam em tudo. Minha voz era baixa, mas a sua pode ser grande. Eu fui dependente até me forçar a não ser, mas você pode ser livre, se quiser. Por favor, me prometa que não vai desperdiçar esse privilégio. Encontre o amor verdadeiro, mesmo que ele destrua o seu coração. Você deve isso a si mesma. Persiga a sua felicidade. Ela quer ser encontrada.

Aperto a mão dela com um pouco mais de força.

— Prometo que vou fazer isso. Já estou fazendo. — E estou falando sério. Nunca falei tão sério na minha vida.

— Isso me deixa mais feliz do que qualquer outra coisa. Eu cometi erros, Lucille, pelos quais devo pedir perdão. Erros que influenciaram a sua vida de formas que você nem sabe ainda. E foi a minha culpa que lhe causou mais dor. Não consegui demonstrar à sua mãe o poder do amor, e ela foi incapaz de fazer isso por você. Por isso, eu sempre pedirei perdão.

— Por favor, não se desculpe, vovó. Ela teve muitas chances de ser uma boa mãe e nunca as aproveitou. Mas vai ser, posso ver agora que vai, e eu estarei lá quando ela se tornar. Nós vamos chegar lá juntas, devagar.

— Obrigada, Lucille. — Suas pálpebras parecem pesadas, e eu sei que, se parar de fazer perguntas e deixar o silêncio se instalar entre nós, ela vai dormir em poucos minutos.

— Meu Deus, quase esqueci. Os vestidos. Tenho todos eles comigo. Você gostaria de vê-los?

Vovó leva a mão ao coração e ri.

— Acho que sim, já que mandei você até lá por causa deles. Está com o Debussy? Adoraria ver esse.

— Estou, sim. Estou com todos eles. Eu posso fazer um chá rápido para você aproveitar um momento a sós com eles, o que acha? Sei que já faz muito tempo.

Pego o Debussy do estojo rígido de algodão e o coloco no colo dela. As penas se erguem no ar, exatamente como imagino que tenham feito na noite em que ela o usou na exposição de Monet. Saio da sala, mas fico na porta da cozinha, onde sei que ela não pode me ver. Ela levanta o vestido até o rosto, parecendo estudar os detalhes do corpete, então o puxa para mais perto de si, envolvendo-o com os braços firmemente, segurando-o contra o coração. Em seguida, eu a vejo olhando por dentro da peça e sei exatamente pelo que está procurando: as duas iniciais entrelaçadas de A&A. A pista que ela deu há tantos anos, quando acreditava estar vivendo a maior história de amor da sua vida. Ela traça um dedo amorosamente em cada um dos pontos e então sussurra algo que me faz ficar um pouco mais alerta.

O que foi que ela disse? Pareceu *meu querido Antoine*, mas não tenho certeza.

Quero perguntar a ela, mas não posso interromper aquela doce reflexão. Não é uma tristeza ou uma perda que estou testemunhando, mas um amor profundo e satisfatório que ouço em sua voz baixa. Quaisquer que sejam as memórias que ela tenha do passado, parece que foram eclipsadas neste momento por algo mais duradouro. Qualquer dor há muito retrocedeu, mudou de perspectiva, muito aquém dos problemas maiores que ela teve de enfrentar. Talvez agora ela possa olhar para trás como a mulher que *é* para a mulher que já foi e ver que houve momentos bons e ruins? Acho que ela pode ter uma admiração e um respeito por Sylvie que nunca teve por Alice.

Só quando permite que o vestido caia em seu colo novamente, eu volto para a sala. Há muito mais que quero perguntar a ela. Ofereço uma xícara de chá, mas ela acena com a mão e sei que não vai beber. Coloco a xícara sobre o pufe a seus pés, caso ela mude de ideia, devolvo o vestido ao cabide e começo a recolher minhas coisas.

— A história ainda não acabou, querida. Sei que você tem mais perguntas, e há mais coisas para contar. Pode vir de novo amanhã, para finalmente terminarmos juntas? Pode fazer isso por mim, por favor? Eu preciso descansar agora.

— Eu estarei aqui, vovó, é claro que estarei.

Está ficando tarde, mas, ao sair, ligo para Véronique e conto a ela um pouco do que sei agora.

Ela voltará para Paris amanhã, e sei que deve estar se perguntando como a história termina, o que vovó tinha a dizer depois de nossa descoberta no V&R. Combinamos um breve encontro amanhã em Wimbledon Village para um café antes de eu voltar para ver vovó e ela seguir para o terminal. Apesar da empolgação com minha entrevista de emprego, pela qual ainda preciso agradecer a ela, sei que nosso tempo juntas nessa jornada está chegando ao fim e sinto um vazio no peito, uma tristeza surpreendentemente aguda. Nem mesmo Leon, esperando pacientemente por mim em casa, pode amenizá-la.

Capítulo 28

Alice

Setembro de 1954, Paris

Alice não sabe ao certo quando exatamente toma a decisão de partir.

É no momento em que se sente imersa naquele cansaço semiconsciente, naquele interior fantasmagórico, quando sua mente desliza entre dois mundos? Aquele lugar onde seu corpo cansado e ainda dolorido pesa no colchão fino, sentindo os fios enrolados em sua pele cada vez que ela se move? Ou quando ela está andando de um lado para o outro no pequeno apartamento de Anne, com o bebê encostado no ombro, flexionando os pulmões com tanto vigor que Sébastien se retira e Anne assume novamente, acomodando-a muito mais rápido do que Alice parece ser capaz de fazer.

Ou a decisão veio nas primeiras horas do dia, quando parece que o resto de Paris ainda está dormindo e sua filha está pressionada com força contra seu peito? Quando, por cima de seus ruídos baixos e satisfeitos, ela consegue distinguir as vozes de Anne e Sébastien através da parede discutindo sobre a falta de dinheiro, pois a renda de Sébastien não é suficiente para sustentar os quatro.

Talvez tenha sido antes. Bem no momento em que a entrega de Patrice chegou e ela desempacotou os restos de sua vida indesejada no confinamento apertado de seu novo quarto, forçada a rever os vestidos, suas anotações, as lembranças de uma época em que seu coração estava tão cheio de esperança, quando ela se sentia compreendida.

Está cedo, e Paris está acordando.

Ela ouve entregas chegando às lojas nas ruas abaixo, vozes altas que não se preocupam com a hora e com quem podem estar incomodando. Tudo normal.

Alice está de pé, vestida e sentada ao lado do pequeno berço de madeira da filha, permitindo que ela enrole um dedo forte em torno do seu, observando os ponteiros do relógio ao lado da cama andarem rápido demais. A cada minuto que passa, ela sente que está endurecendo, construindo uma parede ao redor do próprio coração. Um coração que está desacelerando, se fechando, desligando e se preparando para o rompimento que está por vir.

Ela se despediu de Sébastien na noite passada, observando enquanto ele tentava acalmar o nó na garganta, sabendo que a onda de tristeza que estava se abatendo sobre eles não era nada comparada ao que estava por vir nesta manhã.

Ela foi mãe por seis curtas e preciosas semanas, sentindo a fúria de um amor tão forte que não sabe ao certo como seu corpo o contém. Hoje, ela embrulhará o seu amor e o deixará com instruções. De alguma forma, acalmará o próprio coração e se deixará ser guiada por necessidades práticas, evidentes e inevitáveis.

Olha para o rostinho agitado de seu bebê, para os olhos arregalados que voam ao redor da sala, absorvendo cada detalhe. Como esses olhinhos compreenderão o amanhã, quando a mãe não for a primeira coisa que virem? Ela vai chorar? Será que manterá os braços delicados no alto, procurando por ela em algum lugar onde ela não poderá ser encontrada? Alice encosta a cabeça no berço, forçando as lágrimas de volta para dentro de si. Ela as deixará fluir nesta noite, quando tudo terminar. Quando ela estiver se acomodando em outro quarto, desta vez sozinha, mas determinada a planejar um futuro em que o dinheiro não a impedirá de ser a mãe que prometeu ser. Por enquanto, não permitirá que suas horas finais com o bebê sejam tristes. Não permitirá que essa seja a memória com a qual a deixará.

Ela mantém a voz leve, sabendo o quanto sua filhinha já é receptiva ao seu tom. Ela deu a si mesma o tempo de que precisa, enquanto ainda estão sozinhas. À medida que a luz do sol atravessa a cortina, colorindo o quarto com um brilho laranja, Alice segura a mão da filha, aproxima o rosto do cobertor branco macio em que está envolta e envia suas palavras sussurradas para seu lindo rosto que de nada sabe.

Eu não vou deixar você, minha querida, prometo que não. Vou melhorar as coisas, você precisa se lembrar disso. Vou voltar por você, meu anjo. Vou construir uma vida em que você estará segura e eu poderei cuidar de você direito. E prometo que, a cada dia em que estivermos separadas, eu nunca vou deixar de te amar. Vou guardar você no meu coração, vou sonhar com você e ver você todos os dias quando fechar os olhos, ficando cada vez mais forte. Vou falar com você, vou rezar por você, dedicar tempo a você, vou me sentar com você em meus pensamentos e imaginar o doce momento em que vou abraçá-la novamente.

Como ela é capaz de fazer isso?

Como pode deixar aquele pacotinho sozinho em uma cidade cheia de perigos? Será que Alice se lembrará do cheiro dela, de como ele imita o seu próprio cheiro; das unhas afiadas contra sua própria pele; da maneira como o rosto da filha, próximo ao dela, instintivamente busca pelo calor protetor do pescoço da mãe? Então ela pensa nos lábios minúsculos da filha, como eles se arqueiam para cima quando ela entra na sala, como afundam novamente quando percebe que não é a mãe.

Foi um amor que começou profundamente dentro de Alice quando ela ficava sentada, sozinha, olhando para os próprios dedinhos dos pés na praia em Norfolk, sabendo já na época que jamais permitiria que seu próprio filho se sentisse abandonado. Ela está errada? É melhor que sofram juntas, em vez de lidar com a separação? Ela deveria ficar?

Não, ela não deve deixar o pânico dominá-la agora.

Dá um beijo na bochecha do bebê adormecido, sentindo os cílios baterem contra a própria pele, e sussurra outro *eu te amo* em sua orelhinha, esperando que permaneça lá, enquanto for necessário. Fita o rostinho perfeito de seu bebê uma última vez, ainda maravilhada por ter conseguido criar uma pessoinha tão bonita. Então se pergunta se ela terá capacidade de perdoar, se a sensibilidade já está crescendo dentro da filha.

Se um dia ela vai compreender.

Anne está esperando por ela, andando de um lado para o outro na sala de estar. Seu rosto enrugado é um sinal de que está acordada há mais tempo do que Alice nesta manhã. As duas mulheres se abraçam, e as lágrimas de Alice ficam equilibradas na borda dos próprios olhos. Ela não vai deixá-las cair. Não agora. Mas isso precisa ser rápido.

— Você sabe como é, claro, mas eu anotei toda a rotina dela. Está na bolsa ao lado do berço. Você pode cumpri-la? Ela já está acostumada. Acho que vai ajudar.

— Eu vou, claro que vou, eu prometo. — Anne está prestes a desabar, e Alice fica aliviada por Sébastien ter saído cedo nesta manhã e não estar ali para ver mais essa dor que ela causou à sua esposa.

Alice permite que seus pulmões se expandam com uma grande inspiração.

— Ela já ama você, Anne, assim como eu. Por favor, tente se lembrar de todas as coisas que irão ajudá-la a se sentir segura quando perceber que eu parti.

Anne consegue dar apenas um pequeno aceno afirmativo.

— Quando a trocar, lembre-se de como coloco uma toalhinha em sua barriga. Ela detesta se sentir fria e exposta, isso a fará parar de chorar. Se ela estiver tendo dificuldade para dormir, coloque-a no ombro e cantarole como você faz às vezes, as vibrações sempre a acalmam. Ela dorme melhor no berço, de barriga para baixo. O coelhinho branco está lá, não o perca. Se correr o dedo ao longo da mandíbula dela, ela vai sorrir. — Alice ouve a hesitação na própria voz, as palavras saindo muito mais rápido do que ela pretendia.

Ela continua.

— Quando ela fica agitada, eu coloco a junta de um dedo sobre o lábio inferior e ela chupa. Lembre-se de prender o cabelo para trás quando a estiver alimentando, senão ela vai puxar com força e não vai soltar. E, Anne, não quero que ela se sinta sozinha, nem por um segundo. Por favor, nunca a deixe chorando como algumas mães fazem. — Alice precisa atirar as palavras finais da boca. Sua garganta se agarra a elas, tentando arrastá-las de volta, segurando a parte final do discurso como se isso fizesse alguma diferença no resultado.

— Eu entendo. Farei tudo que você está dizendo. Ela estará segura e será amada, e irei me certificar de que você saiba o quanto, até que retorne.

— Obrigada. Ela está dormindo no berço agora. Então vou embora.

— Tem certeza? Se precisar de mais tempo...

— Tenho certeza. Tem de ser agora.

As lágrimas vão dominá-la em breve. Ela observa Anne abrir a porta, sem saber se seus pés se moverão para carregá-la, incapaz de pensar em como vai dar conta sem sua querida Anne ao seu lado todos os dias.

— Tem mais uma coisa. Por favor, não encurte o nome dela. Acho que combina com ela do jeito que é.

— Claro, eu nem sonharia...

— Eu sei. Eu só precisava dizer. — Alice permite que seus olhos se voltem para a porta do quarto, rezando de todo o coração para que a filha durma apenas o tempo suficiente para que ela consiga chegar à rua. Se a ouvir agora, tudo estará perdido.

Ela atravessa o pátio e sai para as pedras da calçada, sentindo o calor já se infiltrando no dia. Como é cruel que esteja ensolarado quando este dia exige uma tempestade forte ou um aguaceiro cataclísmico. É isso que ela merece. Não um dia que promete felicidade e uma ida ao parque. Ela olha para um lado e para o outro da rua, vê o padeiro feliz por atender seu primeiro cliente do dia e um homem curvado sobre sua vassoura, trabalhando com convicção. Quando passa por ele, o homem levanta a cabeça e sorri, desejando-lhe um bom dia. Ela quer gritar para ele: não me mostre nenhuma gentileza. A mulher que você pensa que vê não é quem eu sou. Não se deixe enganar pela elegância do meu casaco, o brilho do meu cabelo. É tudo um truque horrível. Será que ele vê em seu rosto o que ela fez? Se pudesse, sentiria compaixão ou a julgaria friamente?

Então ela se move, o mais rápido que sua bagagem permite, para liberar a energia que, de outra forma, se tornaria um choro — e depois um grito que nunca iria parar.

Capítulo 29

Lucille

Quarta-feira

Londres

— Está ansiosa para voltar para casa?

Véronique está sentada à minha frente em um café chique em Wimbledon Village, o tipo de lugar onde bolos inteiros ficam sob enormes redomas de vidro e são fotografados, mas raramente comidos. É perto da casa de vovó e da estação de trem.

— Sim, por uma fatia decente de torta, ao menos! — Ela torce o nariz para a criação sintética à sua frente, e sou obrigada a concordar que não chega perto do que Paris tem a oferecer. — Gostaria que eu fosse com você?

— Obrigada, mas não. Sinto que devo fazer isso sozinha. — Estou beliscando a torta com meu próprio garfo, apesar da decepção.

— Eu concordo. Só queria que você soubesse que a oferta está de pé, se você precisar. — Ela pega meu braço sobre a mesa e o acaricia de forma reconfortante. — Quando é a sua entrevista? Talvez possamos nos encontrar com antecedência para um ensaio?

— Seria ótimo. É na semana que vem. Chegarei a Paris na quarta de manhã, e a entrevista é quinta à tarde.

— Bom, então você tem que ficar na minha casa, não pagar por um hotel. A menos que... — Ela sabe por que não vou aceitar sua oferta antes mesmo de eu começar a rir. — Claro, como sou boba. Você vai ficar com Leon. Isso é ótimo! Estou muito feliz por você, Lucille.

— Vamos ver. Ainda é cedo, mas tenho um pressentimento muito bom em relação a ele. Ele me faz esquecer de mim mesma da melhor maneira possível. — E abro um sorriso mostrando os dentes para provar.

— E quanto a esta manhã? Como está se sentindo em relação à conversa com a sua avó? É isso, não é? A última parte da história? — O sorriso dela não corresponde ao meu. Ela parece nervosa por mim, a boca tensa e os ombros um pouco levantados.

— Só quero entender como tudo acabou e o que aconteceu com o bebê dela. Onde ela pode estar e se um dia iremos nos encontrar. Não seria incrível se fosse possível? — Bebo o resto do meu café, sentindo a onda tão necessária de cafeína atingir minhas veias.

— Seria mesmo. Paris terá lhe dado muito, então. — Ela sorri daquele seu jeito autoconfiante, como se seus pensamentos estivessem sempre um passo à frente dos meus. — Achei que você deveria ficar com isso. — Ela enfia a mão na bolsa e me entrega a carta endereçada a Alice, aquela que ela encontrou com as outras da minha avó para a mãe dela e que fazia menos sentido para ela na época. — Eu deveria ter dado para você no trem. Acho que sua avó gostaria de ler o que quer que esteja escrito aí.

— Claro, eu havia me esquecido completamente disso. Vou entregar para ela hoje. — Guardo a carta na bolsa. — Sabe, é engraçado, sempre achei Paris um pouco previsível antes de vovó me mandar para lá. Um lugar aonde as pessoas vão quando não têm imaginação suficiente para sair do óbvio. Para novos casais que querem se garantir seguindo o mesmo caminho de tantos antes deles, ou casais de meia-idade que não lembram como ser aventureiros. Como eu estava errada! Agora, duas das minhas pessoas favoritas no mundo vivem lá. — Sinto minhas bochechas esquentarem um pouco, e espero que ela não se importe com tanto sentimentalismo, mas quero que ela volte para Paris sabendo do impacto que teve em mim. — Eu sinto uma gratidão imensa por você, Véronique. Nosso percurso por Paris nunca teria começado sem a sua ajuda.

— Você teria dado um jeito. — Ela está sendo generosa.

— Pode ser que sim, pode ser que não. Mas é muito improvável que eu tivesse chegado ao V&A, e certamente não estaria considerando um emprego em outro país se não fosse por você. Você fez muito por mim. Foi tudo muito impactante, mudou minha vida. Obrigada. — Eu me levanto e a abraço, e ela retribui com um abraço profundo e firme que parece maravilhoso e certo, e do qual ela não tem pressa de se libertar.

— Bem, é melhor você ir, e eu tenho um trem para pegar. Cuide-se e mande um bejo para Leon por mim. — Ela dá uma piscadinha, me beija nas duas bochechas e depois se afasta, involuntariamente arrastando o olhar invejoso de várias mulheres da tela do telefone para fora do café.

Vovó ainda está deitada na cama quando entro. Largo a bolsa e a jaqueta sobre o braço de uma cadeira na sala de estar e, na ponta dos pés, cruzo a porta de seu quarto, puxando uma cadeira para seu lado da cama. Ela abre os olhos.

— Está tudo bem? Posso pegar alguma coisa para você?
— Vejo a hora no relógio na mesa de cabeceira. São dez e

meia; Natasha já deve ter passado por aqui e ido embora, então estaremos livres de interrupções.

— Estou bem. Só cansada. — Natasha a apoiou em dois travesseiros fofos, puxou as cobertas sobre o seu peito e as enfiou cuidadosamente embaixo de cada braço. As mãos de vovó estão entrelaçadas na frente do corpo. Ela parece pronta, mas será que *eu* estou?

— Tem certeza de que quer fazer isso? Se não, podemos conversar outro dia. — Parece que estou tentando dar uma chance a ela, mas, na verdade, sou eu quem está recuando, ciente de que, daqui a cerca de meia hora, saberei tudo o que há para saber. Terei uma compreensão ainda mais profunda dessa mulher maravilhosa e de quem eu realmente sou. Se vovó percebe meu nervosismo, o ignora como sempre.

— Não, não, eu prometi a você um final hoje, e é isso que você vai ter. Já esperou o suficiente, Lucille.

— Certo, vá no seu tempo, vovó, realmente não há pressa. Faço um chá ou trago algo para você beliscar primeiro? — Começo a me levantar da cadeira.

— Sente-se, por favor, Lucille, vamos fazer isso juntas. — Ela respira fundo e vejo como segura o ar dentro dos pulmões por alguns segundos antes de soltá-lo, canalizando sua confiança, dando a si mesma a força para dizer as palavras que imaginou que nunca seriam pronunciadas.

Começa a falar bem devagar, enunciando cada palavra com clareza, muito segura da narrativa pela qual está nos levando.

— Dizer adeus à minha filha foi a coisa mais difícil que já tive de fazer. Isso me destruiu, Lucille, de maneiras que eu não poderia imaginar até que fosse tarde demais.

A onda de emoção sobe de algum lugar da minha barriga quase no exato instante em que ela começa a falar. Eu me recuso a deixá-la ir mais alto do que meu peito, onde se assenta dolorosamente, restringindo minha respiração e fazendo-me soar ofegante.

— O que aconteceu? — consigo sussurrar.

— Eu não podia ficar em Paris. Não era justo depositar um fardo tão pesado sobre minha amiga. Ela nunca me disse isso, mas eu mesma via. O dinheiro não dava. Nós tivemos seis semanas, só isso. Tempo mais do que suficiente para eu me apaixonar por ela. Então voltei para a Inglaterra, com apenas uma valise com meus pertences mais práticos, determinada a encontrar trabalho. Deixei meu bebê em Paris, a cidade onde ela começou a vida. O lugar a que eu sentia que ela pertencia, se não podia ficar comigo. — Meu peito se aperta ainda mais, algo ficando em estado de alerta dentro de mim, mas mantenho meu foco em vovó.

— Antoine? Ele finalmente...?

— Não. Nunca mais nos falamos. Não teria sido difícil para ele me encontrar. Havia pessoas que sabiam onde eu estava, mas, quando mais precisei dele, ele ficou em silêncio. — Ela permite que sua cabeça caia, e percebo o preço que todos aqueles anos de decepção cobraram dela. A rejeição enraizada que ainda vive por trás de cada linha em seu rosto, cada tremor de seus lábios. Então penso na carta em minha bolsa, endereçada a Alice em uma caligrafia tão diferente de todas as outras no pacote da mãe de Véronique.

— Não tenho certeza, mas acho que ele pode ter tentado, vovó. Espere. — Corro de volta para a sala de estar e procuro a carta na bolsa, sentindo novamente a pequena forma rígida dentro dela. Quando a entrego para a vovó, ela confirma meu palpite imediatamente.

— Sim, é dele. As letras, olhe. — Ela vira o envelope de frente para mim. — Os traços de um artista. Definitivamente é dele. — Ela olha o envelope em busca de uma data. — Enviado em março de 1956, muito depois de eu ter deixado Paris. Ela devia ter cerca de um ano e meio, na época.

— Quer ler? Posso voltar para a outra sala se você precisar de um tempo sozinha.

Vejo um lampejo de indecisão cruzar seu rosto enquanto ela vira a carta na mão, sentindo o conteúdo, como se tentasse prever o que pode haver ali.

— Minha amiga me falou sobre esta carta quando ela chegou. Ela queria mandar para mim, mas eu insisti que não fizesse isso. Estava começando a me recompor, já tinha reencontrado seu avô e estava preocupada que qualquer coisa que ele tivesse a dizer me fizesse voltar atrás. Quero ler, Lucille, mas estou com um pouco de medo do que ela pode dizer. Durante anos, disse a mim mesma que Antoine estava simplesmente com medo de enfrentar o futuro que criamos juntos. Fazia sentido, mesmo que eu não pudesse concordar com isso na época. Mas e se houvesse algo mais? Não tenho certeza se vou suportar saber que foi tudo um engano, que ele nunca me amou. Que se arrependia de nós.

Não acredito por um segundo que é o que esta carta contém, mas, ao mesmo tempo, tudo parece possível.

— Eu posso ler para você, se isso facilitar. — Dessa forma, posso me adiantar um pouco e parar, se precisar. — Isso ajudaria?

Ela aceita a sugestão imediatamente.

— Sim, por favor, querida. Leia para mim.

Tiro duas folhas de fino papel azul do envelope e as desdobro, pegando o brinco de pérola que cai de dentro. Eu o seguro para que vovó possa ver.

— Minha nossa. Eu o deixei no apartamento dele na primeira noite que passamos juntos. Ele guardou por todo aquele tempo... — A tensão parece deixar um pouco seu rosto. — Leia, Lucille, por favor.

É a minha vez de respirar fundo. Começo devagar, demorando-me em cada palavra, certificando-me de que nada seja perdido, dolorosamente ciente de que estou abrindo uma porta para o passado dela. Um passado que está trancado há décadas.

13 de março de 1956
Querida Alice,

Quero que saiba que nada disso foi culpa sua. Você não fez nada de errado. Espero que, no mínimo, saiba disso. Você era simplesmente irresistível, mas, além disso, muito fácil de amar. Eu não deveria ter feito você me amar. Devia ter me afastado.

Naquela primeira noite em sua casa, quando vi você e toda a sala ficou em silêncio ao meu redor, quando percebi em uma fração de segundo que minha vida nunca mais seria a mesma, eu deveria ter me virado e ido embora. Mas não fiz isso. Não consegui. Ninguém desde Thomas me entendeu como você. Você me enfeitiçou, e eu a cobicei, fui egoísta e mimado, determinado a ter o que nunca foi meu de direito. E agora sabemos as consequências dessa arrogância sem limites. Como uma criança, pensei apenas em satisfazer a mim mesmo.

Você era tudo para mim. Você se doava por completo, e eu queria mais. Eu me servi de cada parte de você, e então, quando me pediu para simplesmente assumir o que eu havia feito, onde eu estava? Eu a decepcionei.

Tive medo, Alice... de deixar você na mão da mesma forma que deixei de realizar tantas outras coisas. Estava convencido de que não poderia me tornar o homem que você precisava que eu fosse, que mais uma vez ficaria aquém das expectativas. Que de alguma forma nosso amor azedaria, que você me odiaria por isso e nossa vida seria repleta de arrependimento.

Foi mais fácil não fazer nada, fingir que nada estava acontecendo e deixar que forças além de mim decidissem, enquanto você carregava toda a escuridão sozinha.

Relembrei inúmeras vezes o dia em que você veio ao meu apartamento e eu me recusei a falar com você. Senti sua angústia afundar em meu coração, onde com razão permaneceu, me atormentando e me lembrando da minha fraqueza todos os dias. Você me deu a chance de ser melhor, e eu a desperdicei. Por meses, eu me perguntei como você podia ter amado o homem que eu era.

O dia em que você foi embora de Paris foi o dia em que perdi tudo, exatamente como merecia. Perdi você, nosso bebê, qualquer respeito que tinha por mim mesmo, o futuro que poderíamos ter e minha paixão pelo meu trabalho. Os desenhos que fiz de você foram de longe as minhas melhores obras. Nada mais chegou perto. Depois que você foi embora, não havia nada que me inspirasse ou me enchesse de confiança, e as limitações do meu talento tornaram-se evidentes. Meus dias são longos, vazios e improdutivos. Tive todo esse tempo para pensar em você, revirando seu brinco nos dedos, me torturando com lembranças da noite em que o deixou aqui. Mesmo assim, não fiz nada. Disse a mim mesmo que você construiria uma vida melhor. Você é forte. Não vai se permitir falhar, como eu fiz.

Por mais um ano, fiquei em Saint-Germain. Costumava sentar do lado de fora da nossa igreja e ouvir os sinos tocando, só para me lembrar de você. No início, esperava olhar para cima e vê-la lá — imaginando que você facilitaria tudo aparecendo diante de mim com nosso bebê nos braços. Minha covardia era enorme. Quando finalmente aceitei que você nunca mais voltaria para mim, rastejei de volta para o apartamento dos meus pais, o que é apenas uma fração do castigo que mereço. Estou apodrecendo aqui. A satisfação de mamãe é como um laço em volta do meu pescoço, apertando um pouco mais a cada dia.

Você disse uma vez que nunca seria tarde demais. Espero que ainda acredite nisso. Espero que esta carta, quando a ler, ofereça alguma explicação. Eu não era bom o suficiente. Você pintou o quadro de um homem muito melhor do que aquele que estava diante de você. Não é mais complicado do que isso.

Sei que é inútil e sem sentido dizer isso agora, mas nunca deixei de amá-la, Alice. Você ainda dança em meus sonhos à noite. É tudo que me resta, mas ainda é muito mais do que mereço.

Seu, para sempre,
Antoine

Minhas bochechas estão molhadas, e esfrego a parte de trás da manga no rosto, fungando ruidosamente.

— Vovó? — Os olhos dela estão fechados. Ela está imóvel. Apenas deitada ali, deixando as palavras de Antoine penetrarem profundamente nela, com o mais leve sorriso curvando-se em seus lábios.

— Eu me sinto melhor. — Ela abre os olhos, e fico aliviada ao ver que estão secos. — Demorou muito, mas me sinto melhor agora e sou grata a ele por isso. Ele permitiu que Alice fugisse, Lucille, você entende? Apesar de suas falhas, Antoine me fez ver que eu valia mais e me ajudou a escapar de uma vida inteira de mentiras, mesmo que ele não pudesse ser meu. Ele tinha razão. Não era bom o suficiente para mim, nem Albert. Mas Edward? Seu maravilhoso avô Teddy... ele era.

— Mas o bebê, vovó. Você não queria sua filha de volta?

— Ah, meu Deus, mais do que qualquer coisa, sim. Tudo começou bem. Encontrei trabalho como governanta em uma residência enorme, não muito longe daqui, um trabalho que acabou me apresentando Teddy. Foi então que mudei meu nome também. Sylvie era o nome do meio de minha mãe. Parece bobagem agora, mas, apesar da rejeição, isso me fez sentir que havia esperança, que um dia poderíamos nos reconciliar, se eu ainda tivesse aquela ligação com ela. Eu estava errada quanto a isso, mas, se havia uma coisa que eu sabia fazer, era administrar uma casa daquele tamanho, organizar a equipe e garantir que tudo funcionasse perfeitamente. Mas eu trabalhava muitas horas, e o salário cobria apenas minhas próprias despesas. Por mais que tentasse, nunca conseguia economizar nada. Mesmo que o salário fosse maior, não haveria como acomodar um bebê recém-nascido com meus horários.

— Ah, vovó, e você chegou a vê-la novamente?

— Uma vez. Foi depois que Edward e eu nos casamos, sua mãe ainda era pequena. Viajei para Paris sozinha e a observei no parque com a sua segunda mãe. Ela estava muito feliz. Ambas estavam. E eu sabia que isso teria de ser o suficiente. A essa altura, eu já tinha desistido do trabalho, mas era tarde demais, Lucille. Como eu poderia ter entrado à força na vida dela outra vez? Apenas uma pessoa se beneficiaria com isso, e não era nem minha filha inocente nem a mulher maravilhosa que a estava criando. Eu não podia ser tão egoísta. Sabia que ela estava bem. A mãe dela certificou-se de que eu sempre soubesse disso.

— E mamãe não sabe de nada disso? Você nunca contou essa história a ela?

— Não. Mas vou contar. Ela também merece ouvir a verdade. Pode parecer errado, Lucille, mas eu queria que você ouvisse essa história primeiro. Você ainda é muito jovem. É quem mais tem a aprender. Eu sabia que iria desvendá-la e ver o bem que está enterrado em tudo isso.

Meus lábios beijam os dedos dela.

— Sinto muito, vovó. É tudo tão, mas tão triste. Você tem alguma coisa dela? Algo que guardou como lembrança?

— Eu tenho todas as minhas cartas.

— As suas cartas?

— Sim, da mãe dela. Elas me permitiram seguir em frente ao longo dos anos, me contando tudo sobre ela. Suas primeiras palavras, os primeiros passos, o dia em que começou a escola. Estava tudo lá para eu vivenciar também.

Sinto algo começando a se espalhar lentamente pelo meu peito, uma conexão sendo feita. Um espaço se abre em minha cabeça, meu subconsciente se expandindo para algo que ainda não estou pronta para deixar entrar.

— Tenho com ela uma dívida de gratidão que jamais poderá ser paga, que Deus a tenha. No fim, ela foi a chave para eu perdoar a mim mesma.

— Como assim?

— Eu dei a ela a liberdade de criar minha filha como quisesse. Dei a ela a família que ela sempre quis. E em troca ela me deu um motivo para me sentir bem comigo mesma. Para pensar que alguma felicidade pôde surgir de toda a tristeza. — Ela faz uma pausa e olha profundamente nos meus olhos, como se estivesse procurando um nível de compreensão ali antes de continuar. — Ela confessou muito mais tarde que foi ela quem encomendou secretamente o vestido de batizado. Sabia o quanto eu o queria para o bebê, e suponho que também era sua maneira de garantir que eu estivesse presente no dia em que fosse usado. Mas as coisas ficaram confusas, e, em meio à partida de Albert para os Estados Unidos, a caixa foi acidentalmente enviada de volta para Norfolk com o resto dos meus pertences, e o vestido nunca foi usado. — Ela sorri para si mesma, como se esse pudesse ter sido o melhor resultado possível. — Eu só pedi uma coisa a ela, que mantivesse o lindo nome francês que dei à minha filha. Sempre achei que Véronique combinava muito bem com ela. Ela foi criada por Anne, minha querida amiga e confidente do meu tempo em Paris.

Meu corpo parece esfriar instantaneamente, de tal forma que sinto a pulsação quente do meu sangue se movendo através de mim, a batida do coração no fundo da garganta.

— Véronique? A mulher com quem estive em Paris por uma semana? Que foi comigo ao V&A? Que está me ajudando a encontrar um novo emprego? Ela? É a mesma mulher? E você sempre soube, desde o dia em que me enviou a Paris? — Minha frequência cardíaca dispara, e fico instantaneamente dividida, oscilando entre pura alegria e frustração.

Alegria por ser Véronique, pela proximidade real e genuína que eu senti com ela — nós *temos* uma conexão. Nós somos *família*. E uma frustração absurda por vovó não ter me contado isso enquanto Véronique estava em Londres, ou quando eu estava em Paris, para que pudéssemos nos sentar e conversar sobre o assunto. Para que eu pudesse estar lá para ajudar no momento em que Véronique se desse conta de que a mulher que chamou de mãe a vida toda não era sua mãe biológica. Que a mulher que ela enterrou recentemente tinha levado este enorme segredo consigo.

Por que tudo tinha de acontecer tão tarde?

— Ela está voltando para Paris neste momento. E não sabe nada sobre isso? — Estou de pé agora, sabendo que preciso agir antes que seja tarde demais e ela entre no trem. Ela estará no subsolo sem sinal, e não poderei impedi-la antes que embarque no trem. Eu não quero ter essa conversa por telefone.

— Não. Anne a amava o suficiente por nós duas. Concordamos que não havia nada de positivo em contar a verdade, a menos que ela suspeitasse de algo ou começasse a fazer perguntas, mas isso era muito improvável.

— Calma. Anne? "Minha querida Anne..." Foi esse o nome que você disse ontem quando estava segurando o vestido Debussy. Mas você me disse que as iniciais representavam Alice e Antoine.

— Começou assim, querida. Numa época em que eu acreditava que Antoine era o único grande amor da minha vida, eu quis registrar como ele me fazia sentir. Os vestidos eram a melhor maneira de fazer isso. Os cartões e as iniciais eram algo muito pessoal e íntimo, que eu poderia esconder profundamente dentro das camadas. Era o lugar perfeito para enterrar meus segredos. — Ela sorri com a lembrança. — Mas agora sabemos que ele não foi o herói da minha história. Ela foi. Minha maravilhosa, leal e corajosa Anne. Éramos duas mulheres com tão pouco em comum, à primeira vista, que poderíamos ter nos cruzado na rua sem sentir a menor conexão. Mas passamos a confiar uma na outra de uma forma que talvez apenas duas mulheres possam. Ela tinha tudo a perder, mas ainda assim ficou ao meu lado. Mesmo quando não tinha nada a ganhar, nunca me abandonou. Não tenho certeza se você ou eu estaríamos sentadas aqui agora se não fosse por ela.

— Isso é incrível — consigo dizer em meio às lágrimas.

— *Ela* foi incrível. Meu caso de amor com Antoine não foi nada em comparação à nossa amizade. Meus sentimentos por Anne nunca diminuíram. Nunca diminuirão. Alice e Anne. A e A. Ela foi a única pessoa a quem eu poderia confiar meu presente mais precioso. Minha filha.

— Ela ainda está em Londres, vovó. Véronique. Posso impedi-la de voltar para Paris. Você não amaria reencontrá-la?

— Mais do que qualquer coisa. Mas não tenho expectativas, Lucille. Véronique viveu sua própria vida, a muitos quilômetros daqui. Ela pode não querer me ver, e eu preciso entender isso. E você também.

— Pelo menos me deixe tentar. Posso só tentar ligar para ela, por favor? — Olho para o relógio. Ela já deve ter chegado à estação a essa altura, e, caso não tenha ocorrido nenhum atraso, é possível que esteja no trem. Mas as primeiras paradas são na superfície. Talvez a chamada conecte, talvez eu consiga dizer o suficiente para tirá-la do trem.

— Se você acha que é a coisa certa a fazer, Lucille, não vou impedi-la.

Pego o celular da bolsa e sigo em direção à porta, sabendo que o sinal instável da casa de vovó ficará mais forte se eu estiver no jardim. Sinto o coração martelando contra as costelas enquanto simultaneamente abro a porta com uma mão, equilibro-o entre a orelha e o ombro esquerdo e tento enfiar o braço direito na jaqueta.

Então congelo, e o celular cai no chão.

Véronique está encostada no portão do jardim de vovó, os olhos brilhando com lágrimas. Ela se endireita abruptamente ao me ver.

— O que você está...? — Ela está olhando para mim com tanta calma que não consigo terminar minha própria frase. Não diz nada, e seu silêncio é a maior pista de todas. — Você sabia! Meu Deus, você sabia e não me contou!

Eu não estou exatamente zangada, mas também não estou tranquila. Eu me sinto enganada. Eu me sinto idiota. Como pudemos tomar um café casual juntas — além de passar uma semana inteira em Paris — enquanto ela sabia muito bem o conteúdo da conversa que eu estava prestes a ter?

Ela dá quatro passos lentamente em minha direção, como se achasse que estou prestes a fugir. Seus olhos estão fixos nos meus, e sua boca se curva em um sorriso suave enquanto se aproxima.

— Não, eu não sabia. Não tinha como eu saber. — Os braços dela envolvem meus ombros agora, me ancorando pesadamente. — Não até você abrir a porta agora e eu ver no seu rosto. Mas eu senti que era verdade, Lucille. Naquele dia no V&A. Pela primeira vez, eu me perguntei por que, se minha mãe gostava tanto de crianças, eu nunca tive um irmão? Você mesma viu, eu não me pareço nada com ela. Como era possível não compartilharmos nem um sinal, por mais sutil que fosse, de nossa origem comum? E eu senti a verdade em minha conexão com você. Eu ficava instantaneamente mais feliz cada vez que estávamos juntas. Era uma felicidade diferente, mais especial.

Abro a boca para reclamar que sou sempre a última a juntar as peças, mas felizmente penso melhor e me calo.

— Sempre havia alguém apontando nossas diferenças e, sempre que isso acontecia, eu a sentia estremecer ao meu lado — continua Véronique. — Ela nunca se sentiu confortável com esses comentários, sempre mudava de assunto um pouco rápido demais. E todas aquelas cartas. Você já conheceu duas mulheres que escrevessem tanto assim uma para a outra? Parei de ler as da sua avó no final. Senti que, se havia algo a descobrir, queria descobrir com você, não sozinha no antigo apartamento de *maman*. Não parecia a coisa certa.

O fato de ela querer estar comigo no momento em que sua história familiar estava se desenrolando ao seu redor faz meus olhos arderem, e eu os enterro na palma das mãos.

— Então, eu me permiti imaginar, e realmente não foi tão difícil. Sua avó, minha... — Ela não consegue dizer. Véronique pode ter tido mais tempo do que eu para pensar em tudo isso, mas, ainda assim, é um salto e tanto na árvore genealógica. — Ela é uma senhora muito inteligente, Lucille. Teve a delicadeza de esperar até que minha mãe falecesse para que nada disso pudesse magoá-la. Então colocou você no meu caminho e esperou que nos encontrássemos. Foi a maneira mais gentil de deixar isso acontecer, não acha?

Nós somos interrompidas pela voz de vovó chamando meu nome.

— Ela quer ver você. Pode entrar? Acha que consegue?
— Por favor, que ela diga sim. Não pude levar Antoine até vovó, e agora sei que ela não teria desejado vê-lo, mas isso eu posso fazer. Posso dar a ela outra chance, por mais breve que seja, de reconstruir um relacionamento muito mais precioso.

Sinto uma breve hesitação enquanto o rosto de Véronique se turva com a confusão de todas as dúvidas que deve ter. Então ela endireita os ombros e se entrega à oportunidade, como se fosse a única e óbvia resposta que poderia dar.

— Claro que sim. Quero conhecer a mulher que minha *maman* amava tanto.

~~~

Voltamos juntas para dentro, e conduzo Véronique até o quarto, onde vovó está esperando. Não preciso dizer nada.

No segundo em que os olhos delas se encontram, vovó a reconhece, e então suas lágrimas escorrem antes que Véronique diga uma palavra. Cada emoção que permaneceu presa dentro dela jorra de seu corpo cansado. Sinto meus pés se moverem para correr até ela, mas uma mão em meu braço me impede. Eu fiz a minha parte, agora é a vez de Véronique. Então só concordo com a cabeça, indicando que estou feliz por ser ela a confortar vovó. Observo Véronique se aproximar da cama dela e se ajoelhar, permitindo que seu rosto seja segurado pelos dedos finos de minha avó.

Dou alguns passos pequenos e silenciosos para trás, dando a elas o espaço que ambas merecem. Estou silenciosamente saindo do quarto quando vejo o Debussy pendurado na porta do guarda-roupa — a leveza das penas azul-escuras, o brilho delicado que sobreviveu às décadas tão bem quanto vovó, assim como Dior pretendia.

Meus olhos vão do vestido para minha avó e Véronique, ainda abraçadas, e sorrio ao pensar no segredo precioso que aquele vestido guardou e em como minha vida será muito mais rica, agora que o conheço.

Capítulo 30

Sylvie

1961, Londres

Minha querida Anne,
 Não tenho certeza se poderei agradecer o suficiente por me permitir visitá-la em Paris na semana passada.
 Você sempre foi muito intuitiva, e me pergunto se adivinhou minhas razões mais profundas para ir. Se não, vou confessá-las aqui para que você entenda o quanto sempre vou amar e respeitar você.
 Tenho de ser sincera — porque você não merece menos do que isso — e admitir que minha viagem foi inspirada pelo que agora reconheço como pensamentos indelicados. Por favor, entenda que, apesar da sorte e da felicidade que a vida me ofereceu desde que deixei Paris, também tem sido muito difícil. Saber que há uma parte preciosa de mim que nunca poderei alcançar, sem a qual nunca estarei verdadeiramente completa, pesa muito em meu coração todos os dias. Portanto, por mais que

me deteste por dizer isso, também é verdade que minha intenção ao ir a Paris era aliviar minha própria tristeza, e, por isso, não pensei na dor que eu poderia causar.

No caminho, me convenci de que você entenderia e que Véronique voltar para mim, mesmo depois de todo esse tempo, era o curso natural dos acontecimentos — o final correto para uma história que começamos a escrever juntas há tantos anos. A mente humana é uma coisa maravilhosa. Quando desejamos algo desesperadamente, ela nos faz acreditar que os outros também o desejam para nós. A fantasia é uma grande sedutora, muito mais forte do que a lógica ou a razão. Felizmente, meu amor por você provou ser um oponente muito mais difícil, derrotando meu egoísmo com facilidade.

Então, estar a uma distância segura no parque vendo você e Véronique brincando foi uma das horas mais felizes da minha vida. Eu vi com meus próprios olhos a profunda confiança que ela tem em você, como jogava os bracinhos ao redor da sua cintura, entregando-se totalmente, nunca duvidando que você a pegaria. Observei os sapatos dela voarem em direção ao céu enquanto você a girava no ar. A forma como ela enterrou o rosto na sua saia. Vi a força com que apertava você, querendo protegê-la tanto quanto você a estava protegendo.

E meu coração se partiu, Anne. Porque foi o momento em que percebi que ela nunca mais será minha. Examinei seu rosto em busca de algum sinal que indicasse que você quebraria a grande promessa que me fez. Será que você realmente entendia? Será que escolheria aplacar minha dor mais uma vez? Que tolice isso parece agora. Claro, tudo o que vi foi a intensidade do seu amor por ela, exatamente como esperava ver quando deixei seu apartamento pela última vez.

    Ela está linda, e só alguém sem coração poderia duvidar de sua felicidade. Sei que muitos anos se passarão antes que meu coração pare de doer, mas não vou pedir para vê-la de novo. Se houver alguma dúvida em sua mente, saiba que ela é sua, e isso é bom e certo, e nada vai mudar. Mais uma vez você me inspirou, Anne. Desta vez, para valorizar os tesouros que minha nova vida me deu — ser uma esposa e mãe melhor. Meus queridos Edward e Genevieve também merecem ser amados.

    Aprenderei a valorizar o tempo que Véronique passa em meus pensamentos. Você me deu uma imagem muito boa, de que sempre lembrarei. Espero agora aprender a me livrar do bebê inocente que vem assombrando minhas horas mais sombrias e me alegrar com a garotinha feliz que você criou e que nada sabe da tristeza que envolve sua história. Não vou mentir para você e dizer que será fácil — haverá muitos dias difíceis pela frente, mas minha maior esperança é encontrar uma maneira de conviver com a tristeza que sempre fará parte de mim. Tentarei, Anne, não permitir que ela me governe mais.

    Gostaria que pudéssemos ter conversado, minha querida amiga. Adoraria ter me sentado naquele banco com vocês e compartilhado um pouquinho de tudo o que vocês estavam desfrutando juntas. Teria adorado sentir a cabeça dela cair no meu ombro, como fez no seu, ou tê-la abraçado com força. Não é essa uma das grandes aflições de ser humano, querer sempre mais? O que tenho agora terá de ser o suficiente, e às vezes sinto meu ânimo melhorar com essa aceitação.

Espero que você se sinta orgulhosa, Anne. De Véronique, da incrível paz com que me presenteou e da mulher magnífica que você é. Tenho certeza de que não terei uma amiga melhor enquanto eu estiver viva, ou Véronique, uma mãe melhor.

      Todo meu amor, para sempre,
          Sylvie x

Epílogo

Um ano depois

O dia amanhece rosado e claro, e sei que vovó teria achado apropriado. Nada de preto, ela disse, nem mesmo cinza, e, felizmente, o céu atendeu aos seus desejos, apesar de o ano estar chegando ao fim.

Eu estava me perguntando como Véronique lidaria com o código de vestimenta, já que está sempre de preto, mas ela está impecável em um terno azul-ardósia. A gola fica alta em seu pescoço, depois cai pelo seu corpo, cortando-se nitidamente na cintura, onde há dois bolsos angulares. Não há um milímetro de folga na saia, que foi ajustada perfeitamente às suas curvas. Ela acrescentou um par de luvas de couro marrom-chocolate, com bordas de pele, e um pequeno chapéu da mesma cor com um minúsculo véu que roça suas sobrancelhas.

Vovó teria adorado o visual.

Na clavícula de Véronique há uma pérola solitária — o brinco de vovó reaproveitado como um colar e talvez a última conexão restante de Véronique com seu pai biológico. Percebo que ela o toca às vezes, acariciando-o distraidamente, assim como ele fazia todos os dias enquanto era forçado a pensar em tudo o que havia perdido.

— O terno é da Bettina's — ela me diz enquanto caminhamos juntas pelo terreno da igreja. — Pareceu uma escolha adequada.

— Digam que vão me levar lá — acrescenta mamãe. — Ouvi muito sobre este lugar, não vejo a hora de conhecer pessoalmente.

— Vamos, sim! — Véronique e eu respondemos em uníssono.

— É um dos destaques do tour, mãe. Você vai ver tudo, prometo. Assim como eu fiz.

Eu me recuso a ficar triste hoje. Não é o que vovó queria. E como eu poderia ficar, quando há tanto a agradecer? Tanto pelo que esperar, graças a ela. E tudo isso porque ela se recusou a desistir. Porque sempre teve esperança e acreditou que as coisas podiam melhorar.

Imagino as diferentes versões dela enquanto olho para a lápide recente, maravilhada até agora com suas muitas reinvenções antes que finalmente encontrasse a paz. Sei como teria sido mais fácil desistir. Mas ela estava determinada a consertar o que não pôde controlar por todos aqueles anos. Esperou e foi paciente. Sabia que aconteceria, se ela não forçasse.

E, no final, aconteceu.

O custo para ela foram todos os anos perdidos, mas ela os havia nos devolvido agora, o presente de despedida mais incrível que se possa imaginar. Sua família está unida, e é tudo por causa dela. Véronique e mamãe diriam que é por minha causa, e admito que fiz minha parte, mas só foi possível porque ela me mostrou como.

Então, embora seja quase insuportável conter as minhas lágrimas hoje, farei isso por ela. Nós três ficamos juntas, minha mão esquerda na de Véronique, a direita, na de mamãe.

Sylvie Alice Lord.
Amada, admirada, forte — até o fim.

Exatamente como ela queria. Exatamente como todas concordamos que deveria ser.

Seguimos até os carros estacionados à beira do parque, e, enquanto entramos, vejo minha mãe começando a se preocupar com alguma coisa. Ela está remexendo na bolsa e insiste para que Véronique se sente ao lado dela, dizendo que tem algo que gostaria de lhe dar antes de voltarmos para a sua casa. Quando nos afastamos, olho para trás por cima do ombro, vejo que é um maço de cartas e entendo.

— Eu as encontrei na cabana dela depois — diz mamãe. — Haviam sido deixadas no aparador do quarto dela. Acho que ela fez isso para ter certeza de que seriam vistas. São as cartas que Anne escreveu a ela de Paris, depois que minha mãe voltou para a Inglaterra.

— Ah, isso é maravilhoso. Ela guardou todas elas? — O rosto de Véronique se ilumina com a perspectiva de outra oportunidade de ler as palavras de ambas as mulheres.

— Há várias, então acho que sim. E espero que você não se importe, Véronique, mas eu li várias delas. — Mamãe franze a testa, com medo de ter feito a coisa errada e a decepcionado.

— Meu Deus, claro que não. Por que eu ligaria?

— Sou muito grata por minha mãe e eu termos conversado bastante antes de sua morte, mas há coisas nessas cartas que não podem ser recriadas ou recontadas. Elas são tão autênticas, tão representativas do relacionamento dela e de Anne na época. E, mais do que isso, revelam todas as perguntas que mamãe fez, todas as respostas que ela buscava. Não apenas as coisas grandes, mas cada pequeno detalhe. Ela queria saber tudo sobre você. Nunca parou de perguntar.

— Obrigado, Genevieve. Vou adorar ler cada uma delas. Talvez possamos sentar e olhar todas juntas um dia?

— Eu adoraria.

— Sabe, ainda tenho as cartas que sua mãe escreveu na época em que você nasceu. Se quiser ir dar uma olhada, será muito bem-vinda. É visível o quanto ela amava você também.

Mamãe morde o lábio inferior com força e concorda com a cabeça. É tudo o que consegue fazer por ora.

Paramos do lado de fora da casa de mamãe, e não consigo acreditar que ela relaxou o suficiente nos últimos meses para permitir que a festa (como vovó especificou que deveria ser) fosse realizada ali.

Ela vai encontrar batatas fritas nas costas de seu sofá caro e manchas de sapato no mármore. Alguém pode virar uma bebida ou — Deus nos livre — se esquecer de usar um porta-copos. Mas ela não se importa. Estranhamente, ela está mais feliz do que a vejo em anos. Seu senso de propósito voltou, e ela o está abraçando. Circula sem esforço, livre do estresse e da irritação de sempre, certificando-se de que as taças de champanhe estejam cheias, os petiscos sendo distribuídos e as apresentações sendo feitas. Então se aconchega em um de seus sofás gigantes com Véronique, sem sequer tirar os sapatos, percebo, e as duas ficam inseparáveis pelo resto da tarde. Eu gostaria de ficar mais tempo, mas mamãe vai me visitar no próximo fim de semana. Poderemos falar sobre tudo então.

— Detesto acabar com a festa, mas é melhor a gente ir. — Leon aparece ao meu lado com nossas coisas. — Se perdermos o trem, passaremos a noite em Londres, e você vai chegar atrasada no trabalho no dia da inauguração da sua exposição.

Vejo o prazer que ele ainda sente ao repetir minhas realizações — e me permito sentir orgulho também. Todos os vestidos de vovó e os cartões que os acompanham serão exibidos amanhã, com a história completa, contada por mim, incluindo algumas das fotos de reportagem que Leon tirou em nossa caçada por Paris e alguns dos tesouros há muito esquecidos da Bettina's.

— Tudo bem que, hoje, de todos os dias, eu esteja muito animado por você estar voltando para casa comigo, para a *nossa* casa?

— Acho que sim. Ela teria gostado de ver você me apreciando, não acha? Só preciso me despedir.

Vou até o sofá onde mamãe e Véronique estão rindo juntas. Mamãe vê o casaco pendurado no meu braço e sabe que não posso demorar.

Ela se levanta e segura meu rosto, um pequeno ato de intimidade que nunca existiu entre nós antes, então aproxima seu rosto um pouco mais do meu.

— Ela estava muito orgulhosa de você, sabe, e eu também. Lamento ter levado todo esse tempo para dizer isso.

— Eu também estou orgulhosa de você, mãe — digo, e estou falando sério. — Vejo você no fim de semana em Paris!

AGRADECIMENTOS

O ponto de partida deste romance se deu em 2019, enquanto eu vagava pelos corredores do Victoria and Albert Museum em Londres e sua exposição *Christian Dior: Designer de Sonhos*. A mostra estava lotada de pessoas ansiosas para ver peças retiradas tanto da coleção nacional de moda do V&A quanto do arquivo da própria Casa de Dior. Havia mais de quinhentos objetos em exibição naquele dia, incluindo peças raras de alta-costura, esboços de roupas, ilustrações de moda e fotografias inéditas.

Entrei no prédio sem a intenção de escrever um romance influenciado pelo legado da moda de Dior, mas fui embora sabendo que o faria e com várias perguntas na cabeça. Que tipo de mulher usaria um vestido daqueles? Como ele poderia mudar sua vida? Que segredos ela poderia guardar nele?

Poucos meses depois, voltei ao Centro de Tecelagem do V&A e tive a chance de estudar e analisar pessoalmente a maioria dos vestidos sobre os quais você leu neste livro. Foi uma experiência incrível, que me ajudou a dar vida aos vestidos e a criar os personagens que viriam a possuí-los em minha história. Agradeço à equipe do museu por seus conselhos e experiência inestimáveis.

Alguns meses depois, fui para o sul da França com a brilhante autora Daisy Buchanan para um retiro de escrita em Chez Castillon, oferecido pelos maravilhosos Mickey e Janie, com aulas da escritora Rowan Coleman. Parece adequado que as primeiras palavras tenham sido escritas na França. Depois veio Paris. Três dias e sessenta mil passos depois, a aventura romântica de Lucille pela cidade estava planejada. Agradeço a Thea Darricotte por garantir que tivéssemos um lugar verdadeiramente luxuoso para descansar no final de cada dia e a Celine Kelly por deixar o primeiro rascunho do texto brilhante.

Escrevi esta história sem nenhum contrato ou garantia de que ela seria publicada após concluída, então agradeço muito aos meus agentes no Reino Unido e nos Estados Unidos, Sheila Crowley, da Curtis Brown, em Londres, e Kristyn Keene Benton, da ICM, em Nova York, por assegurarem que eu não jogasse fora um ano e meio da minha vida! Obrigada também a Katie McGowan e Callum Mollison, da Curtis Brown, por levarem a história tão longe.

Devo agradecimentos especiais às minhas talentosas editoras americanas da Penguin Random House/Berkley, Amanda Bergeron e Sareer Khader, que desmontaram meu manuscrito e o costuraram de volta com um nível genial de criatividade. Sareer, o capítulo vinte e três, o que mais gostei de escrever, realmente deveria ter o nome delas.

Agradeço às minhas primeiras leitoras e amigas maravilhosas, Jenni, Anna e Caroline, que me deram um feedback que me trouxe confiança quando era mais necessário. Enviarei outro em breve!

E, a todos os leitores, é muito emocionante quando alguém que vive em sua comunidade ou do outro lado do mundo reserva um tempo para ler o que você escreveu. Espero de todo o coração que tenham gostado.

Também tenho uma grande dívida de gratidão a todos os autores que gentilmente cederam seu tempo e citações para apoiar o lançamento deste livro. Agradeço imensamente, assim como sou grata ao papel importantíssimo desempenhado por livreiros, jornalistas e blogueiros de livros em toda parte. Quando há tantos trabalhos excepcionais para escolher, agradeço por às vezes escolherem o meu.

Obrigada a Clara por dizer com orgulho a qualquer um que queira ouvir que "Minha mãe escreve livros" e a Laila, que espero que coordene a campanha de marketing do TikTok. Amo vocês duas demais.

E, Stephen, agora você vai ter que ler este romance! Fizemos nossa primeira viagem a Paris juntos para nosso primeiro aniversário de casamento em 2002 e a última para fazer as pesquisas para este livro. Enquanto escrevo isso, nos aproximamos de nosso vigésimo aniversário. Será que você vai me comprar alguma coisinha de Christian Dior? Só uma ideia. A vida com você é a melhor.

Agradecimentos adicionais aos seguintes autores e seus livros por ajudarem a inspirar e guiar esta história:

Dior by Dior: The Autobiography of Christian Dior, de Christian Dior
Christian Dior, de Oriole Cullen e Connie Karol Burks
The Golden Age of Couture: Paris and London 1947-57, de Claire Wilcox
Patch Work: A Life Amongst Clothes, de Claire Wilcox
The British Ambassador's Residence in Paris, de Tim Knox
The Englishwoman's Wardrobe, de Angela Huth
Diana Cooper: The Biography of Lady Diana Cooper, de Philip Ziegler
Don't Tell Alfred, de Nancy Mitford
The Dud Avocado, de Elaine Dundy
Another Me: A Memoir, de Ann Montgomery
An Unexpected Guest, de Anne Korkeakivi

Por trás do livro

Por vários anos, tive a sorte de editar uma revista sofisticada que às vezes me obrigava a voar de Londres a Nova York ou a uma cidade europeia e conhecer a coleção de um designer de moda. Quer eu estivesse sentada em um desfile de moda assistindo aos vestidos passarem por mim ou conversando com o estilista durante uma exibição privada, as primeiras perguntas que me passavam pela cabeça nunca eram as mais previsíveis. Não era "O que eu acho desse vestido?" ou "Este é um desenvolvimento bem-sucedido da coleção anterior do designer?". Essas perguntas costumavam vir mais tarde, quando eu estava de volta à redação, planejando as páginas.

Em vez disso, eu pensava: para quem é esse vestido e como isso a fará se sentir? De que forma ele pode mudá-la ou influenciar sua vida? Que pensamentos e sentimentos ela pode ter ao usar um vestido como este, que ela talvez nunca possa compartilhar com outra alma viva?

Todas essas perguntas voltaram para mim em uma manhã de janeiro de 2019, quando me vi no meio de uma multidão no Victoria and Albert Museum de Londres durante uma visita à exposição *Christian Dior: Designer de Sonhos*. A mostra começara em Paris em 2017, no Museu de Artes Decorativas, para marcar o 70º aniversário da Casa de Dior, e então foi reinventada para o público londrino. Estava quente, o lugar estava barulhento e um pouco estressante com todos se acotovelando para ver alguns dos itens de destaque em exibição — incluindo o paletó monocromático Bar com sua cintura minúscula de quarenta e oito centímetros, uma peça que veio definir a muito elogiada moda New Look da Dior e que continua sendo, até hoje, o item mais solicitado para estudos no Centro de Tecelagem do museu.

Entre os vestidos, cenas de desfiles passavam em telas, intercalando habilmente modelos de décadas anteriores com o drama do espetáculo das passarelas modernas. A sala do Toile revelou as vestimentas de teste, os protótipos que antecediam as peças finais de Dior, expondo os famosos vestidos como se eles próprios estivessem despidos.

Quando saí do museu naquele dia, sabia muito mais sobre a obra de Christian Dior e sobre como ele definiu uma era da moda. Muito já foi escrito sobre seu legado. Mas e as mulheres que ele vestiu? O que acontecia com todas elas e seus lindos vestidos quando saíam da boutique pela última vez? Não houve um instante de silêncio no museu naquele dia, nenhum momento para reflexão, mas eu me lembro de ter pensado: o que as clientes de Dior sussurrariam atrás dos armários de vidro se pudessem? Se pudessem se inclinar sobre a corda, o que me diriam sobre a ocasião em que usaram aqueles vestidos? Como o próprio Christian Dior disse uma vez: "O passado está vividamente ao redor."

O livro que acompanhou a exposição fazia referência a "três mulheres formidáveis" que Dior contratou no início para supervisionar a realização de suas coleções. Parecia apropriado que houvesse mulheres fortes nesta história também.

Com minha imaginação realmente instigada, comecei a pensar sobre as mulheres que havia encontrado em minha vida e carreira até então. Minha própria mãe, que sacrificou tudo para criar uma família feliz, e o que aprendi com seu exemplo, apesar de nossas vidas terem tomado cursos muito diferentes; amigas que sem querer sacrificaram uma família para priorizar uma carreira; mulheres que trabalharam sem parar para subir em empresas, apenas para descobrir que o emprego dos sonhos existia só em sua imaginação; mulheres de negócios empreendedoras que viveram e respiraram suas marcas e cujas realizações diárias me faziam estremecer com minhas próprias inadequações. Pensei em como poderia ter sido uma mulher diferente se tivesse tido uma irmã além de dois irmãos. Como alguns dos momentos mais fortes de amizade que experimentei foram com os amigos mais recentes. Pensei em todas as reuniões, almoços e bebidas que tinha desfrutado com mulheres cuja vida parecia incrivelmente invejável de fora, apenas para que o brilho sumisse quando começávamos a conversar de verdade. Não que elas escondessem a verdade, mas eu havia projetado uma realidade mais fácil e simples a seu respeito, assim como aqueles no mundo de Alice faziam com ela. Em geral, não era algo que aparecesse exteriormente. Alguma vez é?

Foram muitos os vestidos pelos quais me apaixonei naquele dia no V&A e dos quais tive de me despedir porque não se encaixavam na linha do tempo da história ou no estilo de vida da personagem que os usaria. Se puder, dedique um momento para conferir dois que quase entraram na história: o vestido Blandine, da coleção primavera/verão 1957 da Dior, e o vestido Muguet da mesma coleção, coberto por delicadas fileiras de lírios-do-vale, a flor favorita de Dior — tanto que dizem que ele pedia às costureiras que costurassem um raminho nas bainhas dos vestidos para dar sorte. Será que essa sorte passou para as mulheres que os usaram?

Às vezes, acho que gostaria de voltar e reescrever essa história com um conjunto de vestidos totalmente diferente, para ver como isso alteraria o equilíbrio, mudaria o curso da narrativa e levaria a vida das mulheres em uma direção diferente. Um vestido pode fazer isso? E se Alice não tivesse usado o Debussy no Museu Orangerie naquela noite? Mas, pensando bem, assim como acontece com um vestido de alta-costura, não seria a força e a construção do que está *dentro* que dá forma e molda o que está fora? Acho que essa noção é o verdadeiro cerne desta história

- intrinseca.com.br
- @intrinseca
- editoraintrinseca
- @intrinseca
- @editoraintrinseca
- editoraintrinseca

1ª edição	JANEIRO DE 2023
reimpressão	ABRIL DE 2024
impressão	IMPRENSA DA FÉ
papel de miolo	LUX CREAM 60 G/M²
papel de capa	CARTÃO SUPREMO ALTA ALVURA 250 G/M²
tipografia	MINION PRO